占星術殺人事件

改訂完全版

島田荘司

陳明鈺・郭清華 譯

《占星術殺人事件》榮譽紀錄

- 1980年江戶川亂步賞最終決選作品
- 日本推理作家協會20世紀十大推理小說
- 探偵小說研究會1975～1994年
本格推理 BEST100 第三名
- 《週刊文春》2012年東西 MYSTERY
BEST100 第三名

名家推薦

若要論及日本本格解謎經典之作，書單上肯定有島田莊司的《占星術殺人事件》。一部作品之所以經典，除了值得再三玩味的可讀性外，還需擁有令讀者及後繼寫作者視野大開、就此信服著迷的強烈魅力。極富幻想性的謎團設計、大量運用知識形塑成的迷宮般布局、單純但深具巧思的詭計與解謎手法，讓二十五年前初次閱讀中譯本《占星惹禍》的我大受震撼。此次皇冠推出「改訂完全版」，老讀者們可細察修改增刪之處；至於還沒拜讀過的新朋友，可別再失之交臂了。

——推理評論家 冬陽

新本格推理的不朽經典！詩樣的氛圍、費解的謎團、華麗的詭計、驚愕的結局。所有閱讀推理小說的最高享受，一次滿足。閱畢全書，我只能再三讚嘆：「竟然、竟然能夠寫出這種不可能犯罪的作品！」除了島田大神外，不作第二人想。看慣大歷史、大舞台、大格局的浩瀚巨作後，重新回到原點。島田大神出道傑作的完全改訂版，絕對是推理迷必收藏的夢幻逸品！

——島田莊司推理小說獎首獎得主 胡杰

評斷論文好壞的方法之一，是計算它被引用過的次數。評論小說好壞的方法也差不多。《占星術殺人事件》不只是被提及、被引用、還被「運用」到以高中生偵探為主角的漫畫中，導致先看漫畫跟動畫才看小說的讀者愕然發現早早被爆了雷。但這也表示了島田的出道作品有多麼的歷久不衰、適合各種不同型式的媒體。要認識作家、認識系列，當然是從出道作、代表性的偵探看起。《占星術殺人事件》正是讓讀者愛上御手洗、跟定島田的傑作!!日本推理之神，不愧是您啊。

——推理評論家 **張東君**

重溫本格派經典作《占星術殺人事件》，再次獲得感動！因為早已知悉詭計，便將重點放在御手洗與他人的互動，以及石岡的京都見聞。初讀時，認為石岡的獨自調查只不過是誤導與陪襯，但這次透過他的「人偶追尋之旅」，我見到的是堅定的生活觀，與溫厚的人情關懷。除了縝密的邏輯、炫目的手法、豐富的知識外，島田作品最吸引我的，或許就在於此。

——島田莊司推理小說獎首獎得主 **寵物先生**

《占星術殺人事件》這部作品完成於一九七九年，並在一九八一年出版，至今已經過了二十六年之久。我目前正在著手進行許多早期作品的改訂工作，其中讓我一直相當在意的是這本被認為是個人代表作的內容，始終還是八一年出版時的狀態。此次藉由收入全集之便，終於獲得增訂修改的機會，因此便再以單行本的形式單獨發行。

島田莊司

二〇〇八．一．一〇

【總導讀】

新本格推理小說之先驅功臣島田莊司（九次增補版）

推理評論家 傅博

《占星術殺人事件》是新本格推理小說的先驅作品

說到日本之新本格推理小說的發軔時，誰都知道其原點是一九八七年，綾辻行人所發表的《殺人十角館》。但是少有人知道黎明前的那段暗夜的故事。凡是一個事件或是現象的發生，都有原因的，不是平空而來的。新本格推理小說的誕生也不例外，現在分為近、遠兩因來說。

一九五七年，松本清張發表《點與線》和《眼之壁》，確立社會派推理小說的創作路線，之後，新進作家都跟進。之前以橫溝正史為首的浪漫派（又稱為虛構派）推理小說（當時稱為偵探小說），隨之衰微，最後剩下鮎川哲也一人孤軍奮鬥。

但是稱為社會派推理作家的作品，大多是以寫實手法所撰寫之缺乏社會批評精神，甚至不少作品變質為風俗推理小說，到了一九六〇年代後半就開始式微，於是第一波反動勢力抬頭，就是幾家出版社之浪漫派推理小說的重估出版。

最初是一九六八年十二月，桃源社創刊「大浪漫之復活」叢書，收集了清張以前，被稱為偵探作家之國枝史郎、小栗虫太郎、海野十三、橫溝正史、久生十蘭、橘外男、蘭郁二郎、香山滋等代表作，獲得部分推理小說迷的支持。之後由幾家出版社分別出版了「江戶川亂步全集」、「夢野久作全集」、「橫溝正史全集」、「木木高太郎全集」、「濱尾四郎全集」、「山田風太郎全集」、「大坪砂男全集」、「高木彬光長篇推理小說全集」等精裝版不下十種。

另外，於一九七一年四月由角川文庫開始出版的橫溝正史作品（實質上是文庫版全集，達一百卷），與角川電影公司的橫溝作品的電影化之相乘效果，引起橫溝正史大熱潮，合計銷售一千萬本。象徵了偵探小說的復興，但是沒有出現繼承撰寫偵探小說的新作家。此為遠因之一。

遠因之二是，一九七五年二月，稱為「偵探小說專門誌」以重估偵探小說、發掘偵探小說之新人作家、推動推理小說評論為三大編輯方針的《幻影城》創刊。

《幻影城》於一九七九年七月停刊，在不滿五年期間，以特輯方式，有系統地重估了偵探小說，確立了從前不被重視的推理小說評論方向，並舉辦「幻影城新人獎」，培養出一批具「新偵探小說觀」的新進作家，如泡坂妻夫、竹本健治、連城三紀彥、栗本薰、田中芳樹、筑波孔一郎、田中文雄、友成純一等。

《幻影城》停刊後，浪漫派推理小說復興運動也告一段落，只泡坂妻夫等幾位幻影城出身的作家，以及《野性時代》出身的笠井潔陸續發表偵探小說而已。代之而興起的，就是被歸類於推理小說的冒險小說。一九八〇年代，日本推理小說的第一主流就是冒險小說。

近因是帶著《占星術殺人事件》登龍推理文壇的島田莊司的影響。《占星術殺人事件》原來是於一九八〇年，以《占星術之魔法》應徵第二十六屆江戶川亂步獎的作品，雖然入圍，卻沒得獎。改稿後，於八一年十二月以《占星術殺人事件》，由講談社出版。

占星術是把人體擬作宇宙，分為六部分，即頭部、胸部、腹部、腰部、大腿和小腿。各由不同行星守護。又每人依其誕生日分屬不同星座，特別由星座守護星祝福其所支配部位。

一九三六年幻想派畫家梅澤平吉，根據上述占星術思想，留下一篇瘋狂的手記，被殺害陳屍於密室。手記內容寫道，自己有六名未出嫁女兒，其守護星都不同，如果各取被守護部位，合為一個完美的處女的話，生命實質上已終結，其肉體被精練，昇華成具絕對美之永遠女神，變為「哲學者之后（阿索德）」，保佑日本，挽救神國日本之危機。

之後，六名女兒相繼被殺害分屍，屍體分散日本各地，好像有人具意識地在繼承梅澤的遺志。但是梅澤的手記沒人看過，何來有遺囑殺人呢？兇手的目的是什麼？四十年來血案未破，成為無頭公案。

四十三年後的春天，事件關係者寄來一包未公開過的證據資料給占星術師兼偵探的御手洗潔，請他解決這一連串的獵奇殺人事件。名探御手洗潔如何推理、解謎、破案之經過，請讀者直接閱讀本書，這裡不饒舌，只說本書是一部蒐集古典解謎推理小說的精華於一書的傑作。

故事記述者石岡和己是名探的親友，完全承襲柯南道爾的福爾摩斯探案；御手洗潔根據四十年前的資料做桌上推理，是沿襲奧希茲女男爵的安樂椅偵探；書中兩次插入作者向讀者的挑戰信，是踏襲艾勒里・昆恩的「國名系列」作品；炫耀占星術、分屍的獵奇殺人，是繼承約翰・狄克森・卡爾的浪漫性和怪奇趣味。

本書出版後毀譽褒貶參半，否定者認為這種古色古香的作品，不適合社會派（實際上是寫實派）的推理小說時代，卻不從作品的優劣作評價。肯定者即認為是一部罕見的本格推理傑作。這些肯定者大多是年輕讀者。

處女作是作家的原點，至今已具三十年作家資歷的島田莊司，其作品量驚人，已達七十部以上，非小說類之外，都是本格推理小說，而大多作品都具處女作的痕跡。

島田莊司的推理小說觀

在日本，小說家寫小說，評論家寫評論，各守自己崗位，工作分得很清楚；不像台灣的作家，人人都是天才，詩、散文、小說、評論樣樣寫，產品卻都是垃圾一大堆，但是有例外。現在日本推理文壇，也有例外，二位作家——島田莊司和笠井潔，卻是雙方兼顧的作家。

笠井潔的評論著重於理論與作家論（有機會另詳說），島田莊司的評論大都是宣揚自己的「本格 mystery」理念。

那麼島田莊司的本格推理小說觀是怎樣的呢？我們可從一九八九年十二月，島田莊司所發表的長篇論文〈本格ミステリー論〉（收錄於講談社版《本格ミステリー宣言》一書裡）可獲得解答。

島田莊司的推理小說觀很獨自，把八十多年來的日本推理小說，大概按時代分為三種類，以不同名稱稱呼，意欲表達其內容的不同：清張（一九五七年）以前的作品群稱為「探偵小說」，即偵探小說也。清張為首的社會派作品稱為推理小說。自己發表《占星術殺人事件》以後之推理小說稱為「ミステリー」，即 mystery 的日文書寫。以下引用文，一律按其分類名稱書寫，筆者的文章原則上統一為「推理小說」。

島田莊司對「本格」的功用定義如下：

——「本格」並非為作品的優劣之基準而發明的日本語。同時也非要衡量作品的社會性價值的尺子，只是要說明作品風格，並與其他小說群做區別分類之方便性而登場的稱呼而已。

繼之說明本格的構造說：

——「本格」就是稱為推理小說這門特殊文學發生的原點。並且具有正確地繼承這種精神的作家，在歷史上各地區連綿不斷地生產本格作品，而且從這些本格作品所發散出來的精神，也不斷地引起本格以外之「應用性推理小說」的構造。

島田莊司認為推理小說的原點是「本格」，由本格派生出來的作品就是「應用性推理小說」，他故意不使用「變格」字樣，他說：

——在前文使用過的「應用性推理小說」，就是指具有愛倫・坡式的精神，屬於幻想小說系統以外之作家，運用自己獨特的方式撰寫的犯罪小說。

島田莊司一面承認二次大戰前，被稱為「本格探偵小說」的作品就是「本格」，而另一面卻認為部分作品是非本格作品，但是沒有具體舉出作品名說明。

而二次大戰後，部分人士所提倡的「推理小說」名稱，他認為是「本格探偵小說」的同義語，在「推理小說」上不必冠上「本格」兩字。至於清張以後的「推理小說」，是從「本格」派生的，屬於「應用性推理小說」，所以「推理小說」群裡沒有「本格」作品。

——現在因這些理由，「本格推理小說」這名稱，在出版界廣泛使用。可是，現在所使用的這語言，是否對上述的歷史，以及各種事項具正確的理解，然後才合理地使用，這就很難說了。

島田莊司認為清張以後的冒險小說、冷硬推理小說、風俗推理小說、社會派犯罪小說都是從「推理小說」派生出來的（前段引文的「這些理由」、「上述的歷史」、「各種事項」就是指推理小說的派生問題）。因此「推理小說」本身要與這些派生作品劃清界線，方便上稱為「本格推理小說」而已，實質上並不具「本格」涵義。由此，島田的結論是「本格推理小說」原來就不存在，名稱是誤用的。

——那麼，「本格」或是「本格ミステリー」是什麼？

——已經理解了吧。「本格 mystery」不是「應用性推理小說」，是指極少數的純粹作品。從愛倫・坡的〈莫爾格街之殺人〉的創作精神誕生，而具同樣創作精神的 mystery 就是。

最後，島田莊司認為愛倫・坡執筆〈莫爾格街之殺人〉的理念是「幻想氣氛」與「論理性」。所以島田的結論是，「本格ミステリー」須具全「幻想氣氛」與「論理性」的條件。島田莊司的這篇論文，饒舌難解，為了傳真，引文是直譯，不加補語。

島田莊司的作品系列

話說回來，島田莊司，一九四八年十月十二日出生於廣島縣福山市，武藏野美術大學商業設計科畢業後，當過翻斗卡車司機，寫過插圖與雜文，做過占星術師。一九七六年製作自己作詞作曲的ＬＰ唱片〈LONELY MEN〉，一九七九年開始撰寫小說，處女作《占星術殺人事件》就是根據自己的占星術學識撰寫的作品，出版時是三十三歲。一九九三年移居美國洛杉磯。

以《占星術殺人事件》登龍文壇之後，島田莊司陸續發表本格推理小說已達七十部以上，非小說約二十部。以偵探分類，可分為三大系列，第一是「御手洗潔系列」，第二是「吉敷竹史系列」，第三是「犬坊里美系列」與一群非系列化作品。這是方便上的分類。島田所塑造的配角，如牛越佐武郎刑事、中村吉藏刑事，在各系列露面。現在依系列，簡介島田莊司的重要作品，書名下之括弧內的「傑作選X」為皇冠版島田莊司推理傑作選號碼。

一、御手洗潔系列

御手洗潔，這姓名很奇怪。「御手洗」在日本是實有的姓名，但是很少。當一般名詞使用時，是「廁所」之意。「御手洗潔」即具清潔廁所之意。作家往往把自己投影在作品的登場人物，不一定是主角，有時候是旁觀者。日本的「私小說」主角，大多是作者的分身。在島田作品裡，這種現象很明顯，不只是御手洗潔，記述者石岡和己也是島田莊司的分身。

據島田的回憶，小學生的時候被同學叫為「掃除大王」，甚至譏為「掃除廁所」，理由是「莊司」的日語發音 souji 與「掃除」同音。所以把少年時的綽號，做為名探的姓名。御手洗潔的本行是占星術師，島田曾經也是占星術師。石岡和己是御手洗潔的親友，並非作家，記述御手洗潔破案經過的《占星術殺人事件》以後，改業做作家。島田也是發表《占星術殺人事件》後成為作家的。

御手洗潔也是一九四八年出生。勇敢、大膽不認輸、具正義感、唯我獨尊、旁若無人的言動等性格，也是與島田莊司共有的。

01 **《占星術殺人事件》（傑作選1）**：

一九八一年二月初版、一九八五年二月出版第二次改稿版。「御手洗潔系列」第一集。長篇。初版時的偵探名為御手洗清志，記述者是石岡一美。不可能犯罪型本格小說的傑作。

02 **《斜屋犯罪》（傑作選15）**：

一九八二年十一月初版。「御手洗潔系列」第二集。長篇。北海道宗谷岬有一座傾斜的房屋流冰館，連續發生密室殺人事件，辦案的是札幌警察局的牛越刑事，他不能破案，向東京救援，被派來的是御手洗潔。島田莊司的早期代表作，發表時也只獲得部分推理小說迷肯定而已，但是對之後的新本格派的創作具深大影響，就是「變型公館」的殺人。如綾辻行人之《殺人十角館》等「館系列」，歌野晶午之《長形房屋之殺人》等信濃讓二的房屋三部曲，我孫子武丸之《8之殺人》等速水三兄妹推理三部曲都是也。

03《御手洗潔的問候》（傑作選12）：

一九八七年十月初版。「御手洗潔系列」第三集，收錄密室殺人之〈數字鎖〉、具向讀者的挑戰信之〈狂奔的死人〉、寫一名上班族的奇妙工作之〈紫電改研究保存會〉、綁架事件、密碼為主題之〈希臘之犬〉等四短篇的第一短篇集。

04《異邦騎士》（傑作選2）：

一九八八年四月初版。一九九七年十月出版改訂版。「御手洗潔系列」第四集。長篇。以御手洗潔探案順序來說，是最初探案。一名失去記憶的「我」，尋找自己的故事。屬於懸疑推理小說。《占星術殺人事件》之前的習作《良子的回憶》之改稿版。

05《御手洗潔的舞蹈》（傑作選31）：

一九九〇年七月初版。「御手洗潔系列」第五集。收錄三篇中篇：〈戴禮帽的伊卡洛斯〉寫掛在二十公尺高之電線上的男人屍體之謎、〈某位騎士的故事〉寫四名癡情的男士，為一名女人殺人及其方法之謎、〈舞蹈症〉寫每逢月夜，一名老人就扭腰起舞之謎。此三篇之外，另一篇〈近況報告〉，是以石岡和己的視點記述同居者御手洗潔的日常生活、個性、思想、行動，對御手洗的粉絲來說，是一篇至高的禮物。御手洗潔的中短篇探案不多，至今只出版三集，書名踏襲柯南道爾的福爾摩斯短篇探案集的命名法。即「御手洗潔的問候」、「御手洗潔的舞蹈」、「御手洗潔的旋律」。

06《黑暗坡的食人樹》（傑作選5）：

一九九〇年十月初版。「御手洗潔系列」第六集。長篇。江戶時代，橫濱黑暗坡是刑場，有很多陰慘的傳說。樹齡二千年的大樟樹是食人樹，至今仍然有悲慘事件發生，與黑暗坡的藤並一族的連續命案是否有關？本書最大的特色是全篇充滿怪奇趣味。四十萬字巨篇第一部。

07《水晶金字塔》（傑作選18）：

一九九一年九月初版。「御手洗潔系列」第七集。長篇。一九八四年在澳洲的沙漠，發現一具被燒死的屍體，從其駕照得知，他是美國軍火財團一族的保羅・艾力克森。他是美國紐奧良南端的埃及島上的巨大玻璃金字塔的建造者。建造這座金字塔的目的是什麼？與他之死有關係嗎？一九八六年來到這座金字塔拍外景的松崎玲王奈，首日看到狼頭人身的怪物，牠與傳說中之埃及的「冥府使者」很相似。之後不久，保羅之弟李察・艾力克森，陳屍在金字塔旁的高塔之密室內，死因是溺斃。兄弟之不尋常死亡意味什麼？四十萬字巨篇第二部。

08《眩暈》（傑作選9）：

一九九二年九月初版。「御手洗潔系列」第八集。長篇。故事架構與處女作有點類似，一名《占星術殺人事件》的讀者，留下一篇描寫恐怖的世界末日之手記：古都鎌倉一夜之間變成廢墟，出現恐龍，死人遺骸都呈被核能燒死的現象，而由一對被切斷的男女屍體合成的置錯體復醒。「幻想氣氛」十足的四十萬字巨篇第三部。

09《異位》（傑作選19）：

一九九三年十月初版。「御手洗潔系列」第九集。長篇。在《黑暗坡的食人樹》與《水晶金字塔》登場過的好萊塢日籍女明星松崎玲王奈，於本書成為綁架、殺人嫌疑犯。玲王奈最近時常夢見自己的臉噴出血的惡夢。有一天有名的女明星失蹤，當局懷疑是玲王奈的作為。不久，被綁架的幼兒都被殺，全身的血液被抽盡，恰如傳說上的吸血鬼之作為。難道玲王奈是吸血鬼的後裔嗎？御手洗潔會如何推理，為玲王奈解圍呢？四十萬字巨篇第四部。

10《龍臥亭殺人事件》（傑作選10、11）：

一九九六年一月初版，「御手洗潔系列」第十集。長篇。御手洗潔一年前到歐洲遊學，岡山縣貝繁村之龍臥亭旅館發生連續殺人事件時，他不在日本，探案的主角是石岡和己。岡山縣在日本是比較保守的地區，橫溝正史之《獄門島》的連續殺人事件舞台，就是岡山縣的離島，一九三八年日本最大量（三十人）的殺人事件舞台也是岡山縣。本書是目前島田莊司的最長作品，他花了八十萬字欲證明其「多目的型本格 mystery」（多目的型是指在一個故事裡有複數的主題或作者的主張）。如在下冊插入四萬字以上的「都井睦雄之三十人殺人事件」，原來這事件與故事是沒關係的。「多目的型本格 mystery」的贊同者不多。

11《御手洗潔的旋律》（傑作選33）：

一九九八年九月初版，「御手洗潔系列」第十一集。收錄中、短各兩篇。〈IgE〉與〈波士頓幽靈畫圖事件〉為本格推理中篇，前者寫美少女失蹤事件，與川崎市內的S餐廳的男廁所小便斗不斷被破壞之謎。後者寫御手洗留學美國哈佛大學時，大廈壁上的Z字被射擊十二槍之謎。〈SIVAD SELIM〉與〈再見了，遙遠的光芒〉兩則短篇為非推理小說，前者寫御手洗與記錄者石岡和己，對於是否參加高中的音樂會而吵架的經過，後者寫御手洗的德國友人與松崎玲王奈的一段交往，都是作者欲突出名探御手洗潔的形象之小品。

12《P的密室》（傑作選32）：

一九九九年十月初版，「御手洗潔系列」第十二集。收錄兩篇中篇：〈鈴蘭事件〉與〈P的密室〉。這兩篇都是御手洗幼年時代的探案。在〈鈴蘭事件〉開頭，記述者石岡和己寫道：本篇是呼應御手洗的粉絲要求而撰寫的。事件發生於一九五四年，御手洗五歲，在幼稚園上學，同學的父親橫死，警方判斷是事故死亡，御手洗獨自調查找出真兇。〈P的密室〉是御手洗七歲時解決的密室殺人事件。畫家與有夫之婦陳屍在密室，雖然女人之丈夫被捕，御手洗提出異論而破案。

五歲的名偵探，可能是世界推理小說史上，最年輕的偵探。島田莊司神話，信不信由你！

13《俄羅斯幽靈軍艦之謎》（傑作選23）：

二〇〇一年十月初版。「御手洗潔系列」第十四集。長篇。一九九三年八月，即御手洗潔赴歐洲一年前，他收到松崎玲王奈從美國轉來一封她首次到美國拍「花魁」電影時，影迷倉持百合寄給她的舊信，內容說，前個月九十二歲的祖父倉持平八的遺言，希望在美國的玲王奈向住在維吉尼亞州之安娜・安德森・馬納漢轉達：「他對不起她，在柏林，實在對不起。」但是他卻不透露對不起的理由。他又希望她能夠到箱根之富士屋飯店，看到掛在一樓魔術大廳暖爐上的那一張相片。

於是御手洗帶石岡來到富士屋。此相片攝於一九一九年，箱根蘆湖為背景，一夜之間湖上出現一艘俄羅斯軍艦時的幽靈相片。直接關係者都已死亡的歷史懸案，御手洗如何解決？

14《魔神的遊戲》（傑作選6）：

二〇〇二年八月初版。「御手洗潔系列」第十六集。長篇。五、六十歲的女人連續被殺分屍事件，在御手洗潔遊學英國蘇格蘭尼斯湖畔發生，掛在刺葉桂花樹上的「人頭狗身」的怪物意味些什麼？

15《螺絲人》（傑作選21）：

二〇〇三年一月初版。「御手洗潔系列」第十九集。長篇。本書採取橫排與直排交互排版的特殊方式，可說是作者之新嘗試，是否成功讓讀者判斷。故事發生於瑞典與菲律賓兩地，發生的時間相差也有一段距離。全書分四大章，第一、第三章橫排，是御手洗的手記，寫他在瑞典的醫學研究所接見一位年齡與自己差不多的失去部分記憶的中年人馬卡特的經過。

第二章直排，馬卡特撰寫的幻想童話〈重返橘子共和國〉全文，主角艾吉少年出遊，來到巨大橘子樹上的鄉村，博學、長壽的老村長，有翼精靈……第四章橫直排交互出現，御手洗根據這本童話，推理馬卡特失去部分記憶的原因，因此發現在菲律賓發生的事件。

16《龍臥亭幻想》（傑作選13、14）：

二〇〇四年十月初版。「御手洗潔系列」第二十集。長篇。龍臥亭事件八年後，當時的本事件關係者在龍臥亭集會。在眾人監視的神社內，業餘的年輕巫女突然消失，三個月後，從地震後的地裂出現其屍體。之後，發生分屍殺人事件。這樁連續殺人事件與明治時代的森孝魔王傳說有何關係？吉敷竹史在本書登場，與御手洗潔聯手解決事件。

17《摩天樓的怪人》（傑作選20）：

二〇〇五年十月初版。「御手洗潔系列」第二十一集。長篇。一九六九年御手洗潔在紐約哥倫比亞大學任教（助理教授）。住在曼哈頓摩天大樓三十四樓的舞台劇大明星，因患癌症，臨死前向他告白，於一九二一年紐約大停電時，她在一樓射殺了自己的老闆。這棟大樓曾經發生過複數的女明星在房間內自殺，劇團關係者被大時鐘塔的時針切斷頭，又某天突然吹起大風，整棟大樓的窗玻璃都破碎，本大樓的設計者死亡等事件，都與住在這棟大樓的「幽靈（怪人）」有關。她要御手洗推理，告白後即去世。幽靈的真相是什麼？

18《利比達寓言》（傑作選25）：

二〇〇七年十月初版。「御手洗潔系列」第二十三集。收錄兩篇十萬字長篇。表題作〈利比達寓言〉寫二〇〇六年四月，在波士尼亞赫塞哥維納共和國莫斯塔爾，四名男人同時被殺害，其中三名是塞爾維亞人，三人之中兩名的頭被切斷，另一名是波士尼亞人，頭同樣被切斷之外，胸腔至腹部被切開，心臟以外的內臟全部被拿走。此外四名的男性器都被切斷拿走。北大西洋條約機構（NATO）之犯罪搜查課之吉卜林少尉來電，要「我」（克羅地亞人。御手洗潔的朋友，本事件記錄者）聯絡在瑞典的御手洗潔，請他到莫斯塔爾來解決這次獵奇殺人事件。另一長篇是〈克羅埃西亞人的手〉，同樣是蘇聯崩壞後，獲得獨立的小獨國內的民族糾紛為題材的本格推理小說。

二、吉敷竹史系列

島田莊司發表第二長篇《斜屋犯罪》後，風評與處女作一樣，毀譽褒貶參半。島田認為「本格 mystery」尚未能被一般推理小說讀者接受，須擬出一套戰略計畫，推擴「本格 mystery」。島田的策略之一，就是撰寫擁有廣大讀者的旅情推理小說，先打響自己的知名度，然後再回來撰寫「本格 mystery」；另一策略就是到全國各所大學的推理文學社團宣揚「本格 mystery」。島田的兩個策略，算是都成功了。他在京都大學認識了綾辻行人、法月綸太郎、我孫子武丸等人，鼓勵他們寫作，並把他們的作品推薦給讀者，而確立了新本格推理小說。

另一方面，島田莊司從一九八三年開始，以短篇寫御手洗潔系列作品，長篇寫旅情推理小說，而塑造了離過婚的刑事吉敷竹史。其離婚妻加納通子偶爾會在「吉敷竹史系列作品」露面，是一位重要配角。他們離婚前的感情生活，作者跟著故事的進展，借吉敷的回憶，片段地告訴讀者。

所謂的「旅情推理小說」大多具有解謎要素，但是它與解謎要素並重的是，描述地方都市的人情、風光。故事架構有一定形式，住在東京的人，往往死在往地方都市的列車內或地方都市。辦案的大多是東京的刑事。

吉敷竹史是東京警視廳搜查一課殺人班刑事，一九四八年出生，與島田莊司、御手洗潔同年，只從年齡來說，就可看出吉敷竹史也是作者的分身，所以其造型與寫實派的平凡型刑事不同。

長髮、雙眼皮、大眼睛、高鼻梁、厚嘴唇、高身材，一見如混血的模特兒。這種素描就是島田莊司的自畫像。

01《寢台特急1／60秒障礙》（傑作選7）：

一九八四年十二月初版。「吉敷竹史系列」第一集。長篇。被殺害剝臉皮陳屍在浴缸裡的女人，在其推定的死亡時刻後，卻在從東京開往西鹿兒島的寢台特別快車隼號上被目擊。是一人扮二人？抑或是二人扮一人的詭計嗎？

02《出雲傳說7／8殺人》（傑作選8）：

一九八四年六月初版。「吉敷竹史系列」第二集。長篇。被分屍成八件肉塊的女性，其胴體、兩腕、兩大腿、兩小腿分別放在大阪車站與山陰地區的六個地方鐵路終站，找不到頭部而且其指紋全部被燒燬。兇手的目的是什麼？

03《北方夕鶴2／3殺人》（傑作選3）：

一九八五年一月初版。「吉敷竹史系列」第三集。長篇。事件是五年前的離婚妻加納通子打來的電話為開端，東京的刑事吉敷竹史，被捲入北海道的連續殺人事件。通子最初被誤認為從東京開往北海道的「夕鶴九號」列車殺人事件的被害者，其次成為釧路的公寓殺人事件的加害者。吉敷竹史在查案過程中，發現兩人結婚前之通子的重大秘密。吉敷獲得札幌警察署刑事牛越佐武郎的協助，終可破案。是一部社會派氣氛濃厚的旅情推理小說之傑作。

04《奇想、天慟》（傑作選17）：

一九八九年九月初版。「吉敷竹史系列」第八集。長篇。行川郁夫只為了十二圓的消費稅，刺殺了雜貨店女老闆，行川被捕後一直閉嘴不說出殺人的真正動機。吉敷竹史深入調查後，發現行川三十年前曾經出版過一本推理小說集《小丑之謎》，是寫一名矮瘦小丑，在北海道的夜行列車廁所開槍自殺，被發現後，廁所門再次被打開時，屍體消失無蹤……吉敷又由札幌警察局刑事牛越佐武郎告知，三十多年前北海道發生過類似事件，吉敷於是重新調查此事件。是一部本格推理融合社會派推理的傑作。

05《羽衣傳說的回憶》（傑作選26）：

一九九〇年二月初版。「吉敷竹史系列」第九集。長篇。吉敷竹史偶然在東京銀座的畫廊看到叫做「羽衣傳說」的雕金。他懷疑是離婚妻加納通子的作品。他回憶一九七二年，初次遇到她時的情景：她為了搶救一隻將被車撞死的小狗，反而自己受傷，吉敷把她帶到醫院治療，之後兩人開始交往，翌年結婚。結婚當天通子向吉敷說：「如果結婚的話，我將會死掉。」結婚後通子的行動漸漸不正常，七九年兩人離婚。吉敷至今一直不能忘記與通子相處的這六年。在「吉敷竹史系列」加納通子繼《北方夕鶴2／3殺人》登場的作品。

之後，吉敷到羽衣傳說之地，京都府宮津市辦案時，偶然遇到通子，吉敷又被捲入與通子母親有關的離奇死亡事件。

06《飛鳥的玻璃鞋》（傑作選28）：

一九九一年十二月初版。「吉敷竹史系列」第十一集。長篇。住在京都的電影明星大和田剛太失蹤第四天，被切斷的右手腕寄到他家裡。十個月後事件尚未解決，吉敷對這件管區外的事件發生興趣，向上司要求，讓自己去京都辦案，上司不允許，討價還價的結果，上司開出一個條件，限定一個星期的期間，要他解決事件，不然的話要辭職。

吉敷如何對付這事件？一篇具限時型懸疑小說的本格推理小說。日本的警察制度，不允許越境辦案，吉敷為何賭職辦案呢？這與離婚妻加納通子來電有關嗎？

07《淚流不止》（傑作選30）：

一九九九年六月初版。「吉敷竹史系列」第十五集。八十萬字大長篇。開頭兩個不相關的故事分別進行。最初是吉敷的離婚妻加納通子三次登場，這次與前兩次不同，這次完全是通子不幸的半生之紀錄。作者詳細記錄通子在盛岡之少女時期的性幻想，以及遭遇過多次的非尋常的死亡事件，通子決心接受精神治療，欲究明自己的過去之經過。

另一個故事是吉敷有一天，在公園內，看到一位老婦人向著噴水池大聲獨白的光景，她說，三十九年前在盛岡發生的河合一家三人（夫妻與女兒）的慘殺事件的真兇，不是丈夫恩田幸吉，恩田是無辜的。吉敷聽完後，詳細質詢老婦人，然後決定單獨重新調查一家三人殺人事件。

書後附錄一篇編輯部之訪問記〈代後記——島田莊司談《淚流不止》〉。由本文可看出作者之寫作動機與作者之正義感。

三、犬坊里美系列

二〇〇六年島田莊司新創造之第三系列。主角犬坊里美對讀者並不陌生，在《龍臥亭殺人事件》首次登場後，當時她還是一名青春活潑的高中生。之後在御手洗潔探案中出現過，甚至御手洗出國時，在《御手洗譜模園地》裡，與石岡和己合作解決過事件，可見她稍早就具有推理眼。跟著時光的推移，里美高中畢業後，在橫濱之塞里托斯女子大學法學部學習法律，畢業後在光未來法律事務所上班，並準備司法考試，考試及格後到司法研修所受訓，研修後被派到岡山地方法院實修。

01《犬坊里美的冒險》（傑作選22）：

二〇〇六年十月初版。「犬坊里美系列」第一集。長篇。故事從二〇〇四年夏天，二十七歲的犬坊里美為司法修習，來到岡山地方法院報到寫起。被派到這裡的修習生有六位，實修第一階段是律師事務，於是她與五十一歲的芹澤良，被派到丘隣之倉敷市的山田法律事務所實習。

他們兩人到山田法律事務所上班第一天，就碰到一個之前被殺、屍體消失，而前幾天腐爛屍體突然出現五分鐘，然後又消失的怪事件，而當局當場逮捕一名屍體出現時，在屍體旁邊的流浪漢藤井寅泰，他對殺人經過、動機一句不說，里美認為必有驚人的內幕，她開始調查。

四、非系列化作品

島田莊司的非系列化作品，占小說作品之三分之一以上，與其他本格派推理作家比較，其比率為高，作品領域也廣泛，有解謎推理、有社會派推理，也有諧模（戲作）作品。

01《死者喝的水》（傑作選29）：

一九八三年六月初版。第三長篇。非系列化作品第一集。前兩篇不可能犯罪型長篇，不能獲得廣大讀者支持，於是作者在本篇，改變創作路線——不在犯罪現場型推理。偵探是在第二長篇《斜屋犯罪》以配角身分登場的札幌警察局之牛越佐武郎刑事。他與社會派推理的刑警一樣，靠著兩隻腳搜查被害者，實業家赤渡雄造於旅行中被殺，其後被分屍，裝在兩只皮箱寄回家裡的獵奇事件。文中作者對「水」展現衒學。

02《被詛咒的木乃伊》（傑作選4）：

一九八四年九月初版。長篇。原書名是《漱石與倫敦木乃伊殺人事件》。明治大正時代的文豪夏目漱石為主角之福爾摩斯探案的諧模作品。夏目漱石留學英國時，每晚被幽靈聲音騷擾，他去找名探福爾摩斯，由此被捲入一樁木乃伊焦屍案。全書分別以福爾摩斯助理華生與夏目漱石兩人之不同視點交互記載事件經緯。夏目漱石眼中的英國首屈一指的名探是怪人。諧模推理小說的傑作。

03《火刑都市》：

一九八六年四月初版。長篇。連續縱火殺人事件為主題的社會派本格推理小說之傑作。中村吉藏刑事唯一為主角的作品。都市論——東京，與推理小說的「多目的型本格 mystery」。

04《高山殺人行1／2之女》（傑作選16）：

一九八五年三月初版。長篇。旅情推理小說第四長篇，但是與上述三作品不同的是非吉敷竹史系列作品。一般旅情推理小說不能或缺的是列車、飛機、船舶等交通工具與其時間表。日本特有之旅情推理能夠成立的最大因素是，這些交通工具之運行時間的正確性。但是本書並不使用這些工具與時間表。所使用的是島田平時喜愛的轎車。

上班族齋藤真理與外資公司的上級幹部川北留次有染。某天，川北從高山別墅來電說，殺死妻子初子，要她替他偽造不在犯罪現場證明，要她打扮成初子，駕車來高山，途中到處留下初子的印象。「兩人扮演一人」的詭計是否成功？故事意外展開，讓讀者意想不到的收場。

05《那年夏天，19歲的肖像》（傑作選34）：

一九八五年十月初版，二〇〇五年五月出版改訂版。長篇青春事件小說。全篇以主角「我」的觀點，回憶十五年前，十九歲那年夏天目睹的殺人事件，以及對該兇手的戀情與交往經過。一九七〇年初夏，「我」所騎乘的機車與卡車相撞，致使折斷肋骨、鎖骨等，必須入院兩個月。開刀後十天，「我」已經可以下床，由於無事可做，只好每天貼在窗前，眺望外面的大廈建設現場。不久，發現林立的高樓大廈之間，有一棟二層樓的和式家屋，裡面住著一對夫妻與一個美少女，「我」對這位少女一見鍾情。為了仔細觀察這位少女，「我」向朋友借來望遠鏡。有一天晚上，他模糊地看到了少女拿刀殺父的畫面。翌晚，又看到少女拖著一大包東西到建設工地內掩埋的畫面。於是「我」退院後，便積極地與少女接觸，終於機會到來。

06《開膛手傑克的百年孤寂》（傑作選24）：

一九八八年八月初版，二〇〇六年十月出版改訂版。長篇。一八八八年，英國倫敦發生令人心寒的連續獵奇殺人事件。五名被害者都是娼妓，她們被殺後都被剖腹拿出內臟。事件發生至今已一百多年，倫敦警察當局尚未破案。島田莊司不但取材自這件世界十大犯罪事之一的「開膛手傑克事件」，並加以推理、解謎（紙上作業）。

開膛手傑克事件的百週年之一九八八年，東德首都東柏林也發生模仿開膛手傑克的連續娼妓獵奇殺人事件。名探克林・密斯特利（Clean Mystery，島田莊司迷不陌生吧！）如何解釋相隔百年的兩大獵奇事件呢！

07《伊甸的命題》（傑作選27）：

二〇〇五年十一月初版。收錄兩篇十萬字左右的長篇。表題作〈伊甸的命題〉所指的是：「由男性的細胞核所創造的複製人，是否能夠具備卵巢這種臟器」的疑問。由此可知本篇乃以懸疑小說形式討論複製人的小說。

另一篇〈Helter Skelter〉，是島田莊司於二〇〇一年發表論文〈二十一世紀本格宣言〉，重新宣揚自己的本格理念，然後請幾位作家撰寫符合其本格理念的推理小說，而本人也寫了一篇示範作品，分發給每位參與的作家做參考。這篇作品就是〈Helter Skelter〉，本文不提示其內容，讓讀者去欣賞島田莊司的二十一世紀推理小說。（其實二〇〇一年以後的島田作品，很多是這類小說。）

目次

出場人物

一九三六年（昭和十一年）

梅澤平吉：畫家。
梅澤多惠（阿妙）：平吉的第一任妻子。
梅澤時子（登紀子）：平吉和多惠的女兒。
梅澤昌子（勝子）：平吉的第二任妻子。
金本一枝（和榮）：昌子的女兒。
村上知子（友子）：昌子的女兒。
村上秋子（亞紀子）：昌子的女兒。
梅澤雪子（夕紀子）：平吉和昌子的女兒。
梅澤吉男（良雄）：作家，平吉的弟弟。
梅澤文子（綾子）：吉男的妻子。
梅澤禮子（冷子）：吉男和文子的女兒。
梅澤信代（野風子）：吉男和文子的女兒。
富田安江（富口安榮）。
富田（富口）平太郎：安江的兒子。
竹越文次郎：警察。

緒方嚴三：服裝人偶工廠的經營者。
安川民雄：服裝人偶工廠的僱員。
石橋敏信：業餘畫家。
德田基成：雕刻家。
安部豪三：畫家。
山田靖：畫家。
山田絹江：詩人。

一九七九年（昭和五十四年）

御手洗潔：占星術師。
石岡和己：插畫家、事件作家。
江本：廚師。御手洗潔的朋友。
飯田美沙子：文次郎的女兒
飯田：美沙子的丈夫，警察。
竹越文彥：警察，文次郎的兒子。
加藤：安川民雄的女兒。
古田秀彩：四柱推命❶的占卜師，人偶作家。
梅田八郎：明治村的從業員。

❶四柱推命：亦即八字命理學。

序

在我知道的事件裡，這是最離奇詭異的一件。像這樣不可能的犯罪行為，我認為這個世界上恐怕以前不曾發生過。

昭和十一年（一九三六年），東京發生了連續殺人的奇怪事件。但是，和這個事件有關聯的人，都不可能完成案子內的殺人行為。因此，這可說是一個找不到兇手的命案。（用這樣的說法來形容，一點也不誇張。）

這個命案就像沒有出口的迷宮。四十多年來，日本國內不知多少人絞盡腦汁，想要找出命案的兇手。但是到了昭和五十四年（一九七九年）的春天，我涉入這個案子的時候，仍然陷於迷宮當中，毫無頭緒。

其實，這個案子留有詳細的紀錄，而且所有破案的線索，也都曾完整地公諸於世了，但為什麼還是沒有人可以解開謎團呢？或許只能說這個案子實在太匪夷所思了。

本書將在描述這個故事的過程中，以清楚、公開的形式，將解謎時需要的所有線索，都呈現在讀者眼前。

AZOTH

這是為我自己而寫的小說，原本並不存在讓別人看見的用意。

不過，既然以這樣的形式出現，就不得不考慮到被別人看到的可能性。因此，為了我自己，我必須說明，這是一本既可以做為遺書，又具有事實根據的真相報導「小說」。

如果，在我死後，我的創作可以和梵谷的遺作一樣，帶來可觀的財富，那麼，是否正確地從「小說」讀懂我個人心聲，並且將此做適當的處理，則由讀者自己決定。

昭和十一年（一九三六年）二月二十一日（星期五）　梅澤平吉

我被惡魔附身了。

我體內顯然存在著和我的意志背道而馳的物體，我的身體只是受這個物體差遣的傀儡罷了。這個東西實在太邪惡了。它一再地凌辱我，利用各式各樣的方法，讓我感到不寒而慄。有一天晚上，我看見一隻如小牛般巨大的蝸牛，伸出觸鬚，一面在地板上留下分泌出來的黏稠唾液，一面穿越過我的房間。牠慢吞吞地從桌子底下探出身子，然後以極其緩慢的速度，在地板上蠕動前進。

某一天的黃昏，黑暗沿著房間的四角和窗戶的鐵格子，慢慢地彌漫開來。我很清楚地知道：在那些黑暗的角落裡，靜悄悄地潛藏著三兩隻壁虎……種種景象，都是我體內的那個物體，有意讓我看到的。

在一個春天的清晨，我差點被刺骨的寒風凍死，那也是附身於體內的惡魔的傑作。隨著我的青春消逝、體力漸衰，體內的惡魔也開始肆無忌憚地發揮魔力。

根據凱爾蘇斯❷的說法，要驅除附著於病人體內的惡魔，必須先給病人麵包和水，然後再用棍子毆打病人。

〈馬可福音〉上也記載著：「夫子，我帶著我的兒子到您這裡來，他被啞巴鬼附身，無論在哪裡，鬼都會捉弄他，把他摔倒，讓他口吐白沫，咬牙切齒，讓他的身體越來越衰弱。我請您的門徒把鬼趕出去，可是他們卻不能做到。」

自幼時起，我就一再為了驅逐體內的惡魔，而忍受了許多常人無法忍受的痛苦。因為，我從小就發現了它的存在。

我也曾在一本書上，見過這樣的一段文字：「中世紀時，有人在被惡魔附身的患者面前點燃一大炷香，等對方發作而倒地時，立刻拔下患者的一束頭髮，放入事先預備的瓶子裡，然後蓋緊瓶蓋。這樣一來，惡魔就被關在瓶子裡，而患者也隨之恢復正常。」

當我自己發作時，也曾央求身邊的人如法炮製一番。然而，沒有人願意接受我的央求，他們往往不是嗤之以鼻，就是說：你怎麼不自己先試試看呢？然而自己是不可能做到的，而且有時候我也會變成一個瘋狂的人，所以大家便把發生在我身上的事，歸類為是癲癇發作這個可怕又平常的現象。

沒有親身體驗的人，大概絕對無法理解吧！那種痛苦已經超過生理現象的領域，也超越了羞

❷凱爾蘇斯（Aulus Cornelius Celsus，二五年至五〇年），古代羅馬學者，曾經編纂羅馬的百科全書，其中以《醫學論》（De Medicina）最為知名，但其餘的作品都已散失。

恥心或榮譽感等微妙的精神層次，就像在莊重的儀式之前，人就會不由自主地俯首叩拜一般。那種時候，我在神志不清中領悟到：在這個世界上，我為自己所做的一切努力，只不過是虛幻。

在我的身體裡面，很顯然地，寄生著一個和我唱反調的惡魔。因為它是球狀的，所以也許應該像中世紀時所說的，稱它為歇斯底里球❸吧！

平常，它都盤據在我的下腹部或骨盤附近，不過，有時候也會撥開胃和食道，竄升至咽喉。這是每週一次的例行工作，而且一定在星期五進行。那時，正如聖濟利祿❹所描寫的，我會癱倒於地面，舌頭痙攣，嘴唇也不停地顫抖，同時口吐白沫。在那時，我耳邊清晰地傳來惡魔們淒厲的大笑聲，同時也感覺到它們用鐵鎚，把無數根尖銳的鐵釘，釘進我的身體裡。

蛆、蛇、蟾蜍等，是後來才出現的，人或動物的屍骸也會出現於房間，還有噁心的爬蟲類會靠近我的身邊，啃噬我的鼻子、耳朵、嘴唇，同時發出「咻——咻——」的吐氣聲，散發出濃濁的惡臭。所以，我對於在巫術的祭祀或儀式上，多半會準備很多爬蟲的事，一點兒也不感到奇怪。

另外，最近我不曾口吐白沫（近來幾乎不曾昏倒過），但是每到星期五，就會感到胸中的聖痕在流血。在某種意義上，這是比昏倒更艱苦的考驗。當時的心境，就像自己變成了十七世紀的卡達莉娜・伽莉娜修女，或威爾賽・畢卻利那樣，因為得道而感到喜悅。

那都是體內的惡魔在逼迫我。因此，我才會做出種種令人厭惡的行為，我不得不採取行動。那個行動，就是藉惡魔之助，創造出一個完全符合惡魔的要求的完美女性。在某種意義上，這位完美的女性也可以說是神，但按照通俗的說法，那應該說是魔女。總之，那是一個全知全能的女人。

最近我常常作那個夢，一而再、再而三地作同一個夢。夢境往往是一切妖術的起源。我把蜥蜴的肉燒成灰，和上等葡萄酒混合，塗在身上，然後入睡。如今已變成惡魔傀儡的我，不，已經成為惡魔的化身的我，每個夜晚，都在幻境中，見到那個利用合成技術創造出來、完美無瑕的女人。

她所擁有的美，不是我這支禿筆所能在畫布上描繪的，除了虛幻的美感之外，她也具有真實的精神、力量以及美妙的體態。因此，我再也無法克制自己想在現實中見她一面的強烈欲望。只要能親眼看到她，我覺得死而無憾。

這個女人就是「阿索德」。哲學家的阿索德（石）❺，我把她叫做阿索德。而她正是我花了三十年以上的時間，在畫布上追求的理想女性，也就是我的夢想。

我認為人類身體可以分為六個部分，那就是頭、胸、腹、腰、大腿以及小腿。

在西洋占星術裡，人體這種袋狀物，正是宇宙的投影，也是縮小體。因此，這六個部分都各有其守護的行星。

頭部是由牡羊座的守護星♂（火星）來支配的。換句話說，就是：人體的頭部，是牡羊座的支配領域。而因為牡羊座是由♂加以守護的，所以可以說：頭部是從♂獲得力量的。

至於胸部，則同時是雙子座及獅子座的支配領域。因此是由雙子座的守護星☿（水星），與獅子座的守護星⊙（太陽）共同守護。又，如果這個人體是女性，則胸部的範圍也包含了乳房。這麼一來，這個部位就又屬於巨蟹座的支配領域，因此也受到巨蟹座守護星☽（月亮）的守護範圍。

❸歇斯底里球（Globus Syndrome），亦即醫學上所謂的「喉球症候群」，這個現象在中世紀的歐洲被視為惡魔附身的象徵。
❹聖濟利祿（St.Cyril of Jerusalem，三一五年至三八六年），四世紀時的耶路撒冷主教。
❺哲學家的阿索德（石），亦即「哲學家之石」（Philosopher's Stone），或稱「賢者之石」，被鍊金術師視為至高無上之物。

因為腹部屬於處女座，故由處女座的守護星☿（水星）來統治。

腰部是屬於天秤座，應該受天秤座的♀（金星）支配。只是，若是女性的話，必須考慮到子宮，亦即有生殖機能的部分，這麼一來就成了天蠍座的統治領域。換言之，這裡是由天蠍座的守護星♇（冥王星）統治的。

大腿部相當於射手座的範圍，故而由射手座的♃（木星）來支配。

小腿部屬於水瓶座，順理成章地在水瓶座♅（天王星）的統治之下。

人類的肉體即如上所述，根據行星之特性，而各自擁有優於別人的部分。舉例來說，牡羊座的人頭腦比較發達，天秤座的人腰部比別人強。這些部位，是根據太陽在其出生時那一瞬間的位置而決定的，不過，若反過來說，也可以說每個人的特質都是由單一部位決定的。由於這些星座的祝福，只能及於身體的某一部分，因此，每個人終其一生都無法超凡脫俗，凌駕他人之上。

有人頭腦比較發達，有人腹部比較健壯，每個人身上都擁有一個優於別人的部位，各自生活在這個世界上的各個角落。但是，如果從這些人當中，抽取其中的精華部分，如頭腦發達者的頭部、胸部飽滿者的胸部、腰部結實強健者的腰部……試想一下集合了六種人的精華後，所組合成的肉體，將會呈現出何種能量呢？

那將是一個集合各行星的祝福於一身，渾身散發著無數光芒的新人類。這樣的人，如果不是超完美的人，那會是什麼呢？

大體上說來，具有力量的東西，多半兼具美感。如果這個散發光芒的肉體，是由六位處女組合而成的，那麼，她應該成為擁有一切完美特質的「女人」。對一個不斷地從畫布裡追求完美女性的人而言，面對即將展現於眼前的完美傑作時，我當然會情不自禁地產生一種近乎恐懼的憧憬。

說起來真是何其幸運，最近在一次偶然的機會裡，我竟然發現了我的眼前就有這樣的六名處女。不，如果說得更正確一點，是我偶然發現了和我住在同一個屋簷下的六位少女，她們分別屬於不同的星座，身體也各自擁有不同的行星之祝福；這個發現，激發了我創作阿索德的靈感。

說起來也許會令人驚訝，我是五個少女的父親。

我的女兒依序為和榮、友子、亞紀子、登紀子、夕紀子。不過，和榮、友子、亞紀子等三人，是我第二任妻子勝子與前夫所生的。夕紀子是我和勝子的親生女兒，而登紀子則是我和前妻阿妙所生的女兒。夕紀子和登紀子正巧是同年。

因為勝子曾經學過芭蕾，所以她便利用閒暇時間，教這些女孩子芭蕾與鋼琴。除了我的五個女兒外，這個房子裡還有兩名少女，她們是我弟弟良雄的女兒冷子與野風子。因為良雄所租的房子太小，所以我的這兩位姪女晚上的時候就睡在這裡的主屋的房間裡。就這樣，我的房子裡經常有一群年輕的女子。

不過，勝子所帶過來的長女和榮，此時已經出嫁了。所以住在家裡的女孩子其實只有六人，那就是友子、亞紀子、夕紀子、登紀子、冷子、野風子。

至於她們各自所屬的星座為：和榮是明治三十七年（一九〇四）生的山羊座，友子是明治四十三年（一九一〇）的水瓶座，亞紀子是明治四十四年（一九一一）生的天蠍座，夕紀子是大正二年（一九一三）生的巨蟹座，登紀子是同一年生的牡羊座。另外兩位姪女，冷子也是大正二年生的處女座，野風子是大正四年（一九一五）生的射手座。

我家有三個已滿二十二歲的少女，這六位少女如同訂做一般地碰巧湊在一起。從頭部到小腿部，分別受到各個行星眷顧，在星座上完全沒有重複。我逐漸地感到這件事並非偶然，這是特地為我而收集的材料。惡魔命令我利用這些材料創造貢品，這是毋庸置疑的事實。

長女和榮現年三十一歲，因為她的年紀太大，而且體驗過婚姻生活，況且現在的住處也離此甚遠，故不列入考慮。由上至下，依序為頭部——牡羊座的登紀子，胸部——巨蟹座的夕紀子，腹部——處女座的冷子，腰部——天蠍座的亞紀子，大腿部——射手座的野風子，小腿部——水瓶座的友子，依照這個順序，各取一個部位加以組合。雖說腰部屬於天秤座、胸部屬於雙子座的處女更合乎理想，然而，目前還無法達到那種理想。

再者，由於阿索德是「女性」，故胸部應視作乳房，腰部應視作子宮，從這個觀點更能印證這件工作的意義。對於這份幸運，我不知道應該感謝上天？還是感謝魔鬼？

這個阿索德的製作過程，必須完全依照純粹的煉金術之處方，否則她就無法得到永恆的生命。這六名處女都是金屬元素，雖說目前仍是卑金屬，不過，不久之後經過提煉，就能昇華為黃金，也就是阿索德；就像撥開烏雲，現出了清朗的藍空。這是何等莊嚴神聖的事啊！

啊！一想到這裡，我就渾身顫抖，無論如何我都想親眼目睹自己創造出來的阿索德。只要能見到阿索德，我也就死而無憾了！我之所以耗費了三十幾年的時間，不斷地在畫布上苦戰，完全是因為我內心深處有一個完美的女性影像——阿索德。試想，要是能夠不用畫筆，而用實際的肉體創造出一個女人，那該是多麼美妙的事呢！世界上所有藝術家的夢想，恐怕沒有比這個更大的了。

這是有史以來，誰也不曾想過的事情，是具有完美意義之創作。不論是黑魔術的彌撒，或是煉金術的賢者之石，抑或追求女性肉體美的雕刻，和這個阿索德的創造比較起來，都將變得毫無意義了。

做為這個藝術品素材之少女們，不得不提早結束世俗的生命。她們的肉體大致上都需經過兩次的橫切處理，然後取出需要的一部分，剩下的二部分殘軀就丟棄（但是登紀子和友子提供頭部及小腿部，所以她們只需做一次橫切處理，所以剩下的只有一部分）。她們雖然保不住凡俗的生命，可是，她們的肉體經過精煉，進而昇華為永恆的生命，想必她們也不會反對吧！

作業的開始，必須遵循煉金術第一原質的原則，也就是必須從太陽在牡羊座時著手。

擔任頭部的登紀子之肉體，由於是牡羊座，故必須利用♂來奪取她的生命。（♂是火星的符號，在煉金術中則代表鐵的意思。）

擔任胸部的夕紀子是巨蟹座。所以必須用☽加以殺害。（☽是月亮的標幟，在煉金術中則代表銀。）

擔任腹部的冷子是處女座，因此須嚥下☿而死。（☿是水星的符號，在煉金術中代表水銀。）

擔任腰部的亞紀子是天蠍座，天蠍座的支配星現在雖是♇（冥王星），不過若以尚未發現冥王星的中世紀為基準，則應利用♂來奪取她的性命。

至於大腿部的野風子則是射手座。故須利用♃使其喪命。（♃是木星的意思，在煉金術中則是錫的記號。）

擔任小腿部的友子是水瓶座，水瓶座現在的支配星雖然是♅（天王星），不過在中世紀時尚未被發現，故由♄代替，所以最好利用♄使其面對死神。（♄是土星，在煉金術中則代表鉛。）

如前所述，順利得到這六塊肉體之後，首先要做的事，就是清潔那些肉塊的完整身體，以及我本身的肉體。這件工作必須使用由葡萄酒與某種灰混合而成的材料。

其次，用♂的鋸子把所需求的各部位肉體一一切下，然後把十字架組合在浮雕板上，再加以組合這些肉塊。雖然也可以像把基督釘在十字架上似的，用釘子固定這些肉塊，但是，我不希望在這個完美的「作品」上面留下皺紋及傷痕，我希望我的阿索德能如同魔術女神海克提的神諭一般，所以我先做了木雕像，並且以小蜥蜴來裝飾。

接下來就進入準備隱形火的階段了。就像宏達奴斯一樣，許多煉金術士都以為這個隱形火，是真正的火焰，於是實驗一再地失敗，真是愚蠢。其實，所謂不會沾濕手的隱形水，或不會發出火焰的隱形火，都是某種Θ（鹽）及香料。

然後就是尋找構成黃道（十二星座）的各要素。亦即在羊、牛、乳兒、蟹、獅子、處女、蠍子、山羊、魚等動物之中，儘可能地取出可以到手的動物肉片與血水，然後加上蟾蜍與蜥蜴的肉片，放在鍋裡煮熟。這一鍋東西就叫「阿達諾魯」，也就是所謂的黃金爐。

煮「阿達諾魯」時，心中必須默念的巫術咒語，也是我費盡一番心血，才從巫術書籍裡找出來的。那是一本由奧利蓋涅斯，或聖希波留多斯所寫的書。

「來吧！來自地獄、地上，以及天上的邪魔，還有街道、四方的女神啊！帶來光明、徘徊於午夜，成為光之敵、夜之友的你啊！聽到犬吠及見到血腥就興奮莫名的你，徘徊於墳場，與鬼魂為伴的你啊！嗜食人血，為人間製造恐怖的你啊！戈嚕戈、摩路諾❻千變萬化的月神啊！請您用仁慈的眼，來見證我所獻上的真品作吧！」

煮好以後的「阿達諾魯」必須密封於「哲學之蛋」中。而且，這顆蛋，必須一直保持和孵蛋時的母雞同樣的溫度。這顆蛋在不久之後，就會昇華為「帕那滋」（這似乎是巫術中的萬能藥）。

藉著帕那滋的藥力，六個部分的肉塊終於組合而成一個肉體，這就是阿索德——一個全知全能、擁有永恆神力之肉體，是與光同盟的女性生命。成就了附有光環的肉體、也將永垂不朽的阿索德之後，我也會變成阿迪普德（洞悉宇宙奧祕的人）。

人們經常以為使卑金屬變為黃金的法術，就是瑪格奴斯．歐普斯（MAGNUS OPUS，偉大的傑作之意），一般稱之為煉金術的這種觀念簡直荒謬無稽！也許，就像天文學是脫胎於占星術，然後再逐步進展一般，煉金術在化學發展的初期，也有過極大的貢獻；不過，現代的化學家雖然明知此一事實，卻由於自卑感作祟，竟然把煉金術說成低俗的法術。這種情形就像成名之後的學者，為了顧及顏面，居然公然說酗酒的父親並非自己的父親一樣。

煉金術的真正目的，其實是更高層次的。那是把隱含於一般常識、習慣下的現實本質，在完美的意義上，具體呈現的方法。換言之，就是把「美中美」，或者「崇高的愛」等單純而至上的意念加以實現。在淬鍊的過程中會遭到徹底的改變洗淨，原本在世俗所要求的危險平庸思想裡，如同鉛一般毫無價值的意識將會提升為某種精巧的、如黃金般的物質。以東洋的思考來說明的話，真正的煉金術，大約相當於「禪」。像這樣把所有事物變成永恆的創作行為，可以說是一種「普遍性的救濟」，這才是煉金術真正的目的。

因此，世俗的煉金術士即使曾經真的能把廢鐵煉成金，我也會認為他們的煉金行為，只是一種行騙的障眼法；他們其實大半都是騙子。

許多不能達到煉金術箇中奧祕的人，經常為了找尋第一原質，而鑽入牛角尖。其實，煉金術的原質並不局限於礦物。巴拉克魯斯不是曾說過，第一原質是「到處都有，並且陪著孩子一起玩遊戲」的東西嗎？因此我認為真正的第一原質，如果不是女人的肉體，那麼還會是什麼呢？

看到這裡，我自己很清楚人們會認為我是個瘋子。也許我和別人有相異之處，然而，身為藝術家，這是很自然的事。這種迥異於別人之處，大概就是所謂的才能。如果只是把前人所創造的東西，略加修改而完成的一件作品，無論如何也不能稱作藝術作品。我認為，唯有在對抗中，才有創造。

我絕對不是喜歡血腥的人。不過，身為一個創作者，在見到解剖的人體時的感動，卻令我永

❻戈嚕戈、摩路諾：咒語。

難忘懷。因此，我經常情不自禁地憧憬被置於非平常狀態的人體。從小時候起，我就有種強烈的渴望，想為脫臼的肩膀作素描。同時，也不只一次地想要觀察隨著死亡的接近，而逐漸鬆弛的肌肉。我認為只要是真正的藝術家，都會有這種想法吧！

在此，我要略微介紹一下自己。說起來，我開始迷上西洋占星術，是因為在十幾歲時，受到一位和母親過從甚密，且在當時也十分罕見的西洋占星師的影響。這位占星師曾經很準確地預言我的人生，後來我也曾向他請益。他是荷蘭人，本來是基督教的傳教士，後來由於過度沉迷占星術，而喪失傳教士的資格，從此靠占星術維生。在明治時代，不用說東京，即使全日本，恐怕也只有他一個西洋占星師。

明治十九年（一八八六）一月二十六日，下午七時三十分，我生於東京。太陽宮為水瓶座，上升宮為處女座，由於上升點（出生瞬間的東方地平線）上面有♄（土星），導致我的生活受到♄的強烈影響。

♄是我本身的星座，也是我的人生象徵。我後來迷上煉金術，也知道了♄在煉金術中，同時也代表了煉金所需的第一原質——鉛。因此我希望利用自己藝術家的資質，去了解使礦物昇華為黃金的技術。

在人的命運中，最能為人的命運帶來試煉和耐力的，就是土星。以前那位占星師就曾經推算過：我從人生的起點，就擁有某種決定性的劣等意識，因此我的人生就等於一部不斷克服此種障礙的歷史。如今回想起來，我的生涯果然如他所說。

我的身體談不上健壯，幼年時身體特別虛弱，還曾被警告過要避免燙傷。但是念小學時，我還是被教室的暖爐燙傷右腳，至今還留下一個很大的疤痕。

至於人生的另一階段，將同時與兩個女人來往的預言，也可從登紀子與夕紀子兩個同齡的女兒身上得到證明。

預言說雙魚座擁有♀（金星），所以我會對雙魚座的女人產生好感，但我卻娶了獅子座的女人為妻。而且在二十八歲左右，我將面臨對家庭負責任的考驗。正如那位占星師所預言，我先和雙魚座的阿妙結婚。後來，有一段時期我迷上竇加❼，他經常以芭蕾舞者為模特兒。而我那時的模特兒，就是我現在的妻子勝子，在一見鍾情我強烈地追求她後，讓已為人妻的勝子為我生下一個女兒，那就是夕紀子。我周旋於阿妙與勝子之間。結果她們於同年先後各生下一個女兒，那也是造成我和阿妙離婚，再和獅子座的勝子結婚的原因。那一年，我正好二十八歲。

阿妙現在在都下保谷經營香煙攤，那棟房子是我買給她的。登紀子似乎時常去探望她。不過，我所擔心的登紀子，和其他女兒倒處得很好。我也常常覺得對不起阿妙。雖然已經分開二十年了，然而這份愧疚感總是揮之不去，最近反而更為強烈。現在，我甚至在想，要是將來阿索德能為我帶來一筆財富，我要全部送給阿妙。

另外，那位占星術師也曾預言，我的晚年，將是既孤獨又寂寞的，不是住進醫院或養老院，就是在精神上遠離俗世，生活於幻想世界。這一點也完全料對了。我現在一個人窩居在由院子一角的倉庫改造的畫室裡，過著深居簡出的生活，就連主屋那邊，也很少去。

還有，現在回想起來，那位占星術師說得最準的一點，那就是由♆（海王星）與♇（冥王星）重疊的第九宮。這暗示了我能在超自然界裡，過著純粹的靈性生活，並且具有內在啟示與神祕力量，同時會迷上被視作異端的宗教，從事邪法與巫術的研究。此外，這也暗示了我會無端地到國

❼竇加（Edgar Degas，一八三四年至一九一七年），法國印象派畫家、雕塑家。

外流浪，性格與境遇也會因此產生極大的轉變。他說，依照月亮的圓缺來判斷，那種轉變應該是在十九歲至二十歲的時候。

命盤上只要♆和♇重疊，這個人的一生就會發生相當怪異的事，以我來說，在某種意義上我生於兩星進入作用最強的第九宮時。於是我的後半生，便一直受到這兩個煞星支配。十九歲時，我離開日本，並以法國為中心，在歐洲各國流浪。這段海外生活，使得神祕主義的人生觀深植我心。

其他還有許多細節，也都和預言不謀而合。其實我年輕時根本不相信西洋占星術，因此會下意識地採取和那位占星師所說的話相反的行動。但是萬萬想不到，最後的結果卻總是符合占星術所言。

不只是我，我們一家人，或和我有關係的人，似乎都受到不可思議的命運作弄。最明顯的例子，就是我周遭的女性。這些和我有關的女人，不知何故婚姻之路都相當坎坷。

就從我自己說起吧。第一任妻子和我離婚，而我則是現任妻子勝子的第二任丈夫。而現在，我已決意赴死，因此不久之後勝子又要二度喪夫。

我父母的婚姻也失敗，聽說祖母的婚姻也不美滿，勝子帶來的女兒和榮在最近也離了婚。

友子已經二十六歲，亞紀子也二十四歲了，由於家裡的房子很大，而且她們和她們的媽媽十分親密，所以似乎都不想結婚；再加上世局變幻莫測，日本或許即將和中國開戰，戰事一旦爆發，就算她們結婚了，也有可能成為寡婦。一想到這裡，她們就寧可維持現狀。反正已經習得鋼琴與芭蕾之技藝，不愁無法自立。況且勝子對軍人並無好感。

既已對婚姻死心，勝子和女兒們，便開始把興趣轉移到金錢上面。她們認為六百多坪的土地，如果不加利用，未免太過可惜，於是再三催促我將老宅主屋改建成公寓。

我已經告訴勝子她們，將來我死後，房子可以由她們自由決定。弟弟良雄現在還在租房子，所以大概也會贊成吧！因為如果順利改建成公寓，他們大約可以一輩子不愁衣食。

回想起來，只因為我是長子，就獨自享有一切家產的繼承權，這對良雄確實很不公平。不過，儘管我也曾考慮過既然房子那麼大，不妨讓良雄夫婦也搬來主屋住，然而不知是弟媳綾子太過客氣，抑或勝子不願意，他們至今仍在附近租房子。

總之，除了我以外，大家都贊成興建大型公寓。所以對於唱反調的我，自然就有意疏遠。這種時候，我就會開始懷念起阿妙。阿妙除了溫順的優點之外，實在是個乏味的女人，不過，這點總比勝子她們強。

我之所以堅決反對蓋公寓，是有原因的。現在住的目黑區大原町老家，有倉庫改造的畫室，我對這樣的工作室相當滿意。而且可以從窗戶看到一片綠樹，這令人心情愉快。一旦改建成公寓後，這些樹木將會被許多好奇的眼光所取代，成為窺視我的工作室的據點吧！由於大家都聽說我是怪人，不免想窺探我。對創作而言，被窺探的干擾是最糟的事，因此我絕對不同意在我有生之年，將主屋改建為公寓。

我自孩提時，就常被這個現在已改建為畫室的倉庫的陰森氣氛所吸引。童年的我，就有在完全密閉的地方才能安心的傾向。不過，既然要做畫室，就不能太過陰暗，於是我在屋頂開了兩個大天窗，而且為了怕有人侵入，又安裝了兩面鐵窗，然後又在上面鑲入兩片玻璃。

除了加上兩個天窗外，所有的窗戶也都加裝鐵窗，並做了浴廁和流理台。另外，這間倉庫本來是兩層的建築，我把二樓的地板打掉後，這裡就成了有挑高屋頂的平房。

為何大部分畫室都喜歡高的天花板呢？因為，空間越寬敞，越具有開放感，比較適合創作。此外，若要作大幅的畫作時，太低的天花板就會顯得礙手礙腳的。雖然把畫架放低，就不會碰到天花板，只是，大畫有隔一段距離瀏覽的必要，這時候就需要較大的牆面和空間，因此寬大的場所也就相對成了必要。

我實在太需要這種工作場所了，所以從軍醫院弄來一張附有輪子的床後，就乾脆在這裡住下來。床腳附有輪子，就可以隨心所欲地推到自己喜歡的地方睡覺。

我偏愛高的窗子。秋天的午後，坐在寬闊的地板上，看著不時飄落在方格子窗戶上的枯葉，覺得枯葉恰似五線譜上的音符。

抬頭看牆壁上尚未改建之前的二樓窗戶，也是一種享受。這時，我總是不知不覺地哼著〈卡布里島〉或〈月光小夜曲〉等優美的旋律。

倉庫西面和北面的牆壁外面，就是圍牆，是沒有窗戶的；而南面的窗戶也都封死了，所以是個光線無法射入的窗戶，但也讓我有一片相當寬大的牆壁。其實在我小的時候，這個倉庫剛建成時，外面還沒有用大谷石❽做的牆。倉庫的東面有一個做為出入口的門，以及新建的廁所。北、西兩面沒有窗戶的牆壁上，掛著我傾注心血完成的十一幅作品。這些都是以十二星座為主題的百號大❾作品，我預定在不久的將來完成第十二幅。

現在，我打算開始畫最後的牡羊座。由於這是我的終生事業，我計畫一旦完成牡羊座的作品，就著手進行阿索德的製作，只要能親眼看到它完成後的模樣，我就結束自己的生命。

我在歐洲流浪時，也有過一次感情經驗。當時我在法國遇到一個名叫富口安榮的日本女子。明治三十九年（一九〇六年），我第一次踏上巴黎的石板路。我徬徨無依的青春期，就是在這條石板路上度過的。當時一個完全不會說法語的日本人，想在這條街上遇到同胞的機會，簡直是微乎其微，那真令人惶恐不安！在月明之夜，一個人走在那條街的街頭，會覺得全世界彷彿只剩下自己一個人了。不過，不久之後我就逐漸習慣巴黎的生活，也能講幾句簡單的法語，那種被遺忘的不安，反而變成耐人尋味的哀愁，於是我開始漫無目的地在拉丁學生區閒逛。

對落落寡歡的我而言，巴黎的秋天分外迷人，當我走在石板路上，聽到落葉飄落地上的聲音時，忽然覺得開始懂得欣賞周遭的一切美好事物。

灰色的石板路，和落葉的顏色十分相稱。

我喜歡上居斯塔夫．莫羅⑩這個畫家，就是從這個時候開始的。羅謝佛德街十四號，就是莫羅的博物館。此後莫羅和梵谷這兩位畫家便一直是我心靈上的食糧。

某個晚秋的日子，我如往常一樣地在巴黎街頭散步，然後在盧森堡公園的梅迪西噴泉附近遇到了富口安榮。當時，她正斜倚在噴水池旁的石欄上，茫然地注視前方。

附近的樹葉已落盡，枝椏宛如老人的血管般，兀自伸向鉛灰色的天空。那一天氣溫驟降，對異鄉遊子來說，凜冽的寒風更令人倍感淒涼。

一看安榮就知道她是東方人，我基於一份親切感而走近她。她那種不安的表情，對我而言十分熟悉。但是不知道為什麼，我下意識地認為她是中國人。

由於她也以頗親切的眼神看著我，我就用法語和她搭訕著，說今天起就進入冬季了。雖然在日本沒有這個習慣，當時我認為用外國話開場白，應該具有安撫作用。不過，顯然我錯了，那竟是一個拙劣的問候法。她神情抑鬱地掉過頭去，迅速轉身離去。我一時張皇失措，便下意識地用日語對著她的背影大喊：「妳是日本人嗎？」當時她回過頭來，臉上寫滿信賴的表情，於是，我突然有個預感：愛神已經在向我招手了。

梅迪西噴泉附近，一到冬天就有人賣烤栗子。熱呼呼的烤栗子，以小販那熟悉的叫賣聲：

❽大谷石：產於日本栃木縣宇都宮市大谷町，為一種輕質凝灰岩，特點為質地輕、空洞多、易於加工，多用於建築物的外壁。
❾百號大：畫布尺寸為 162x130cm 以上的畫作。
❿居斯塔夫．莫羅（Gustave Moreau，一八二六年至一八九八年），法國象徵主義派畫家。

「chaud chaud marrons chaud」⓫，總會引誘著人們去購買。我們經常一起吃栗子。因為同是身處異鄉的日本人，所以我們幾乎每天都見面。

安榮雖然和我同年齡，可是我是一月生的，她是十一月底生的，因此實際上我們幾乎相差一歲。她是為了學畫，而專程前來巴黎的富家千金。

我二十二歲，她二十一歲時，我們一起返回日本。不久之後，巴黎就被捲入歐洲大戰（第一次世界大戰）的漩渦。

回到東京後，我們仍然繼續來往，我也打算和她結婚。不過，由於在東京的情況和孤獨的異鄉巴黎不同，安榮身邊經常圍繞著一群追求者，再加上她的個性活潑外向，我們很自然地就黯然分手，後來就聽說她結婚了，而我們有一陣子沒再見面。

我和阿妙結婚時是二十六歲。當時良雄在府立高中（現在的都立大學）車站前的和服店工作，這段姻緣就是在半開玩笑的情況下結成的。那年母親不幸病逝，遭受喪母之痛的我，在寂寞的煎熬下，根本不想過問對方是什麼人，而且我已經繼承家業，也算得上是個有資產的人，是個理想的結婚對象。

不過，命運之神可真會作弄人，就在我結婚數月後，突然在銀座遇到久違的安榮。仔細一瞧，她還帶著小孩。我說：「妳果然結婚了。」她卻回答：「已經和先生分手了，目前在銀座經營一家畫廊兼咖啡館。店名是根據一個難忘的地方取的，你要不要猜猜看？」我說：「難道是梅迪西？」她答道：「不錯！就是這個名字！」

我把自己的作品全部委託她代售。當然，銷路並不好。她雖一再勸我舉行個展，但是我一向不熱中二科會⓬或光風會⓭等藝術獎，所以一直沒有多大表現，自然沒有什麼名氣，更何況我一向最討厭自我宣傳。她也來過我的畫室，我還為她畫了一幅肖像，準備將來若是在梅迪西舉行個展時，把它列入作品中。

安榮是明治十九年十一月二十七日生的射手座，她兒子平太郎是明治四十二年（一九〇九年）生的金牛座。她曾經暗示我：說不定平太郎是你的兒子呢！也許這只是一向愛開玩笑的她的一貫作風，不過，仔細算起來，時間倒也符合。而且，她特地取「平」字，似乎也顯得頗有含意。要是她說的是事實，那也只能說：一切都是命！

我是一個舊式的藝術家，對於最近流行的畢卡索或米羅等藝術家的前衛性作品，一點興趣也沒有。對我而言，只有梵谷和莫羅的創作，才是我心儀的好作品。

我深知自己的觀念較保守。可是，我素來偏好能讓人深切感受到「力量」的作品，缺乏力量的繪畫，在我眼中只是加上繪畫塗料的木板及布匹罷了！不過，若是能讓人深切感受到「力量」的作品，就算是抽象的東西，只要能夠讓我理解，我還是能接受。因此，畢卡索的一部分作品，或以自己的身體為畫布的隅江富岳，都還是在我喜歡的範疇。

不過，我認為技術是創作時的必要條件，藝術作品當然應該和孩子把泥巴丟到牆壁上的結果截然不同。與其去欣賞那些所謂抽象派畫家所畫的作品，我覺得車禍後殘留在馬路上的輪胎痕跡，反而更能令我感動！印在石子路上的強烈軌跡、鮮紅的裂痕、或是由碎石裡滲出來的血滴、形成強烈對比的黑白線條……這些都具備了完美作品的條件。也可以說是除了梵谷及莫羅的作品外，也能令我感動的作品。

我將過去的自己說成古板保守是另有目的的。我喜歡雕刻，可是我卻是屬於喜歡人偶甚於塑

⓫chaud是法文「熱的」之意；marrons是「栗子」的意思。
⓬二科會：日本第一個標榜反官展的獨立美術團體，創立於一九一三年。
⓭光風會：日本的美術團體，創立於一九一二年。

像的人。在我眼裡，塑工十分精緻的金屬雕塑像，只是一堆廢鐵。總而言之，過於前衛的東西，我都不能接受。

年輕時，我在府立高中車站附近的一家洋裝店的櫥窗裡，發現了一位魅力十足的女性。雖然她只是人偶模特兒，卻讓我深深著迷，我每天都要到那家洋裝店的門口看看她。只要有事必須經過車站前，不管必須繞多麼遠的路，我都會特意經過那家店，甚至有過一天去看五、六次的紀錄。因為我持續欣賞了一年多，所以她穿夏裝、冬裝、春裝等的模樣，我都不曾錯過。

要是事情發生在現在，我一定毫不猶豫地要求店主把她讓給我，可是，當時我只是個小毛頭，而且又非常害羞，那種話實在說不出口。此外，當時我也沒有錢。

我向來不喜歡煙霧迷濛的地方，更無法忍受醉鬼的破鑼嗓子，所以很少涉足酒店。不過，那時我卻經常去一家叫做「柿之木」的酒店。因為裡面有位老主顧，是製造服裝人偶模特兒的業者。有一次我藉著幾分醉意，要求那個人讓我參觀他的工作室。當然，那裡並沒有登紀江，也找不到具有她的百分之一魅力的女人。也許在一般人看來，那間工作室裡的所有人偶，無論是容貌或體態，都和登紀江相差無幾。然而，我卻一眼就看出其間的差異。其價值的差異，就如同珍珠鍊和鐵絲圈一樣。

登紀江就是我為那位模特兒取的名字。因為當時有位叫登紀江的當紅女星，和那個模特兒的臉十分神似。我被那個沒有生命的登紀江迷住了，不論白天或夜晚，她的倩影總是浮現在我眼前。我寫了許多讚美她的詩，也開始依照記憶中的影像偷偷地為她作畫。如今回想起來，那正是我展開繪畫生涯的起點。

那家服裝店的隔壁是一家生絲批發店，經常有載貨的馬車在那裡卸貨。我可以裝成在觀看馬車，然後一面欣賞登紀江。她那優雅的臉龐、栗色的秀髮，那髮絲看起來有點僵硬；纖細的手指，還有順著裙襬下來的小腿曲線，即使已經過了三十年，現在回憶起來，仍然歷歷在目。

我曾經見過她在櫥窗裡等待換衣服時的全裸模樣。當時內心的震撼，實非筆墨能形容，就連以後有了男女經驗時的內心感受，也遠不及那次來得強烈。那一瞬間，我雙膝抖顫，幾乎站不穩。看過登紀江全裸的模樣之後，有很長的一段時間裡，我非常迷惑於為何女性的下體會長毛，更不能明白下體內部所擁有生殖機能的意義與價值。

老實說，在我的人生裡，因為登紀江而改變的部分，實在多不勝數。例如：我偏好髮絲粗硬的女性、特別容易感受到啞女的魅力。有如植物般，動也不動的沉靜女性，很容易讓我對她們的肉體產生許多想像力。

前面我已經說過我的藝術觀了，顯然的，我欣賞女性的角度，與我的藝術觀背道而馳。連我自己都覺得奇異。這從我同時熱愛莫羅和梵谷兩個畫風明顯相異的畫家，就可以看得出來。我也想過：如果我沒有遇到登紀江，或許我的藝術觀和欣賞女性的角度，就會出現一致的情況了。

我的前妻阿妙，就是一個像植物一般的、像人偶一樣的女人。但是，我體內的另一個我，卻以藝術家的內心激情，追求我的另一個妻子勝子。

我和登紀江之間的感情，算得上是我的初戀。然後，在那個我永遠也忘不了的日子——三月二十一日，登紀江竟然自櫥窗裡消失了。那是春天，也是櫻花開始吐蕊的時節。

當時，我內心的衝擊，真是無法描述。我覺得一切都變成幻影，心痛難癒。不，不只如此，經歷了這件事，我也醒悟到目前我所擁有的一切，終有一天會失去。因此，我跑到歐洲過著自我放逐的生活。我之所以選擇歐洲，是因為登紀江的氣質，很接近我當時看過的法國電影。我抱著幾分期待，心想到了法國，說不定能遇到和登紀江相似的女子。

幾年後，當我擁有第一個女兒時，便毫不猶豫地將她命名為登紀子。因為，她的生日和登紀江自櫥窗消失的日子相同，也是三月二十一日，我深為這種不可思議的命運安排而迷惘。

於是，不久後我就相信櫥窗裡的那個登紀江，也是牡羊座的。同時，我也相信櫥窗裡的登紀江永遠無法屬於我，所以她投胎轉世，來做我的女兒。所以，我**知道**女兒登紀子長大以後，那張臉必然會越來越像登紀江。

不過，這個女兒的身子卻很虛弱。

走筆至此，我不禁為自己第一次注意到這件事而感到驚訝。我最疼愛登紀子，而正由於她的身體不健康，所以我是不是因此下意識地想為她創造和她完美的臉龐相稱的肉體呢？

的確，我也察覺自己單戀著登紀子。登紀子是牡羊座，不過，因為她生於火與水交界之日（牡羊座的守護星是火星，前一個雙魚座則是水星，三月二十一日正好是這兩個星座交界的日子），可能有點躁鬱症的味道。每當她悶悶不樂時，我一思及她嬌弱的心臟，便無法克制內心的憐愛之情。我必須坦白地說，那種感情絕對超過父女之情。

除了長女和榮，以及兩個姪女冷子與野風子之外，我都分別為女兒們畫過半裸的速寫。登紀子的身材不大豐潤，右下腹有顆小痣。當時，我確實想過，要是登紀子的身材也像她的臉蛋那麼完美，那該有多好啊！

其實登紀子的身體並不是最瘦弱的。或許友子的身體，與我沒有見過的冷子與野風子的身體，比登紀子更加羸弱。我對登紀子的感情，完全是一個男人對一個女人的感情，我深深愛著她。仔細想起來，我的親生女兒，除了登紀子以外，只有夕紀子，所以我特別愛登紀子，也不算太不自然吧！

我對於青銅做的人體雕塑作品完全不感興趣，但是有一件唯一的例外。數年前，我再度到歐洲旅行，在我眼中，羅浮宮並沒有什麼了不起，雷諾瓦或畢卡索的東西也不會感動我，更別說是羅丹的雕刻。但是，當我在荷蘭的阿姆斯特丹，參觀了一位名叫安德列・米佑的無名雕刻家的個展時，受到極大震撼。參觀那次個展之後，那股排山倒海而來的氣勢，讓我幾乎有一整年的時間完全喪失了繼續創作的勇氣。

那是個和死亡藝術有關的展覽，會場則是設在一個棄置已久，幾乎成為廢墟的舊水族館內。從電線桿上垂下來的男人的屍體、放在馬路旁邊的母女屍首，似乎都飄散出已經腐敗的強烈屍臭。（大約一年後，我才走出那個震撼，告訴自己那不過是一場展覽，我所見到的只是雕塑的作品，不是真的屍體。）

因恐懼而扭曲的五官、因為面臨死亡時的痛苦，而激起的求生意志、僨張的肌肉……人們垂死時掙扎的模樣，淋漓盡致地被刻劃出來了。

那種逼真程度，讓我忘卻眼前的屍體只是一座金屬製造的作品。按理說，銅像應該具有柔和的曲面和單色，可是那些作品呈現出來的量感，卻令人忘了這些。

最精采的，是一個溺死的作品。一個男人站在水中，用力按住一個戴著手銬的男人，把他的頭按進水裡。那男人臨死前，口裡還吐出一串串連成細鎖鍊般的水泡。好像是為了讓參觀者看得清楚一點，那個作品放在真的水槽內，是整個幽暗的會場裡唯一的明亮之處。

那簡直就是殺人事件的現場。在我的記憶裡，從未有過那種震撼的經驗！

參觀完那個展覽之後所產生的虛脫感，大約持續了一年左右。我覺悟到潦草的創作絕對無法超越那種作品，於是下定決心創作阿索德。我相信創造阿索德的藝術成就，必然可以凌駕其上。

我還必須留意狗的動靜。在那個死亡的藝術展場中，充滿了各式各樣的哀號。當聲音的頻率超越兩萬赫茲以上，人的耳朵是聽不見的，但是狗卻可以聽到三萬赫茲的尖銳高音或還未成聲的尖叫。而走在我前面的婦人手上抱的約克夏敏感地做了反應，牠確實聽見了。

製作、放置阿索德的場所，必須利用精確的數學計算方程式來推算。

如果只是製作，那麼大可使用我現在的畫室。但是，一旦六名少女同時失蹤，我的工作室一定會成為調查的對象。就算警察不來查問，勝子也一定不會輕易放過我，因此必須尋找一個新房子。製作阿索德的地方必須也是放置阿索德的場所。地點若在鄉下，就不用花大錢，而且我也擔心在阿索德完成之前，或在我死之前，這本手稿就被發現，所以在此我不寫出明確的場所，只能說是在新潟縣。

說起來這本小說是阿索德的附屬品，所以我認為它應該和阿索德一起被放在日本帝國的中心。這本小說是不可以被單獨看到的。

為阿索德提供身體的一部分之後，六位少女所殘存的軀體，則應該被歸還於日本帝國中各星座所屬的場所。

我認為應該根據土地所產的金屬，來決定該土地所屬的星座。亦即產♂（鐵）之地為牡羊座，或屬於天蠍座。產☉（金）之地為獅子座。同樣地，產☽（銀）的地方屬於巨蟹座，產♃（錫）的土地為射手座，同時也是雙魚座所支配的土地。

依照這個想法，登紀子的殘肢應該放置於屬於牡羊座的產♂之地，夕紀子的殘軀應放在巨蟹座的產☽之地，冷子的殘軀置於處女座產☿（水銀）之地，亞紀子的殘軀應置於天蠍座產♇之地，此外，野風子則放在射手座產♃之地，友子放在水瓶座產♄（鉛）之地。如此一來，阿索德才能成為空前的偉大創作，賦予她身上的神奇力量，才能盡量發揮。這項工作任一環節都不能稍有疏失，只有一一完成，才能成就「瑪格奴斯．歐普斯」。

究竟為何要創造阿索德呢？那並不是像我畫西洋畫那樣，是一種個人的即興創作行為。我對藝術的執著及美的憧憬，當然是永無止境的，然而，我創造阿索德，卻不是為了滿足我個人的執著與對美的憧憬。阿索德不同於一般作品，她是我為大日本帝國而創造的。日本帝國已經誤入歧途，創造了錯誤的歷史。在歷史年表上處處可見不自然的縐摺。如今我國正在創造史無前例的大縐摺，長達兩千年的過錯，現在是付出代價的時候。如果再走錯一步，日本就會從地球儀上消失。亡國的危機已迫在眉睫，為了拯救國家，我才決心做此空前的創舉！

不用說，阿索德在我心目中，不但是美的化身，同時也是神，更是惡魔。她是一切咒術的象徵，也是所有魔法的結晶。日本人只要把國家的歷史回溯到兩千年前，就不難發現類似我的阿索德之存在。不用說，那就是卑彌呼⑭。

在西洋占星術中，日本帝國屬於上天秤宮。由這點看來，日本人本來應該是個性開朗，喜愛慶典活動及社交活動的民族。後來，由於受朝鮮系民族的支配，更進而受到中國儒教文化的影響，於是孕育出極端壓抑，甚至在某種意義上看來略帶陰鬱的民族件。

就拿佛教來說吧。日本的佛教經由中國傳入，原來的佛教教諭幾乎完全喪失。我甚至認為日本也不應該向中國學習漢字，因為漢字實在太複雜。總之，我認為日本帝國應該恢復邪馬台國時代的女王制，才是正道。

日本是個神國，物部氏的主張是正確的。捨棄重視禊、祓，以及利用太占來測知神意的傳統日本，卻聽信受外國思想洗腦的蘇我氏之花言巧語，而中途改信佛教，其報應一定會出現在後來

⑭卑彌呼：古代日本邪馬台國女王，據說能通鬼道、惑眾人。

的歷史中。

就這一點而言，日本的民族性和大英帝國也許有共通之處。日本的武士道精神若放諸海外，大約只有大英帝國的騎士精神足以相提並論。

對於已經失去卑彌呼的現今，我的阿索德將是未來拯救日本帝國的聖者，所以必須準確地置於日本的中心。至於那個中心究竟在哪裡呢？由於日本的標準時間，是以通過明石的東經一百三十五度為基準的，因此似乎可以將之做為日本國南北向的中心線。不過，我覺得這種想法實在太無稽。若是用那個尺度，日本帝國的中心線，很明顯地應該是在東經一百三十八度四十八分。

日本列島像一張美麗的弓，但是弓內所涵蓋的範圍卻很難斷定。一般認為位於最東北的，應該是堪察加半島前的千島列島；最南端的是小笠原諸島南方的硫磺島。不過，我認為應該是沖繩先島群島的波照間島，因為以緯度來論的話，它處於更南的位置上。硫磺島之所以被重視，是因為這個島是日本帝國的箭頭。

日本帝國像被維納斯支配的天秤座，其版圖形狀如弓，具有優美特質。無論從任何角度來看世界地圖，都不可能在其他地方，找到像日本這樣以優美弧線連成的美麗列島，其形狀令人聯想到勻稱姣好的美女曲線。

搭在這個弓形島上的箭，是延伸至太平洋的富士火山帶，箭尖端發光的寶石就是硫磺島。所以，這個島對日本帝國而言，未來將具有相當重要的意義。不久後，日本人就會知道硫磺島這個島，對日本列島這張弓，具有多麼重要的意義吧！

至於搭在日本列島上的箭，以前也曾發射過。沿著地球儀緩緩而行，可以通過澳洲下方，掠過南極之側，貫穿好望角；至於南美方面，則可連接巴西。巴西是日本移民最多之地。若再往前進，則能通過前述的大英帝國，再穿越亞洲大陸，返回日本。

日本列島東北端的位置，也應該正確地記住。千島列島的大部分，應該包含在日本列島中。雖然有很多人認為幌莚和溫禰古丹島也是日本領土，可是這些島都在堪察加半島附近，而且由於面積較大應屬於大陸，故應把春牟古丹島以南的諸小島列入日本領土。這樣羅處和島和計吐夷島之間的區劃，說不定就能有個公斷。不過，既然自古即命名為千島列島，故其大半應視作日本列島的一部分。否則，和南方的沖繩諸島就無法平衡。這些小島群，可以看作裝飾弓的兩端之流蘇。藉著這兩條流蘇，把日本列島這張弓，自大陸垂掛下來。

春牟古丹島的東端是東經一百五十四度三十六分，北端是北緯四十九度十一分。

其次是西南端，西端是與那國島。這個島的西端是東經一百二十三度零分。

如前所述，日本帝國的南端應視為硫礦島，不過，對於真正的南端也不妨順便一提。那就是位於與那國島東南的波照間島。此島南端的緯度為北緯二十四度三分。硫礦島的位置則為島的南端為北緯二十四度四十三分。

接下來關於東西方位，若以東端的春牟古丹島與西端的與那國島為中心線，所求出的平均值來看，則為東經一百三十八度四十八分。這條線才是日本帝國的中心線。它連結了伊豆半島的前端、新潟平原的正中央，以及向最北處膨脹的部分。

富士山脈也是大部分都在這條線（東經一百三十八度四十八分），這條線對於日本帝國具有十分重要的意義。即使在日本的歷史上，也是意義非凡。過去是這樣，未來也是如此。因為我具有靈能力，所以我很了解，也可以很明確地說：這條一百三十八度四十八分的線，是非常重要的。

這條線的北端，有座彌彥山。據說山上有座彌彥神社。這座神社在咒術的意義上，具有舉足輕重的地位。此處應該有塊神石，相當於日本的肚臍。千萬別小看了這個地方，日本的命運可是掌握在它手裡呢。我臨終前的唯一心願，就是拜訪這座彌彥山。萬一無法達成心願，也希望我的子孫能替我完成遺志。我經常感到這條線，尤其是北端的彌彥山在呼喚我！

這條線上，從南開始，排列著四．六．三這三個數字。這三個數字加起來是十三，正好是惡魔最喜歡的數字。我的阿索德，將置於這個十三的中央。

※文中的（）內的文字，大部分都是編輯後來加進去的。另外，平吉使用的一些舊式日語假名與說法，也一一改為現在習慣的說法，例如：白羊宮→牡羊座。

I　四十年的難解之謎

1

「這到底是什麼嘛？」

御手洗合上書，向我丟過來，又回到沙發上躺著。

「你已經看完了？」我說。

「嗯，是梅澤平吉的手記嘛。」

「你覺得怎麼樣？」

我興致勃勃地問。可是，已經筋疲力盡的御手洗卻只「唔……」了一聲，久久沒有下文。過了一會兒，才說：「好像在看電話簿噢！」

「這個人對於西洋占星術的見解如何？好像有很多錯誤嘛！」

聽我這麼問，御手洗乘勢擺出一副占星術權威的姿態，說道：

「他的話太過武斷了。因為決定身體特徵的，與其說是太陽宮，毋寧說是上升宮。單憑太陽宮來判斷，似乎太過偏頗。不過，其他地方大致都說對了，基本常識倒是沒什麼問題。」

「煉金術方面呢？」

「對於這一點，我認為他有根本上的錯誤概念。以前的日本人經常犯這樣的錯誤。例如把棒球當作美國人的精神修養之類的，以為沒有打中球，就得切腹謝罪一樣的荒謬。不過他認為不可能把鉛煉成金的想法，比其他那些同行還是高明些！」

我，石岡和己，一向對冠上神祕或詭譎等字眼的事物感興趣，簡直到中毒成癮的地步，只要一個禮拜不看這類書，毒癮就會發作。於是就必須馬上到書店，尋找封面上印有「謎」字的書。就是因為有這種嗜好，所以才會知道像邪馬台國爭論⑮、三億圓搶劫案⑯等，至今仍留下謎團的事件。這些都是從書上得知的。

不過，日本至今仍留下許多謎團的多數事件當中，最具有謎樣魅力的，首推發生於昭和十一年（一九三六年），與二．二六事件⑰同時發生的占星術殺人事件。

在我和御手洗因為機緣而接觸的無數案件中，它是最令人難以理解，也是最異乎尋常的一個。儘管我們已經絞盡腦汁了，卻一直無法作出最合理的解釋。這個命案的怪異、不合邏輯，而且其規模之龐大簡直匪夷所思！

我的說法真的一點也不誇張。因為，整個日本都被捲入這個事件的謎團之中，而且，儘管全日本的能人異士都殫精竭慮地為此謎團爭論了四十年以上，卻直到一九七九年的現在，當時留下的謎團依然是謎團。

我自認智商不低，所以也想挑戰這個謎團。但是在接受挑戰的過程當中，卻有「尚未遇到過如此棘手的問題」的苦惱。

在我出生時，就有出版商把梅澤平吉的小說式手記，配合事件經過的文件，編成一本《梅澤家占星術殺人案》。這本書不久即成為暢銷書，並且引起數百名業餘偵探的興趣，展開一連串的推理辯論，形成一股熱潮。

但是這個命案卻越辯越成謎，所有的人就像進入迷宮一般，始終找不到兇手。不過，這個空前詭異的事件，卻也反映出太平洋戰爭前夕的日本，成為那個黑暗時代的象徵。我想這才是日本人對這個命案產生濃厚興趣的主要原因吧！

事件的詳細經過容後再述，不過，最令人不寒而慄，以及無法理解的部分，則是手記中所述，六位梅澤家少女的屍體後來逐一在日本各地被發現，並且從那些屍體上，發現了代表其所屬星座的金屬元素。

然而，看那些少女被推斷的死亡時間點，當時梅澤平吉早已死亡，而其他可能涉及殺人的嫌疑犯，全都有不在場證明。

而且，那些不在場證明，無論從任何一個角度看來，都不像是有意製造出來的。因此我們可以斷言，除了被殺害的少女之外，所有手記中曾經提及的人物，都不可能做出那種瘋狂的行為。換句話說，除了已死的平吉以外，無論在動機上或理論上，應該沒有人會做出那樣驚人的殺人之舉！

爭論的結果，兇手是手記中沒有提及的外人之說法，獲得了壓倒性認同。當時眾說紛紜，爭辯的景況就像世界末日即將來臨般激烈。總之，凡是想像得到的答案，都有人提出來，我個人也想不出可以超越這些範圍的答案。

這股人人參與破案的熱潮，一直延燒到昭和三十的年代，最近這股熱潮好像還變成了奇特的腦力激盪比賽，世面上甚至還陸續出版了一些解謎之書，但內容總令人懷疑他們到底有沒有認真思考過。會變成這樣的原因，不外乎是與那件命案有關的出版品實在太好賣了。這種一窩蜂的情況，令人不禁聯想到美國西部的淘金熱。

其中最有開創性的言論，當然首推警政署長的意見，或是首相的看法。不過，政治人物的說

⓯邪馬台國爭論：關於邪馬台國所在地之論爭，目前以「畿內說」與「九州說」較有力，但因史料限制，尚無定論。

⓰三億圓搶劫案：一九六八年十二月十日發生在東京都府中市的現金搶劫案，是日本迄今被盜金額最大的案件。犯人至今仍未捕獲，也已經過了時效。

⓱二．二六事件：一九三六年（昭和十一年）二月二十六日，由受皇道派影響的陸軍青年官兵發起的未遂政變。

法總是十分保守。相較之下，最是傑出、精采（？）的論調，則是納粹的活人實驗說，及日本境內有新幾內亞食人族的說法。

在種種奇怪的論調影響下，大家開始繪聲繪影。有人說：真的耶！我在淺草看到那一夥人在跳舞。甚至還有人說：我也差點被他們吃了。由於日本各地都有類似的傳聞，於是某家雜誌社，甚至策劃了一次「人肉的吃法」之座談會，邀集那些相信食人族說法的人和烹飪專家，暢述各人的意見。

不過，後來又出現了UFO的外星人理論，這應該算是資優生的答案。一九七九年，正是科幻小說盛行之際，不用說，它也是順應好萊塢的科幻片潮流而生。話說回來，最近這股推理旋風再度盛行，也是為了配合好萊塢推出神祕電影的步調吧！

可是，上述的外人殺害說法，很明顯地都有一個致命的漏洞。那就是這個外人如何能看到平吉的手記，而且他又**有什麼必要**非依照手記的內容，進行殺人的犯罪行為不可呢？

關於這一點，我也曾想過：是否有人利用早已存在的梅澤手記，來達到殺人的目的？也就是說，假設有個男人愛上六名少女之中的某一人，因被對方拒絕而動了殺機，於是為了故佈疑陣，便照手記上的方法，把其他五名少女也一併殺害？

不過，無論從何種角度看來，這個想法都難以成立。首先，六位少女在母親昌子（即平吉手記中的勝子）的嚴格管教下，根本不可能有男女感情的糾紛，這是警察調查的結果。此事若發生在現代，也許還有可能，但昭和十一年那個時代，似乎難有可能了。況且，就算真有這麼一回事，那個男人似乎也沒必要大費周章地殺了另五名少女，再一一把屍體丟棄於日本各地吧！照理說，他應該會選擇更簡單的殺人方法。

另外還有一個疑點，那個男人怎麼有機會看到平吉的手記呢？

基於這些理由，我不得不放棄自己的假設。不過，包括警方在內，二次大戰後卻出現了一種大膽的假設：他們懷疑那是軍事單位的特務機關的傑作。因為，戰前軍方確實執行了許多一般民眾無從知悉的祕密事件或計畫，只不過規模都沒有占星術殺人事件這樣駭人聽聞。

至於軍方對她們處以極刑的理由，也許是因為昌子的長女一枝（手記中的和榮）的丈夫是中國人，所以她有間諜的嫌疑。的確，若從這件命案發生後的隔年，便爆發中日戰爭這一點來看，這種推論倒也符合事實。

我認為：如果想要凌駕前人的假設，得到這件空前慘案的解答，首先必須解決的事，就是突破之前那些假設所不能突破的疑點。

儘管要找到兇手破案，似乎是不可能的事，但想要突破某些疑點，我認為應該是辦得到的。不論是軍方殺人的假設，或外人行兇論，毫無例外地都擁有共同的疑點。那就是：兇手為何能看到平吉的手記？以及是否有必要按照一個平民所描述的方法，做出那種殘酷的殺人行為？但這樣一來，這個神祕事件便又再度陷入謎團，一籌莫展……

一九七九年的春天，一向活力充沛、喋喋不休的御手洗，不知怎麼地，竟然得了嚴重的憂鬱症。因此，即使遇到了這種高難度的挑戰，也提不起興趣。單憑這一點，就值得我為他作一番介紹。

御手洗是一個具有藝術天賦，個性十分情緒化的人。例如他會不經意地買了一支牙膏，在發現味道很好後，就能一整天都在刷牙；而一旦發現平常最喜歡的餐廳的餐桌，變得「沒意思了」，也會悶上三天，每天長吁短嘆的。所以我不能說他是個很好相處的人。他的行動雖然大都在我的意料之中，只是，即使連以後和他交往的時間也算在內的話，我想也不會再見到他如此沮喪的模樣。

不論是去上廁所或喝水，最近的他都像一頭瀕死的大象，行動遲緩，就連接待偶爾來占卜的客人，也是一副無精打采的樣子。看慣他平日旁若無人地高談闊論，我覺得他平常的言行，是比較令人安心的。

大約一年前，由於發生了一件事，我才認識了他，後來就經常到他的占星教室逗留。要是有學生或客人來他的事務所，我就順理成章地成為他的義務助手。然而，有一天，一位姓飯田的婦人突然跑來，自我介紹說自己和一件著名的占星術命案有關，是其中一位當事人的女兒，並且拿出一份不曾讓別人看過的證據資料，請求協助。當時我震驚得幾乎停止呼吸。只有那個時候，我才首次慶幸自己能認識御手洗，同時，對這個怪人也刮目相看起來。看來，這個沒沒無聞的年輕占星師，在少數人眼中，還小有名氣嘛！

那時候的我，差不多已忘了占星術命案的事。然而，不用多久我就回想起來，而且為這突然而來的線索欣喜若狂。但是，說到我們這位重要人物御手洗仁兄，他雖身為占星術師，卻不知道這麼有名的占星術殺人事件。因此，我只好從自己的書架上，拿出那本《梅澤家占星術殺人案》，一面拍去灰塵，同時為他說明其中的來龍去脈。

「那麼，後來這本小說裡的梅澤平吉也被殺了嗎？」御手洗露出痛苦的表情。

「對呀！這本書的後半部寫得很詳盡，你看了就知道。」我說。

「我不想看，因為字體太小了。」

「這又不是圖畫書！」

「書的內容你都已經知道了吧？請你轉述其中的要點，不就好了嗎？」

「好是好，只怕我說得不清楚，因為我的口才可沒你好！」

「我……」

御手洗雖然馬上接口，但也許是太累了，沒有力氣，所以只說了一個字就住口了。要是他一直這麼安分，那他就是個很好相處的人了。

「好吧。我就先把一連串事件的大概情形說一遍，好嗎？」

「……」

「好嗎？」

「好哇……」

「這件占星術殺人案，大概是由三個獨立事件組合的。首先是平吉被殺，其次是一枝遇害，第三就是阿索德命案。這本書中說了：手記的作者梅澤平吉，在寫完手記的五天後，也就是昭和十一年二月二十六日早上十點多，被發現死在手記中所說的，由倉庫改造的畫室裡。而這本像奇幻小說的手記，則在畫室的書桌抽屜裡被找到。

「不久，距平吉被殺的目黑區大原町有一段距離的世田谷區上野毛，梅澤平吉獨居的長女和榮（一枝）也被殺害了。由於這是一件疑似**竊盜命案**，且死者有被強暴的跡象，故可斷定兇手是男性。有人認為這件命案的兇手可能與其他命案無關，這個事件也許只是單純的偶發事件。我也認為，站在客觀的立場來看，那種可能性確實很強。可是，因為它正好發生在平吉命案及阿索德命案之間，所以自然而然地被聯想到那是梅澤家慘劇的一部分。

「發生了一枝命案後，事情還沒有結束，接著好戲才上場。沒多久，平吉手記裡的連續殺人案，竟然也成為事實。不過，儘管說這是連續殺人命案，但看起來受害者卻似乎是同一時間死亡的。這就是所謂的阿索德命案。梅澤家就是這麼一個被詛咒了的家庭。不過，御手洗兄，你可知道平吉的屍體被發現的昭和十一年二月二十六日，是什麼日子嗎？」

御手洗略顯不耐，簡短地「嗯」了一聲，作為回答。

「對！就是二．二六事件的日子。咦？你居然也知道那件事？嗯，是否這本書裡也有記載？

「讓我想想看，應該如何來說明這個空前的連鎖命案呢？還是先從平吉手記裡出現的人物開始說吧！首先，我想介紹他們的真實姓名。這本書的這裡有一張表（圖1）。你過來看看吧！御手洗兄。

「平吉所寫的，像小說一樣的手記中的人物，多半是假名，大部分都是同音異字⑱（圖1中括弧內是手記裡使用的名字）。由於這些命案所牽涉的人實在太複雜了，如果不看這張圖，就很容易混淆。

「不過，其中也有不同字也不同音的，那就是小說中的野風子並非信子，而是信代。還有，富田安江的姓也改為富口。大概是因為找不到適當的漢字來代替富田吧。此外，其子平太郎在小說也未改名。也許是由於『平』這個字具有重要的意義，而且太郎一名也找不到適當的漢字來取代吧！我想，這種推測應該不會錯。年齡也有註明，不過是以事件發生當時的昭和十一年二月二十六日為準。」

「連血型也寫出來了嗎？」

「嗯，關於血型方面，隨著事件說明之推展，你就會了解。前面提到的人物的血型，是必要的部分。其次，平吉的小說中所出現的人物樣貌或插曲軼聞，似乎都有事實根據。這一點是毫無疑問的。

「如果說還有什麼需要補充的事實，那就是有關平吉的弟弟吉男的事情。他是位作家，在旅遊雜誌寫些雜文，同時也為報紙寫連載小說。他們可說是一對藝術家兄弟。平吉命案發生當時，吉男正好去東北地方搜集寫作材料。吉男平日的行蹤，確實是飄忽不定的，只是，命案發生時，

⑱日語的同音異字，例如和榮的發音為 kazue，一枝的發音也是 kazue；勝子和昌子的發音都是 masako。

圖1

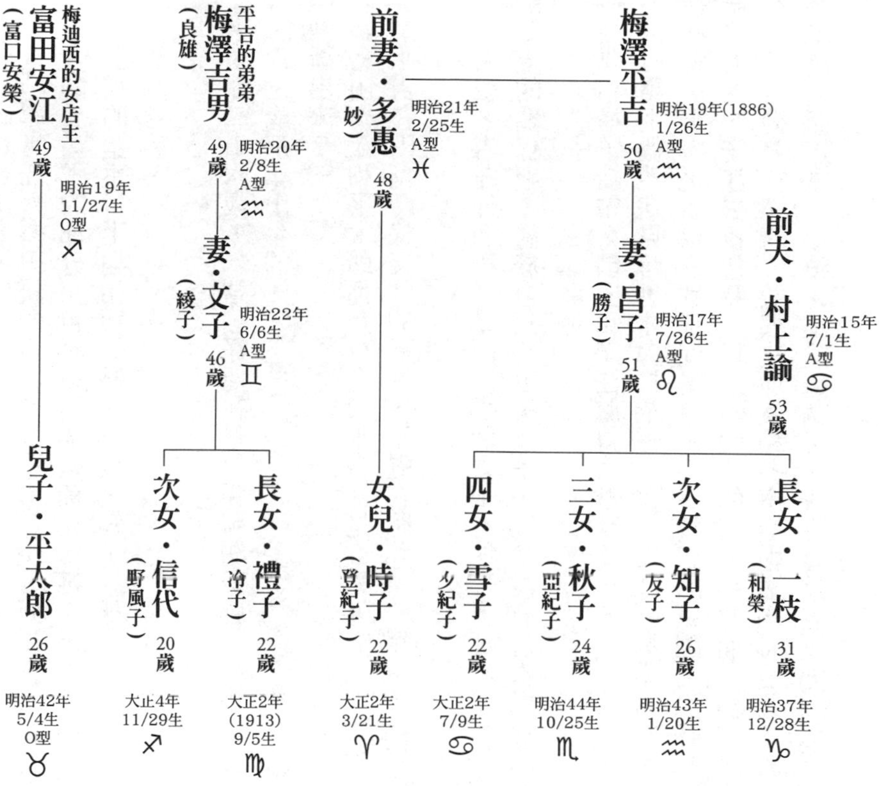
梅澤平吉
明治19年(1886)
1/26生
A型
♒
50歲
前妻・多惠
（妙）
明治21年
2/25生
A型
♓
48歲
妻・昌子
（勝子）
明治17年
7/26生
A型
♌
51歲
前夫・村上諭
明治15年
7/1生
A型
♋
53歲
平吉的弟弟
梅澤吉男
（良雄）
49歲
明治20年
2/8生
A型
♒
妻・文子
（綾子）
明治22年
6/6生
A型
♊
46歲
梅迪西的女店主
富田安江
（富口安榮）
49歲
明治19年
11/27生
O型
♐
長女・一枝
（和榮）
31歲
明治37年
12/28生
♑
次女・知子
（友子）
26歲
明治43年
1/20生
♒
三女・秋子
（亜紀子）
24歲
明治44年
10/25生
♏
四女・雪子
（夕紀子）
22歲
大正2年
7/9生
♋
女兒・時子
（登紀子）
22歲
大正2年
3/21生
♈
長女・禮子
（冷子）
22歲
大正2年
(1913)
9/5生
♍
次女・信代
（野風子）
20歲
大止4年
11/29生
♐
兒子・平太郎
26歲
明治42年
5/4生
O型
♉

他的不在場證明，曾經得到證實。關於這一點，以後再詳細說。因為我會把每個人犯罪的可能性，作概括性的說明。對了，關於昌子的部分，也必須再加以補充。她本來姓平田，娘家好像是會津若松的望族，曾和貿易公司的董事村上諭相親結婚。一枝、知子、秋子三人，事實上都是她和村上諭所生的女兒。」

「富田平太郎呢？」

「事件發生時，平太郎二十六歲，未婚，好像在幫母親照顧畫廊。如果他真是平吉的兒子，那麼，他就是在平吉二十三歲那年出生的。」

「是否可由血型判斷出來？」

「這很難說。因為富田安江和平太郎都是O型，平吉卻是A型。」

「富田安江雖然是平吉在巴黎時代交往的異性，不過在昭和十一年時，她好像也常常和平吉來往吧？」

「好像是那樣。如果說平吉在外面和誰見面，那個人很可能是安江，平吉好像很信任安江。這大概是安江也了解繪畫的關係吧！對於自己的妻子昌子，以及沒有血緣關係的女兒們，平吉似乎不怎麼信任。」

「哦？那他為什麼要和昌子結婚？昌子和安江處得怎麼樣？」

「好像不太好。只有路上偶然遇見時，才會打招呼。雖然安江好像常常到平吉的畫室，不過總是避開主屋，直接回家。平吉之所以喜歡那間畫室，始終獨居的原因，也許和這個有關吧。因為畫室就在後面的柵門附近。安江去找他時，可以不和他的家人打照面。換言之，平吉很可能還愛著安江，當初並不是平吉拋棄安江的。他很快地就和多惠結婚，想必也是基於失戀時的空虛。所以很快地，他便為了昌子而迷亂、踉蹌。踉蹌這個說法或許有點老派吧。但平吉這樣地忘情，可能是因為昌子在某些方面和巴黎時代的安江十分神似吧。」

「那麼，這兩個女人是否會握手言和……」

「那是絕對不可能的。」

「平吉沒有再和前妻多惠見面嗎？」

「似乎完全沒有。倒是女兒時子經常去保谷探望生母，因為她擔心母親一個人照顧香煙攤會太累了。」

「這個平吉真無情啊！」

「嗯，平吉不曾和時子一起去看多惠，多惠也不曾到過平吉的畫室。」

「當然，多惠和昌子也是水火不容囉。」

「那還用說嗎？對多惠而言，昌子是搶走自己丈夫的情敵呢！女人不都是這樣的嗎？」

「你還滿了解女性的心理的嘛！」

「……」

「時子既然那麼擔心她媽媽，為何不和她一起住？」

「這點我也不知道。女人的心理很難捉摸。」

「平吉的弟弟吉男，還有弟媳文子，和昌子是否很親近？」

「好像很親近吧！」

「可是他們又不喜歡和昌子一起住主屋，只讓兩個女兒大大方方地住在那裡。」

「也許他們的內心還是有所不滿吧！」

「安江的兒子平太郎呢？他和平吉處得來嗎？」

「那我就不知道了，因為書上沒有寫。書上只有寫平吉和安江來往密切，經常到銀座安江所開設的梅迪西去。我想他們應該處得不錯吧！」

「嗯。前言的部分，大概就是說了這些吧。總之，梅澤平吉這個男人，就像從前許多藝術家一樣，行為總是不受世俗規範，因此會衍生出相當複雜的人際關係。」

「說得也是。那你自己也要小心囉。」

御手洗露出一副不可思議的表情。

「什麼話？我是很有道德觀念的人，根本不了解那種人的心裡到底在想什麼。」

人往往不了解自己。

「前言就到此為止吧！石岡，請你趕快開始說明平吉被殺的詳細情形吧！」

「我對這個問題有相當深入的了解。」

「是嗎？」御手洗露出嘲弄的笑容。

「不用看書，我也可以講得很清楚。不信的話，書讓你拿。啊，那張有圖表的書頁先不要動！」

「該不會兇手就是你吧？」

「什麼？」

「要是你是兇手就好了。你只要像現在這樣躺在沙發上，我就可以把事情解決。把電話拿起來報警就好了，要不然乾脆你幫我打吧！」

「胡說些什麼呀！你忘了那是四十年前的事了嗎？我看起來像四十多歲的人嗎？……你剛才說什麼來著？你也想**解決**這個事件嗎？我好像是聽到這樣唷！」

「就算你沒聽錯吧！我是有這個想法，否則我幹嘛坐在這裡，上你這個無聊的課。」

「嘿嘿嘿！」我不自覺地發出輕笑，接著說：「老兄，這可不是普通的命案呢！只要一步走錯，就前功盡棄了。就算是福爾摩斯級的名偵探，也不見得……」

御手洗打了一個無聊的呵欠，我只好很快地接著說：「二月二十五日白天，時子離開梅澤家，到保谷看她媽媽多惠，直到二十六日早上九點多，才回到目黑。而二十五日到二十六日發生二·二六事件這一天，東京下了一場三十年來罕見的大雪。這點很重要。你那顆自傲的頭腦可要給我牢牢記住！

「時子一回到家，就開始為平吉做早餐，因為平吉只吃她做的東西。她把早餐拿到畫室時已經快十點了。她敲了半天門，裡面都沒回應，於是繞到屋側從窗戶往裡面看。這才發現平吉躺在地上，地板上還有一攤血跡。時子嚇得魂不附體，一路尖叫著跑回主屋去，叫來姊妹們。她們合力把門撞開，然後走近平吉身邊，這才發現他的後腦勺有一個圓形的傷痕，好像是被人用平底鍋重擊致死的。他的頭蓋骨破裂，部分腦部重傷，而且自鼻口出血。因為抽屜裡的錢財及若干貴重物品並未遺失，由此研判平吉的死並非竊盜殺人。於是才從抽屜裡找出那本詭異的手記小說。

「掛在北邊的牆壁上，被平吉稱為畢生精品的十一幅繪畫，並沒有遭到破壞。平吉的第十二幅畫，也就是最後的作品，則仍然放在畫架上。那幅畫還在打底稿的階段，尚未塗上顏色，也並未遭到破壞。至於煤氣暖爐，在少女們進入現場時，仍然有一些火星。雖然火勢並不很旺，可是也沒有完全熄滅。這種時候，就要感謝偵探小說所帶來的知識了。由於大家都小心翼翼地、盡量避免碰到窗戶下面的腳印，以及畫室裡的各個角落，所以刑警抵達時，現場依然保留得十分完整。

「前面已經提到過：前一天晚上東京下了一場三十年來罕見的大雪，所以從畫室到柵門為止，都殘留著清晰的腳印。請看看那張圖（圖2）。你看到腳印了吧！這應該是極珍貴的線索。由於東京到處積雪，才能留下這個讓人意外的線索，那些腳印正好是案發當晚留下來的。引人注意的是：這些腳印顯然是**成對**的，這是男鞋與女鞋行走後留下的足跡，但卻很難讓人認為這兩人是同時離開的，因為從他們腳印**重疊**的情形看來，可以推斷他們應該不是一起來的。

圖 2

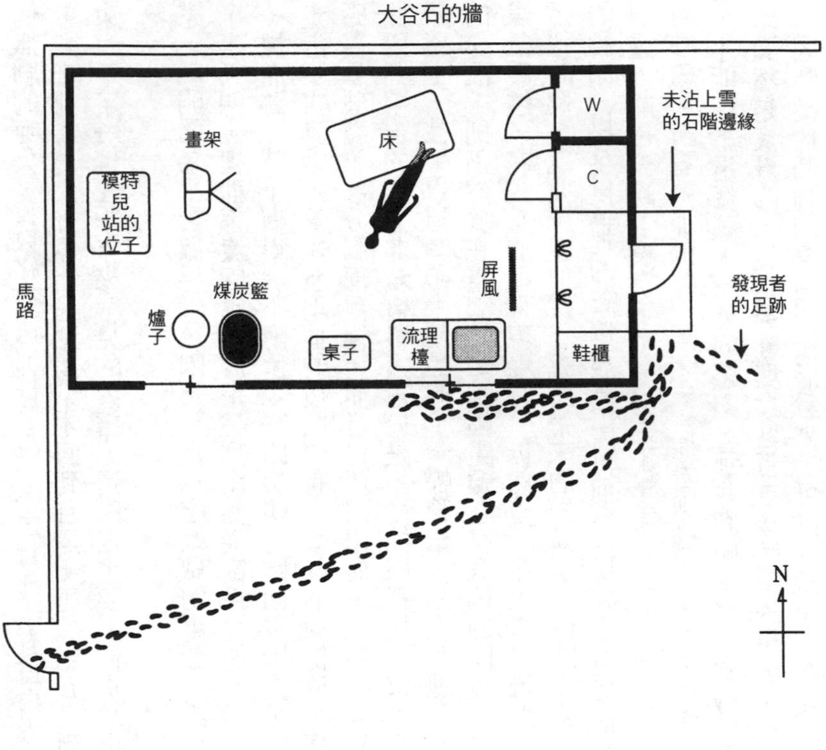
大谷石的牆
W
C
未沾上雪
的石階邊緣
畫架
床
模特兒站的位子
屏風
馬路
煤炭籃
爐子
桌子
流理檯
鞋櫃
發現者
的足跡
N

「當然，他們也有可能是同時來的，因為若是一前一後地走，腳印也可能重疊。不過，這麼一來又有令人想不通的地方。因為男鞋印一出畫室，就轉身走到南邊的窗戶，並在窗戶下留下混亂的腳印，才轉身離去；而女鞋印並沒有停下等待的痕跡，反而呈現出以最短的距離走向柵門的情形。如果這兩人是同時走出畫室，那麼男鞋印應該與女鞋印有一段距離才是。事實上，男鞋印是**踩在**女鞋印上。換言之，男鞋印應該是較晚離開的才對。

「柵門外面就是柏油路。十點多發現屍體時，已經有不少人、車經過，所以，從柵門出來後的鞋印，就都不見了。」

「嗯。」

「由於下雪的時間是重要關鍵，所以必須說清楚。據說目黑區一帶，是二十五日下午兩點左右就開始下雪。東京這個地方因為以前從未下過這麼大的雪，因此沒有人以為東京也會下到積雪的程度。畢竟當時的天氣預報並沒有現在這麼精確。然而，那場雪卻出乎意料地一直下到午夜十一點半，也就是說十一點半雪才停止。從下午的兩點一直下到午夜十一點半。九個半小時連續不斷的大雪，會造成積雪也是理所當然的情況。

「到了第二天二十六日早上，大約八點半左右起，又下了差不多十五分鐘的雪。不過，這次的雪是稀稀疏疏地忽下忽停。下雪的前後時間大約是如此。你了解了嗎？總共下了兩次雪。

「現在再回頭談談腳印的事。由於腳印上也積了一層薄雪，所以一般認為那兩人至少都是在雪停前的半小時進入畫室的；而且是在十一點半到翌晨八點半之間，以女鞋在前，男鞋在後的次序離開畫室。因為是在雪停之前半小時來的，所以來時的腳印早已消失了。

「其次，如果再由這些腳印推斷一些事實，就不難推斷穿男鞋的人和穿女鞋的人，及平吉三人，的確曾經在畫室會過面。我說得沒錯吧？若是說，女鞋先來，見了平吉之後回去，然後男鞋來，殺了平吉之後離開。那麼現場的腳印不應該會是這樣。這就是這件命案的奧妙之處。也就是說：如果男鞋是兇手，則女鞋客人一定會看清楚對方的臉。反過來說，若女人是兇手，也是同樣的情形。不過，這是不可能的。因為，男人是後來才離開的。難道在兇手行兇時，他會在一邊袖手旁觀，等兇手離去後，又踱到窗口，依依不捨地練習原地踏步，才離去嗎？

「以上所說的，都是假設兇手是一個人的說法。那麼，如果那兩人共同犯下罪行，又如何呢？如果是這種假設的話，就必須考慮到下面這個問題。因為這裡有個令人無法想像的疑點，那就是，被殺的平吉**曾服用安眠藥**。安眠藥是從他的胃裡化驗出來的。當然距致死量還差一大截，那是為了治療失眠而服用的。就算設想他是自己服用也不為過。只是，吃了藥之後就被殺了。如果那兩人是共犯，那麼平吉就是**當著兩位客人的面**吃下安眠藥的。很玄吧！在一個很親近的人面前服用安眠藥，那還說得過去；但是是兩個人，他是當著兩個人的面吃的藥嗎？難道那兩人都和他很親近？因為在客人面前吃安眠藥，萬一睡著了不是很失禮嗎？生性孤僻的平吉，也會有那種關係親密的人嗎？

「因此，還是兇手只有一個人的可能性較大。據我推測，情形應該是這樣的：十一點半，雪停了，女鞋先告辭。於是只剩下平吉與男鞋。那時，他就吞了幾顆安眠藥。不過，這個假設也還有漏洞。若是與女人相處，說不定他真會吃幾顆藥，因為女人在體力上沒有威脅性，而且平吉確實有幾個比較親近的女性朋友。但是，對方是男的，就令人懷疑，平吉是否有關係如此親密的男性友人呢？安眠藥問題實在很令人頭痛。我現在所說的犯罪手法，都是這四十年來，反覆被人提出來討論，所得到的結論，並不是我自己想出來的。總之，雖然仔細分析起來有點奇怪，可是若是從腳印來推斷，就只能得出這個結果，別無他法。看來，兇手就是那個男人，而女人則**看到了兇手的臉**。你認為那個女人會是誰？」

「難道是模特兒？」

「噯！我也是這麼想的。模特兒應該就是見過兇手的目擊者。可是，當年警方曾數度呼籲那位目擊者出面，並保證絕對保守祕密。然而那位模特兒卻始終沒有露面。經過了四十年，到了今天，要找那位模特兒，更是難上加難，再也沒有人知道那個女人到底是誰了。千呼萬喚的證人呀！不過，這點等一下再說吧。我們先說一件事，那就是：一般模特兒是否會一直擺姿勢到午夜十一點半？除非是和平吉的關係十分親密。這麼說來，就不可能是一般的家庭主婦或未婚少女了！

「但是，仔細一想，她也有可能因為沒帶傘，只好留下來等雪停再走。不過，就算畫室沒有傘，那又怎樣，平吉也可以去主屋借呀！於是，又有人說根本不存在這位模特兒，因為她至今仍未現身，警察雖然積極尋找，也一無所獲。因此，有人懷疑，那些腳印只不過是歹徒故佈疑陣。這個假設，也引起一陣熱烈的討論。因此大家有種山窮水盡的感覺。所以我們再從已知的事實來看。首先那兩個人的腳印都是**前進**的。只要仔細觀察，就不難從回轉的痕跡以及著力的方向，正確地推斷出。

「其次是這兩個人的腳印，都是**只走一次**。換句話說，如果女鞋印在前，男鞋印隨後踏上，也絕對不可能變成只有一個男鞋印。因為，只要仔細觀察一下，就能發現某些地方兩個輪廓重疊。不過，由於從早上八點半起就覆蓋著少量的雪，所以應該不很容易看出來。對了！雖然聽起來有點荒謬，也許兇手是**用爬的**。可是根據實驗結果，如果用爬的，兩手套上女鞋，兩腳則穿男鞋，慢吞吞地爬行，也不可能造成這樣的腳印。因為男鞋的腳步幅度比女鞋大得多了。

「那麼，有關腳印的假設就到此為止。其實，平吉命案最耐人尋味之處，並非腳印的問題。就像平吉的小說裡所描述的，這間畫室的所有窗戶，包括天窗在內，都裝有牢固的鐵欄杆，平吉對這類事有點神經質，這鐵窗嵌得很牢，而且並沒有被卸下的痕跡。首先，所有鐵窗都無法從外面卸下。如果能卸，裝這窗子就沒用了。那種情形，就像人待在一間只有一個門的房子裡，只能從那個門出入一樣，想必兇手也不例外吧！這個入口的大門和平常的門不太一樣。那是一扇西洋式、向外面開啟的門，不過卻附有滑桿式的門栓。大概是平吉旅居歐洲時，看到法國鄉下的民房大都使用這種門，他很喜歡，所以也如法炮製。如果從裡面關起來，就可以把裝在門上面的門栓，插進牆壁上的洞裡加以固定。然後再把橫桿上的鎖頭向下旋轉，就可以把牆洞的凸出部分蓋住，通常皮包型的方形門鎖，就會掛在凸起的孔裡。」

閉著眼睛的御手洗陡地張開眼，然後緩緩地從沙發上站起來。

「是真的嗎？」

「嗯，沒錯，當時那間倉庫完全是一種『密室』的狀態。」

2

「不過，那不是不可能呀，不是嗎？方形鎖？若是如此，只能想像兇手在已經上鎖的密室裡殺了平吉，又從密洞逃出去？」

「警察也被這件命案搞得焦頭爛額，他們也做了地毯式的搜索，但畫室裡並沒有發現什麼密洞。就連鑽進馬桶的可能性也被否定了；而兇手的身材矮小的假設，也完全被推翻了。如果只是滑桿式的門栓，倒還有被做手腳的可能，但是，門上還有方形鎖，那就根本不可能做手腳，因為一定得從裡面鎖上。還有，窗戶附近凌亂的腳步，那個男人究竟在那裡做什麼呢？真是讓人猜不透。

「還有，必須確定一下平吉死亡時間的推定。那大約是以二十六日凌晨零時為中心的前後一個小時，換句話說，就是二十五日晚上十一點到二十六日凌晨一點之間。所以，十一點半雪停前約莫半小時的時間帶，是應該特別注意的時間。

「其次現場有兩點較特殊之處，其一是如圖（圖2）所示，床和牆壁並非平行，而且平吉的一隻腳垂到床下。由於平吉平常就有隨興所至移動床鋪的嗜好，所以也許沒什麼好奇怪的。不過，如果要從這一點來尋找一些蛛絲馬跡，也可以說這就是非常重要的關鍵了。

「另外一點就是平吉原本留著山羊鬍子，可是屍體的臉上卻沒有鬍子，這一點也啟人疑竇。據其家人指證，兩天前看到平吉時，他的臉上還留有鬍子。至於我為何說這點可疑，那就是他的鬍子似乎不是自己處理掉的，而是被兇手處理掉的。鬍子雖然不見了，卻不是被剃掉了，而是被剪刀剪短了。認為鬍子是被兇手處理掉的理由，是因為屍體身邊留有少許鬍碴，而且，畫室裡面並沒有剪刀，也沒有刮鬍刀。這不是很奇怪嗎？

「於是，又有人懷疑死者不是平吉，而是他的弟弟吉男。這麼說是因為鬍子雖然看起來是被剪掉了，但也可能是懶得剃而長長的狀態。平吉和吉男長得很像，簡直就像一對雙胞胎，而吉男沒有留鬍子。也許是平吉藉故叫吉男來到畫室，再對他下毒手，或者是相反的情形……這種假設似乎有點像少年偵探小說，不過並非完全不可能。因為，平吉的家人已經很久沒看過平吉不留鬍子的樣子了，再加上臉部也可能因為頭部被擊而變形，所以很難確認。當然，這種說法也有其根據的。因為平吉既然是個瘋狂的藝術家，可能為了阿索德而不擇手段。

「現場的解說就到此為止吧！接下來再談平吉小說中的人物，和這件命案有關的所有不在場證明吧！」

「等一下，老師。」

「什麼事？」

「你上課的速度太快了，我連打瞌睡的時間都沒有。」

「你這算什麼學生！」

我非常憤慨地說。

「我在想密室的事。關於密室和腳印的看法，應該還有很多吧？」

「四十年來的各種說法，你都要聽嗎？」

「我想多了解這一部分。」

「一時之間，我也不能完全想起來。不過，就先說一些我想到的吧！因為天窗有二層樓高，所以就算把床舖豎直，也不能夠爬到天窗，從天窗出去；而且，即使爬得到，上面也還有鐵欄杆及玻璃。室內既沒有梯子，也沒有任何可以達到此一目的的工具。就連那十二幅畫，也看不出絲毫被移動過的痕跡。至於那根煤氣爐的煙囪，則是不結實的白鐵所做成的替代品，就連聖誕老人也爬不上去。而且裡面還點著火。此外，牆壁上連接煙囪用的洞，小得連頭都塞不進去。情形就像這樣，總之，根本沒有可以穿身而過的洞或隙縫。」

「窗戶是否有窗帘？」

「有。啊，對了，畫室裡面好像有一根長棍子，用來拉動高窗的窗帘的。可是，棍子放置的位置是距離窗戶較遠的北面牆壁前，靠近床的地方。而且那好像是一根非常細小的東西。」

「嗯，窗子有鎖嗎？」

「有的有，有的沒有。」

「我是說腳印凌亂處的窗戶。」

「沒有鎖。」

「嗯，那麼你再說說看，室內還有些什麼東西？」

「沒什麼重要的。你在這張圖（圖２）上看到的，可以說是全部的東西了。包括一張床、油畫的顏料、畫具，以及書桌裡的文具、筆記本、手錶、一些錢，似乎還有地圖集，都不是什麼可疑的東西。平吉似乎故意不放任何資料在畫室，也沒有雜誌或報紙，他好像不看這些刊物。此外更沒有收音機、錄音機之類的東西。那個房間裡的東西，都和作畫有關。」

「咦，那麼圍牆柵門的鎖呢？鎖住了嗎？」

「那柵門的鎖是要從裡面上的，不過好像早就壞了，可以很容易地從外面撬開，所以鎖了也等於沒有鎖。」

「太粗心大意了！」

「就是嘛！平吉遇害前，食欲很差，又因失眠症而服用安眠藥，身體十分虛弱。這個柵門實在應該鎖緊才對。」

「平吉的體力很差，再加上服用安眠藥、後腦還被鈍器重擊，在這種情況下**被殺於密室之中**……這實在太奇怪了，完全不合理嘛！」

「而且還被剪掉鬍子！」

「那倒沒什麼關係！」

御手洗有點不耐煩地揮揮手。

「從**後腦**被重擊致死這一點看來，這樣的命案當然可以確定是**他殺**。可是為何要在密室行兇呢？密室行兇的目的不就是要讓人看起來像自殺嗎？」

我在內心暗自得意。因為對於這一點，我已經有了解答。

「這就牽涉到服用安眠藥的問題了。我剛才說過的，平吉可能是在一男一女兩位客人面前吃安眠藥的，至少也是在男人面前吃的。在這兩種可能性當中，後者的可能性應該比較高。當然，對方一定是平吉的熟人，而且是關係密切的人。由此可見，對方不是吉男，就是平太郎了！」

「除了手記中提到的人物外，平吉沒有其他親近的友人嗎？」

「還有在梅迪西認識的二、三位畫家，和在附近的小酒館『柿木』認識的二、三位酒友。其中，經營服裝人偶工廠的緒方嚴三，是手記中曾經提及的人物；還有緒方的僱員安川民雄。

「但他們和平吉大都只能說是認識而已，並沒有深交。這些人當中，只有一個人去過平吉的畫室，而且也只是去過一次。這個人和平吉的交情，也談不上多親近。所以，要是命案當晚，他們之中的某個，偷偷溜到畫室，那應該是那個人第一次進入平吉的畫室。如果這些人的話可信的話，平吉不至於當著他們的面吃安眠藥吧！」

「警方可曾偵訊過吉男和平太郎？」

「兩人都沒有嫌疑。因為他們都有難以查證的不在場證明。先說平太郎，二十五日晚上，他在銀座的畫廊『梅迪西』，和富田安江及朋友玩撲克牌，一直玩到十點二十分左右，朋友才回家，平太郎和媽媽也各自回到二樓的房間睡覺，那時大約是十點半。前面已經說過，目黑地區的雪，在晚上十一點半時停了，所以殺人者必定在雪停前半個小時前就到達畫室。而這樣的話所花時間只能在三十分鐘之內；就算大雪湮滅腳印的時間只需二十分鐘，兇手也只剩下四十分鐘的行動時間。但是，重要的是：大雪中行車速度會減慢，車子在下了大雪的馬路上行走能在四十分鐘之內到達嗎？

「假設這一對母子是共犯又如何呢？現場留下的男女鞋印，雖然可以算是吻合了，時間上似乎也勉強辦得到，他們只要等客人離開梅迪西，就可以出發了。不過，他們並沒有殺人的動機呀！要是兇手只有平太郎一個人，倒還說得過去。雖然有點牽強，還可以解釋成他要為媽媽對不負責任的父親報復；如果說安江也是兇手的話，就有點奇怪了。因為平吉和安江的感情很好，而且平吉的畫作都委託安江代售，可以說他們是事業上的好搭檔，應該不會笨到對平吉下毒手。平吉死後，雖然畫作的身價可以上漲，戰後他的畫也確實都以高價賣出。不過，由於他和安江並未正式簽約，所以安江並不能從平吉的死，得到半點好處。反正不管怎麼說，警方已經過實驗證明，在午夜的下著雪的街道上，從銀座絕對不可能在四十分鐘之內到達畫室，因此這對母子犯罪的可能性就更小了。」

「嗯。」

「接著來談吉男吧！案發當夜，他正在東北一帶旅行，直到二十七日深夜才回到東京。他不在場的理由雖然不夠充分，可是他在津輕碰到熟人，對方為他作證了，細節很繁瑣，如果你要聽的話我再說。

「在平吉的命案上，像吉男這樣提不出確定行蹤的人相當多，幾乎每個人都有這類問題。例如吉男之妻文子也是一樣，她說由於丈夫去旅行，兩個女兒又住在昌子家，所以只剩下她一個人。沒有不在場證明。」

「她會不會是那個模特兒呢？」

「當時她已經四十六歲了。」

「哦！」

「大致說來，那些女性的不在場證明，都難以查證。先說長女一枝吧，當時她已離婚，獨自住在上野毛的獨棟屋。那時上野毛十分偏僻，沒有人為她的不在場證明作證。再說昌子和那些少女。她們像往常一樣，昌子、知子、秋子、雪子、禮子及信代，都聚在主屋閒聊，十點多才各自回房休息。而時子因為去保谷探望生母，所以並不在家。

「梅澤家的主屋，除了廚房和做為芭蕾教室的小客廳以外，共有六個房間。因為平吉平常並不住這裡，所以每個女兒各住一個房間，禮子和信代則合住一間，這本書也有室內分佈的圖。

「雖然和案情也許扯不上關係，不過我還是說明一下，從一樓的客廳隔壁算過去，依序為昌子、知子、秋子的房間，走上二樓，以同樣的方向來說，房間依次為禮子與信代，中間隔一段樓梯，然後才是雪子、時子的房間。

「會不會是某一個房間的女孩，趁著大家都睡著了之後，悄悄地進行行動呢？尤其是住一樓的人，甚至可以從窗戶出入。不過因為窗外的雪地上，並沒有腳印，所以從窗戶出入的假設無法成立。當然，也有可能從玄關出去，沿著圍牆潛入柵門，再進入畫室行兇。但是從玄關到柵門，一路都鋪有鵝卵石，二十六日早上最早起床的知子，則說只有石頭上有雪耙耙過的痕跡。由知子的證言推斷，石子路上留下的腳印，也許只是送報生的。不過由於只有她這麼說，因此無法確定。

「另一個地方就是廚房門口。昌子也說自己起來時，那裡並沒有腳印，不過，這也是只有她一個人這麼說，警察來時，廚房門口的腳印已經相當凌亂了。另外一種就是爬牆，不過這也已經完全排除了。因為二十六日上午十點半左右，警方來調查時，積雪上面根本沒有可疑的腳印。還有一個理由可以證明爬牆是不可能的。那就是大谷石的圍牆上佈滿密密麻麻的鐵絲網，就算是個大男人都有可能會摔斷骨頭，所以要在牆上行走根本就是不可能的事。此外，有關不在場證明，還有平吉的前妻多惠與女兒時子。她們兩人彼此作證。多惠說時子當時正在她家。不過，因為她們是母女。所以這個證詞亦不足採信。」

「說起來，這些不在場證明都不夠充分。」

「嚴格地說起來，就是沒有一個人能夠證實自己不是兇手。」

「說得也是，每個人都有嫌疑。二十五日當天，平吉可有作畫？」

「好像有吧！」

「他找模特兒去了吧！」

「對。這個話題剛才只說一半。警方也認為，雪地上的女鞋印可能就是模特兒的。梅澤平吉起先經常委託銀座的『芙蓉模特兒俱樂部』，幫他找模特兒，後來才轉請富田安江介紹。不過，警方詢問芙蓉模特兒俱樂部時，對方卻說二十五日並未替平吉介紹模特兒，那些模特兒們更是異口同聲地說沒有介紹朋友去畫室。安江那方面，也說當天並未介紹模特兒給平吉。只是，平吉曾經說過一段耐人尋味的話。二十二日，安江和平吉見面時，他曾經開心地說，已經找到一個很好的模特兒，和他想畫的女人十分接近。他還表示：這次的作品，是自己最後的一幅大作品，一定要全力以赴。雖然不能畫自己想畫的女人，但是能夠找到和那個女人相像的模特兒，實在太高興了。」

「噢……」

「欸，你從剛才起就像個沒事人似的，只聽不說，你要知道這可是你的工作呢！我只是從旁協助而已。你難道沒有從我所說的話裡，得到一點點靈感嗎？」

「還沒有！」

「真受不了你！這就是你的答案嗎？總之，平吉最後想畫的女人是牡羊座，時子正是牡羊座，所以一般認為他最後想畫的女性，就是時子。不過，由於是裸畫，很難叫女兒當模特兒，於是想找一位神似時子的模特兒。這種假設很合理吧？警方也是這麼認為。」

「原來如此，言之有理！」

「警方為了找到那位模特兒，便拿著時子的照片，找遍全東京的模特兒俱樂部。不過，找了一個多月，還是毫無結果。只要能找到這個女人，這件密室命案似乎就可以宣佈偵破了。因為她見過兇手，可以指認對方，然而卻始終找不到她。也許是由於二．二六事件的發生，而導致警力不足，總之始終找不到那個模特兒。警方也只能判定她是平吉在街上或酒館中意外發現的一般民眾。

「仔細想起來，一般的職業模特兒和畫家是不會太親近的，而且也不可能擺姿勢到晚上十二點，除非是為生活所迫的家庭主婦，或其他為錢而來兼差的人。也許她回家後，從報紙上看到以自己為模特兒的畫家被殺了，便嚇得趕快躲起來。因為她是為了錢，才去當人體模特兒的，萬一名字上了報，被鄰居知道了，豈不是沒臉見人。警方也考慮到這點，於是保證嚴守祕密，並一再呼籲她出面，可是卻始終不見人影。直到四十年後的今天，依然沒有人知道那個模特兒是誰。」

「要是她是兇手，當然不會出面了！」

「啊！」

「這個女人也許是兇手。也許她殺了平吉之後，再故佈疑陣，做出兩個人的腳印。因為如果她在自己的腳印上再加上男人的腳印，別人就會認定兇手是男人，理由正如你剛才所說的。所以……」

「這種假設已經被人否定過了。這個女人——也就是模特兒，她如果想做出男人的腳印的話，就必須先準備一雙男鞋。還有，她怎麼預知當天會下雪呢？雪是二十五日下午兩點左右開始下的，之前完全沒有下雪的預兆。如果模特兒是晚上才來的，那就另當別論；不過據猜測，她應該是二十五日下午一時左右進入畫室的。這點是由少女們的證詞推斷出來的，因為當時窗帘是拉下來的，表示平吉正在作畫。因此，就算這個模特兒早有預謀要殺人，可是她又怎麼知道那天會下雪？要事先準備男鞋呢？這就太令人想不透了。

「或許可以進一步地推論：她是否使用了平吉的鞋子？不過，據平吉的家人指證，平吉的鞋只有兩雙，平吉遇害後，那兩雙鞋子都在房間裡。從現場地上的腳印看來，先做好腳印，或邊走邊做腳印，再把鞋放回房間，是絕無可能的事。所以，這個模特兒應和命案無關，而是工作完畢後就回家了。」

「如果兇手不是模特兒，那麼會是誰呢？」

「啊，是呀！那會是誰呢？」

「可以假設是男腳印的主人吧？如果他事先就想到要在雪地上製造女人的腳印，只要先準備一雙女鞋，就可以了。」

「嗯……這也有可能，因為他是下雪時才進入畫室的。」

「不過，再仔細想想的話，又會覺得製造腳印這種事，根本是多此一舉的做法。因為如果兇手是女人，想到利用男人腳印的脫罪法，何不乾脆穿男人的鞋，只留下男鞋的腳印，讓人認為兇手是男人就好了？反之，若兇手是男人，也是同樣的情形，只要製造女人的腳印就好了，不是嗎？我實在想不出還有什麼原因讓兇手非那麼做不可……啊！」

「你怎麼啦？」

「頭好痛哦！總之，我本來只要你說明命案的經過情況，你卻自己加了一大堆別人的無聊的意見，害得我頭痛不已。」

「要不要休息一下？」

「沒關係，你只要說明當時的狀況就好了！」

「我懂了。現場完全沒有類似遺物的東西，煙灰缸裡也只有平吉的香煙和煙灰，平吉是個老煙槍。指紋都是舊的，也沒有什麼特別奇特的指紋。平吉曾用過好幾位模特兒，所以那裡當然會有一些可能是模特兒們留下的指紋。現場裡找不到被視為可疑人物的男鞋印主人所留下的指紋。不過倒是有吉男的指紋，當然啦，吉男也有可能是男鞋印的主人。另外，現場也看不出用手帕擦拭指紋的痕跡。如果單就指紋這一點來說，兇手可能是家族中的成員，或是一個心思細密，絕對不會留下指紋的外人。總之，想從指紋上得到破案線索，似乎沒有什麼效果。」

「哦……」

「此外，畫室裡也找不出利用奇妙機關殺人的痕跡，例如冰塊融化後，推動石頭砸在頭上的痕跡，或把滑車掛在牆壁，而留下來的螺絲痕跡。總之，畫室裡沒有任何疑似兇器的東西，裡面的東西一如往常，既沒多，也沒少。只有房間的主人丟了性命而已。」

「房裡有十二星座畫，有點美國懸疑電影的氣氛。如果兇手是人的話，必定屬於十二星座中的某一星座，平吉可以故意破壞某一幅畫，來暗示兇手的星座，可是這麼一來……」

「很遺憾地，他當場死亡。」

「難得出現如此具有貴族風趣的道具，真是可惜！莫非連鬍子被剪掉的事也沒有暗示？」

「他是當場死亡的。」

「當場死亡呀！」

「有關被稱為目黑二．二六事件的梅澤平吉命案的狀況，到此全部說完了。如果你是辦案的人員，你會怎麼推理？」

「你說後來那七位少女全部被殺了？那麼，那些少女就沒有涉嫌了吧？」

「嗯，話是不錯，可是，也許平吉命案與阿索德命案的兇手並不相同。」

「的確。不過，不管怎麼說，若從動機上來想：為了想讓老宅改建成公寓、或偷看了平吉的手記，而意識到本身危險、或者為了讓平吉的畫價暴漲，那麼少女們就有殺害平吉的動機……無論如何，在手記小說的出場人物裡面找兇手，是很自然的事吧！其他人應該沒有犯案的動機吧？」

「我也是這麼想。」

「可是，他的畫真的漲了很多嗎？」

「不錯。一幅百號大的畫就能蓋一棟房子了。」

「那麼，他們不是蓋了十一棟房子了嗎？」

「嗯，畫是自戰後才開始漲價的。這本《梅澤家占星術殺人案》，也曾躍登暢銷書排行榜，多惠也拜遺書之賜而得到好處，就連吉男也分到一筆錢。可是，這件命案發生後，中日戰爭隨即爆發，四年後又發生珍珠港事件，警方無法全力進行偵查工作，以致這件不可思議的案件，錯失辦案的先機，就此走入迷宮。」

「可是，這件事在當時造成極大的轟動吧！」

「沒錯！光是那些街頭巷議，就夠寫成一本厚厚的書了。還有一位老煉金術研究家說，平吉的手稿就是他惡劣品行的象徵，他卑劣的妄想觸怒了神靈，所以才會在密室中，被非人力所能做到的手法殺害。類似這樣的意見也不少，這可以說是一種道德論。

「關於這件命案，還有個值得一提的小插曲，那就是梅澤家的人門成了宗教家品頭論足的熱門地點。來自日本各地的宗教人物，相繼出現在梅澤家大門口，比如說，有個高貴的中年婦人出現在大門口，一轉眼進了接待室，便開始就自己的教義，議論發生在梅澤家的事件。怪異的宗教團體、祈禱師、牧師、招靈的老婆婆，這類人為了自我宣傳，從全國各地風塵僕僕地跑到梅澤家來。」

「那可真熱鬧！」御手洗臉上突然現出興味盎然的表情。

「那些宗教人物的議論確實有趣。不過，你呢？對於這個命案，你有什麼看法？」

「如果兇手是神，那就沒有我們出場的餘地了。」

「兇手當然不會是神。基本上我覺得這是一件智慧型的犯罪，如果能從理論上推斷出答案，那就太有意思了！你覺得怎麼樣？舉手投降了嗎？且不說阿索德事件，平吉的命案就是個大難題了！」

御手洗皺著眉頭，苦苦思索。

「……只憑你說的這些，確實很難推斷兇手是誰……」

「我覺得重點不在兇手是誰的問題上，而是兇手如何行兇的手法上。受害者死在從裡面上鎖的空間裡，這是密室殺人案。」

「啊！這個很簡單嘛！只要**把床吊起來**，不就行了嗎？」

3

「既然兇器似乎是面積不小的板狀物，那麼**地板**也有可能就是兇器。至於皮包鎖的問題，根本不必去傷腦筋，因為那是平吉自己鎖上去的。這樣想的話，就可以把每個部分連貫起來了。平吉在他那本做為遺書的小說式手記裡，曾經暗示過將要自殺，因此兇手大可故意在密室裡，把平吉弄成自殺的樣子。然而致命傷在**後腦勺**這件事，又讓人判斷平吉應該是他殺。既然是他殺，就會有追查兇手的行動。不過，兇手或許並不知道遺書的事。然而，兇手為什麼要那麼做呢？只能認為是兇手的行動失敗了。明明稱得上是異想天開的偉大殺人計畫，卻……」

「哎呀！你實在太厲害了！當時的警方就不像你這樣馬上想到這一點呢！可是兇手到底是怎麼做的？」

御手洗沉默了半晌，似乎不太想繼續說下去。

「我覺得很荒謬，說起來也很麻煩！」

「那麼我來幫你說下去吧。那張床的床腳不是附有滑輪嗎？兇手的計畫是：先把離床最近的天窗玻璃卸下來，再垂下一條附有掛鉤的繩子，勾住床的一角。因為平吉睡覺時有服用安眠藥的習慣，而且藥量一再增加，只要行動小心的話，應該不至於吵醒他。接著再拋下另三條同樣附有掛鉤的繩子，然後緩緩地將整張床拉到天窗附近，再用割腕或服毒的方法，製造平吉自殺的假象。

「不過，事實卻與計畫大有出入。因為無法事先練習，四個人各據一方拉動那張床，本來就很吃力，也不容易平衡，結果靠近天窗時，床卻傾斜了，於是平吉的頭朝下摔到地面。這個倉庫改造的畫室，當初是把二樓打掉再改建的，所以天花板與地板之間的距離，大約有十五公尺呢！這樣一來絕對是必死無疑。」

「嗯……」

「一下子就能想到這一點，御手洗君，你實在很了不起呢！當初警方費了九牛二虎之力，花了一個月的時間推理，才想到這一點。」

「哦……」

「但是，那些腳印究竟要怎麼解釋呢？你知道嗎？」

「啊……嗯！」

「你知道了嗎？」

「那個嘛，到底是怎麼弄的？……讓我想想看……啊，對了！應該是這樣的吧：窗戶附近的凌亂腳印並不是故弄玄虛，而是因為兇手把梯子擱在那邊的緣故。為了把床舖拉上去，屋頂上至少要有四個人，另一個人負責造成平吉是自殺的樣子。這麼一來，共犯就有五個人了。那麼多人從梯子上下到雪地時，當然會造成凌亂的腳印。如此看來，兩種腳印中，以為是模特兒的女鞋印，可能是真實的，男鞋印就大有文章了。關於這一點，我已有腹案。一般的芭蕾舞者不都是踮著腳尖走路的嗎？要是在雪地上也這麼走的話，就會形成踩高蹺的痕跡。第一個人這麼走，然後第二個人、第三個人都這麼走。只要利用同樣的方法，循著前面的人的足跡走即可。不過總是會有點**不吻合**之處，於是穿著男鞋的人，走在最後，再把那些腳印踏平就好了。

「理論上，只要走在最前面的人的鞋，比最後一個人的小，就可以掩蓋前面的人的鞋印了。

雖然說踮腳尖走路的鞋印，只要是人多，鞋印多多少少還是會出現不吻合之處，可是，如果前面的人都用踮腳尖的方式來走路，最後一個人再用正常的方式行走的話，即使前面有一千人走過，最後的還是能掩蓋住吧！」

「說得不錯，您真是不簡單呀！像御手洗先生您這樣優秀的人才，居然在鄉下地方當占星術師，真是國家的損失呢！」

「哦？是這樣嗎？」

「另外，在下樓梯處，要讓大家都踏在同樣的地方，也很不簡單，而且也會留下樓梯腳的印子，於是如你所說的，穿男鞋者最後再小心翼翼地掩蓋那些腳印，於是就形成那張圖中（圖２）足跡凌亂的樣子。好，這一部分我懂了。可是接下來的部分呢？」

「……」

「好，這一部分……」

我的問題似乎讓御手洗不太舒服。他說道：

「喂！你不餓嗎？石岡。我餓得要死，去找個地方吃飯吧！」

第二天，我很早就出門，前往綱島的御手洗處。御手洗正在吃早餐。本來應該是火腿煎蛋的東西，好像被御手洗做成了火腿炒蛋。

「早安，正在吃早餐嗎？」

我一出聲，御手洗就做出用肩擋住盤子的動作。

「這麼早就來了！今天沒有工作嗎？」

「沒有。你的早餐看起來好像很好吃呀！」我說。

「石岡。」御手洗一邊吃，一邊顧左右而言他地，指著一個小小的四方形盒子，說：「你知道那是什麼嗎？打開來看吧！」

打開一看，原來是一個新的過濾式咖啡機。

「旁邊的袋子裡有磨好的咖啡豆。配上你煮的咖啡，我的早餐會更好吃的。」他說。

我再轉頭看御手洗時，御手洗的早餐桌上，只剩下一杯水。

「昨天我們討論到哪裡了？」

御手洗邊喝咖啡邊問。和昨天的無精打采比較起來，他今天的心情似乎還不錯。

「只說到平吉被殺的部分，大約是整個事件的三分之一。我說他是在倉庫改造的密室裡被殺害的，而你想到把床吊起來的殺人方法。」

「唔……沒錯。不過那種方法還是有矛盾之處。昨天你回去後，我又仔細想了好久，但是……現在又把想到的事情忘記了。算了，等我想起來再告訴你吧！」

「昨天，我也忘了說明某些部分。」我很快地接著說：「是和他的弟弟吉男有關的事。昭和十一年二月二十六日命案發生當天，吉男正在東北旅行。這幾件命案被認為互有關聯的主要原因之一，就是吉男和平吉長得很像，幾乎像一對雙胞胎，而且變成屍體的平吉的臉上，並沒有留鬍子。」

御手洗不發一言，只是定定地看看我。

「命案當天雖然沒有人看到平吉，可是他的家人和富田安江都說兩天前看見平吉時，平吉的臉上還留著鬍子。」

「那又怎麼樣？」

「你不覺得這一點很重要嗎？這證明平吉和吉男的確可能被掉了包。」

「我認為根本不存在掉包的問題。吉男從東北旅行回來……那是什麼時候？對，是二月二十七日深夜。回來後，他不是和妻女過著正常的生活嗎？而且，他也和出版社有過接洽吧？如果真有掉包事，這些人不可能都感覺不出來吧！」

「嗯，這個我也知道。可是，如果我說到阿索德命案的部分，也許你就不會這麼肯定了。如果不讓平吉在這個案子裡活下去，接下來可又會十分棘手了。因為我也是個插畫家，熬個通宵趕圖，第二天和出版社的人見面時，出版社的人常說我簡直像變了個人似的！」

「但是，做妻子的人，也會因為丈夫熬夜，而認錯人嗎？」

「因為交稿的時間都是在晚上，所以只要變個髮型，再戴上眼鏡，也許就能瞞過那些編輯了⋯⋯」

「案情的紀錄上，可有寫命案發生後，梅澤吉男是戴著眼鏡的？」

「這倒是沒有⋯⋯」

「我只好假定出版社的人都是大近視，但是一起生活了那麼久的妻子，是很難騙的。如果連妻子都認不出來，那妻子必然也是參與殺人的共犯吧。這麼一來，這一連串命案的兇手都是同一人，而且文子居然也對自己的兩個親生女兒下毒手！」

「嗯⋯⋯吉男也得瞞著他兩個女兒，啊呀，不對，這樣一來他就有殺死兩個女兒的理由了。例如：因為長期生活在貧困之中，日子過得艱苦，所以早就想過殺死女兒了。」

「希望你不要講這些沒憑沒據的話！如果你的假設可以成立，那麼文子能得到什麼好處呢？她犧牲了丈夫或女兒，為的是得到公寓的產權嗎？」

「⋯⋯」

「那是殺雞取卵的做法。還有，平吉和文子之間，有可疑之處嗎？」

「沒有！」

「這兩兄弟**都是**怪人。如果不發生阿索德事件，別人也不會注意到他們的長相很相似，你硬要叫平吉復活！」

「……」

「總之，這兩人掉包的說法，是絕對不可能的。我寧可相信你昨天所說，平吉是被神所殺，遭天譴而死的看法。如果硬要說平吉沒有死，也只有一種可能。那就是吉男找到一個和平吉很像的第三者，然後讓他做平吉的替死鬼。這種假設，還比較合理。

「掉包或替身的說法，根本是無稽之談，這種假設就此打住吧！你之所以會有這種假設，只是因為吉男提不出有力的不在場證明吧？只要能證明他說的是事實，兄弟掉包的假設就不攻自破了，不是嗎？」

「關於這一點，你倒是很肯定嘛！御手洗兄，到目前為止，你說的都很有理。不過，說到阿索德事件後，你恐怕就不敢這麼肯定了，到時可別灰頭土臉哦！」

「我等著你說下去。」

「哼，到時候你就知道……算了，現在來說吉男的不在場證明吧！」

「對了，可以查出案發當晚吉男投宿的旅館吧？這樣一來，不是很簡單就可以得到不在場證明嗎？」

「事情可沒那麼簡單。因為，吉男說從二十五日晚上到二十六日早上，他都坐在夜快車裡。這一點是很難證明的。而且，如果第二天早上他一抵達青森，就住進旅館也就好辦了。偏偏那天一整天他都背著相機，在津輕海峽一帶走動，沒有和任何熟人碰面，直到晚上才投宿旅館。而且，他並沒有事先訂房，走累了才決定投宿的。欸，因為是冬天，所以沒有預訂房間也不怕沒有房間住。就是因為這樣，所以即使是他太太想和他聯絡，也聯絡不到他。

「如果他是二十六日晚上才投宿於津輕的旅館，便有行兇的可能。在目黑殺了平吉之後，二十六日一早趕至上野車站，然後搭前往東北的早班火車，確實可以在晚上的時候投宿旅館。」

「吉男說他自己二十六日一整天都在津輕徘徊，二十七日早上就有熟人到旅館找他。對方是作家梅澤吉男的讀者，但那天只是他們兩個人的第二次見面，他們並不很熟。二十七日，吉男都和他在一起，中午的時候才搭火車回東京。」

「原來如此！這麼說，二十六日拍的底片，就是吉男不在場證明的關鍵嘍！」

「不錯！吉男不是因為津輕下雪，才去東北的，這點倒很容易查證。換句話說，吉男到達津輕時，是初冬的景象，所以如果他所拍的底片不是當時的景色。那就是去年拍的。」

「確實是他自己拍的嗎？」

「嗯，他好像沒有朋友可以先在東北幫他拍照，再把底片拿給他。而且，這麼做就等於是幫助他殺人。假設對方不明就裡地幫他這個忙，萬一警方偵訊時，也難保事跡不會敗露。應該沒有人會幫吉男這個忙！所以，如果吉男想在這個事情上玩花樣，就得自己動手。有意思的是：後來查了那捲底片，竟然是前一年秋天，亦即昭和十年十月在新宅拍攝的。這是一大關鍵。很戲劇化吧？這是這本書的高潮之一！」

「哼，即使如此，也只能說他的不在場證明不夠明確，並不表示兄弟掉包的說法可以成立了。」

「我就知道你會這麼說。為了想早點看到你傷腦筋的表情，我就繼續說下一個命案吧！可以嗎？」

「當然。」

「第二個命案，就是平吉之妻昌子和前夫所生的大女兒一枝，在上野毛的自宅被殺了。這個案子發生在平吉命案約一個月後的三月二十三日，死亡時間據推斷為晚上七時到九時之間。兇器是一枝家裡的玻璃花瓶。這件命案倒是留下了兇器。一枝好像是被這個花瓶打死的，我之所以說好像，是因為這是本案唯一令人不解的地方。這個被視為兇器的花瓶上雖然沾著血跡，卻有被擦拭過的痕跡。

「和平吉命案的密室比起來，一枝命案的謎團較少。我這麼說也許太輕率，不過，從外表看來，這確實只是一件極普通的命案，動機是竊盜。命案的兇宅裡一片凌亂，衣櫃被翻得亂七八糟，抽屜裡的財物和貴重物品也都不見了，誰都能一眼看出兇器就是那只被擦拭過的花瓶，根本沒有擦去血跡的必要呀！花瓶上的血跡雖然被擦拭過，卻不是用水洗乾淨，只是用布或紙擦拭，因此很快地就驗出上面有一枝的血。如果兇手要湮滅證據，應該把花瓶丟掉才對。奇怪的是，他不但不這麼做，反而還特地擦去血跡，再放在隔了一扇紙門的鄰房，彷彿有意告訴別人：這個就是兇器！」

「警方和戰後的業餘偵探們對這個花瓶有何看法？」

「他們說可能是花瓶上留下很清楚的指紋。」

「原來如此。也許花瓶並非兇器，只是不小心沾了少許的血液吧。」

「那倒不是。一枝的傷口和花瓶的形狀完全一致，這是毫無疑問的。」

「哦？莫非兇手是女的？兇手下意識地擦乾花瓶上的血跡，再放回原處。這種習慣很容易令人聯想到女性。」

「兇手一定是男人。我有確實的證據，足以證明你的想法是錯誤的。因為，一枝的屍體有被強暴過的跡象。」

「啊……」

「死後才被強暴的可能性比較大。但總之，一枝的下體內留有男人的精液。根據精液的判斷，那個男人的血型是O型。警方對現在可能涉案人物逐一調查，結果發現除了平吉以外，只有吉男和平太郎有嫌疑。但是，吉男的血型為A型，平太郎雖為O型，三月二十三日晚上七點到九點之間，他卻有不在場證明。因此，這件命案和平吉、阿索德被殺之事，或許完全無關。只是湊巧發生在這兩個事件之間的不幸事件。即使不看這個命案，世人還是會認為梅澤一家遭到報應，是個受詛咒的家族。但其實一枝根本沒有梅澤家的血統。

「如果這件命案沒有發生，似乎還好一點，卻在這時候發生了這案子，正因為一枝的命案發生的時機非常敏感，就讓人覺得整個事情越發錯綜複雜了！」

「平吉的小說式手記裡，並沒有提到殺害一枝的計畫吧？」

「不錯！」

「一枝的屍體是何時發現的？」

「大約是第二天，也就是三月二十四日晚上八點多。是附近的婦人送傳閱板到她家，才發現的。雖說是鄰居，可是因為當時的上野毛是個人煙稀少的鄉村，這個鄰居住在距離很遠的多摩川堤防邊，才會那麼晚才發現。其實說得正確一點，應該可以更早發現的。因為那個婦人拿傳閱板到金本家，也就是一枝的婆家時，是二十四日中午時分。當時大門沒有鎖，她進到玄關處叫了幾聲，裡面都沒回應，她以為一枝出去買東西，於是把傳閱板放在木屐櫃上就走了。到了傍晚，這位婦人發現傳閱板沒有傳到下一個人，所以又到金本家去看。當時天色已晚，屋內卻未開燈，打開玄關一看，傳閱板仍然擺在原地，她才覺得事有蹊蹺，卻又不敢到裡面看個究竟。只好先回家，等丈夫下班回來，再一起去看到底發生了什麼事？」

「聽說一枝的婆家金本家是中國人？」

「嗯。」

「職業呢？是貿易商嗎？」

「不，好像在開中國餐館。聽說在銀座及四谷都有分店，生意做得很大，所以很有錢。」

「那麼，上野毛的房子很豪華吧！」

「不，只是間毫不起眼的平房。這點很奇怪，所以才會傳出他是間諜的謠言。」

「他們是戀愛結婚的嗎？」

「好像是。由於對方是中國人，昌子自然激烈反對。一枝婚後也曾和梅澤家斷絕來往，不過不久就言歸於好了。然而他們的婚姻還是只維持了七年。在命案發生的前一年，金本知道中日之間緊張的情勢後，就把餐館賣掉，和一枝離婚回去祖國。他們的分手雖說是戰爭造成的，不過，他們的個性好像也不太適合，因為一枝根本沒有與他同行之意。總之，一枝接收了上野毛的房子，因為改名很麻煩，所以就一直沿用金本的夫姓。」

「這棟房子的主人被殺了之後，房子由誰繼承呢？」

「應該還是由梅澤家的人接管吧！因為金本的日本親戚只有梅澤一家，而且一枝沒有生育，就算要把房子賣掉，因為曾經是兇宅，也得等命案被世人遺忘以後，才找得到買家，所以那棟房子就一直空著。」

「大家都害怕，不敢接近那棟房子吧？而最靠近一枝家的鄰居，也只有多摩川附近的那一家，所以那裡簡直就像特地為製作阿索德而設的房子一樣。」

「對嘛！那些業餘偵探也都說那裡就是製作阿索德的現場。」

「平吉小說裡說是新潟縣嗎？」

「嗯。」

「這麼說來，兇手殺了平吉以後，為了取得製作阿索德的工作室，才把一枝殺掉。他們是這麼想的吧？」

「認為這裡是工作室的人，就是這麼想的。如果從後來的阿索德命案來看，這個兇手真是頭腦冷靜、心思細密的人。用這棟房子做為製作阿索德的工作室，真是再適合也不過了。如果是較複雜的案情，警方必定會經常到現場找線索；但如果只是單純的竊盜殺人案，判定之後就不會再去查證了。

「另一方面，兇宅附近既沒有什麼鄰居，也沒有親戚，因為唯一的親戚就是梅澤一家。只要用點頭腦，就不難想像兇手故意製造竊盜殺人的假象，就是為了讓房子變成空屋。不過，這種假設馬上會遇到一個問題。那就是：這一連串的命案的兇手，是男人，而且血型是O型。雖然也有人主張不必鎖定平吉的小說式手記裡出現的人，但是，如果考慮到阿索德事件，實在無法想像這會是外人下的毒手。從現有的嫌疑者中尋找兇手，似乎是再自然不過的事。依照上述的條件，那麼嫌犯只剩下富田平太郎一個了。他是男人，血型是O型。

「然而，又有兩個理由令人難以斷定平太郎就是兇手。第一點，他確實有不在場證明。一枝遇害時，他在銀座的梅迪西和三個朋友聊天。這一點女服務生可以作證。

「第二點，如果他是兇手，那麼平吉應該也是他殺的。不過，這樣一來，又會遇到密室反鎖的問題了。如果是他殺了平吉，應該是在模特兒回去之後才下的手……可是，這裡還有疑點，假設平太郎是為了畫作買賣，來畫室找平吉，而平吉可能在和自己並不親近的平太郎面前吃安眠藥嗎？或者，是為了讓人以為兇手是平吉親近的人，所以在殺平吉之前，先逼迫平吉服用安眠藥……可是，平太郎會做這麼麻煩的殺人行動嗎？

「暫且不管這個問題。假設確實是他殺了平吉，那麼他離開畫室前，得先從裡面把門鎖上，再行離去。這也是一個難題。因此，要證明平太郎是兇手，就必須先解決門從裡面反鎖的謎題。」

「嗯，說到難題，還有很多吧？平吉自認為那十二幅畫是畢生傑作，平太郎如果是畫商，應該在平吉將這些畫交給自己販賣後再殺害對方才對呀。既然賣一幅畫的錢就能買一棟房子，當然是難得一見的傑作了！」

「對呀！平吉所謂的畢生傑作，只有這已完成的十一幅，其他都是些小品，而且，大多數都是為這些大作而作的習作，剩下的則是帶有竇加畫風的作品及芭蕾舞者的素描。這些作品都寄放在安江處，而且並沒有賣得高價。」

「嗯。」

「可是，如果說一枝命案的兇手，與梅澤家有關的一連串事件的兇手是同一個人，那麼這個兇手應該是個性衝動、意志薄弱的人，而不是我想像中的頭腦冷靜的智慧型罪犯。也許是個連自己的性別和血型都分不清的糊塗蛋呢！」

「哦！」

「從剛才所提的一連串理由來說，O型的平太郎應無嫌疑。對了，還有一點，如果他是獨自行動，從梅迪西到梅澤家，在雪地中開車絕對不只四十分，就時間上來說，是不可能的。基於上述的理由，應可刪除平太郎的嫌疑，這樣一來，就形成兇手是我們所想不到的外人了！如果真是這樣，那麼從這件神祕命案中得到的推理樂趣就減半了。不過，希望得到樂趣，也許本來就是一種奢望。」

「嗯。」

「所以，我也認為一枝被殺之事，和梅澤家的一連串事件是全然無關命案，只是湊巧夾在中間的突發事件。」

「這麼說，你不認為這裡是製作阿索德的地方？」

「嗯，你說得沒錯……說兇手是為了製作阿索德而殺害一枝……這一點我很難認同。一個瘋狂的藝術家，在發生過兇殺案的空屋裡，夜以繼日地趕製阿索德……以此作為詭異小說的題材，的確能令人毛骨悚然。可是如果發生於現實生活中，就讓人無法解釋了。因為他無法在一片黑暗中工作，至少夜裡一定要點上蠟燭。這麼一來，鄰近的人難道不會發現嗎？

「發生過兇殺案的空屋裡，有不明的光線，警方一定會對此事充滿興趣，而上門調查吧。警察來時，如果是自己的家，就可以要求警察拿出搜索狀，來阻擋警察進入；然而這只是一棟空屋。換成我，就會找一間沒有人知道的空屋，來進行這件事。否則，根本無法專心工作，而且作品完成後，也無法慢慢欣賞。」

「嗯，言之有理。可是有很多業餘偵探都說這裡是製作阿索德的工作室。」

「他們是假設兇手為了佔有這間房屋，才把一枝殺掉的！」

「可是，如果從血型的問題等來看的話，兇手是局外人的成分比較大。」

「對，你分析得對。這裡的看法就開始有點分歧了。」

「嗯，除非把一枝的命案當作偶發的竊盜殺人，否則梅澤家占星術殺人事件的兇手就得是局外人了……可是，這樣……一枝命案不就無解了嗎？」

「是啊！」

「若是當成偶發的竊盜案，兇手可能就找不到了吧。」

「話是這麼說，但御手洗兄，這種無解竊盜案，很多都破不了。例如我們到北海道旅行，然後殺了一個獨居的老太太，劫走她藏在床底下的積蓄，那麼警察也不可能懷疑到我們頭上，因為我們和她毫無關聯，這樣的懸案真的非常多。謀殺、蓄意殺人的案子，兇手一定擁有明確的動機。在這樣的案件中，總有一天這些動機都會辨明的。而警察的重要工作之一，就是查證所有涉嫌人物的不在場證明。然而，深究起來，整個梅澤事件之所以會陷於膠著的原因之一，就是動機的問題。之後的阿索德事件，幾乎沒有人有足夠的動機，唯一有此動機的人，只有梅澤平吉一個，可是他卻早一步死了！」

「確實如此。」

「我不認為梅澤事件的兇手是外人。把兇手假設為與平吉毫無關聯的外人，這實在有點不負責任。」

「所以，按照你的說法，一枝的命案應該是偶發的竊盜殺人嗎？……嗯，我懂了，還是請你再把一枝命案現場的狀況再仔細描述一遍吧！」

「這本書上有張圖（圖３）。只要看這張圖就一目了然了。除此圖之外，並沒有其他值得再說明之處，是一樁毫無疑點的案件。一枝是穿著和服躺在地上，身上的和服也很整齊，只是沒有穿內褲。」

「啊？」

「這沒什麼好大驚小怪的，當時的習慣就是那樣。

「衣櫃的抽屜全部被拉出來了，裡面的東西散了一屋子。錢全部不見了。這個房間有一座三面鏡的梳妝台，這裡倒是沒有被破壞，東西擺得很整齊，梳妝台上的擺飾也井然有序。被視作兇器的花瓶，則倒在隔了一扇紙拉門的隔壁房間的榻榻米上。

「其次，一枝的屍體被發現的位置，也如圖（圖３）所示，不過，那個地方並沒有打鬥的痕跡，所以不像是第一現場。據研判，一枝應該是被殺後，才被移屍至陳屍現場的。兇手殺人時，如果用力猛烈，傷口必然很深，血也會四處飛濺，不過陳屍處四周並無血跡。她是死後才遭強暴，所以兇手自然會把屍體移到較方便的地方。從整個現場的情況看來，找不到一枝被擊斃的場所，這是相當奇怪的一點。」

「等一下！她是死後才被強暴的嗎？」

「嗯。」

「是真的嗎？」

「很像是那樣。」

「這就很矛盾了。你剛才不是說一枝的服裝很整齊嗎？要是像你所說的，這只是偶發的竊盜殺人案，哪個笨賊會在強暴了一枝的屍體後，再把她的衣服弄整齊？」

「啊……嗯，這個嘛……」

「算了，再繼續說下去吧！」

「嗯，找不到第一現場的確很奇怪。而且若要在這房子之外的地方找尋第一現場，也有點怪。不，也有人在研究它的可能性，甚至現在還在討論這個問題，因為真要在其他地方下手也並不是完全不可能，但是我想不出這麼做的道理何在。警方再仔細地檢查現場後，又發現梳妝台的鏡子是三面鏡，鏡子的表面擦得相當乾淨，不過仍然可以看出有些微的血跡，而且那血跡和一枝的血型一樣。」

「這麼說，她是面對鏡子化妝時遇害的？」

「不，從屍體的情況看來並非如此。因為她臉上幾乎沒有化妝，據說是在梳頭髮時遇害的。」

「面向鏡子？」

「對，面向鏡子。」

「咦？這樣一來又不合邏輯了。這棟房子是平房吧！」

「對呀！」

「從這張圖（圖3）看來，梳妝台的旁邊有扇紙門。面對鏡台而坐時，背後的方向是有紙門的走廊。這個小偷如果要潛入房間殺害面對鏡子的一枝，只有從隔壁房間打開隔扇過來，或是打開拉門，從一枝的背後偷襲兩種方法而已。假設他是從後面來的，一枝應該可以從鏡子裡看到吧。難道她會坐著挨打？不可能的，應該會立刻奪門而逃吧！那麼，如果從旁邊過來呢？由於是三面鏡，所以小偷的影像也會反映於鏡中吧？即使看不到，只要聽到拉開隔扇的聲音，一枝也應該有

圖 3

廁所
窗
鏡台
窗
衣櫥
花瓶
廚房門
廚房
桌子
拉門
壁櫥
庫房
櫥櫃
衣櫥
拉門
拉門
玄關
走廊
脫衣室
鞋櫃
簷下走廊
浴室
洗衣間
庭院
壁櫥
衣櫥

充分的時間回過頭去看個究竟。一枝是從正面被襲擊到**額頭**嗎？」

「不，等一下……還是不對。我想她應該是**背對**兇手，兇手從背後偷襲她的後腦。」

「嗯，和平吉遇害時的情形一樣。這意味著什麼？……算了，另外還有一個從窗戶爬進來的方法，可是這樣一來就更奇怪了。難道她會一面梳頭髮，一面等著小偷從窗戶爬進來嗎？還是很奇怪，我絕不相信是小偷幹的。一定是熟人，否則根本講不通嘛！一枝是坐在三面鏡的梳妝台前，兇手進來時，她居然不回頭也不逃走，反而束手待斃，這豈不是匪夷所思嗎？她必然是面對鏡子，也從鏡中看到一步步走近的人，而依然**維持原來**的姿勢。所以這個人一定是熟人，而且關係還相當親密。我敢和你打賭，一枝一定從鏡子裡看到對方的臉，而且我絕不相信他是個小偷或冒失鬼，因為他曾仔細地擦過鏡子裡的血，這就表示他想隱瞞他們的親密關係，這是一條很大的線索！

「我想，這兩人很熟，而且是有肌膚之親的。因為當時的女人，不可能在自己不熟的男人面前，背對著他看鏡子梳妝打扮，除非是和她有肉體關係的男人。但是，這也不對，既然關係如此親密，何必在她死後強暴她呢？應該在她生前享受魚水之歡啊！難道他們是在**之前**性交？被殺**之前**？」

「我也不知道為何會變成死後才遭強暴，但是這一點似乎已成定論。不過案情很微妙，也許和事實正好相反呢！」

「會不會是偏好強暴屍體的男人？那種人大概有精神分裂症。總之，這個兇手和一枝的關係一定很親密，一枝當時是否有這樣的男友？」

「很遺憾，根據警方徹底調查的結果是沒有，她當時身邊並沒有這樣的人物。」

「哎呀，真的要舉手投降了。啊！不不，我想起來了！**化妝**！你剛才是說一枝**沒有化妝**嗎？」

「唔……」

「三十多歲的女人，在那樣的**男人**面前也不化妝嗎？……對了！是女的，石岡，那個人是女的。不，不對！怎麼可能有會射精的女人呢？石岡。這點暫且不管，如果兇手是女的，而且和一枝熟識，一枝可能會背對兇手坐著，也會不化妝。兇手把花瓶藏在背後，笑容可掬地靠近一枝，這樣一來，一枝既逃不掉，也無法回頭。至於精液的問題嘛……對了，假設她是帶著某個男人的精液，來找一枝的呢？所有關係人中，可以簡單地拿到精液的女人，只有吉男的妻子文子。她只要拿丈夫的就行了，但……這也不對啊！吉男是A型的。」

「關於這一點，是可以靠檢驗的結果來了解真相的。三天前的精液和當天的精液不會一樣吧！這是新鮮度的問題。」

「是呀！對了，所有關係人的不在場證明呢？」

「除了我剛才說過的平太郎外，大家都沒有不在場證明。先說他媽媽安江吧，她平常整天都待在梅迪西，正巧那天的那個時候，卻說要去銀座逛街，所以安江沒有不在場證明。至於梅澤家的人嘛，當時昌子、知子、秋子、雪子四人，正在一起準備晚餐。那時候，時子似乎剛從保谷的多惠家回來。因此，這四個女兒的不在場證明，都是由自己的媽媽作證的。姑且算是不在場證明。

「完全沒有證人的是禮子和信代，她們說兩個人一起去澀谷看了一部名叫《飛向里約》⑲的電影。電影大約八點結束。九點左右回到吉男和文子的家。因此，就時間上來講，這兩個女孩有犯案的可能性，因為上野毛離東橫線府立高中並不遠。然而她們一個才二十歲，一個二十二歲，應該不會犯下那樣的命案吧！文子和吉男也和他們的女兒一樣，提不出確實的不在場證明。

「不過，撇開不在場證明的問題，若論殺人動機的話，則和平吉命案時完全相反，所有的人都沒有殺害一枝的動機。

⑲《飛向里約》（一九三三年），原名 Flying Down to Rio，Thornton Freeland 導演。

「先說梅迪西的安江母子吧。他們應該根本沒見過一枝。再說吉男與文子。他們的情形也和前者類似，他們也許見過一枝，卻沒有什麼機會接觸，所以也不至於想置她於死地。至於那些少女，基本上她們就像姊妹一樣呀！」

「一枝曾經去過梅澤家玩嗎？」

「很少去。以上就是有關殺人動機的部分，所以我才會認為一枝的命案是竊盜殺人。好了，這一部分就暫時告一段落，接下去要說的人物是飯田。你不是希望趕快聽阿索德的殺人事件嗎？」

4

御手洗似乎還想繼續聽下去。他說：「是呀！你就繼續說下去。前面的疑點等理出頭緒後再討論也好。」

「終於要進入主題了。這個『阿索德殺人事件』，真可以說是集神怪、詭異之大成的恐怖命案。」

「我等好久了，快說吧！」

「等我說完，你一定也會驚歎不已。一枝三月二十三日遇害後，過了兩、三天，梅澤家雖已草草辦完喪事，全家卻都還感到有點心神不寧，就想去祈神求福，祛除惡運。於是，一家人就決定去新潟的彌彥山朝拜，平吉的手記裡也提到過這個地點。因為那手記就像他的遺書一般，所以一來是替平吉完成遺願，告慰平吉在天之靈，二來也可以平息心中的不安。」

「這是誰的主意？」

「是昌子提出來的。於是，三月二十八日，昌子就帶了知子、秋子、雪子、時子、禮子、信代等六人，離開東京，前往新潟彌彥山。實際上這趟遠行也含有散心之意，因為那兩件命案在大家心頭都留下一層陰影。三月二十八日晚上，她們抵達彌彥，住了一晚，第二天再登上彌彥山。」

「那麼，她們可曾參拜過彌彥神社？」

「那還用說嗎？不過，接下來問題又來了。因為彌彥附近有個岩室溫泉，你這個不問世事的人大概不知道吧！從彌彥去的話，搭乘巴士就可以到達。所以，二十九日晚上，她們好像在那裡逗留一晚。那一帶有個佐渡彌彥國家公園，景色十分優美，女孩們想多玩一天，就要求昌子再多住一晚。

「另外，我忘了前面有沒有說，由於昌子的娘家在福島縣的會津若松，離彌彥不遠，對昌子而言，既然已經來到彌彥了，當然要順道回娘家一趟。但是她擔心帶六個女孩回去會添麻煩，心想反正她們也長大了，既然她們想多玩一天，不如自己回娘家，讓她們玩個痛快，這是之後昌子自己說的。而昌子就在第二天早上，也就是三月三十一日獨自前往會津若松，要女兒們先回家。於是女兒們三十日玩了一天，預定三十一日早上出發，晚上抵達目黑的梅澤家。而昌子則於三十日早上從岩室溫泉出發，當天下午抵達會津若松，三十一日整天都待在娘家休息，直到四月一日早上才回東京。按照原先的想法，她四月一日晚上回到東京，應該與女孩子們會合。」

「這麼說，那些女孩子就在東京看一天家，等媽媽回來嘍！」

「本來應該如此。但是四月一日晚上，昌子回到目黑的家裡後，並沒有看到孩子們，家裡也和出門前一樣，可見女孩子們並沒有回來。那些少女們就此下落不明，不久一一變成屍體，而且就像平吉手稿所描述的，每具屍體都缺了一個部位，分別在令人意想不到的地方被尋獲。而昌子赫然發現：等待她的，竟然不是少女們，而是拘捕令。」

說到這裡，我暫停了一下，御手洗也陷入短暫的沉思。

「被捕了？……當然不會是因為涉及殺害一枝之事吧？」御手洗說。

「當然不是。是平吉！」

「警方也注意到把床吊起來的方法嗎？」

「不，好像是接到匿名信才發現的。」

御手洗馬上「哼」了一聲。

「當時好像有很多匿名信。看來果然有不少對這個事件狂熱的份子。日本自那時起，也成為探案推理的先進國。我想，要是我也生在那個時候，又想出那個密室陷阱的方法，也一定會向警方投書的。

「於是警方立刻前往梅澤家偵查，不料那七名嫌犯都去旅行了。本以為她們是畏罪潛逃，結果卻見昌子一人回來。於是，警方也懷疑昌子先指使六名少女殺了平吉，然後再一一殺害她們滅口。」

御手洗張張嘴，似乎想說什麼，但還是把話吞了回去，只是問：

「那麼，昌子招認了？」

「招認了，但她後來又翻供否認了。雖然經過幾次庭訊，她始終沒有承認那樣的罪行，世人都稱呼她為『昭和的巖窟王』[20]。結果在昭和三十五年她死於獄中時，已經七十六歲。

「昭和三十年代，文壇吹起一股占星命案的推理旋風，這是受到傳播媒體的大力宣揚，以及昌子至死仍然否認犯案，並且死於獄中的影響。」

「警方對於昌子的懷疑，是否只針對平吉一案，還是也包括阿索德命案在內？」

「老實說，我覺得他們對這一連串的事件，根本完全摸不著頭緒，只是覺得昌子的嫌疑最大所以鎖定在她身上，只要假以時日一定能從她身上挖出結果，屈打成招，當時日本的警察都是這麼做的。」

「真是一群糊塗蛋！不過，在沒有證據的狀況下，他們也能拿到拘捕令？」

「啊，我剛才說的話有點**語病**，其實不是什麼正式的拘捕令……」

「說得也是！他們那些人如果要抓人，哪需要什麼拘捕令。但是，若說昌子會殺害那六名少女，我認為可能性是微乎其微的，因為大部分都是她的親生女兒。如果她為了保護自己而對親生女兒下毒手，豈不變成心狠手辣的巫婆！」

「不，昌子給人的印象確實不太好，她的個性很嚴厲！」

「那麼，我想要問一件事。或許現在再問這些也無多大意義，但是，在彌彥時，昌子可有時間殺害那六名少女？」

「關於這一點，至今仍然爭論不休，不過，就結論來說，答案大概是否定的。到三十一日早上為止，這些少女仍然活著。這是根據旅館方面的證言而得到的事實。據岩室溫泉旅館的服務生說：三月二十九到三十日，包括昌子在內的七位女客，確曾投宿於該處。

「而接下來的三十日到三十一日，除了昌子之外，那六名少女依然住在同一家旅館。也就是說，被害的六名少女連續兩個晚上，都住同一家旅館。根據服務生的說法，到三十一日早上為止，六名少女的確還活著。但是自三十一日早上離開旅館後，她們就下落不明了。

「通常我們在討論某個人的不在場證明時，必須先推斷被害者死亡時間。不過，在這件命案中，很難做到這一點，因為六名少女失蹤後，隔了很久的時間屍體才被發現，而且屍體也受到極大的傷害。只有最早被發現的知子，因為距失蹤的時間比較短，所以較能推測出正確的死亡時間。據推測，她的死亡時間大約是三月三十一日下午三點到九點之間。也就是她們失蹤之後的下午。

⑳巖窟王，亦即法國文豪大仲馬的經典小說《基度山恩仇記》（Le Comte de Monte-Cristo）的日文譯名。採用此譯名之人為日本的推理小說翻譯家黑岩淚香（一八六二年至一九二〇年）。

「從各種條件來研判，這六名少女在同一地點同時遇害的可能性相當大。因此，前面推定的死亡時間，也很可能就是她們全體的死亡時間。假定兇案是發生於三十一日午後，那麼黃昏以後的可能性，比下午更大。拿這個假定的死亡時間，與昌子三十一日下午的行蹤相比對時，對昌子有點不利。

「昌子娘家的人雖然一再強調，三月三十日傍晚，昌子的確有回到娘家。不過，因為這是至親的證詞，不足採信；再加上由於平吉命案已傳遍全國，昌子回到娘家後，並不願外出，三十一日整天都待在家裡，因此除了家人以外，誰也沒見到。這一點是對她最不利的地方。綜觀上述，誰也不敢說她不會在三十一日早上再回到彌彥行兇。」

「不過，六具屍體不是分散於全國各地嗎？昌子一個人不可能獨自完成這件事吧，她沒有駕駛執照吧？」

「沒有。在昭和十一年的時候，幾乎沒有女人持有駕照。以當時的眼光來看，汽車駕照猶如現在的飛機駕照吧！前面提到過的人物當中，有駕照的男人也只有梅澤平吉和富田平太郎二人而已。」

「那麼，這一連串命案的兇手若是同一個人，而且是單獨做案的話，就不可能是女的嘍！」

「照說應該是這樣。」

「我們再回來討論少女們的行蹤吧！到三十一日早上為止，她們的行蹤都算是很清楚。不過，這以後就完全沒有目擊者了嗎？六個人一起行動，應該相當引人注目吧？」

「完全沒有目擊者。」

「會不會她們認為反正四月一日晚上再回目黑就好了，所以又放鬆心情多玩了一天呢？」

「警方也這麼想過，所以一一查詢了附近的旅館，例如岩室溫泉、彌彥、吉田、卷、西川，甚至較遠處的分水、寺泊、燕等處的所有旅館，然而就是沒有人看過這六名少女去投宿。或許她們其中有人在三十日就遇害了……」

「可是，三十日晚上她們不是還一起住在旅館嗎？」

「啊，對！如果她們發現少了人，一定會向警方報案吧！」

「她們可能去佐渡嗎？」

「會嗎？那個年代要去佐渡島，好像只有從新潟或直江津坐船才行，但這兩個地方離岩室溫泉都很遠。不過，警方還是去佐渡調查了。」

「嗯。如果她們不想讓人知道這個行程，很有可能分開行動，每兩人或三人一組，或是使用假名。而且三十一日有一整天的時間，她們可以分別投宿於不同的旅社，坐在火車上時，也可以分開坐，免得引人注目。不過，我實在找不到她們這麼做的理由。」

「你想得不錯，分散行動的話，確實比較不會引人注目。只是，她們有必要這麼做嗎？而且，她們有什麼理由，會去那些她們成為屍體後被發現的地方？對兇手來說，她們那樣的行動，簡直就是自動上門來送死！三月三十一日以後，她們並沒有投宿旅社嗎？然而這種可能性很低，因為她們在東京以外並沒有什麼親戚，而且大家都異口同聲地說她們沒來過。其他如朋友或熟人處，警方也一一探聽過，答案還是一樣。如果曾經住過自己家的少女，莫名其妙地死得那麼慘，想必沒有人會保持沉默吧！總之，三十一日早上以後，她們就完全和外界失去聯絡了！」

「經過長達四十年的爭論，還是找不出她們失去聯絡的原因嗎？」

「是的。」

「昌子被警方逮捕後，一直否認自己涉案，但警方卻沒有釋放她。警方一直不放走昌子，是否因為後來找到了什麼證據？」

「不錯。警方在梅澤家仔細搜索以後，竟然發現了裝有砒霜的瓶子，及疑似用來吊床用、附有掛鉤的繩子。」
「哦？真的找到那些東西了嗎？」
「嗯。不過，令人納悶的是，繩子只有一條，其他的大概都丟掉了。」
「不過。這樣反而更令人難以置信，這不等於不打自招嗎？難道昌子不會說這是別人故意栽贓的嗎？」
「她說了。」
「她知道是誰嫁禍給她的？」
「她說不知道。也許她確實不知道是誰。」
「嗯！總之問題是出在天窗，警察應該檢查過天窗，沒有發現那裡有被移動過的痕跡嗎？」
「這個嘛，在命案發生的前幾天，好像有小孩丟石頭到畫室的屋頂，因此玻璃上有裂痕，於是平吉馬上換了新玻璃，重新安裝時也用了新的修補劑，看不出什麼疑點。」
「真是心思細密的傢伙。」
「心思細密？」
「嗯，那個石頭不是小孩子丟的，而是兇手丟的。」
「怎麼說呢？」
「這個等一下再解釋。不過警方如果早點發現就好了。二月二十六日當天，屋頂應該積了很多雪。只要爬梯子到屋頂一看就知道了，應該會有腳印或手印，抑或移動玻璃的形跡……啊！」
「怎麼啦？」
「因為下大雪的關係，天窗的玻璃上想必積了一層雪吧！所以，平吉的屍體被發現時，畫室的室內應該很暗，因為雪把天窗遮住了。不過，如果天窗的玻璃曾經拿掉，雪就無法堆積，房間也就變亮了。當時畫室沒有出現不自然的光線嗎？」

「好像沒有吧！因為書上並沒有提到這點，要是有這種情形，應該會寫下來吧。大概是兩邊的玻璃上都積滿了雪吧，不過……」

「是嗎？嗯，如果兇手的心思夠細密，當然會把玻璃放回原位，然後再在上面積放一些雪。而且，二十六日早上八點不是又下了一陣子雪嗎？不過，在潮濕的屋頂上用修補劑安裝玻璃，不是很容易的事……」

「可是，昌子被捕時，距平吉遇害已經一個多月了！」

「嗯，總之是太慢了，錯過調查的最好時機……不過，說到梯子，梅澤家有梯子嗎？」

「有，好像一直擱在主屋的牆角。」

「有移動過的痕跡嗎？」

「沒有。梯子好像是放在屋簷下，那個地方不會積雪。而且，玻璃店的人來換玻璃時，好像也用過這個梯子。總之，警方是在平吉的命案發生後的一個多月，才去梅澤家搜查的，那時梯子上面已積了灰塵，即使之前有用過，也看不太出來。」

「這麼說，如果殺害平吉的兇手是昌子她們，那麼她們用的，就是這梯子嘍。不過……雪地上面好像沒有移動梯子時所留下的腳印。」

「不，這個梯子放在一樓的窗口下。如果從窗口移進家裡，再從玄關搬出來……不，不必那麼做。因為把梯子拿出去時，外面還在下雪，就算有腳印，也會被積雪掩蓋。所以問題是把梯子搬回來的時候。從後柵門出來，沿著外面的路繞一圈，再從玄關走進家裡，然後從一樓的窗口遞出來，再放回原位就好了。就是這麼簡單！」

「嗯！那些女人如果能像掃煙囪的工人，那確實能做到！」

「不是她們做的嗎？那麼繩子和砒霜又作何解釋？」

「對！那麼砒霜究竟是怎麼回事？這問題該是我問才對呀！」

「那砒霜又叫亞砷酸。就是用來殺害那六位少女的劇毒。法醫驗屍的結果顯示，每個女孩胃裡都有零點二到零點三公克的亞砷酸。」

「咦？這不是很奇怪嗎？在平吉的小說裡，不是提到過牡羊座者要用鐵，處女座者要用水銀置之於死地嗎？而且，這些少女很可能在四月一日晚上以前就已經遇害了，裝毒藥的瓶子怎麼會出現於梅澤家呢？」

「對呀，所以警方才不釋放昌子，這麼一來，不但逮捕令師出有名，還可以將她起訴。另外，平吉手稿裡提到的金屬元素，也的確從少女的屍體口中或喉嚨裡找到。完全如平吉所指定的。不過，這些金屬並不是用來殺人的，致她們於死地的是亞砷酸。這是一種劇毒，只要零點一公克就能致命。大家都知道氰酸鉀是一種毒藥，其致死量為零點一五公克，因此亞砷酸的毒性，比氰酸鉀更可怕。在此，有一份說明，你要不要看一下？剛才說的砒霜 As_2O_3 溶於水中，這會增加它的鹼性，因而快速溶解，然後就變成亞砷酸，化學式是 $As_2O_3+3H_2O \rightleftarrows 2H_3AsO_3$。

「另外膠質狀態的氫氧化鐵 $Fe(OH)_3$，可以做為去除亞砷酸的解毒劑來使用。」

「噢。」

「兇手把亞砷酸混在水果榨成的汁裡，也就是現在所說的 juice，但在戰前都稱作果汁，六名少女喝下去的便是這調配過的果汁。由於劑量大致相同，由此可見兇手是利用六人齊聚一堂時，同時對她們下毒的。也就是說她們是在同一個地點，同一個時間遇害的。」

「原來如此。」

「可是，兇手不只殺了她們，還按照平吉書中所描述的，把那些金屬元素一一放進她們口中。

「水瓶座的知子口中找出氧化鉛 PbO。那是一種黃色的粉末，本身就是一種劇毒，好像很難溶於水。換句話說，只用這個氧化鉛，也可毒死知子，可是兇手無法一一毒死少女們，總之，兇手為了一次毒死六名少女，不得不用相同的毒藥。這種推理應該可以成立。」

「果然如此，太厲害了！」

「天蠍座的秋子口中被放的是氧化鐵 Fe_2O_3。那東西俗名鐵丹，經常使用於顏料或塗料的紅色泥狀物，它並不是什麼毒素，是一種非常普遍的物質，約佔地球上所有物質的百分之八。

「其次是巨蟹座的雪子，她喉嚨裡放的是硝酸銀 $AgNO_3$，那是一種無色透明的有毒物質。

「然後是時子，她是牡羊座，和天蠍座的秋子同樣是鐵質，不過由於她的頭已被切掉，所以切斷面和身體上塗有鐵丹。

「接下來是處女座的禮子，她口中驗出水銀 Hg。

「最後是射手座的信代，從她喉嚨裡化驗出錫 Sn 的成分。

「情形大致是如此。水銀可以摔壞幾支體溫計而取得，其他藥品則必須具備專業知識，必須是能自由出入大學藥學部的人，一般人很難取得。但是梅澤平吉基於對藝術的狂熱，也許會費盡心機去搜集，可惜的是，他已作古，無法求證。」

「這些毒藥會不會是平吉生前已經收集，而把它放在一個隱密的地方？」

「這就不知道了，我也想過這種可能性，不過警方似乎不這麼認為。」

「那麼，昌子又是怎麼拿到那些毒品的呢？」

「不知道。總之，不管這是有意的行兇，或是一種黑色幽默，兇手把這項煉金術般困難的大工程，圓滿地完成了；至少是依照平吉的解釋，來進行這個殺人行動的。我們可以說：平吉偷偷寫在手稿上的計畫，幾乎被兇手完全實現了。但是，既然平吉已死，兇手究竟是誰？兇手行兇的目的是什麼？這就是謎題之所在。」

「嗯。大家都認為昌子是兇手嗎？」

「並不是吧。」

「只有警察那麼認為嗎？」

「只能認為平吉還活著。因為對製作阿索德沒有興趣的人而言，分別切下六個女子身體的一部分，應該是毫無意義的事。

「那麼，若是醉心於平吉的思想、藝術觀，和平吉一樣的藝術家呢？但是，平吉並沒有這種親密的藝術家朋友。」

「……平吉真的死了嗎？」

聽到御手洗這麼說，我不由得高聲大笑了起來。

「啊哈！我就在等你這麼說。」

御手洗顯得有點沮喪，不過頭腦靈活的他，很快地接著說：

「不，我所想的和你說的並不一樣！」

「那麼，你是什麼意思？」我立刻追問了一句。根據我的直覺，他說這句話一定別有含意。

「你的說明不會到此就結束了吧？」御手洗接著又說：「屍體是各自在何處被發現的？我想等你把全部謎題都提出來以後，才說出我的想法。」

「好吧！別忘了你現在說的話，等一下你一定要好好回答我。」

「好啊，反正你馬上就忘了。」

「你說什麼？」

「誰的屍體最先被發現？是依照靠近東京的順序被發現的嗎？」御手洗立刻提問。

「不是，第一具被發現的屍體是知子，在細倉礦山，屬於宮城縣。宮城縣栗原郡栗駒村大字細倉、細倉礦山。屍體被棄置於林道分岔口後面的樹林，並未掩埋。膝部以下被切斷，然後用油紙包起來。死者身上還穿著旅行時的服裝。四月十五日即她們失聯的十五天之後，被路過的村民發現的。

「細倉礦山是以產鉛及亞鉛而著名。知子是水瓶座，在占星術或是煉金術中代表鉛。因此，使得向來不以想像力來辦案的日本警察，這一次也意外地不否定其依照平吉的小說來進行的可能性。也就是說，那些少女們大概均已遇害，而且依平吉小說所說的，被遺棄於全國各地。

「不過，平吉的小說裡，只提到要把牡羊座置於產鐵之地，巨蟹座置於產銀之地，卻沒有具體說明礦山的名字。因此，如果要找時子，就得到全國各地以產鐵聞名的礦山搜索，例如北海道的仲洞爺、岩手的釜石、群馬的群馬礦山、崎玉的秩父等地。同樣地，若是雪子的話，因她是巨蟹座，屬於銀，所以要到北海道的鴻之舞、豐羽、秋田的小坂、岐阜的神岡等地去找。找那些屍體，好像耗費了不少時間，因為其他的屍體都被埋起來了。」

「咦？被埋起來了？那麼說，只有知子沒被埋了？」

「是的。」

「嗯……」

「還有更不可思議的事。那就是她們被埋的深度都各不相同。是否含有某種占星術上的意義呢？這個就要靠你了！」

「你再說得具體一點吧！」

「好。就是說：秋子被埋了五十公分深，時子是七十公分，信代則是一公尺四十公分，雪子為一公尺零五公分，禮子一公尺五十公分。當然這只是個大概的數字。警方及業餘偵探都想不出

圖 4

小坂礦山
☽ 雪子(11.10.2發現)
釜石礦山
♂ 秋子(11.5.4發現)
細倉礦山
♄ 知子(11.4.15發現)
群馬礦山
♂ 時子(11.5.7發現)
生野礦山
♃ 信代(11.12.28發現)
大和礦山
☿ 禮子(12.2.10發現)

這些數字有何用意，至今尚無一人想得出令人心服口服的合理解釋。」

「哦。」

「唔，或許那麼做只是為了故弄玄虛，也或許是和泥土的柔軟度有關。」

「如果掩埋的深度都是在五十公分到七十公分之間，倒還說得過去。至於一公尺五十公分的深度，未免太離譜了，要是個子矮一點的人，甚至可以站著掩埋呢！究竟為什麼要這麼做呢？秋子是天蠍座，她被埋了五十公分？……時子嘛……」

「牡羊座、天蠍座為七十公分、五十公分，處女座、射手座、巨蟹座則分別為一公尺五十、一公尺四十、一公尺零五公分。這裡有一張表。」

「水瓶是暴露在外面的嗎？它的元素是什麼？……不對，沒有那樣的形式。對了！這一點和星座無關，根本不必考慮四十或七十等細微的數字嘛！埋屍的洞只分為五十公分和一百五十公分兩種。」

「啊……可是，也有一個是一百零五公分的。」

「那大概是兇手一時疏忽。喂，知子之後又發現誰？」

「由於下過雨，所以被掩埋的屍體失去早期發現的黃金時機，所以發現時已經過了很長一段時間。直到約一個月之後的五月四日才又發現秋子的屍體。她是被油紙包著，穿著旅行時的衣服，不過腰部卻被切掉二、三十公分，死狀很慘。發現的地點是岩手縣釜石市甲子町大橋，她被埋在釜石礦山附近的山裡。聽說是警犬發現的。知子和秋子兩具屍體，都經過當時被關在拘留所的昌子指認，確定是她自己的親生女兒無誤。

「於是警方對警犬的信心大增，再派出大量警犬協助搜尋。這一招果然奏效，只隔三天，就在群馬縣群馬郡郡馬村大字保渡田的群馬礦山，找到了時子的屍體。她身上也覆蓋著油紙，衣服也和失蹤前穿的一樣，只是少了一個頭，所以也可能是別人。不過多惠已出面指認無誤。除了多惠的證言之外，屍體的兩腳也具有芭蕾舞者的特徵，而且腹側也有一顆痣，這點和平吉手稿中所述的一致。而且推定死亡時間與當時其他失蹤的少女中，並沒有和時子同齡的人，所以可以斷定這具屍首就是時子。

「然後，又過了好久。大概因為埋屍的洞太深了。雪子的屍體直到十月二日才被發現。她的死狀也許是最慘的。由於時間過久，屍體早已腐爛。胸部被切除，兇手竟然把頭直接擺在腹部上面，宛如一寸法師。其他地方則大致相同。被油紙包著，穿旅行時的服裝，被埋在一公尺深的洞裡。地點則在秋田縣大館郡毛馬內村小坂礦山的廢礦附近。昌子也親自前往認屍，並確定是雪子。

「接著，又隔了一段時日，才在那年年尾十二月二十八日發現了信代的屍體，距離被殺的時間已接近九個月。剩下的信代和禮子，各屬於射手座和處女座，代表的金屬為錫與水銀。在日本境內，出產這兩種金屬的著名礦山並不多。先說水銀吧，要是把範圍限定於本州，則只有奈良縣的大和一處。至於錫，也只有兵庫縣的明延及生野而已。如果不是這樣，這兩具屍體也許永遠無法發現了，因為她們被埋得相當深。

「十二月二十八日，信代的屍體在兵庫縣朝來郡生野村的礦山被發現。她的大腿被切斷，骨盤和膝關節被湊在一起，其他大致與前被害者相同。由於遇害時間是三月底，屍體在過了九個月後的十二月才被發現，早已化作一堆白骨，真的很可悲啊！

「最後一個是禮子。她是在昭和十二年二月十日被發現的，所以距第一個被殺的平吉已經大約一年。禮子的屍體少了腹部，其他地方也都和別人一樣。埋屍地點則在奈良縣宇陀郡菟田野村大字的大和礦山附近。她被埋在一個一百五十公分深的洞裡。

「由於這兩具屍體早已化為白骨，即使再親密的人也認不出來，根本沒必要讓她們的母親文子前來認屍。不過，文子好像還是前去認屍了。」

「照你這麼說，這兩具屍體不是比時子更有可能是別人的屍體嗎？因為容貌已經無法辨認，只能從衣服上分辨。」

「沒錯。為了求證確實是信代和禮子，調查人員花了不少精神。時子的屍體因為死亡不久，屍體尚未腐爛，所以不難辨認。不過，最後找到的這兩具屍骨，也可以從骨骼及皮膚來推斷年齡；其次，這兩具屍骨的身高方面，也大致吻合信代和禮子的身高。另外，頭蓋骨可用黏土代替肉，讓它復原成原來的模樣。如此，每個人的長相也就大致確定了。還有血型比對也使得辨認更加確定。

「不過最有決定性的，是有腳的五具屍體的腳部骨骼以及腳趾的形狀，都能很明顯地看出她們生前都是芭蕾舞者。詳細的情形我雖然不太了解，不過，由於芭蕾舞者都是踮著腳尖跳舞的，所以足趾當然也會變形了，腳部的骨骼大概也和一般正常人不大一樣吧！

「再說，要在當時找到和她們同齡，又都跳芭蕾舞的少女，恐怕全日本都找不到。

「當然當時全國各地也有十幾歲少女失蹤、請求協尋的案子，若說死者是其他人的可能性完全是零，未免有點奇怪。但是若只是為了要殺掉她們，而花工夫要她們長時間練舞，把腳趾骨弄成變形，實在太匪夷所思。總之，綜合上述的限定條件，大約可以肯定這六具屍體，九成九就是梅澤家的小姐們吧！」

「有道理！」

「還有一件事值得一提，就是她們到彌彥旅行時，免不了要帶點隨身衣物吧？可是，卻沒有發現這類東西，只有屍體，這點或許是非常重要的線索。

「還有，我要再說一遍，知子的死亡推定時間是昭和十一年三月三十一日下午三點到九點之間。根據前面說過的理由，這個時間也可以當作其他五個人的死亡推定時間。雖然也有些書或調查報告書上，把這五人的死亡推定時間寫成四月初，可是這些大可不必管。」

「認為其他五人的死亡時間，和知子一致的，是否只是來自你剛才所說的理由呢？」

「對。後來才發現的屍體，因為發現得晚，基本上已經很難推斷正確的死亡時間，只能用推測的。尤其是信代及禮子，更可以說根本推斷不出正確的死亡時間。據法醫說，屍體只要放置一年以上，就難免出現判斷錯誤的情況。更何況有人習慣把死亡時間說得長一點，有人習慣說得短一點。另外，屍體棄置的狀態會影響腐敗的程度，當然也會影響死亡時間的判斷。再舉個別的例子說：兇手在夏天殺了人，卻故意讓屍體換上冬天穿的**棉袍**，結果推斷死亡時間時，可能就相差半年之久。好了，我的說明到這裡全部結束了。」

「還有不在場證明呢？所有出現的人物在三月三十一日下午的不在場證明呢？或許這個命案根本是為了集體屠殺，製作阿索德的事情，只是一種掩飾行為。也許梅澤平吉有不可告人的祕密，而引來殺身之禍。不過，要是提到對梅澤家有不滿的人，第一個被想到的，就是平吉的前妻多惠了！」

「但是從不在場證明來看，這是絕對不可能的。因為多惠每天的例行工作，就是守著櫃台，照顧煙攤的生意。姑且不論平吉被殺的時間是深夜，在一枝遇害的時間，或者六名少女遇害的時間裡，附近許多鄰居都言之鑿鑿地說多惠一直坐在櫃台前。多惠的香煙攤對面，好像是一家理髮店。三月三十一日那天，由於生意很清淡，所以理髮店老闆看到多惠始終坐在店裡，一直到晚上七點半左右才關上店門，其間只有偶爾去上個洗手間或做其他雜事。鄰居說，昭和十一年那一整年，多惠可以說沒有一天不開店。而且，當時多惠已經四十八歲了，怎麼可能獨自把六具屍體載到全國各地丟棄呢？再說，她也沒有駕照。更何況，那六名少女之中，還有一個是她自己的親生女兒呢！所以，不管從哪一個角度來看，多惠都不可能是兇手！」

「多惠的不在場證明成立嗎？」

「成立。」

「不過，昌子卻由於證據不足而被警方拘留。平太郎或富田安江呢？他們沒有被拘捕嗎？」

「不，他們就算被警察帶走，也不是被拘捕的。我剛才也說過，那個時代警察只要認為可疑，就可以帶人了，不像現在，一定要先有拘捕令才能帶走嫌犯。所以，吉男也被拘留過幾天才對。一切都看警察高興。」

御手洗冷哼了一聲，然後說：「那些笨傢伙，能做出什麼好事！」

「總之，每個人都有確切的不在場證明。先說富田母子吧。三月三十一日那天，梅迪西當然也有營業，所以店裡的女服務生、客人以及朋友們，都能為他們作證。咖啡店那邊是十點才打烊的。在開店的時間內，富田安江以及平太郎似乎都不曾離開過三十分鐘以上；而且雖說是十點打烊，因為店裡還有熟人，所以一直聊到快十二點，客人才離開。當然安江和平太郎也都在座。

「其次是梅澤吉男。三月三十一日下午一點，他在護國寺的出版社和人見面，一直談到五點多，然後和一名叫戶田的編輯搭電車回到家裡，一起喝酒喝到十一點多。他的老婆文子，在丈夫回家的下午六點之前，雖然行蹤交代得不夠清楚，不過，五點十分之前，她還和附近的主婦，站在路邊閒聊。由此看來，這對夫妻的不在場證明，應可成立吧！他們的情況和多惠一樣，六名少女之中，有兩名是他們親生女兒，照理說，他們不可能對女兒下毒手。

「書中的主要人物，除了昌子外，只有這五個人還沒死，而他們的不在場證明，可以說都很充分。雖然文子的證據略嫌不足，然而她不但不知道命案現場在哪裡，或許連彌彥的方向也搞不清楚，這麼一來她若犯案，就必須一大早離開東京，由此可見她的話是實話。再說，這五個人都沒有足夠的時間去一一遺棄屍體。這就是警方所作的結論。」

「所有小說的出場人物都有不在場證明啊。原來如此，難怪會有兇手是外人的說法。不過，昌子不是也有不在場證明嗎？」

「問題是，為昌子作證的，都是昌子的至親。再加上那五個人的不在場證明都可以成立，因此情況急轉直下，昌子的嫌疑隨之加重。更何況昌子所居住的梅澤家的屋子裡，又有砒霜瓶子的問題。」

「哼！如果把床吊上去的假設可以成立，那麼雖然不知道昌子是否只邀自己的女兒或邀所有人一起參與行動，可是既然在殺害平吉時，她沒有殺女孩們滅口的念頭，為何事隔一個月之後，卻改變主意呢？所以這根本是自相矛盾的。」

「你認為這是為什麼呢？」

「先撇開平吉的命案，看看阿索德命案吧！兇手會不會是一個瘋狂的藝術家，他藉著殺害這些少女的行動，得到製作平吉夢寐以求的阿索德材料，然後再祕密地進行了這個瘋狂的行動呢？」

「這一部分，就是『梅澤家占星術殺人事件』的最大魅力所在。有人說阿索德已經製成標本，藏在日本國內的某處，要解開這個事件之謎，首先就必須先揪出兇手，再來就是找出**阿索德**。

「阿索德必須放在十三的正中間，也就是日本的真正中心點，這是平吉所寫的。這個遍尋不到的藝術家，既然已照平吉所描述的去做，看來會把已完成的阿索德放在平吉所指定的地點吧！那麼這個十三的中心點在哪裡？尋找犯人有點難，於是有人認為找不到兇手了，所以尋找阿索德就成了最大的目標。多惠曾經把得到的財產的大部分，做為懸賞金，希望有人能找到阿索德。可是這筆賞金至今仍然原封不動地放著。」

「等一下，為什麼說找不到兇手？」

「咦！居然還有銳氣提出這樣的問題？御手洗，你果然是好樣的！我認為沒有必要再說一遍。因為和阿索德命案有關的人，都有不在場證明呀！再說屍體必須用車載到各地遺棄，然而，自四月起，平太郎每天都在梅迪西露面，昌子又被警方逮捕了，至於吉男嘛，他根本沒有駕照。

「剩下的女人也一樣，不論多惠、文子，還是安江，她們不僅沒有駕照，而且也都過著一如以往的日子。

「由此看來，我們只能認為兇手是平吉手記中所沒有的外人了。既然無法從已知的人物中去尋找兇手，也就只有先找到阿索德再說了。」

「這話聽起來好無奈呀！平吉沒有學生嗎？或是在梅迪西認識了什麼人？」

「嗯，在梅迪西及柿木認識了五、六個人，但都是點頭之交。這些人當中，只有一個人確定曾經去過平吉的畫室。雖然另有一個人很可能也去過，不過那個人本人卻否認了。其他人則連平吉的畫室在哪裡都搞不清楚！」

「哦！」

「還有，平吉也不曾對這些人說起阿索德的事，因為在手記中他們並未露面。能夠代替平吉完成阿索德事件的人，一定是醉心於平吉的思想，或者是平吉的至親。因此，這個人一定曾經出現在平吉的小說中。」

「唔……」

「不過，或許是有人曾經偷潛入畫室，並在無意中看到平吉的手稿。平吉外出時，通常都把畫室的鑰匙帶在身上，如果有人趁他喝酒時偷走鑰匙，就能輕易地進入畫室。但是，出現在平吉的手記裡的人物，沒有人有必要偷平吉的鑰匙，偷偷進入畫室中。」

「唔……的確是太不可思議了！」

「經過了四十年，還是沒有人能解開這個謎題！」

「給我看看那六具屍體被發現的日期表好嗎？我對其中還有些懷疑。」

「好啊！」

「……從這張表上看來，好像很理所當然的埋得最深的屍體最晚被發現，沒有掩埋的屍體則最早被發現。但我認為這可能是兇手刻意安排的。不過，這又代表了什麼意義呢？

「我能馬上想到的，大概有兩個。一個是為了方便自己的逃亡行動，另一個則是兇手確實是占星術或煉金術的信徒，這個埋屍的順序別有用意……可是，首先是水瓶座，其次為天蠍座，再來是牡羊座、巨蟹座、射手座、處女座，這樣看來，也沒有按照黃道的順序排列啊！看起來也不是依照自北到南的順序，那麼是按照距東京的距離嗎？不，也不是。也許是我想錯了，根本沒有按照任何順序……」

發現日	名字	生年	星座	發現地點	埋屍的深度
昭和十一年					
四月十五日	知子	明治四十三年	水瓶座	宮城縣細倉礦山	〇公分
五月四日	秋子	明治四十四年	天蠍座	岩手縣釜石礦山	五〇公分
五月七日	時子	大正二年	牡羊座	群馬縣群馬礦山	七〇公分
十月二日	雪子	大正二年	巨蟹座	秋田縣小坂礦山	一〇五公分
十二月二十八日	信代	大正四年	射手座	兵庫縣生野礦山	一四〇公分
昭和十二年					
二月十日	禮子	大正二年	處女座	奈良縣大和礦山	一五〇公分

「對了！也許他本來打算全部都挖很深的洞，然後又嫌麻煩，所以才越挖越淺，知子成了最後的一個。或許循著這條假設，也能夠查出兇手埋屍的路徑吧！」

「埋得較深的是兵庫與奈良，這兩個地方的距離相當近，但是埋得第三深的，卻是距離這兩處相當遠的秋田，這是為什麼？」

「嗯……說得也是，如果埋得第三深的，不是秋田的雪子的話，那……總之，如果最初埋的是奈良或兵庫的禮子與信代，按照路線來看的話，接下來應該是在群馬埋了時子，再沿直線往青森進，在青森的縣境，也就是秋田縣的小坂埋了雪子，接著往南到岩手埋了秋子，最後才到宮城，因為這是最後一個了，所以把知子隨便一丟，就逃回東京。這種推測應該可以成立。」

「與其說他覺得把屍體埋得太深，比較費事，毋寧說是兇手怕在周遊日本埋屍的途中，想到萬一最先丟棄的屍體被人發現可就糟了，所以才會越埋越深。」

「可能是這樣吧！不過，在秋田被發現的雪子埋得深，在她之前的時子卻埋得淺，這就形成了深、深、淺、深、淺的掩埋順序。如果把第三和第四交換一下，就確實符合埋屍的順序與深淺有關的說法了。那……埋屍的行動會不會是分兩次進行的呢？或兇手是軍方的特務機關，分兩組進行掩埋工作，A組在西日本的奈良、兵庫、關東的群馬進行，B組則在秋田、岩手、宮城的東日本進行；這麼一來，每一組都是第一具屍體埋得最深，這樣就合乎邏輯。

「比起兇手是一個人，分兩次行動埋屍的說法，這個軍方的兩組行動說，似乎比較合理。如果說兇手只有一個人，那麼埋在群馬的時子就不應埋得那麼淺。與其說時子是第一次埋屍過程的最後一個，不如說她是整個埋屍過程的中途站。會不會兇手在完成西日本奈良與兵庫的埋屍工作後，就直接到秋田呢？可是，這樣的話，埋在群馬的時子，和在宮城未被掩埋的知子的順序也是矛盾的。

「那麼把西日本放在後面呢？這也不合理。因為在宮城發現的知子並未被掩埋。因此，這個事件便傾向是由特務機關下手的可能性。要是他們分成兩組，同時在西日本與東日本進行，則以東京為準，各自從最邊緣的地點來開始埋屍，就頗合乎邏輯了。當時特務機關的組織在東京，不是很理所當然嗎？」

「可是，如果真是如此，那麼負責西日本方面的組員居然沒有掩埋時子，不是很奇怪嗎？」

「嗯，如此一來，特務機關介入此事的可能性又變小了。而且，根據不少熟悉軍方的人的說法，昭和十一、二年時，軍方絕對沒有做過這樣的事。」

「哦！」

「不過，這也可能是特務機關的高度機密，就算熟悉軍事機密的人，也不見得會知道吧！」

「可是那些證人也是特務機關的內部人員吧？」

「總之，秋田的雪子埋得那麼深是兇手反覆無常所致。不過從這個想法可以成立一項推測，那就是兇手是**住在關東的人**，他可能往青森方面折返時順路埋屍，則雪子的屍體就變成最後一個，這樣一來，曝屍荒野的就應該是雪子了。」

「唔……也許是吧！另外，這個埋屍的地點，還提供了什麼線索嗎？九州或北海道都有很多礦山，為何陳屍地點只限於本州呢？也許這一點正好可以做為用汽車運屍體棄置各地的證據吧！當時連接九州與本州的關門隧道，還沒有興建呢！

「會不會是依照年齡的順序呢？知子是二十六歲，秋子是二十四歲，嗯？對了！埋屍的深淺，是依照年齡的順序嘛！最後的信代與禮子雖然顛倒了，可是由於埋屍的洞幾乎是一樣深，故而可以互換。至少這位殺人藝術家，把最年輕的信代列入最後一組。也許這點代表了某種意義呢！」

「這只不過是一種巧合罷了！無法從中得到線索！」

「是嗎？也許是吧！」

「雖然花了不少時間，總算把《梅澤家占星術殺人案》說完。怎麼樣，御手洗兄，你想到破案的方法了嗎？」

御手洗的憂鬱症似乎又發作了，只見他緊皺著眉頭，拇指和食指不停地揉捏著眼瞼附近。

「這個難題的確是比我想像中更難、更大！老實說，我沒辦法在今天答覆你，也許要花幾天時間吧！」

「幾天嗎？」我本想說也許要幾年呢！終究沒說出口。

「和這個事件有關的人物，都有充分的不在場證明，而且也幾乎完全沒有動機。」御手洗低聲地喃喃自語：「那麼，會不會是在梅迪西或柿木認識的熟人幹的呢？但是，他們和平吉的交情，應該沒有深到會代替平吉去做那種荒謬至極的事。而且，他們根本沒機會看到平吉的小說式手記。至於局外人，也許是陸軍特務機關。不過，他們並沒有替平吉製作阿索德的理由，熟悉軍中事務的證人也說沒聽過那種事。換句話說，兇手根本不存在……」

「不錯！所以你還是投降吧！乖乖地放棄尋找兇手的事，也和大家一樣，一起去尋找被置於四．六．三，十三之中心點的阿索德吧！」

「阿索德不是在日本的中心點嗎？」

「對！」

「他書上不是寫得很清楚嗎？日本的真正中心在東經一百三十八度四十八分的線上，所以只要沿著這條線仔細搜索，就可以找到阿索德了吧？」

「說得沒錯。只是，這條線長達三百五十五公里，如果換算成直線距離，相當於東京到奈良的距離。其中有三國山脈、秩父山地，還要經過富士的樹海，不是開車或騎機車就通過得了的，這三百五十五公里的距離，大都處於相當偏僻的地區，阿索德又被埋在地下，就算我們能像鼴鼠一般地挖地道，要找阿索德，仍然比登天還難！」

御手洗突然「哼」了一聲，低聲咕噥道：「就算如此，只要一個晚上，今天晚上就足夠了……」

御手洗非常小聲地說著。他的聲音比蚊子叫還小，聽不清楚他後面說的是什麼。

5

第二天，我因臨時有急事而抽不開身，御手洗似乎在思考四．六．三的謎題，也沒打電話給我。

這種時候，我就覺得身為自由業者，真是悲哀的事，因為不管發生了什麼事，都必須以工作為先。我也曾經對御手洗表示過，乾脆在他那裡上班算了。但是我的話還沒有說完，他卻突然站起來，說：

「譬如說：一片荊棘園的後面，就是一塊理想的園地；為了穿越這一條充滿荊棘，又彎彎曲曲的路，是必須披荊斬棘，才能通過那條路，到達路的彼端，建立美好的家園。這樣你懂嗎？」

「啊……？」

「那是男人奮鬥一生的終點站。雖然攀爬荊棘園的門柱，從高處遠眺，也可以看到荊棘園的出口。但是因為攀爬過程的筋疲力竭，卻讓人產生了千里迢迢而來的錯覺。」

「你到底在說什麼？我一點也不明白。」

聽到我這麼說，御手洗便以遺憾的口氣說：

「可惜呀！在沒有想像力的人的眼中，畢卡索的畫就和塗鴉一樣沒有價值。」

現在回想起來，當時御手洗的話，就是不要我去上班的意思吧？因為他的個性這麼彆扭，所以當時說不出不想讓我去上班的話。

第三天，我再去找他。才隔一日，他臉上的陰霾已經不見了。這個男人的心情，是可以從他的臉上看出來的。

當我進入他的房間時，原本像流浪漢一樣懶洋洋地躺在沙發上的他，先是站起來，緩緩地在室內踱步，然後對著門外，像站在宣傳車上準備發表政見的候選人般，一副得意洋洋的樣子。

他巧妙地掌握住菅野萬作、砥部乙女（實際上確有這樣姓名的候選人存在）等人的音色，用著微妙如女性般顫抖的高音說：「請各位支持我，要不然經濟將會越來越糟！生活也會越來越不好！」他的聲音又突然一轉，用著粗大的嗓門喊道：「受到各位熱烈支持與擁戴的菅野萬作正在後方向大家招手！」他歡快地轉身面向我，著魔似的不停地揮手。

我可以猜出他這麼愉快的原因。我想他是已經解開「四．六．三之謎」了！

御手洗一邊喝著咖啡，一邊說：

「那天你走了以後，我又想了許多。但這幾天到處是選舉演說，思緒都被打亂了。我認為應該先找出日本國的南北中心，因為，東西方向的中心點已經知道了。

「平吉認為日本的最北端應該是春牟古丹島，位於北緯四十九度十一分；最南端的硫磺島，為北緯二十四度四十三分。這兩者的中心點為北緯三十六度五十七分。從地圖上來看，平吉所說的東西中心線，亦即東經一百三十八度四十八分，和南北的中心線之交叉點，大約是在新潟縣的石打滑雪場附近。

「其次，我們再來看看平吉所說的真正南端——波照間島與春牟古丹島之間的中心線。波照間島在北緯二十四度三分，和最北端的北緯四十九度十一分的中心線，就是北緯三十六度三十七分。這條線和東經一百三十八度四十八分的交叉點，在群馬縣的澤渡溫泉一帶。這兩個中心點的差，正好是二十分。這個數字似乎是有意義的。

「然後我們再來看看平吉所說日本肚臍的彌彥山之緯度，那是北緯三十七度四十二分。這個數字和剛才提到過的兩個中心點的前者，相差四十五分，是可以除盡的數字。不過，這樣還是求不出四・六・三的數字。於是我想到：何不把發現六名少女屍體的礦山的經緯度，也全部列出來看看呢？所以就列出了這一張表。」

御手洗把一張寫滿數字的紙遞給我看。

小坂礦山（秋田縣）東經一百四十度四十六分　北緯四十度二十一分
釜石礦山（岩手縣）東經一百四十一度四十二分　北緯三十九度十八分
細倉礦山（宮城縣）東經一百四十度五十四分　北緯三十八度四十八分
群馬礦山（群馬縣）東經一百三十八度三十八分　北緯三十六度三十六分
生野礦山（兵庫縣）東經一百三十四度四十九分　北緯三十五度十分
大和礦山（奈良縣）東經一百三十五度五十九分　北緯三十四度二十九分

「我把這六座礦山的經緯度求出一個平均值。先從東經來算，結果卻令我大吃一驚，因為正好是一百三十八度四十八分！正好和平吉所說的東西之中心線吻合，由此可見，這六個地方是他早就選好的！其次再來求緯度的平均值，正好是北緯三十七度二十七分。在地圖上部可看出這個緯度和東經一百三十八度四十八分的交叉點，就是長岡的西邊一帶。

「然後再拿它和剛才求出的日本南北之中心點作一比較就不難發現，它和兩種中心點的前者，也就是春牟古丹島與硫磺島的中心點，正好相隔三十分的距離。接著再看與彌彥山的位置關係，北緯三十七度二十七分，是從彌彥山向南移動十五分的地點。如果把彌彥山也包括在內，則在東經一百三十八度四十八分那條線上，包括彌彥山在內，正好有四個點。

「由南向北來說，首先是春牟古丹島與波照間島的中心點。再來就是向北移二十分的春牟古丹島與硫磺島的中心點，再來就是向北移三十分的六座礦山的平均緯度點，最後再向北移動十五分，就是彌彥山了！也就是說，從南端開始，間隔分別是二十分、三十分、十五分，共有四個點並列於東經一百三十八度四十八分的線上。如果各除以五，就會得到四・六・三的數字。這個四・六・三的中心，也就是加起來為十三的正中央，就是北緯三十七度九點五分。北緯三十七度九點五分，東經一百三十八度四十八分的位置，從地圖上來看，應該是新潟縣十日町東北方的山中。這裡想必就是平吉想要安置阿索德的地點。

「怎麼樣？我家的咖啡好喝吧？尤其是今天的咖啡特別好。或許你不覺得，但是我一直都這麼認為的。你覺得呢？石岡！」

「啊，今天的咖啡……」

「哎呀，我不是問咖啡的事，我是在問你對於四・六・三的看法。」

一時之間，我有點說不出話。

「……了不起！」

好不容易說出這幾個字，就立刻有一種不太好的預感——御手洗似乎不太舒服。我趕緊接著說：

「御手洗，你真的很了不起。能夠想到這裡，只能說你是個天才。」

「該不會是……」

「剛才我說的答案，以前也有人提出過了？」

「唔？」

或許剛才我一不小心，露出了「很遺憾」的表情。但是，偶爾殺殺他的銳氣，應該無妨吧？

「御手洗，可別小看四十年的時間。凡人必須花四十年的時間，才建得了一座金字塔呢！」

我的話有點諷刺的味道，但這也是從御手洗那裡學來的。

「從沒有見過這麼討厭的案子！」

御手洗踢了沙發一腳，似乎要歇斯底里起來了。又說：

「不管是什麼答案，前面都已有人答過，這不就像考試一樣嗎？你就像拿著考卷的老師，要我在答案紙上畫〇或╳。我不喜歡被考試，也不會因為答對了，被認為是模範生、被稱讚，而感到高興。成為模範生又怎麼樣？而且，怎樣才是模範生該有的行為？我不會為了擁有模範生的優越感而努力的。現在不會，以後也絕對不會。」

「御手洗。」

御手洗不理會我的叫喚，逕自無言地走到窗邊。

「御手洗。」

「……」

「喂，你……」

御手洗終於開口了：

「我不是不了解你想說的。只是，我並不像別人說的那樣；我不覺得自己是個怪人，而是別人不了解我，才會說我奇怪。明明我也和大家一樣，每天過著普通的生活，但是別人卻覺得我好

圖 5

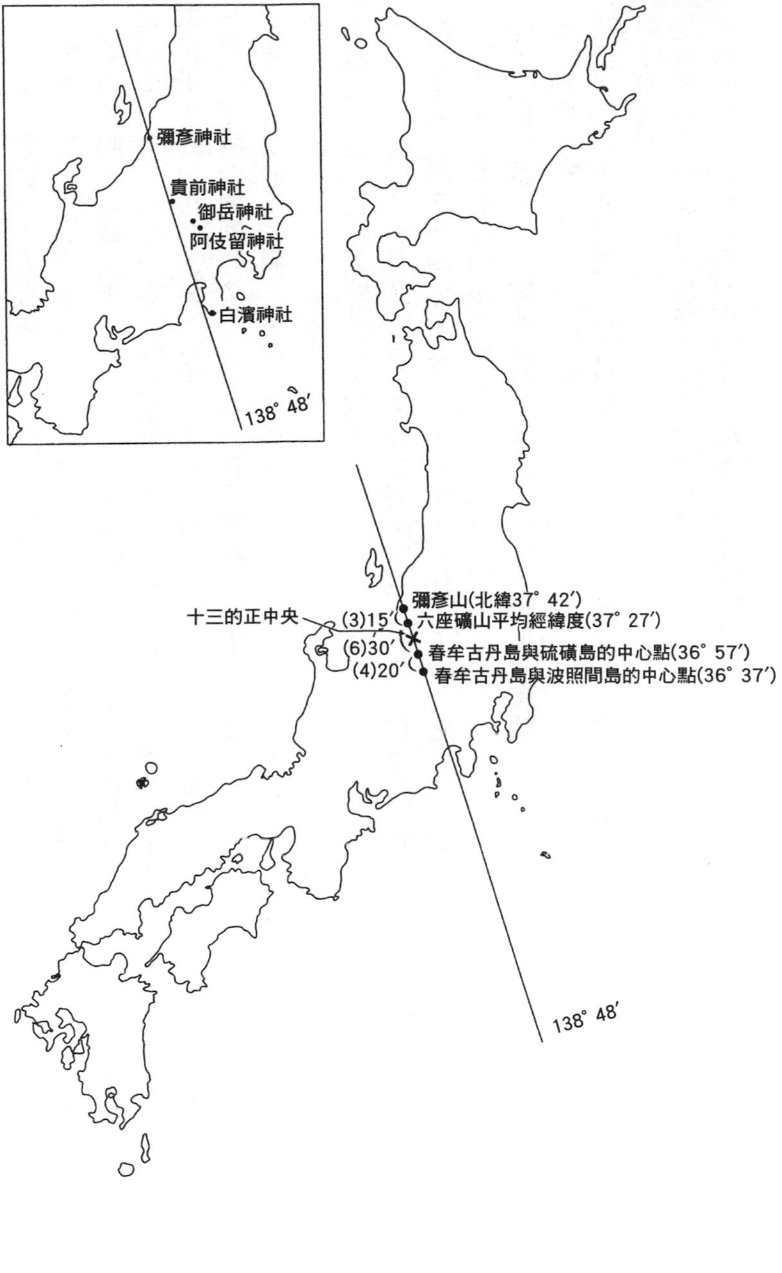
彌彥神社
貴前神社
御岳神社
阿伎留神社
白濱神社
138° 48′
十三的正中央
彌彥山(北緯37° 42′)
(3)15′
六座礦山平均經緯度(37° 27′)
(6)30′
春牟古丹島與硫磺島的中心點(36° 57′)
(4)20′
春牟古丹島與波照間島的中心點(36° 37′)
138° 48′

像生活在火星上面一樣。」

這好像就是他有憂鬱症的原因了。

「御手洗，你好像不太舒服……不要一直站著，坐一下吧！一直站著會很累吧？」

「我實在不懂。」御手洗接著說：「既然大家最後都要進棺材，人們為什麼還要為愚蠢的事拚命？沒有用的啦，石岡。現在得到的一切，以後還不是會失去？就像平吉所說，我現在所做的努力，到頭來等於是白忙一場。喜悅也好，悲傷、憤怒也罷，都猶如颱風或驟雨，來了會去，去了也還會再來；就像櫻花一樣，春天來了，就會開花。我們每天忙東忙西，最後仍然一無所有。「還有，什麼叫做理想？哼！不過是讓我們耗費人生的標語。」

御手洗說著說著，整個人坐進沙發裡。

「我了解你的意思，但是……」

聽到我這麼說，他立刻瞪著我，問：

「了解？你了解什麼了？」他帶著悲哀的語氣說：「唉，對不起，我不應該對著你抱怨。你不會覺得我是瘋子吧？謝謝你。或許你也和別人一樣，但你一定比別人更**認真**看待我。」

原來御手洗對我的評價還不錯。

「好了，換個話題吧！剛才我說的地點裡，沒有發現什麼嗎？」

「唔？地點？」

「嘖嘖，你呀！我在說十日町東北方的山中呀，就是十三的中央嘛。」

「啊？那個呀！」

「那些業餘偵探沒有一窩蜂地跑去那裡嗎？」

「大概沒有吧！有的話，那個地方現在一定成為觀光勝地了。」

「說不定還會賣阿索德**饅頭**之類的。」

「可能哦！」

「沒有在那裡發現什麼東西嗎？」

「沒有。」

「沒有？什麼也沒有？」

「對，什麼也沒有。」我搖頭說。

「但是……這麼說來，就是有別種想法了？那是……」

「還有很多謎案、說法，這本書裡都有寫了。你想知道的話，可以把書拿去看看。」

「不必了，我沒有時間看，也沒有興趣看。我要自己解開這個謎。我敢說這就是正確答案。」

「不過，那個謎樣的殺人藝術家，是否能解開這個謎底呢？他雖然依照平吉的小說所描述的步驟殺人，可是關於安置阿索德的地點，他是否也胸有成竹呢？我個人認為，他應該能找到答案。因為他既然能照平吉的意思，把屍體棄置在平吉預先計畫好的**位置**，想必他對平吉的整個構想，早已了然於心。

「就以『棄屍地點』為例吧！平吉的小說中，並未指示棄屍的正確地點，也沒有寫出礦山的名稱。不過，從手記裡寫的四．六．三這幾個數字來看，平吉對於棄屍地點，應該**早有**腹案。再來看兇手的棄屍地點**並不是**他自行決定的，竟然也恰好吻合四．六．三的數字。換句話說，這個神祕兇手的棄屍地和平吉的構想完全相同，這是一個很重要的證據。因此，他應該也能解開平吉留下來的謎。這個神祕的藝術家如此了解平吉，讓人幾乎忍不住想說：平吉和兇手是**同一個人！**」

「不錯！確實如此。」

「不錯！確實如此。」

「或者，因為後來發生了一些突發事件，使兇手想到安置阿索德的更理想地點……也或許阿索德被埋得很深，不是那麼輕易就會露出土面。那些業餘偵探難道都沒有挖過那一帶？」

「挖是挖了，只是什麼也沒有挖到。那個地方已經被挖得像滿是砲彈痕跡的硫磺島。」

「硫磺島！說起硫磺島，平吉對硫磺島的預言，確實料中了。這些先別管，可是阿索德居然沒有被埋在那裡……那一帶是什麼地形？有沒有大家都容易忽略的地方？」

「似乎不太可能！因為那裡的地形很平坦，而且四十年來，幾乎所有的地方都被挖遍了。」

「嗯，既然你這麼說，就相信你吧！如果沒有埋在那裡的話……會不會根本就沒有製作阿索德？」

「那又何必殺害六名少女，再把她們的身體的一部分收集起來呢？」

「也許屍塊腐敗得太快，而遭到挫折。製成標本的臆測，大概只是空穴來風吧！製作人體的標本，並不是那麼容易的！」

「雖說如此，但是只要多多研究有關製作動物標本方法的書，有了概念之後，再加以運用，還是可能辦得到的呀！」

「也許是吧！」

「雖然平吉的手記上，並沒有提到製造阿索德的方法，不過，兇手若是平吉以外的人，自然會想出以標本的方式，來完成阿索德。我們都知道，那是即使只存在一天，也會令人感到滿足的作品吧？就算兇手製造標本的技術很拙劣，只要那個標本擁有半年的生命，相信兇手就會感到很大的滿足了。」

「平吉的小說中不是也提到，只要能組成阿索德，她自然會具有生命力。不是嗎？」

「我雖然不這麼認為，不過，他既然是個瘋狂的藝術家，那就很難說了！」

「嗯。」

「我認為你所解出的十三的中心點，應該沒有錯，然而卻仍然找不到阿索德。就像你說的，這實在令人想不透。總之，從開始到我們談到的這裡，和這個事件相關的幾個主要謎題，都已被推理迷們拿來一再研究了，可是，仍然沒有一個合理的答案，實在太不可思議了！」

「還有另外一種可能。」

「什麼？」

「就是關於十三的中心點，以及東經一百三十八度四十八分的說法，可能只是平吉**一時興起便隨手寫下的**，用不著這麼認真去思考……」

「絕對不是那樣，這點我敢保證！」

「哦？為什麼？」

「因為這條線上的確**有些**玄機。」

「怎麼說呢？」

「也許把話題扯遠了，不過，有關這條貫穿南北的線，並不是只有平吉的手稿有記載。其他知名作家也曾在著作中，也曾有過這條線具有一種神祕莫測力量的介紹。我常常看神祕小說，你聽過松本清張㉑這個作家吧！他曾寫短篇小說《東經一百三十九度線》。你看過嗎？」

「沒有。」

「這本小說似乎在為梅澤平吉的預言作證據。這一點相當有趣。據說日本自古即有龜甲卜與

㉑松本清張（一九〇九年至一九九二年），日本著名「社會派」推理小說作家。

鹿骨卜兩種占卜方法。鹿骨卜，就是用火鉗貫穿鹿的肩胛骨，再根據鹿骨的裂紋，來預卜當年狩獵或農事的吉凶。至於龜甲卜，則因日本為島國，海邊很容易撿到龜甲，於是逐漸以龜甲來取代鹿骨。換言之，雖然鹿骨卜的歷史比龜甲卜悠久，但流傳龜甲卜習俗的主要場所，就是越後的彌彥神社。由於那一帶是海邊，當然以龜甲卜為主。另外，還有一個地方也流傳著龜甲卜的習俗，那就是從彌彥向南的太平洋沿岸的海濱，伊豆的白濱神社。至於流傳鹿骨卜習俗的地方，大約可分為下列三處：上州群馬縣的貫前神社，和武州，即現在東京郊區的御岳神社與阿伎留神社。這五個神社都在**東經一百三十九度線上**，由南至北排成一列。除了上述的地方，日本的其他地方不論是東部，還是西部，就都找不到有龜甲卜、鹿骨卜習俗的神社了。」

「哦！」

「而且還有一個更重要的理由。如果按照古音HI、FU、MI、YO的讀法，這條一百三十九度線的三個數字就得唸做HI、MI、KOKONOTSU。換言之，這條線等於是HI、MI、KO㉒的暗示。」

「這實在很有意思！但是，這會不會只是一個偶然呢？東經一百三十九度這個數字，是近代人對地球有了認識之後才建立的數值，硬把它和兩千年前的卑彌呼扯在一起，不是太牽強了嗎？」

「因為卑彌呼是女巫師，擁有超乎科學的力量，因此，讓它以數字的啟示來呈現，我認為這種說法是有說服力的。因為在邪馬台國的時代，女巫師卑彌呼的實際工作，就是利用龜甲或鹿骨的占卜行事，來預測未來。」

「那麼，邪馬台國在東經一百三十九度線上嗎？」

「可以說是，也可以說不是。據說邪馬台國的後代，曾經移住在那一帶。關於這一點，根據中國方面的資料《魏志倭人傳》的記載，三世紀的時候，邪馬台國曾一度在現在日本九州出現。

到了八世紀大和王朝興起時，誰也不知道邪馬台國究竟到哪裡去了，日本的文獻上完全沒有邪馬台國的記載。

「有人說邪馬台國被當時敵對的狗奴國消滅了，也有人認為邪馬台國是被從朝鮮來的大陸民族消滅了。平吉的看法偏向後者。

「關於邪馬台國的後來，依照這本小說的說法是：邪馬台國後來滅亡了，而且與日本的中央政府軍合併了。只是，大和王朝建立中央政府以後，對待邪馬台國的政策，就是將邪馬台國的人們與卑彌呼的子孫，強制遷移到東國。

「觀看奈良時代以後的日本中央政府的政策，就可以發現到：朝鮮半島動亂時，躲避戰亂而逃到日本的『歸化人』，就被強制性地居住在上總、上野、武藏、甲斐等關東地區。不過，一般人推測，這樣的政策其實早就有了，第一批被強制遷居的人，應該是邪馬台國人吧！」

「嗯！」

「邪馬台國是日本歷史上的一個謎，雖然有人說它的所在地在九州，但也有人說在別的地方，眾說紛紜。我曾經花時間研究過這個問題，如果你有興趣知道，我們以後再來討論，我們回到東經一百三十九度的話題吧。剛才我們說到有龜甲卜和鹿骨卜習俗的五個神社。越後彌彥神社的經度，前面已經說過了，上州貫前神社位於東經一百三十八度三十八分，武州的御岳神社是東經一百三十九度十二分，阿伎留神社是東經一百三十九度十三分，伊豆的白濱神社在東經一百三十八度五十八分上。

「這幾個神社都在平吉所說的東經一百三十八度四十八分的延長線上。若是將平吉的說法向東移

㉒HIMIKO為「卑彌呼」的日文發音。

十二分，就可以和松本清張的說法合併了，由於東經一百二十四度線通過沖繩先島群島的正中央，我們將之大略視為日本極西點，東端則捨尾數算為一百五十四度。平吉所說的春牟古丹島左側的捨子古丹島大致上便是極東點。以此數據所求出之日本的中央，就是東經一百三十九度了。平吉可能認為：在日本的中心進行占卜，是最靈驗的；居住在那裡的巫師們的感應，也是最強的。所以平吉在昭和十一年時，就預言這是一條重要的線，在此擁有某種力量。」

「嗯，這樣的說法很有意思。」

「還沒有結束。我還有一件事要說。」

「說呀！」

「小說家高木彬光㉓的長篇作品《黃金之鍵》裡，也提到這條線。」

「哦？」

「那本小說的主要內容，和明治維新時，江戶幕府為了東山再起的寶藏埋藏地有關。我只說和平吉的事件有關的部分。江戶幕府即將結束之際，有一位和勝海舟㉔齊名的政治家小栗上野介㉕，他忠於幕府，與倒幕派誓不兩立。幕府末年征討薩長聯合軍時，勝海舟主張和平交流，但小栗卻主張徹底對抗，決定率領積弱不振的幕府軍隊，擬定了一個毀滅薩長東征軍的計畫。據說西鄉隆盛㉖和大村益次郎㉗後來知道這個計畫的內容後，也大為震驚。

「小栗的作戰計畫是：幕府軍在箱根到小田原一帶駐軍，讓薩長的東征軍直驅已成空城的靜岡，並在箱根與東征軍決戰，逼使東征軍敗走興津，此時停靠在興津海岸的軍艦，就展開砲擊，一舉消滅東征軍。興津這個地方一面靠山，一面臨海，是個狹長的地帶，遇到砲擊時，根本無處可躲。

「可惜這個偉大的駿河灣作戰計畫，後來因為歷史的趨勢，明確來說就是沒有得到德川慶喜的採用，最終沒有實行之日。不過，如果實行了，或許歷史就會改寫，江戶幕府反而會更早結束。

「而箱根與興津幾乎是等距離地各在東與西夾住東經一百三十八度四十八分這條線。也就是說這場作戰，原本計畫在一百三十八度四十八分這條線上展開。還有，計畫這場戰爭的人物小栗上野介的出生地上州權田村，也在東經一百三十八度四十八分上。小栗後來失敗了，逃回權田村，也在權田村被處決，他的墓地位置，也幾乎是東經一百三十八度四十八分。

「傳說中，小栗埋藏幕府黃金的地點是赤城山。赤城山位於東經一百三十九度十二分。但是《黃金之鍵》這本小說卻不認為赤城山是藏寶地點，認為藏寶地點應該在連結信越線的松井田與權田村的這條線上的某一個地方。而位置應該也就是在東經一百三十八度四十八分上。

「另外，由於這本小說引起我興趣，我因此知道了另一件事實。太平洋戰爭戰敗前，日本軍決定在本土進行決戰，計畫將大本營由東京移到內陸的松代。松代位於長野之南，是歷史上有名的決戰川中島之地。日本軍大概也被這個故事吸引，決定在松代背水一戰吧！

「一旦日本軍進行了本土戰的徹底對抗戰，那麼美軍應該會從九十九里濱和相模灣上陸，首先就會攻打關東平野吧！戰事演變至此，就更加難以收拾了。最後美軍必定會以固守松代的日本政府為對手，展開最後的決戰。那時美軍應該會從中仙道攻打日本軍，而陸軍就會計畫在可能成為激戰戰場，從安中到碓水峠的中仙道上預先佈下重兵。

㉓高木彬光（一九二〇年至一九九五年），日本推理小說家，原名高木誠一，代表作為《刺青殺人事件》。
㉔勝海舟（一八二三年至一八九九年），日本幕末期的開明政治家，江戶幕府海軍負責人。
㉕小栗上野介（一八二七年至一八六八年），本名小栗忠順，創設日本近代陸海軍之人。
㉖西鄉隆盛（一八二八年一八七七年），日本幕末期的薩摩藩武士，與木戶孝允（桂小五郎）、大久保利通並稱「維新三傑」。
㉗大村益次郎（一八二四年至一八六九年），日本幕末期的長州藩醫師、西洋學者、軍人。

「位於安中到碓水峠中央的，是松井田。而松井田的位置也在東經一百三十八度四十八分上。這和小栗上野介的駿河灣作戰的特性，非常酷似吧？

「兩者都處於國家的歷史性轉換期，都是賭上國家存亡的最終決戰計畫，但結局也都是沒有被實現的計畫。

「我現在說的這些，都只是我知道的。我想，只要再多加調查，一定可以發現更多和這條線有關的歷史事件。」

大概是我說的話太離題了，御手洗剛才一直在發呆。然後說了一句：

「那麼，我是不是也該搬到那裡呢？」

「此外，我還知道雷線。」

「雷線？英國的 Ley Line 嗎？」

「對，你也知道那裡？」

「我當然知道。有些古墳或祭壇，就排列在那條線上，並且，那條線上的所有地名的最後，都發『雷』（ley）的音。」

「沒錯。日本也有類似的情形。例如北緯三十四度三十二分。這不僅是東西線，還綿延了七百公里，線上充滿了神社或關連史蹟。」

「嗯。」

「從皇居朝鬼門的方向，也就是朝東北方向的線上，有矢先稻荷、日枝神社、石濱、天祖神社等等。而鶴岡八幡宮的正北方有日光東照宮。據說在那之間的南北線上還有祭祀金屬神的神社。」

「哦。」

「日本和英國都有這樣的情形，可見在被認為重要的直線上安置祭祀用的場所，是自古以來就有的想法。」

「確實。所以平吉的想法並不算特殊。」

「是的。好了，現在可以來看看飯田小姐提供的資料吧！這也是我今天來這裡的目的。世人知道的資料，之前我已經全部告訴你了，再加上飯田小姐提供的資料，能不能解開謎底，就要靠你的智慧了！」

回想起來，御手洗和我之所以會對這件四十年前的懸案產生濃厚的興趣，完全是因飯田美沙子而起的。有一天，她突然出現在御手洗的占星術教室。

我之所以會來御手洗的占星術教室，是因為想學習一些基本的占星術知識，後來因為太閒了，就常常在他的占星術教室打轉，偶爾會有女性前來請求御手洗為她們占卜，而且都說御手洗說得很準，此時御手洗就擺起大師的嘴臉，對我命令東命令西的，久而久之，我竟然成了他的助手。

飯田美沙子剛進來時，我並未特別注意。不過，她所委託的事情卻和一般人不同。

「我真不知道該怎麼開口才好，」她遲疑了片刻，似乎在想該如何措詞。「我並不是想請你為我占卜，不，也可以這麼說；不過，對象不是我，而是我父親。」

說完，她又沉默了，似乎有什麼難言之隱。御手洗一副好整以暇的模樣，也不催她，倒是站在一邊的我，等得有點不耐煩，心想不知能說些什麼來鼓勵她，讓她容易開口一些。

「其實……」她似乎下定了決心，終於又開口了。「這種事本來應該去找警察解決，可是我卻不能那麼做。欸，御手洗先生，你還記得水谷小姐吧！大約一年前，她曾經拜訪過你。」

「水谷小姐嗎？」他故意歪著腦袋想了一下才說：「啊！就是遇到騷擾電話的那位小姐嗎？」

「對。她是我的朋友。當時她遇到難題，簡直不知如何是好，後來來找你商量之後，竟然很快就把麻煩的問題給解決掉了。她向我提起你，說你不但精於星相，又有偵探方面的天才，而且聰明絕頂，所以我才冒昧地前來拜訪！」

「哈哈哈！過獎了！」

飯田美沙子越說越順口，而御手洗是喜歡聽奉承話的男人。

但是，她突然沉默下來，過了一會兒之後，才突然開口問了一句奇怪的話：

「御手洗先生的大名是什麼呢？」

她的問題有點無厘頭，御手洗似乎有些不自在，但我卻覺得此時正好需要這種問題來打破尷尬的氣氛。

「我的名字和妳現在要說的事情有關嗎？」

御手洗十分謹慎地回問。

「不。和我的事情沒有關係，是水谷小姐想知道。她說她問你的時候，你不願說。」

「好像是特地來問我的名字的……」

就在御手洗將要展露出不悅之時，

「潔，清潔的潔。」

我打斷御手洗的話，趕緊發言。當御手洗要口出尖酸刻薄的語言時，阻止他繼續發言，是我的工作。

飯田美沙子低著頭，好像在忍笑的樣子。御手洗的表情則是越來越難看。

「很奇怪的名字。」飯田美沙子抬頭說。她的臉上有著紅暈。

「給我這個名字的人很奇怪。」御手洗立刻接口說。

「給你這個名字的人？那是令尊吧？」

御手洗的表情越來越不耐煩。他說：「不錯。所以他遭到天譴，早就死了。」

氣氛變得很不自在，一時之間大家都沉默了下來。過了一會兒，終於由飯田美沙子先開口說話。

「我不願意去找警察的原因，就是因為那件事是先父的恥辱。先父雖然已於上個月逝世，但那件事如果發展到需要負刑事責任的情況，則外子和家兄都會受牽連。因為我們一家人和我先生都在警界服務。我剛才雖然提到過刑事責任，可是我父親卻絕對沒有犯罪，他是一個奉公守法的人，退休時還曾受上級表揚，除非不得已，平日他絕不請假或遲到。不過，他似乎一直為了某件事情，而抱著贖罪的心理。也許，那只是他的心理作用罷了。

「由於我想告訴你的，是一件轟動一時的神祕案件。此事若被外子或家兄知道，一定會立刻公諸於世，影響到家父的聲譽。因為我先生和先父一樣，是個實事求是、一絲不苟的人；而哥哥對工作又一向認真，到了六親不認的地步。爸爸生前實在可憐，他一直獨自承受這份心理壓力，連個傾訴的對象也沒有。要是可能的話，希望此事能在不損及父親名譽，也不會在他清白的一生留下污點的情況下解決。我認為父親的希望就是這樣，所以我試著代表他，向你求助。」

她說到這裡，又停頓了一下，似乎陷入回憶裡，也似乎想確定一下自己的決心。然後才說：「對我而言，這件事也像是家醜，萬一宣揚出去，家兄不知將有何反應。為了顧及家兄與外子，我才不敢貿然報警。由於這個事件和西洋占星術也有關係，而你是精於此道的占星術師，因此我認為你必定能由各種跡象，找出其中的關鍵，來破解這個謎題，所以我下定決心，前來拜訪。可是，如果你有所誤解就麻煩了，所以我必須聲明，父親絕對不是兇手，他和梅澤家的那些人也毫無瓜葛，他只是受人利用了。唔……御手洗先生，你可知道戰前發生的梅澤家占星術殺人事件嗎？」

當御手洗冷漠地回答「不知道」時，她似乎十分驚訝，便愣愣地看著他。也許她認為那麼有名的事件，又和占星術有關，御手洗一定會知道。老實說，御手洗的回答也頗讓我驚訝。

「我本來以為你知道的……那麼我就必須從頭說起了！」

接著，她就從平吉被殺的事件開始說，我忍不住從旁插嘴，並說我正好有一本關於這個事件的書，待會兒會詳細為御手洗說明。她應了一聲「噢」後，簡單地交代完事件的始末之後，又說：

「我本姓竹越，婚後才隨丈夫改姓飯田。我的父親是竹越文次郎，他是明治三十八年二月二十三日出生的。我剛才說過父親在警界服務，梅澤家的事件發生於昭和十一年，當年父親是三十一歲，在高輪警察局服務。當時我尚未出生，不過哥哥應該已經出生了。現在我們雖然住在自由之丘附近，但當時卻住在上野毛附近，所以才會被捲入那個事件裡。前幾天，我在為先父整理書架時，發現了這個。這是用警察寫筆錄時的紙寫的，字跡確實是家父的，裡面的內容則是闡述了當時的經過情形。

「看了這份手稿後，我震驚不已，而且也不敢相信。一想到那麼溫和敦厚、循規蹈矩的父親，竟然……我覺得父親實在太可憐了，因此無法撒手不管。手稿的內容始於梅澤家事件中的一枝命案。命案發生前，父親和一枝……那不應該是警察會有的行為。我既然已經決心讓你知道這件事，不妨把這本手稿放在這裡。我認為你看過之後，應該能了解先父的心願，所以我想請你為我解決此事。如果真的能解決了，相信先父就是死也瞑目了。父親死時，一定心有不甘，這點絕不會錯！也許要解決整個事件有點強人所難，不過，我只希望和父親有關的部分，能查個水落石出……」

後來，我們又聊了一陣子，並沒有馬上看竹越文次郎的手稿。我只瞥了一眼那本手稿，就知道它和一般的資料不同，當時的興奮之情真是無法形容，幾乎想要感謝神讓我結識了御手洗般的心情。

我想御手洗應該也並非全然無動於衷，不過，他卻表現得十分淡然。

文次郎手記

在長達三十四年的警官生涯裡，顯然是失去的多，獲得的少。一張獎狀與警官的頭銜，就是我獲得的全部，然而，它們並不能減輕我內心的痛苦。

不過，這痛苦和我的職業無關，任何人都無法向他人訴說自己真正的痛苦。也許那些整天遊手好閒的人，也會有不為人知的痛苦吧！

我五十七歲取得優遇退休時，也有部屬大感意外。我並不是貪圖那百分之五十的退休金，不少人擔心退休之後，頓失生活重心，無法適應；但其實，我最擔心的是年紀大了，有些警察工作做起來恐怕會力不從心，難免有失誤，所以還是選擇退休一途。其實，這二十多年來，光榮退休的景象，一直在我腦海盤旋，就像少女對於披白紗的憧憬一般！

一直把這些自己親手寫的東西留在身邊，其實是相當危險的事。雖然也曾下定決心，只要能順利退休，就不再碰這些東西，然而，退休後終日無事可做，便又忍不住提起筆來。也唯有在這些當年製作筆錄的紙上書寫，才感覺自己又恢復了昔日的活力。

在此我必須將一直恐懼的事坦誠相告。隨著地位的提高，責任也隨之增加。老實說，早年我並未為我的工作感到煩惱，但是當兒子也選擇了同一行業，而且也一路爬升到應有的地位後，我的恐懼就越來越大，一心期望能平安無事地捱到退休。

既然如此擔心，何不早點自遞辭呈呢？但是膽小的我連這都不敢做，其原因有二，第一是我認為當警察是我的天職，並無離職的理由；其次是不知該如何面對同事的異樣眼光，或作何解釋。當然，那件事一旦東窗事發，不論我有沒有離職，結局都是一樣。總之，不明不白地離職，恐怕只會讓我變成被偵查的對象。

一直在我腦海縈繞，令我心有餘悸的，就是發生於昭和十一年的梅澤家血案。在那個黑暗時代裡，經常發生一些集體屠殺或神祕事件，梅澤家的事件也是其中之一，這件命案是由櫻田門的刑事一組負責偵辦的，我當時是高輪警局的偵查組長。那個時期各分局都設有偵查組，由於我的成績優良，所以才三十歲就升上組長之職。

當時，我在上野毛買了一棟房子，長子也剛出生不久，可說是意氣風發之時。然而，我永遠也忘不了昭和十一年三月二十三日晚上發生過的事。

使我捲入這不幸事件的，就是發生在上野毛的金本一枝命案。包含一枝命案在內的梅澤家命案，戰後成為家喻戶曉的奇案，一般人雖然都認為一枝命案和梅澤家的數條命案或許無關，不過，以下我所記述的事實，也許可以證明這是個錯誤的判斷。

年輕時，我為了爭取晉升的機會，工作得格外賣力，經常早出晚歸。但是升上組長後，我每天總是準時六點下班，走到那一帶大約是七點多，所以如果對方是早有預謀，要引我入陷阱，是很容易達到目的。

走出車站，大約走了五分鐘時，我突然發現前面有個穿著黑色和服的女人蹲在路邊。當時路上並無其他行人，她雙手摀著肚子，發出痛苦的呻吟聲。

我還記得當時她說：「我臨時腹痛如絞，只好蹲在路邊休息。」一聽說她就住在附近，我就發揮人民保母的服務精神，送她回家。我把她抱進屋子，讓她躺著休息後本想告辭，她卻留我多坐一會兒。一問之下，才知道她是一個人獨居。

坦白說，我對太太一向很忠實，不過，我也不認為夫婦以外的男女關係是一種羞恥。我敢發誓，當時我絕對沒有打她的主意，只是當她哀怨的表情及敞開的裙襬映入眼簾時，我就把持不住自己的慾望了。

雖然我到現在還猜不透那個女人的心理，可是當聽她說自己是個寡婦時，便猜想她可能是難耐空閨寂寞。事實上，當我擁抱她時，她也一再地在我耳邊重複：我好寂寞哦！後來，她還頻頻向我致謝，並叫我不要開燈，趕快回家，否則家人會為我擔心。她還說：我只是一時熬不住寂寞，請你忘了我吧！我絕對不會對別人提起剛才的事！

我摸黑穿好了衣服，遮遮掩掩地走出大門，然後一面走一面想，覺得自己好像被狐狸精迷住了。我也想到：或許她的腹痛是裝出來的。嗯，我越想越覺得有可能。她會不會是連續劇裡經常出現的女騙子？我摸摸口袋，鈔票一張也沒少。看來如果她剛才是裝病，也是難耐深閨寂寞，才出此下策吧！

那時我的內心毫無罪惡感，反而慶幸自己救了她。看她剛才的樣子，絕對不會對外透露口風，只要我也保持沉默就沒事了。不過，就算被我太太知道了，也沒什麼關係。我回到家時大約是九點半，比平常晚了兩個小時，這兩個小時就是我和她在一起的時間。

第二天什麼事也沒發生，直到第三天（二十五日）早上，我才得知她的死訊，並由報上得知她叫金本一枝。報紙以不小的篇幅報導這件命案，同時也刊登了她的照片，但是我覺得照片和她本人不太像，或許那是她年輕時的照片。

我裝出毫不知情的樣子，逃出了警局。一枝家雖然距我家頗有一段距離，但是如果我事前即得知消息，理當先到現場調查。因此，我不敢細讀報紙的內容。

據報載，一枝的屍體是二十四日晚上八時許發現的，也就是我下班回到家以後的事。最讓我驚訝的是一枝死亡推定時刻。如果說是二十三日晚上七到九時之間，正好是我和她在一起的時間。雖然我一向粗心，記不得正確的時間，然而我記得在距上野毛不遠處遇到她時，大約是七點半，或是再晚一點，不過絕不會超過八點。既然那個時候一枝還活著，在那之前更不成問題，然後我送她回家，那時大約是八點左右，而我離開她家的時間，大約是八點四十五分或八點五十分。

根據研判，兇手可能是一個小偷。這個小偷在一枝面向梳妝台時，擊斃一枝。從時間上推算起來，那個兇手極可能和我擦身而過，也可能一直躲在屋子裡，等我和一枝燕好過，我離開之後，在一枝坐在梳妝台前，梳理散亂的頭髮時，下手殺了一枝。

這個案子裡，最令我忐忑不安的，就是警方研判一枝曾經被強暴，還查出強暴者的血型為O型。而我的血型的確是O型。

回到家以後，我也不敢再看有關這個命案的消息。報紙對於一枝命案的報導，不像阿索德命案那樣大篇幅，所以我也不清楚報紙如何報導一枝的命案。但是，我想報紙應該沒有報導一枝曾被強暴之事。我之所以知道，是從警察局裡聽來的。

屍體身上的和服，和我看到的一模一樣；被當作兇器的花瓶，也確實放在那間屋子的桌子上。只是，沒想到她竟然已經三十一歲了，因為她看起來的年齡更年輕，也許是為了誘惑男人，而刻意打扮吧！當時，我心滿意足地擁抱著她，事後，她隔了一扇紙門在隔壁梳頭髮，誰知道就此香消玉殞。

我很同情這個和我有一夜情的女人，也對殺人的兇手相當憤怒，不過，由於轄區不同，我也沒理由公然參與偵辦這個事件。就這樣又過了幾天。四月二日我突然收到一封限時信，上面寫著竹越文次郎親啟，郵戳是四月一日，寄信處是牛進局，一開頭就寫著：看完之後，請立刻將此信燒燬，一切依指示行事，請謹記於心！

信的內容大致如下：

我們是為皇國之利益而行動的地下組織。關於三月二十三日發生於上野毛的金本一枝命案，我們已掌握到確實的證據，證明是閣下所為。閣下身為治安人員，卻知法犯法，著實令人深感遺憾。閣下的罪行本該被繩之以法，但有鑑於目前時局動盪不安，我大和民族自應團結一致，不宜自相殘殺之故，特賜下一戴罪立功之機會，以贖前愆。

此任務之具體內容為：處理六具女屍。這些少女均是中國間諜，雖已處刑，卻不能公開。因為一旦引發中日戰爭，後果堪慮，故不得不故佈疑陣，使世人誤認為這是一般民間的無頭怪案。因為本組織之人員無法出面，也不能使用本組織之公務車。希望閣下能自行調度車輛，在指定的時間內，依照指定的方法，到指定地點，遺棄此六具屍體。另外，請閣下了解：一旦事跡敗露，你和本組織毫無關聯，一切責任均由閣下自行負擔。

六具屍體已置於閣下犯案的金本一枝住宅內的倉庫，行動期限為四月三日至四月十日。希望閣下在夜間行動，並且嚴禁向當地人問路，原則上也不准在餐館逗留，不要留任何痕跡。此事攸關閣下生死，請牢記於心。隨函附上一張地圖，也許資料不夠充分，但希望閣下能及時完成任務。

就記憶所及，那封信的內容大概是這樣。收到信時，我當然大吃一驚，可是直到那時才發覺，要是有人指證我是嫌犯，我也很難找出有力的證據，來洗刷自己的冤屈。

不管我和一枝一起進入她家，及從她家出來時，是否有人目擊，一枝的死亡時間推定是七點到九點之間。我是七點半到她家的，當時她當然還活著。然後，我離開時大約是八點四十五分或五十分。換言之，那段關鍵時刻的大半，我都和一枝在一起。可以證明我沒有犯案的時間，僅僅只有九點之前的這十分鐘而已。更何況死掉的一枝體內，還殘留著與我燕好的證據，只要警方傳訊我，就會認為兇手是我吧！我在絕望之餘，隱約感到自己的警官生涯已接近尾聲了，唯一的補救之道，就是依照這個地下組織的指示，圓滿達成任務。

我知道當時的確存在有中野學校系列㉘的祕密組織，但對我這種低階警官來說，他們幾乎不像是現實生活的人物。但是，要是他們的組織十分嚴密，想必不至於言而無信。更何況，他們既然一連殺了六名少女，應該也會極力隱瞞吧！

我繼續看信，卻又嚇出一身冷汗。本以為只要把屍體丟在一個地方就好了，沒想到卻必須把屍體散置於日本各地。

這件任務相當艱鉅，即使通宵工作也無法在一天之內完成。信上除了指定各具屍體的遺棄地點之外，連行程的順序，以及洞穴的深度也有詳細的說明。幸好信中不只寫出棄屍地的地點，還畫出地圖，註明在某座礦山附近。要是沒有這些說明，我想我根本找不到那些地方。但是，我又同時覺得擬定這個計畫的人，一定也沒到過這些地方，否則他應該把地圖畫得更仔細才對。

為何要如此大費周章地把屍體散置各地？我至今仍然百思不解。不過，也許是為了製造懸疑氣氛，而故佈疑陣吧！只是，我無意中發現了她們的身體被切斷一部分的理由。因為，這麼一來，正好可以把她們放在我的凱迪拉克車的後座，否則就很難辦了，我想應該是為了運屍方便起見。

第二天，我幾乎什麼事都沒做，只是一個勁兒地胡思亂想。我根本沒有殺人，為什麼要冒這麼大的風險，才能保住性命呢？不過正如前述，所有情況都對我十分不利。儘管我沒有

㉘中野學校系列：一九六六年六月四日公映的日本電影《陸軍中野學校》，系列集數共有五部。

殺人，然而和一枝做愛卻是事實，如果要證明，就不得不供出這段事實，而這段事實卻足以使我背上敗壞警紀的罪名，受人唾棄。到那時，不但我的名字會上報，也會害家人蒙羞，甚至走投無路。

說起來真是不可思議，當時我內心竟然燃起一股求生欲望。也許，在人生的旅途中，每個人都會面臨一次生死關頭的抉擇吧！我才三十歲就擔任偵查組長，家中又有嬌妻稚子，絕不能輕易被打倒。於是，我下定決心了！

昭和十一年時，不但我沒有自用車，就連周遭那些收入比我高很多的同事，也沒有人擁有私人汽車。局裡雖然有公務車，可是這件事並非一、兩天即可完成，所以也不能向局裡借車。左思右想之後，終於想起一個因犯詐欺罪而認識的建築商，由於他暗中經營不法事業，所以對我極力討好。事後回想起來，若不是和他有這段淵源，運屍的交通工具就沒有著落了。

至於警局方面，由於我是個從不休假的模範警員，所以只編了一套謊言，說太太染病，想送她到娘家附近的花卷溫泉療養，就輕易得到一週休假。其實我的東北之行並非謊言，我打算旅程途中在花卷小憩，並買些當地的土產分送同事。

四月四日早上，我對太太說即將遠行，要她做三天份的飯糰。四月五日是星期天。由於時間相當緊迫，於是我四日半夜即啟程，先到一枝家裡運出兩具屍體，然後往關西的方向出發。

根據那封信的要求，我必須按照順序，將這些穿著衣服，被切割過的屍體，掩埋在不同的地方。這些有如畸形兒的屍塊，如果不盡快處理，勢必會發出臭味，引來注意，到時候上野毛的一枝家，一定會再度招來搜查，所以我不得不立即行動。

幸好當時與現在不同，即使深夜在國道上行走，也不必擔心被攔下來查詢；就算被查詢了，只要我亮出我的警察證，應該可以順利過關。

由於路途遙遠，所以直到第二天晚上我才抵達第一個指定地點——奈良縣的大和礦山。我先在濱松附近的山林假寐了片刻，等待夜深才動手埋屍。四月的夜晚並不長，實在不適合做這種事，因為我頓然察覺埋屍工作必須花費許多時間。

由於怕想起當時的恐怖景象，故不想在此描述細節，不過，在埋屍過程中，曾有幾次我的心臟幾乎停止跳動。因為山路崎嶇，為了節省燃料，走得很辛苦，我雖然準備了三罐汽油，還是不太放心。當時的汽油行很少，如果到那裡再買汽油，一定會讓人留下很深刻的印象。至少在屍體尚未掩埋之前，我不想在汽油行露面。

信上指定的埋屍地點依序為奈良縣的大和、兵庫縣的生野、群馬縣的群馬、秋田縣的小坂、岩手縣的釜石、宮城縣的細倉。

我借來的凱迪拉克汽車，沒辦法一次運六具屍體。雖然也曾考慮使用卡車，可是又想到借車時必須亮出警察證，只好打消此念。因此，只好以東京為界，分兩次進行，原則上一次處理三具屍體。不過，因為群馬是指定的第三個地點，埋第三具屍體，與進行第二次處理時，必須來回經過東京，也就是說，必須載著一具屍體回到東京做補給，再上路。所以我決定第一次只處理兩具屍體。奈良和兵庫兩地，我都按照指示，各挖了一百五十公分的深洞。前一次的洞挖得深，只處理兩具，後面的洞挖得淺，多處理幾具，這樣也不失平衡。

按照指示的順序掩埋屍體，確實讓我感到不安。是不是對方另有用意？或許對方會在途中埋伏，監視我的行為，並且設下陷阱。但是，就算是那樣又如何？我只能依照信中的指示做。

六日清晨兩點，我在大和礦山開始作業。一個人挖一百五十公分的大洞，的確是超乎想像的辛苦。我一直挖到黎明時分才挖好，挖好之後就累得倒頭就睡。

傍晚時，我忽然感到有點異樣，睜開眼睛一看，有個奇怪的男人用布巾包住臉，只露出兩隻眼睛，正在向車裡面窺探，我嚇得差點停止呼吸。心想：這下完蛋了。不過，對方顯然是智障兒，我一跳起來，他就溜掉了。當時屍體用布覆蓋著，也沒什麼臭味。由於當地人煙罕至，而且就算心裡發急，也沒辦法做任何事，只得等到黃昏才出發。

生野的工作也非常辛苦。不過，我自我安慰地想：深的洞只剩下這裡和另外一個了。

回程的七日那天，我在大阪加滿了油，連帶來的汽油罐都裝得滿滿的。

回到家已經是八日下午了。只埋了兩具屍體，就花掉四天時間。我的休假只到十日止，看來是來不及了。於是在家飽餐一頓之後，交代太太說若有電話，絕對不可以接，當天晚上又載了另外四具屍體，踏上旅途。預計十日到達花卷後，立刻和警局裡聯絡，誆稱太太的病勢惡化，等病情穩定之後，立刻打電報或寫信回去報告。幸好接下來的十一日、十二日正好是週末和週日。

九日清晨，終於抵達高崎附近。這裡是人跡罕至的山徑，連睡覺的地方都很難找。九日傍晚我再度出發，半夜抵達群馬礦山附近，又開始挖洞埋屍。和一百五十公分的洞比起來，這次的工作著實太輕鬆了。因為依照指示，只要剛好把屍體蓋住即可。接下來，從十日凌晨起，就馬不停蹄地趕路，經過更曲折崎嶇的山路，終於到了白河。

十日，不，是十一日的凌晨三時左右，終於抵達花卷。我在當地的郵局寄出一封限時信，信上說預計十五日可以回去銷假。如果按照這個速度，不可能提早完成，所以我決定不用電報。

十二日的清晨，完成了小坂礦山的工作。當時因迷途而耽擱不少時間，所幸後來也如期完成任務。

十三日凌晨，完成了岩手縣釜石礦山的工作，十三日半夜，最後的宮城縣細倉礦山的任務也圓滿達成，至此，總算大功告成了。根據信上指示，棄置在細倉的屍體不一定要掩埋，所以我也樂得輕鬆。不過，該處離林道不遠，可能很快就會被發現。果然不出所料，那具屍體十五日就被發現了。

十四日的凌晨，我回到福島附近。這一個禮拜來，我幾乎是不眠不休，也不曾進食。到了後半段，我也意識到自己的行為已幾近瘋狂，只知拚命工作，根本無暇思及自己在做什麼。

總之，十四日深夜，我終於結束所有的工作，平安地回到東京。當天晚上，我像一團爛泥般，整個人癱在床上。

回想起來，當初編妻子病重的謊言，實在很高明。當我十五日回到警局時，簡直判若兩人。我的眼眶深陷，兩眼佈滿血絲，下巴變尖，身體也瘦了一圈，不但妻子深感訝異，同事及部屬也驚詫不已，都認為我是為了照顧病重的妻子，而勞累過度。當時的我雖然年輕力壯，也禁不起這種折騰，後來還因此多次在執勤時昏倒或作嘔。大約過了一個星期，體力才逐漸恢復。我想，要是棄屍的指定地點再多一個，那我一定會完全崩潰。不管怎麼說，完成了那個工作之後，我人生中的劫難算是已經消除了。幸好當時我年輕力壯，才能完成任務。要是在那之前或之後，恐怕就沒有那麼順利了。因為，在那之前，年紀尚輕，又無地位，根本不可能休那麼多天假；在那之後，則體力不濟，無法完成任務。而自此之後到退休離職，我再也沒有缺勤過。

不過，我內心的不安，卻並未隨著體力的恢復而消除。當陷入忘我之境的時刻過去，心中隨即閃過一絲疑問，我是否中了圈套？雖然那封信上說我是兇手，不過實際上對方知道我並非真兇，只是把一枝遇害的情況，造成兇手就是我的假象。然後再利用我，要我把屍體運到各地丟棄。

不過，儘管我知道事實如此，又能怎麼樣呢？當時我實在別無選擇。這個疑惑，從十五日早上，最後被我棄置的屍體在細倉被發現的消息傳入警察局時，突然湧上心頭的心痛一起，不斷地在我心中擴散。

其後，另外幾具屍體也陸續被發現。每一次我都嘗到心悸的恐怖。正如我所想的，埋得較淺的屍體較早被發現。不過，直到第二具屍體被發現時，我才發現這就是被稱為阿索德命案的梅澤事件。在那之前，我只聽到過梅澤家占星術殺人事件的名稱。但是因為公務繁忙，並不清楚一枝姊妹的種種。若由一般人的常識來判斷，這個事件很顯然是滅門血案。可是調查後發現，一枝的丈夫雖是中國人，應該不至於使她的妹妹也被懷疑是間諜吧。這麼說，以地下組織之名，叫我做埋屍的工作，根本是騙人的！

自己被利用的事，讓我的自尊受到很大的傷害。因為我一直相信自己之所以答應那麼做，一方面固然是被當時的情勢所逼，另一方面也是受到愛國心的驅使。

埋在釜石礦山的屍體，於五月四日被發現，七日又掘出埋在群馬礦山的屍體，然後是三具埋得較深的屍體，十月二日發現埋在小坂礦山的屍體，十二月二十八日發現了生野礦山的屍體。至於大和礦山的屍體，則直到次年的二月十日才被發現。

警察局的同事一直在談論這一連串的事件，讓我覺得毫無容身之地。然而，讓我從無地容身的狀況下得到解脫的，竟然是阿部定事件㉙。

逮捕阿部定的經過，至今仍歷歷在目。五月二十日下午五點半。她用大和田直的假名，投宿於品川車站前的品川旅館時，被警方逮捕。品川車站屬於高輪派出所的轄區，所以破案的功勞，就由我的同事安藤刑警獲得。由於阿部定案的偵查總部設在尾久警局，所以當夜雙方的刑事組員，都圍著安藤，舉杯同賀，所有高輪警察局的同仁，都陶醉在破案的喜悅中。我才得以喘一口氣。

六月，我得到閱讀梅澤平吉的手記的機會。平吉的手記被謄寫了很多份，在各警局之間傳閱，因此才得知有關製作阿索德的想法。不過，我對於這個手記的內容，仍是半信半疑。由於我是當事者，所以知道那些身材嬌小的少女，被切斷二、三十公分之後，搬運起來格外方便。因為，當

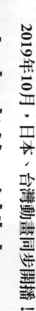

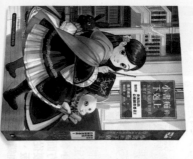

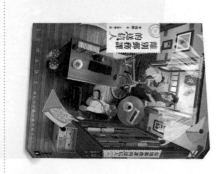

時我一直有個先入為主的觀念，那就是兇手之所以毀屍，主要是為了運屍方便。不過，至於為何要分別棄置於不同的地點，我就想不明白了。

從此，我深深迷上這個事件，並一再地思索答案。我個人的結論是：兇手是醉心於平吉思想的某一個人，這個人為了製作阿索德，而對六名無辜的少女遽下毒手。除了這個理由外，我實在無法解釋這個命案的殺人行為與動機。而我，竟成了這個狂人的助手。

不過，我仍有不解之處。就算棄屍地點有西洋占星術上的特殊含意，但是為何大和與生野的屍體，比其他地方埋得更深，而細倉的屍體又為何不加掩埋？這其中的文章，都和占星術脫不了關係嗎？

我忽然想到，是否以洞穴的深度，來調節被發現的時間呢？不過，為何小坂、大和、生野三處的屍體，要較慢被發現呢？這三具屍體，並沒有明顯的特徵，而且腐爛的程度也不是特別厲害。我在埋葬屍體之前曾經檢查過。如果真是那樣，也可以埋在別的礦山，或離礦山較遠處，即使挖的洞很淺，也不容易被發現。說起來都因為有了平吉的手記，才會較早被發現。為什麼一定要依照平吉手記所述，棄屍於產相關金屬的礦山呢？其理論上的根據究竟是什麼呢？看來，只有歸咎於占星術，或瘋狂的行為吧！

另外還有一個更大的疑問。我認為梅澤家除了一枝之外的六個表姊妹，根本不可能是間諜，那只是兇手假借地下組織之名引我上鉤，為他處理屍體的手段。不過，一枝的行動又該作何解釋？這一切都是由她的行動引起的。是否她早就有意引我上鉤？我雖然也想過，會不會是兇手無意中發現我和一枝的姦情，才想出這個借刀殺人的陰謀？不過，這也不太合理，因為阿索德命案顯然是早有預謀的，

㉙阿部定事件：女傭阿部定於一九三六年五月十八日在東京都荒川區尾久的茶室，將情人絞殺並切除其生殖器的事件。

兇手早已決定殺害六名少女，然後考慮了許久，才找到擔任運屍工作的最佳人選——我。因為，既擁有駕照，運屍時即使被發現，也能隨口搪塞過去的，除了警官之外無他。若是一般老百姓，很容易被逮捕，就算自稱是醫生或科學家做為研究之用，也很難逃脫罪責。而且最重要的是，誰會想到警察就是犯人呢？因此，一枝自然是和兇手一夥的，她的任務就是引誘我，使我自投羅網。

那麼一枝為何會被殺呢？不，這個問題本身就有矛盾。兇手既然想利用一枝的死來威脅我，就表示一開始就決定置她於死地。如果一枝早就明白自己難逃一死，還願意為兇手做如此大的犧牲嗎？或是兇手並未告訴她實情，而以別的理由說服她？那麼，那又是什麼理由呢？既然早已預謀殺人，除了逼我為他運屍之外，還有什麼理由？也許一開始時只是預定以我和一枝的曖昧關係，做為威脅我的利器。至少，兇手是讓一枝誤以為是這樣的吧？

不過，這樣的理由也牽強。以我和女人的曖昧關係來威脅我，事實上並不會有太大的效果；更何況不是我去強迫她，而是她來引誘我的。

此外，我又突發奇想，作出以下的推論：一枝就是兇手，她殺了六個人，並預先寫好那封匿名信，然後故意引誘我，再故佈疑陣造成他殺的假象而後自殺。——因為我只收過那封信，之後就再無任何聯絡。剛接到信的時候，我本來還想辯駁一番，卻因為信封上並無寄信人的地址，使我無法回信。於是我不禁懷疑：是否寄信人已死，才無法再來信？

不過，這種假設似乎也不可能。首先，一枝是被擊傷**後腦**而死的，就算她可以事先在鏡台沾上血跡（她的身體均無其他外傷），也不可能做出類似後腦部被重擊的自殺行為吧！況且兇器顯然是玻璃花瓶，無論怎麼說都應該是他殺。

另外一個重要的疑點，就是我最後見到一枝時，是三月二十三日，而那六個姊妹已被證實在三月三十一日早上仍然活著。一個已死的人怎麼可能行兇呢？

我是個倒楣鬼，平白無故地被捲入這樁詭異、荒謬的事件，被迫成為神祕兇手的共犯。一般說來，無論任何刑案，都會隨著時間的消逝，而自人們記憶中褪色，就如同下山事件㉚或是帝銀事件㉛一樣。但這個案子卻是例外，戰後不久，這一連串的命案，竟然演變成為膾炙人口的梅澤家占星術命案，許多讀者在看完書後，也紛紛把他們的感想或搜集到的資料，寄到偵查刑事組。每當同事從小山般的投書中，發現有價值的線索而發出歡呼時，我就再次意識到自身的危機。看來，我只有到退休後，不，即使退休，也不能減輕內心的不安。

我被調任到櫻田門偵查一組，也可算是運氣不好。現在的一組是專門負責縱火案件，和幫忙處理火警現場的單位，但是當時的一組只有四十六名組員，卻還要負責現在出三組、四組負責的詐欺、放火、不良份子、強暴、強盜案，因此每天都會聽到一些讓我的心臟幾乎停止跳動的事件。當時高輪署的副長小山先生，看中我的沉穩與經驗，就調我到尚有空缺的一組，專門負責處理詐欺案。

昭和十八年時，戰事十分激烈。對我而言，負責處理詐欺事件，真是另一種不幸。因為我不得不對那個曾借我凱迪拉克車的建築商循私，因此，我的不安又再度擴大。

由於空襲頻繁，警視廳也疏散到別處，我們遂移駐於淺草的第一高女。當時，我真寧願自己被徵去當兵，戰死沙場。不過，由於幹部均需留守，所以儘管許多同僚被派赴戰地，我卻接到緩召的通知。這件事也增加了我的痛苦。

㉚下山事件：一九四九年七月五日早上，日本國有鐵道第一任總裁下山定則神祕失蹤，翌日在常磐線鐵軌上發現他離奇死亡的案件。

㉛帝銀事件：發生於一九四八年一月二十六日東京都豐島區帝國銀行（後來的三井銀行，現時為三井住友銀行）內的一起銀行搶劫案，在此案件中共有十二人死亡。這是一起發生在同盟國軍事佔領期間的案件，雖然日後抓獲了罪犯並判了死刑，但案件仍然有諸多疑點。

昭和十一年時還不滿一歲的兒子文彥，日後竟也選擇了警察這一行業，女兒美沙子也嫁給警察。至此，我的苦惱更是有增無減。

由於我是個沒犯過錯、不請假、也不遲到的模範警察，而且每次的升級考試都通過，在退休之前，已經做到警視之職，在別人眼中看來，我的警察生涯可說是一帆風順。然而，我最熱切盼望的，卻是退休之日。雖然大家對我的離去感到惋惜，不過，對我來說，退休之日，就是我走出監獄大門的日子。

昭和三十七（一九六二）年，我正好五十七歲，自從昭和三年進入警界以來，已經度過三十四年充滿痛苦的警察生涯。

那一年，是涉嫌殺害梅澤平吉的昌子死於獄中的兩年後，也是所謂占星術殺人的推理風氣最盛的時期。我不僅熟讀所有和事件有關的書籍，就連電視及收音機的特別報導也不放過，不過，卻仍然得不到更進一步的資料。

徹底休息了一年以後，昭和三十九年的夏天一過，我又振作起來了。當時我還不到六十歲，而且自認身為刑警的辦案能力並未衰退，於是下定決心，要在有生之年查個水落石出！

我訪問了梅澤家，也到過梅迪西，見過事件的關係人。當時東京正在舉行奧運。昭和三十九年十二月時，和占星術殺人事件有關的人，只剩下吉男之妻文子與富田安江兩人。我還記得她們各是七十四歲與七十七歲。

梅澤文子把梅澤家的老房子改建成公寓，在此度過殘生。她沒有子孫，是一個孤獨的老太婆。戰爭時，吉男已超過五十歲，所以沒被徵召，不過，我去拜訪她時，她說吉男不久前才過世。

至於富田安江，她賣掉了銀座的店，搬到澀谷，開了一家同名的畫廊，交由養子經營，自己獨居於田園調布的公寓。據說後來平太郎戰死沙場，她便向親戚領養了一個孩子。雖然養子經常來照顧她，但是晚年的日子還是相當孤獨。

平吉的前妻多惠，在我拜訪她之前已經去世，不過她得到平吉的大部分遺產，想必生活很富裕。說起來，這三個女人的晚年，都不愁衣食，在那個時代來說，已經是難能可貴了。

其他人都死了。

不過，如果說這兩個女人之中，有一個是兇手，還是令人難以相信。而且，不管是吉男還是平太郎，就像那些業餘偵探所研判的，我也不認為他們會是兇手。

事實上，我還在警界服務的時候，心中就有一個祕密。這個祕密和平吉手記中曾提到過的，住在品川的昌子前夫有關。

我認為無論警方或民眾，都太疏忽村上諭這個人了。於是我決定退職之後，一定要對他徹底追查。戰前，警方辦案時雖然多半會對嫌犯進行徹底的追查，然而，對於有頭有臉的人物，卻不敢造次。以村上的條件看來，如果妻子犯了罪，一定會帶著女兒前來投奔他。

我帶著前警視的名片去品川的村上宅訪問時，他已是隱居於豪華巨宅蒔花弄草的老人了。他雖然老態龍鍾，在在表現出八十二歲老人的姿態，眼光卻依然銳利，隱隱可見年輕時的精明。

結果，我大失所望。不但找不出他涉案的嫌疑，反而被對方教訓了一頓，說我輕視了戰前的調查。我才知道當年他也已經被一課徹底調查過了，被一課調查過的人確實沒有再去確認的必要，他的確擁有完美的不在場證明。我乘興而來，卻敗興而歸，也只能苦笑認栽了。

當時的輿論界，對於戰前特務機關之說言之鑿鑿，這麼說來，也許我接到的信是真的。

另外，若兇手是平吉手記中的人物之一，那麼，殺害平吉、一枝、阿索德的兇手，也可能各不相同，或者是數人一同作案。

雖然一般人都極力主張應先找出阿索德，不過，我對於阿索德的存在卻始終存疑。在我所知的例子裡，有些被親族集體謀殺的受害者，他們遭受分屍的原因，可能是殺人者對死者的積怨太深，或為了運屍方便，我想梅澤家的慘案也不例外。而且由於這件命案共有六名死者，處理起來更加費神。

我雖然不相信阿索德的傳說，不過，如果說那六名少女身上殘缺的部位，真的都被集中在一起了，我也不認為會如謠傳那般地被製成**標本**。我以為應該會被放在和平吉有淵源的地方，或埋在平吉的墓地附近。因為，兇手也許是和平吉有關的人，或信奉平吉思想的人，於是為了平吉而犯案。

所以我也曾去平吉的墓地探查，卻發現其四周緊鄰著別人的墓地，而且附近的小路都是水泥地，似乎不太可能埋在那裡。不過，也可能是埋在墓地附近的空地，只是我獨自一人很難深入調查，再說真兇也不太可能是平吉思想之信奉者，因為平吉不善於交際，和他交往的人，只限於在「梅迪西」或「柿木」所認識的少數幾個人。

他比較常去「梅迪西」，至於「柿木」，大約一個月才去一次，所以不算熟客。

雖然他也曾光顧過碑文谷或自由之丘一帶的酒店，可是因為他總是一個人坐在角落喝悶酒，所以老闆娘或其他熟客也很少搭理他。而且，根據偵查一組的調查，平吉在「梅迪西」和「柿木」認識的人，還不到十個。

說也奇怪，「柿木」的老闆娘里子，居然和個性木訥的平吉十分投契，還為他介紹了幾個志趣相投的客人。那些人多半是柿木的老主顧，其中一個就是平吉手記中曾提到過，經營人偶模特兒工廠的緒方嚴三。

當時，緒方在距酒店不遠的目黑區柿木坂開工廠，雇有十多個工人，在當地有點名氣。昭和十一年時，他四十六歲，而里子則是三十多歲的寡婦，也許緒方看上風韻猶存的里子，所以幾乎每天晚上八點就到「柿木」報到。

平吉很欣賞緒方，認識他之後的四、五天，也是每天都去酒店。他們一起暢談模特兒的事，平吉也到工廠參觀過。不過，緒方的態度不如平吉熱絡，不管怎麼說，他都不可能對平吉那種荒誕不經的論調產生興趣。

緒方也許是在里子面前故作姿態，他處處表現出自己是白手起家的大老闆，對於心思細密的藝術家不屑一顧，因此他絕不至於為了平吉而闖下大禍，而平吉也不可能對那種充滿市儈氣的人吐露心聲。

況且，平吉遇害時，他正在工廠趕工，所以他既無動機，又有不在場證明。一枝被害時，他雖交代不出正確的行蹤，然而，阿索德事件發生時，他卻連日都在工廠或「柿木」出現，故無太大嫌疑。

說到可疑的人物，緒方的職員安川的嫌疑，反而比緒方更大。平吉到工廠參觀時，緒方曾介紹他們認識，後來，緒方帶安川去柿木喝酒，又遇到平吉。除此之外，他們是否又有來往，則不得而知。也許安川會對阿索德產生興趣吧！

平吉被殺的時間裡，由於當時安川和緒方在一起，所以他和緒方一樣沒有動機，也沒有嫌疑。至於一枝及阿索德事件，他也有不在場證明。

不過，仍然有一部分人也認為有深入調查安川民雄的必要。當年他二十八歲，後來應召入伍，戰時曾受過傷，現在應該住在京都一帶。雖然他也是少數仍存活的關係人之一，我卻沒有去找他。不過我已查出他的地址，有生之年一定要見他一面。

另外一個名叫石橋敏信的畫家，也住在柿木坂，當年三十歲，剛好和我同年。他家世代經營茶行，是個業餘畫家，巴黎是他最嚮往的地方，所以他會專程去柿木，一來聽平吉談他在巴黎生活時的種種，二來藉機親近里子，因此成為柿木的常客。

他現在也還在柿木坂經營茶行，我去訪問時，他談及戰爭之事，慶幸自己得以死裡逃生，並且說現在已經不畫畫了，但是有個女兒就讀於美術大學。因為他剛從嚮往已久的巴黎回來，所以興匆匆地說著巴黎的種種，並且告訴我：平吉當年提起過的餐廳，現在還在營業，讓他十分感動。光是這個話題，他就聊了將近一個小時。

他說曾在柿木和平吉交談過幾次，也曾去過平吉的畫室。但是因為平吉的態度相當冷漠，好像並不歡迎他前往，所以自此保持距離。平吉是個沉默寡言的人，不過，偶爾也會像中邪似的喋喋不休。據石橋說，那個時代的藝術家大都是喜怒無常的個性。

「柿木」已經不在了。里子自那之後也成了緒方的人，不過緒方是有婦之夫，所以把工廠交給兒子管理，自己則和里子搬到花小金井。

我和石橋在茶行上面的接待室談得很投機，他個性開朗，胸無城府，實在無法把他和那麼可怕的命案聯想在一起。他有充分的不在場證明，又缺乏動機。臨別時，他還一再要我再去看他，態度十分誠懇，當時，我也認真地想再次去找他。

平吉在柿木認識的朋友，只有上述三人，其中以人偶模特兒工廠工人的安川民雄最可疑。也許里子也該被列入嫌犯之一，不過她也有不在場證明，而且和平吉無深仇大恨，應該沒有殺人的動機。

其次再談談平吉在富田安江所經營的畫廊咖啡屋「梅迪西」的交遊情形。這裡可以說是中年藝術家的沙龍，因為安江人緣頗佳，所以常有畫家、雕刻家、模特兒、詩人、劇作家、小說家、電影工作者，在此高談闊論。平吉雖然經常來此，但是，這裡並不是他心目中的好去處。平吉不喜歡好辯多話的人，當那些人在座時，他都有意避開，剛好那些劇作家電影工作者都是這類人。在那幫藝術家之中，平吉欣賞的只有三個人，最多也只能勉強算四個。

若要從那些人當中選出最怪的人，那就是雕刻家德田基成。德田是個恃才傲物的鬼才，他的工作室在三鷹，當年四十多歲，在藝術界頗有名氣。平吉深深感受到德田的魅力。如今想起來，平吉之所以產生製作阿索德的念頭，或許多多少少是受到德田的影響。

德田日後也曾被偵查組調查，所以我在偶然的機會裡見過他。他形容枯槁，夾雜著銀絲的長髮亂成一團，任誰看來，都會同意他就是阿索德的創造者。

不過，最後終因證據不足，德田還是被釋放了，其中最大的理由就是他沒有駕駛執照。只有我知道兇手根本不需要駕駛執照。

德田的旺盛創作力一直持續到死前為止，位於三鷹的德田工作室，現已經改名為德田基成紀念館，展示德田生前的作品。

昭和四十年正月，我正想去找他時，他卻突然去世了，所以未能和他碰面。阿索德之事姑且不論，他完全沒有殺害平吉或一枝的動機。因為他從未去過平吉的畫室，也從未見過一枝。此外，根據他太太的說法，阿索德事件發生時，他也有不在場的證明。

不管怎麼看，德田實在算不上與平吉有交情，更何況當時已經成名的德田，犯不著做出那種犯罪的事情。

平吉在梅迪西交到的朋友，還有個叫安部豪三的畫家。他是平吉的學弟，個性豪爽，卻和鬱鬱寡歡的平吉成為好友。昭和十一年時，安部的反戰思想常反映於畫作上，因此被憲警視為眼中釘，同行的畫家也對他敬而遠之。這些應該是讓獨來獨往的平吉打開心門接納他的原因。

不過，當時他才二十出頭，和平吉的差距太大，所以除了在梅迪西之外，兩人應該不曾碰面，而且他也不曾去過平吉的畫室。當時他住在吉祥寺一帶，距離目黑的平吉住處相當遠。

安部和津輕出身的作家太宰治同鄉，當時太宰治也住在吉祥寺一帶，據說他倆是很好的朋友。不過，太宰沒去過梅迪西，所以也沒見過平吉。

安部不但缺少殺人的動機，甚至連相澤家在哪裡都不知道。雖然不在場證明不是很明確。一組也就不再追查他。

他當時似乎已有妻室，後來入伍隨軍到大陸，但是由於他的思想有問題，所以服役時當個二等兵受盡折磨直到戰爭結束。戰後，他和妻子離婚，又娶了年輕女子，一起到南美流浪，昭和三十幾年死在故鄉。他在藝術界雖小有名氣，成就卻不大。

安部的未亡人現在在西荻窪開一家叫「格列爾」的畫廊。我去過那裡，裡面掛滿了安部的畫，以及太宰治寫給安部的信。不過，由於她是戰後才認識安部的，所以對梅澤事件一無所知。

另外一個在梅迪西認識的朋友也是畫家，名叫山田靖。他和平吉並不很熟，在藝術上也沒有受到平吉影響，是個個性隨和的人。在「梅迪西」出入的客人當中，除了老闆和前面提到的兩人能和平吉氣味相投之外，山田算是還能聊上幾句的人。當時他已四十多歲，住在大森。出乎意料的是，平吉居然到過他家兩次。不過，與其說這是山田的魅力，不如說是其妻絹江身為作家的魅力來得更恰當。

絹江以前當過模特兒，後來成為著名的女詩人，當時也是四十歲左右。平吉一向對蘭波㉜、波特萊爾㉝、沙特㉞的書興趣極大，畫室雖然連美術類的書籍都特意地避免，但主屋放了不少。他這方面的嗜好恐怕是從他和絹江之間的接觸才得以知曉，因為絹江對平吉在手記中提到受到極大震撼的安德列．米佑也十分熟悉。

不過，山田夫婦缺乏殺人動機，也有不在場證明。昭和三十年前後，這兩人也相繼辭世。

說起來，梅迪西的熟客中，和平吉有來往的只有上述四人，再加上柿木的關係者，共計七人。若問及這七人當中是否有兇手，答案應是否定的。就算這七個當中有人是兇手，恐怕也只涉及阿索德事件，至於平吉和一枝，他們均缺乏殺人動機，他們甚至都沒見過一枝。而且，若要指出誰是涉嫌阿索德事件的人，大概只有安川民雄吧！這也是因為一組的搜查不夠徹底，令人難以信服。

由於在直接關係人當中找不出嫌犯，只好把偵查網隨便地擴大到這七個人身上，他們就是所謂的補助性當事人。如果在直接關係人中找得到犯人的話，他們根本不會成為調查的對象。

平吉不善交際，除了上述幾人外，應無較親近的朋友。或許他還有祕密交往的老友，可是，警方追查的結果，卻是一無所獲。

這個事件令人想不透的地方，就在於它是由三個命案組成，而且這三個命案雖然個別並不是沒有嫌犯，但他們不是已死，就是後來被殺了。

關於平吉的命案，可以說全部家人都有殺人的動機。不過，可能下手行兇的昌子與六名少女當中，後者後來也遇害了。因此，殺害這些少女的兇手，當然是另有其人了。

至於一枝命案，由於大家都缺乏殺人的動機，故只能推斷是竊盜殺人。

而阿索德命案，亦即六名少女的命案，更是匪夷所思。因為有殺人動機的人，應該只有已經被殺而不在世上的平吉。

㉜蘭波（Jean Nicolas Arthur Rimbaud，一八五四年至一八九一年），十九世紀法國著名詩人，早期象徵主義詩歌的代表人物。

㉝波特萊爾（Charles Pierre Baudelaire，一八二一年至一八六七年）是法國十九世紀偉大的天才詩人和藝術評論家。著有《惡之華》、《巴黎的憂鬱》、《人工天國》。

㉞沙特（Jean-Paul Sartre，一九〇五年至一九八〇年），法國存在主義哲學的大師，代表作為《存在與虛無》。

不管怎麼說，這三個命案都只能想成是不同的兇手犯下的案子；不過，若把這些互相矛盾的線索，勉強地加以組合的話，大概可以歸納出一種可能。

那就是：平吉被少女們殺害後，某個深愛平吉的人為了復仇，殺了那六名少女。而讓別人誤以為平吉是兇手的最佳辦法，就是依照平吉的手記行事。同時，這個兇手為了脫罪，就必須把殺人罪推給平吉，來混淆搜查工作的進行。因此選中一枝的房子做為藏屍之所，於是又殺了一枝。

可是，兇手為何要殺害無辜的一枝呢？其實並無證據可證明一枝並非平吉命案的共犯。若是說昌子是主謀，決定唆使女孩們殺了丈夫，那麼不把自己的計畫告訴長女一枝似乎有點不自然。這麼一想，對兇手而言，殺害一枝也成為復仇的一部分，真可謂「一石二鳥」之計！

由於我被迫成為兇手的共犯，並擔任棄屍工作，所以知道犯人根本不需要駕照。於是便大膽地假設對方是女人。當我以為自己受命於祕密機關，為了棄屍而疲於奔命，但就算我遭到挫折，瞞著他把應該丟在秋田的屍體隨便扔在福島，犯人應該也不會在意的！因為萬一我被警方逮捕，唯一的證據也只有那封信罷了。一想到棄屍時的辛苦，我就決定與兇手誓不兩立。

總之，我知道的事實比別人多，因而也比一般人了解事實的真相，所以才能得到前述的推論。不過，這個推論也碰到一堵高牆。那就是一枝。一枝可能也參與殺害平吉的行動，根據前面的想法，阿索德及一枝的命案，都是兇手的復仇行動。那麼，一枝為何要勾引我，使我捲入其中呢？我只能認為那是故意設計陷害我。

至於陷害我的理由，就是要我幫助兇手棄屍。那麼，一枝豈不是也加入**復仇的行動**了嗎？這是個極大的矛盾。不過，這個矛盾裡還有一個更大的矛盾。要是一枝**沒死**，對我就不構成威脅。那麼，一枝應該早就知道自己未來的命運，她究竟為了誰，而做如此大的犧牲呢？

至於兇手究竟是誰？這當然是個大問題。照某些人的判斷，殺害平吉的兇手是昌子和六名少女。不過，是誰為了平吉，而如此大費周章地進行復仇計畫，再驅使我將屍體運到全國各地呢？若只是基於同情的心理，可能費那麼大的勁嗎？是多惠？吉男？還是文子？如果是他們，怎會連親生女兒都不放過？抑或是安江？還是平太郎？

直接關係人只有這幾個，而決定他們是否有嫌疑的，就是三月三十一日那天夜裡。由於不知道詳細的時間，所以把時間延長為下午三點到半夜十二點，但是，在那段時間裡，他們幾乎都有不在場證明。

這五個人可以分為兩組男女和一個女人。由於畫廊十點多才打烊，安江與平太郎母子打烊之前都在畫廊裡，當然會有很多證人。而打烊後也還有熟客逗留到近十二點，他們都證實安江母子從未離開過半小時以上。

其次是吉男夫婦。那天正好有個戶田編輯來梅澤家和吉男洽談公事。由於三十一日是星期二，並沒打算留宿，所以戶田六點多到吉男家，直到十一點多才離去。而吉男自中午起，就一直和戶田共同行動。所以，吉男夫婦也沒有嫌疑。

至於多惠嘛，她一直坐在香煙店頭，到晚上七點半左右，她才把店門半掩，窗戶也半開，仍然繼續做生意。十點前，還有兩、三個客人上門買煙，鄰居都可以為她作證。多惠完全關上窗就寢是十點過後。雖然六名少女遇害的地點尚未確定，但是，一個四十八歲的中年婦人，要走到保谷車站，再搭電車到上野毛，至少要花兩小時以上的時間。所以可以判斷她的不在場證明確實屬實。

另外要加以補充的，是昌子的不在場證明。她於四月一日上午八點四十七分，坐上由會津若松開出的火車。她的家人都異口同聲地說她前一天整天都待在娘家。

關於那七個間接關係者，若只以阿索德命案而言，則柿木的里子、緒方、石橋都有不在場證明。安川沒有不在場證明。梅迪西的德田、安部各由妻子證實其不在場。山田夫婦則和另外四、五位藝術家在梅迪西逗留到十一點左右。從銀座到上野毛要花一個小時。七人之中最可疑的就屬安川了，他和平吉在柿木見過兩次面，在工廠見過一次。

緒方和平吉大約交往了一年，相當清楚安川與平吉見面的時間。第一次在工廠見面時是昭和十年九月，其後的兩次則都在十二月。其間他們並未碰面，關於這點，里子和緒方都加以證實。此外，自昭和十一年正月起，平吉就再也沒去過柿木了。

如果說兇手是安川，那麼包括十二月在內，他們兩人共有三個月的時間可以祕密地進行計畫。不過這也不太可能，因為安川住在離工廠約十分鐘路程的員工宿舍，據管理員及同事說，安川平日除了工廠與宿舍之外，最多只是到外面喝兩杯，而且大都和同事一起。包括星期日在內，從十二月到三月底為止，總共只有四次外出時不曾向同事透露行蹤。其中一次是三月三十一日，但當晚十一點前就回來了。據他說是去看電影。換句話說，剩下的三次是有可能和平吉在一起，但是沒有人知道他們的交情究竟有多深。

由於安川從事的是製造人偶模特兒的工作，或許會對創造阿索德之事感到興趣；因此，就算是他殺了那六名少女，為了避人耳目，也有必要另覓製作阿索德的場地。然而，安川在事件發生後一直待在宿舍，就算他有時間製作阿索德，也找不到製作阿索德的場地吧。

再者，還有另一個否定的元素。安川並不認識那些少女。因為一般咸信六位少女是齊聚一堂時，共同喝了摻有毒藥的果汁。而和她們初見面的安川怎麼可能讓她們聚在一起喝下毒藥，或是在她們齊聚一堂時，突然露面呢？若是這樣的話，兇手當時一定還有同伴。不過，安川生性孤僻，朋友很少，他所交往的都是工廠的同事。

關於梅澤家占星術殺人事件，我不得不和別人一樣宣佈投降。兇手顯然並不存在。此外，雖然也有些和昌子或六名少女有來往的小人物，不過，據判斷，他們都是清白的，我也有同感。

退休以後的十幾年裡，我始終在思索這個問題。雖然我的體力已逐漸衰退，但是我相信自己的思考能力並未隨年齡而退化。然而在這個命案上，我的思慮卻總在相同的地方來回打轉，找不到合理的出口。

長期痛苦的警察生涯，使我的胃完全受損。我自知來日無多，只怕在我嚥氣之時，這個案子還是一個解不開的謎。

回想起來，我的一生只是隨波逐流，並沒有逆流而上而有所成就。既是凡夫俗子，原只希望能平靜地過一生，沒想到卻因一時的疏忽，而種下禍根。我的內心極不安寧，真是悔之莫及！

真希望有人能為我解開這個謎題，不，應該說，這案子一定要解決。不過，我卻沒有勇氣告訴兒子。

這本手稿應該燒掉？或是保存下來？也許是我人生最後階段的抉擇。要是我死後，這本手稿並沒有被我銷毀，有機會看到本文的人，也許會笑我優柔寡斷吧！

※因為文中有很多舊式的日語假名使用法，所以我（石岡）將它們一一改為現在的習慣用法，以方便閱讀。

II 繼續推理

1

「結果竹越文次郎去京都見安川民雄了嗎？」御手洗壓低嗓門問。

「看樣子好像沒有去！」

「嗯，看了竹越先生的手稿之後，我又解開了更多真相。現在終於知道是誰用什麼方法，把屍體棄置於全國各地了，同時也知道兇手不一定有駕照。全日本大概只有我們和飯田美沙子知道這個祕密了！」

「你說得一點也不錯。原來認識你還有這個好處！」

「嗯，梵谷有朋友，雖然不懂他的價值，但總還能說說話呀。對了，你的那本書上，可曾提到安川民雄？」

「有。只是竹越先生的手稿裡寫得更詳細。」

「這份手稿似乎是希望讓別人看到而寫的。我看到平吉的手記時，也有這種感覺。」

「是呀！」

「竹越先生並沒有銷毀手稿，還是把手稿留下來了，可見這就是他最後的決定。」御手洗站了起來，走到窗邊。又說：

「這是一份充滿痛苦的手稿，任何人看到了，都不會無動於衷吧？我這個在東京郊外的小小占卜師，偶爾也會聽到這類充滿痛苦的求救聲，那種時候我就會覺得：這座像骯髒瓦礫堆的城市，是一個容納了各種痛苦求救聲音的巢穴。不過該聽的已經夠了。那個時代的事，就在今天完全結束吧。現在是要來拯救的時候。」

御手洗又走回來坐下，繼續說道：

「他既然留下手稿，就是希望有人能夠為他解開這個謎，挽回他的名譽。而我們既然看了他的手稿，就自當義不容辭地負起這個責任。」

「啊……你說得很有道理。」

「能想得到的資料，我們幾乎都已經得到了吧？接下來的，就靠動腦筋了。這個兇手似乎不是專門殺人的殺手，但殺人的計畫做得真是不錯。

「不過，我總有一個地方想不通。之前聽你說明的時候，我就很不明白這一點；現在看到這份手稿，又讓我想起這個疑問。」

「是不是你曾說過的矛盾之處？那是什麼？」

「竹越也和其他人一樣，認為平吉被七個女人殺死了。這又重新回到最初平吉被殺的密室。我認為這是最矛盾的地方。若說兇手是昌子和那些少女共七人……不，當時時子到保谷探望多惠，故只剩六人，所以七人的說法是不正確的。不過，不管是六個人還是七個人，依照這個說法，兇手就是平吉命案發生時，在**梅澤家主屋裡的所有人**。

「也就是說，平吉遇害那晚，梅澤家只有殺人者與被害者兩種身分的人，並不存在第三種身分的人——也就是殺人者必須欺騙或防範的人。

「既然沒有必須防範的第三者，殺人者何必費那麼大的勁，把床吊起來，又故佈疑陣地把現場佈置成密室呢？只要大家合作無間，套好說詞，要完成空前絕後的完全犯罪，並非不可能。」

「……是嗎？你說得也對。可是……雪地裡的腳印要怎麼解釋？只要她們有說謊，在警方的蒐證下，她們的謊言就有被拆穿的可能吧？」

「腳印嘛，是要做多少就有多少，所以根本不成問題。例如：二十五日的深夜，雪還繼續下著的時候，主屋裡的三個女孩，不對，太多人容易打草驚蛇，何況平吉可能並未吃安眠藥，而且可能模特兒在，她們也進不去。所以其中一人偷偷溜進平吉的畫室，等到十二點左右雪停了模特兒回去以後，再下手殺害平吉。然後再利用事先準備好的男鞋，或者穿上平吉的鞋子，同時兩手拿著自己的鞋子，就可以製造出那些腳印。

「當然，她是從後面的柵門出來，然後繞一圈從玄關回到主屋，那時畫室的門不必上鎖，第二天早上十點多時，大家再一起去畫室。她們可以先派一個人到窗口看，並且故意留下腳印，另外一人則進入畫室，把門關好，然後掛上鎖，再對外面的人說「好了」，於是留在外面的人便合力撞開大門。這樣不就行了嗎？一點問題也沒有。又何必費那麼大的力氣把床吊上去呢？」

「……」

「我覺得把床吊上去的說法，也是很矛盾的。如果要把床吊上去，就必須有梯子。沒有梯子的話，再高明的芭蕾舞者，也跳不上二樓的屋頂。可是，畫室外並沒有搬梯子的腳印痕跡，除非她們是在下雪的時候搬……啊！沒錯，如果是二十五日當天，比十一點早很多的時候把梯子搬去的，事後的大雪確實可以讓腳印完全消失。可是畫室外面**有模特兒回去時的腳印**，可見她們搬梯子去時，模特兒**還在畫室裡**。七個人的行動一定會引起注意的吧？不會被畫室裡的人發現嗎？不過，搬梯子的行動或許用不著七個人，或是已經爬上去了。

「平吉並沒有聽收音機的習慣，工作時也不會發出敲敲打打的聲音吧？他又不是聾子，應該會聽到搬梯子時所發出的聲響吧。而且，模特兒回去時，如果發現到外面有梯子，也會覺得奇怪吧？」

「嗯，不過，當時窗帘不是放下來了嗎？而且，平吉已經五十歲了，也許耳朵也有點重聽……」

「這句話被五十歲的人聽到，一定會生氣！」

「她們的行動雖然冒著可能被發現的危險，但是，當時火爐也噼噼啪啪地響，如果運氣不錯，還是可以達成目的，不會被發現的。至於模特兒，或許那個模特兒是女兒中的某一個人——例如是時子。她可以和平吉說話，引開平吉的注意力……」

「這種假設就更奇怪了。如果是這樣，讓在裡面當模特兒的時子殺死平吉，不就好了嗎？」

「沒錯。應該是有一個模特兒在。再回到剛才的話題。也許並不是所有少女都參與殺人的行動，共同行兇的只有四人，就是昌子以及她的親生女兒知子、秋了、雪子，也許還包括一枝。那麼，剩下的人都成了第三者。也就是殺人者必須防範、隱瞞的對象……」

「你可真會自圓其說！算了。可是這麼一來，雪子的立場就相當微妙了。昌子的女兒之中，雪子是平吉的親生女，她會加入殺人的行動嗎？包括一枝在內的七名少女，只有雪子與時子和平吉有血緣關係。她們雖是異母姊妹，卻是同年所生，也許感情特別好呢！」

「昌子每天都和她們一起生活，她應該可以判斷出該不該讓雪子參加。」

「先不管殺死平吉的兇手是誰的推論。你認為竹越文次郎的想法如何？他說阿索德事件，其實是為平吉而做的復仇行為，你認為呢？贊成嗎？」

「嗯……這個嘛，我想是有那種可能吧！」

「那麼，根據你剛才的推理，如果殺死平吉的，只是昌子母女，那就不該把六名少女全部殺死。難道是兇手判斷錯誤，以為平吉之死是她們一起做的？」

「可能吧！……而且，兇手也有必要讓人誤以為是為了製作阿索德才殺人的；是平吉的陰魂作祟；抑或醉心平吉思想者的傑作！也許真有這麼一個人，他看了平吉的小說，對平吉的思想走火入魔，於是想親自試試看！」

「哈哈！那麼，我們再回來說吊床的事吧！我不太認同你剛才說的。雖然我了解你的意思，但是這種想法和現實稍有距離哩。如果兇手是梅澤家的那些女人，在雪夜裡，兩手早已凍僵，而且還是女人，怎麼有力氣把平吉連人帶床，吊得那麼高呢？況且又不知道他何時會醒過來？我敢斷定這點絕無可能！」

「你這麼一說，豈不是把我們好不容易才知道的部分，完全否定了嗎？這豈不是越說越迷糊了。那麼，警方找到的繩子是怎麼回事？毒藥瓶的事又該怎麼說呢？你該不會想說那只是一個圈套，是故意讓人以為她們是兇手。」

「我正是這麼想的。」

「那麼你說說看，究竟是誰做的？據我所知，能夠潛入梅澤家，放置那些東西的，絕對不會是我們所不知道的外人。

「正如竹越文次郎所說的，平吉在梅迪西和柿木認識的**間接**關係者，只有七人，而且他們從來沒見過那七名少女。至於富田安江與平太郎也不可能。那麼吉男、文子或多惠三個人中，誰把那兩樣東西放在梅澤家，誰就是兇手囉！那會是誰？」

「哎呀，也不是只有熟人才會進入空無一人的屋子嘛！」

「咦？」

「算了，我們還是來討論兇手是誰吧！」

「御手洗兄，要挑人家的毛病實在太簡單了。警方既然逮捕昌子，也許是因為獲得比我們更詳盡的證據吧。第一，我們並沒有到過現場，而警方卻是在查證現場之後，才逮捕昌子的，所以你也不能大言不慚地說他們抓錯人了吧！

「至於吉男、文子、多惠三人，也是反覆查證之後，才判斷他們並未涉案的。先說多惠吧，她是早已進不了梅澤家的女人。吉男、文子夫婦雖然可以進入梅澤家，然而，你自己也說過，這樣一來，他們豈不是連自己的女兒也害了嗎？豈有為人父母者，設計陷害自己女兒的道理？

「要是只陷害昌子一人，倒還說得過去。因此這三人和本案無關。至於阿索德事件，則更不可能了。理由和前面一樣，他們總不至於殺害自己的女兒吧！換句話說，設計這個圈套的人，根本不存在！」

「這的確是個大難題。不過，我認為一定能找到答案！」

「我想只有兩個辦法，一個是我們想也想不到的……」

「使用魔法嗎？」

「怎麼會？行兇者本來就打算讓人猜不透，他們也許是和梅澤家族完全不相干的人或團體。也就是說，竹越收到的信可能是真的，這個祕密組織很早就在暗中監視梅澤家族的一舉一動，然後再神不知鬼不覺地讓他們一一消失。」

「這種說法很難令人採信吧！」

「嗯，還有另一個想法，也就是最吸引我的部分，那就是假設平吉**還活著**。雖然不知道他用了什麼方法，不過，他確實利用巧妙的手法，讓自己消失了。如果這個假設成立，那麼一切疑點就都可以得到合理的解釋。

「首先，畫室外的男人腳印，是平吉自己的，屍體當然也不會有鬍子。或許那個屍體，是他從某個地方找到一個和自己長得很像的人，但還沒辦法讓他長鬍子。而且被殺之後，臉型也會有點變。況且，他的家人是第一次見到他沒留鬍子的模樣，所以分辨不出來。

「這麼想的話，就不難了解他為何要獨居於庭院角落的畫室。因為若是每天和家人一起生活，替身的身分馬上就會被識破。所以當他決心製作阿索德時，就和家人分居。製作阿索德的第一階段就是讓自己消失。

「讓自己從世上消失的最好辦法，就是讓自己成為幽靈！既然大家都認為他已死，那麼有什麼風吹草動，也不會懷疑到他頭上。在不必怕被判死刑的情況下，他可以從容地在暗中監視六位少女的行動，並伺機加以殺害。殺了她們之後，還可以專心一意地製作阿索德。

「執行了第一步後，內向的平吉積極地到外面尋找自己的替身。找到之後，就在二月二十六日那天，把替身帶回畫室，又故佈疑陣，讓別人懷疑那些女人即是兇手。

「不過，對於昌子他卻有所顧忌，生怕她在畫室發現了線索，看穿自己的心思。畢竟是二十幾年的夫妻了嘛！因此一定要讓她被捕，才能完全放心。對！一定是這樣！這樣一來，所有的問題不都迎刃而解了嗎？」

「啊！虧你想得出來。反正再怎麼樣也找不出真兇，只要平吉還活著，阿索德的問題就不成問題了。

「不過，那種想法卻會使很多細節產生問題。按常理來判斷，用替身來欺騙家人，實在很難令人信服。就算這點讓你猜對了，還是有很多疑點。」

「你是指什麼而言？」

「我認為如果他還活著，就應該會把最後那一幅畫畫完。因為那十二幅畫，是平吉一生的代表作，不是嗎？」

「那個嘛！要是他畫完畫，反而不妙。正因為畫尚未完成，才會予人他被謀殺的印象。」

「嗯，說得也是。」

「而且，也許阿索德才是第十二幅畫的主題！」

「那麼，為什麼非置一枝於死地不可呢？」

「大概是為了確保製作阿索德的場地吧……」

「不會吧？乍見之下，一枝的家的確是個理想的場地，可是，平吉應該可以在彌彥附近找到更適當地點，小說中也提到過。一枝家曾發生過命案，警察可能隨時會來調查，反而不是安全的地點。你以前不是也這麼說嗎？難道你都忘了？……另外，更重要的一點是一枝引竹越文次郎上鉤之事。一枝為何要那麼做？若是受平吉指使，平吉又憑什麼讓她聽命於他呢？如果只為了運屍，平吉自己不是也有駕照嗎？」

「因為棄置屍體的地點分散於各地，當然最好是找一個比平吉更年輕，而且又是刑警的人嘛！」

「那麼，平吉是怎麼說服一枝的？他只不過是她的繼父，她怎麼可能輕易為平吉獻身呢？」

「這點我現在還想不出來，不過，也許平吉編了一套美麗的謊言，讓一枝願意為他犧牲。」

「決定性的疑點還有三個。第一個疑點和那本小說式的手記有關。我覺得那本手記根本不該留在現場。要是平吉真的沒死，又殺了六名少女，那麼，對他而言，那本手記絕對留不得！有了那本手記，不但少女們會心生警惕，他也無法順利地棄屍，屍體也會很快地被發現，所以說留下那本手記，對詐死的平吉一點好處也沒有。

「連深埋在一公尺五十公分下的屍體也被發現了，為什麼還要留著那個東西，不把它帶走呢？」

「任何巧妙的計畫，也難免會有致命的疏忽吧！像那個三億圓搶案，犯人是騎假的警用機車去追運鈔車，可卻犯下一個愚蠢的錯誤，就是機車後面竟拖著先前掛在機車上的車套。」

「真的是『疏忽』嗎？那麼，他為什麼不把尋找替身的計畫，也寫在書上？你剛才不是說，那也是製作阿索德的重要階段嗎？還有一個最重要的問題。要是平吉是最後離開畫室的人，他又怎麼能從裡面反鎖呢？這可是個大難題呢！」

「我一定會絞盡腦汁來思考這個問題，只要找得出答案，就可以宣佈梅澤平吉仍然活在人間！

「不過，你應該也知道，答案只有這一個：根本沒有其他兇手。若平吉並非真兇，就無法推斷這一連串事件，是由同一人所為。

「看了竹越文次郎的手稿後，更使我覺得必須朝兇手是同一個人的線上去思考。經過多方向的思考，我還是認為平吉是兇手的可能性最大，很難找到第二個有可能性的人了！

「一般說來，一個家庭連續發生三件兇案，是很不自然的事，除非是出自同一兇手，有意志之連續殺人。另外一件就是使自己消失的事件，這是個障眼法，也可說是這一連串事件之根源，我一定要證明這一點！」

御手洗接著又說：「我們就等著瞧吧！」

2

那一夜，我躺在床上反覆思索這個問題。我很了解御手洗想說的，就是「平吉還活著」；只有平吉活著，才能解釋那些解不開的謎底。

竹越先生的想法與論點敏銳，但是我想從和他相反的方向來思索。也就是說：他認為阿索德命案是有人為平吉報仇，而犯下的罪行，但我想從**平吉沒有死**的胡亂假設中來思考阿索德命案。也就是說，平吉先在街上找到一個酷似自己的人，然後把他帶回畫室，再加以殺害——不，這麼一來又會遇到從裡面反鎖的密室問題。對了！他先找好替身，然後借刀殺人。至於方法嘛——應該還是把床吊起來……沒別的方法了——

想到這裡，我差點叫了出來。對了！平吉一定是以昌子等人誤殺了那個替身的事，來威脅昌子的女兒一枝。若是這樣，就有充足的理由了。

他先讓想將老屋改建成公寓的昌子等人，殺死自己的替身，然後以昌子殺人為由，要脅一枝引誘竹越，否則就要說出昌子殺人的事——

對了！一定是這樣！只要拖一個警察下水，要完成阿索德，就比較容易了。

竹越認為阿索德事件是對殺平吉的兇手所採取的報復行動，但是卻仍然沒有辦法解釋一枝的行為。若是依照我的假設，就說得通了。

可是，為何要殺一枝？似乎沒必要——

算了，反正平吉是個怪人。也許他認為反正一枝的姊妹都死了，不如連她也殺了吧！或者，他害怕一枝會透露自己還活著的祕密。嗯！這點比較可能。

那些業餘偵探之中，也有人主張平吉並沒有死，不過他們幾乎一致認為平吉化身為吉男，仍然活在這個世界上。可是我卻認為那是不可能的，因為平吉假冒吉男的話，反而會使自己陷入危險中。想要隱瞞真實身分，去製作阿索德的話，還是單身行動比較方便。

如今雖然很難找到平吉還活著的證據，可是推理至此，這件案子似乎已漸露曙光，明天就讓御手洗來擔任華生的角色吧。想到這裡，我終於可以安然入夢了。

我不敢說御手洗是個名偵探。不過，從飯田美沙子會把那麼重要的資料交給他這點看來，想必他以前有過一些事蹟，讓人覺得他相當有**本事**，因此在某些人心目中，他是個頗有分量的人吧！而我因為認識他還不滿一年，對他以前的作為，可以說是完全不清楚。

去年我遭遇災難，他曾經為我解圍，所以我的內心之中，確實對他有點期待。不過，以目前的情況看來，我並不敢期望他能成功地解開這個命案之謎。不管怎麼說，四十多年來，不知已有多少聰明人，挑戰過這個占星術殺人案，結果個個敗陣下來，如今卻期待御手洗能以快刀斬亂麻之勢，解決這些疑點，似乎是在對他做不合理的要求。若是這案子真能破得了，那可說是一個奇蹟。

再加上他最近的狀況不佳，經常處於情緒低落中，連吃飯時的外出，都不甚願意；另外，四十多年的時間隔閡，更是解決這個案子的大障礙。

第二天，我問御手洗有何進展時，他只是懶洋洋地說了聲：「景氣不好！」換句話說，就是完全沒有進展。我想大概是前述的原因所以找不出答案吧。只是因為他不同於一般人，所以我一直期待他或許會有一小部分突破。那對我們這些無名小卒來說，他的一點點突破，或許就是很了不起的成就。

看到他的樣子，我忍住笑意，把我的新發現說給他聽。聽了我的說法，他就說：

「你還是認為床是被吊起來的嗎？」他的語氣有點不耐煩的樣子，「就算他真的先找好替身，但是他怎麼知道那些女人什麼時候要把床吊起來呢？而且，說不定她們隨時都會去畫室玩，那不就露出馬腳了嗎？要真是這樣的話，除非他事先就讓替身留好鬍子，並教他素描的基礎。」

「素描？為什麼？」

「因為平吉是畫家啊！如果他整天只在畫室閒蕩而不作畫，豈不是令人起疑嗎？」

御手洗的態度讓我有點火大。

「那麼，一枝的案子該怎麼解釋呢？你有更合理的說法嗎？竹越先生不也困在這裡嗎？總之，在你的合理說法出現以前，我這樣的假設是最有可能性的。」

我是帶著嘲諷的口氣說的，但御手洗卻沒有回嘴反駁。看來這位福爾摩斯也跌入五里霧之中了。於是我乘勢追擊。

「看來還是有差距的呀！如果是夏洛克．福爾摩斯的話，一定很快就可以解決問題，然後讓華生醫生說明下一個事件了。就算一時無法解決，也會展開積極的行動，不會像你一樣，只是整天坐在沙發上發呆。」

「福爾摩斯？」

御手洗一臉莫名其妙的表情。可是，接下來他所說的話，就真的讓我瞠目結舌了。

「那個愛吹牛、沒有常識、因為古柯鹼毒癮，而搞不清楚現實與幻覺，卻廣受世人推崇的英國人嗎？」

聽到這樣的話，我訝異得一時說不出話來。我是真的有點生氣了。

「他可是一個偉人唷！你真是有眼不識泰山，竟敢用那種說法批評傳說中的偉人。他哪裡吹牛了？哪裡沒有常識了？人家是飽讀大英圖書館藏書，見多識廣的名偵探！」

「日本人的缺點，你都有了。完全以政治性的想法，來作價值判斷。你真的是錯到骨髓裡去了。」

「你說夠了吧？總之，請你一定要解釋清楚福爾摩斯哪裡吹牛？哪裡沒有常識了？」

「他的吹牛事蹟太多了，一時還真不知道從何說起。唔……該怎麼說呢？……對了，你喜歡哪一個故事？」

「所有的故事我都喜歡。」

「最喜歡的是哪一個？」

「我全部都喜歡。」

「那就不知要從何說起了。」

「雖然我無法說出最愛的故事是哪一個，但是作者自認為第一名，也最受讀者喜愛的，應該就是〈斑紋繩子案〉（The Adventure of the Speckled Band）……」

「〈斑紋繩子案〉嗎？那確實是一篇傑作，內容和蛇有關吧？一般人都知道蛇養在保險庫裡會窒息而死。就算這是一尾不用呼吸的蛇好了，但是用牛奶餵蛇的點子，可真是太天才了。奶類是哺乳動物的食物，蛇是爬蟲類，牠是不會喝牛奶的。還有，吹口哨引蛇出來，也是可笑的事。蛇是沒有耳朵的，應該聽不到口哨的聲音；這屬於常識範圍，一般人在中學的生物或理科課程裡，就可以學習到，所以只要認真地用腦筋想一想，就能明白那個故事是行不通的。所以我才會說那位大師沒有常識。

「我認為那種亂七八糟的故事，情節純粹是幻想出來的。故事裡雖然有華生和他一起行動，其實都是福爾摩斯的胡思亂想，再加上一些冒險情節，假推理之名，讓華生寫出來的小說。有古柯鹼癮頭的人，經常會產生和蛇有關的幻想，所以我說他有古柯鹼毒癮，並且愛吹牛。」

「不管你怎麼說，人家福爾摩斯就是能夠一眼看穿一個人的職業與性格，然後一針見血地解決謎團。你呢？你有什麼本事？」

「一眼看穿？他根本都是瞎猜的。舉個例子說吧！……對了，記得〈黃面人〉（The Adventure of the Yellow Face）的故事嗎？他是怎麼形容那個忘了把煙斗帶回去的人？你記得吧？

「那時他說：修復煙斗的價錢，已經足夠再買一支新的煙斗了，可見煙斗的主人非常珍惜那支煙斗。而且，從煙斗的右側焦黃的情況看來，這位主人顯然是一位左撇子；並且，他不用火柴點煙，而習慣用油燈點煙。他還特別說明：因為用左手拿煙斗，在油燈上點煙，所以煙斗的右側就變得焦黃了。

「就算煙斗的主人，會非常粗心大意地把心愛的煙斗燻燒到焦黃；但是，左撇子的人用煙斗抽煙時，用的也是左手嗎？像我們這種習慣用右手的人，拿煙斗的時候，會用哪一手呢？應該會用左手吧！因為右手要寫字，或者做其他事，這樣才能一邊抽煙，一邊做事。因此點煙的時候，通常也會用左手拿著煙斗去點煙。不是嗎？

「他那樣的胡猜、吹牛，華生竟然不辯駁。不過，或許華生不能辯駁，他也就經常吹吹牛皮，戲弄純真的華生，來打發時間得到樂趣。類似這樣不用心的事，還有很多。對了，我想起來了，福爾摩斯也是一個變裝高手，他會戴上假髮，撐著洋傘，假裝成老女人，在路上行走吧？你知道福爾摩斯的身高嗎？身高將近一百八十公分的老女人，在街上行走時，應該有人會懷疑那是男人變裝的吧！為什麼華生會沒有注意到這些呢？

「所以我認為福爾摩斯的推理，是從胡亂猜測開始的。而且他有古柯鹼中毒的毛病，病情一發作起來，就像瘋子一樣，非常可怕。華生不是說過嗎？如果福爾摩斯是拳擊手，大概沒有人可以抵擋得了他的拳頭。說不定華生就遇到過他發作的時候，而且被擊倒過好幾回。

「可是，他卻不敢和福爾摩斯絕交，因為福爾摩斯是他的衣食父母，他是靠寫福爾摩斯的破案經過，來過日子的人，所以只好忍耐著福爾摩斯的吹牛、幻想，繼續和福爾摩斯在一起，即使明明看穿福爾摩斯的偽裝，他也要裝作毫不知情的樣子，等待福爾摩斯對他說，哈哈哈是我，他才很誇張地表現驚訝的樣子。這一切都是為了生活。咦？石岡？你怎麼了？」

「……你……你……竟然說得出這樣的話……我實在無法相信……你會有這種遭天譴想法！」

「我等著遭天譴。對了，你不是說福爾摩斯能一眼看穿一個人的性格與職業，這一點上我不如福爾摩斯嗎？你錯了，你應該知道我觀察人的性格，是從占星術開始的。

「面對全然陌生的人時，要推測那個人的性格，恐怕從占星術開始，是最有效的。至於要了解一個人的一般行為，則精神病理學可以派上用場。而天文學，當然也是有用處的。

「想了解一個人的個性，最快的方法就是問他的生辰。因為從生辰可以推算出星座，從星座的屬性，可以知道一個人的性情。你不是見過我與客人的對答嗎？那種時候我總是可以從客人的生日，一步步地推測出客人的個性。

「福爾摩斯先生生於英國，卻沒有研究占星學，實在太遺憾了。想了解人的問題時，沒有比占星學更方便的學問了。我經常遇到一些前來找我解決困難的人，因此，我有時就會想到：如果我不懂占星學的話，一定不知從哪裡下手才好。」

「我知道你對精神醫學有研究。但是，你也懂天文學嗎？」

「那當然。我是占星師呀！

「雖然我有望遠鏡，但是，我並不使用望遠鏡來了解天文學。我非常注意最新的天文知識。例如：在我們的太陽系裡，除了土星有環外，還有哪一個行星有環呢？你知道嗎？」

「咦？不是只有土星有環嗎？」

「我就知道你會這麼說。你所知道的，是第二次世界大戰剛結束時的知識；在戰爭的廢墟裡編纂的課本，似乎是這麼寫的。順便一提，你讀的教科書裡，不是還寫著月亮裡有一隻兔子在搗米吧！」

「……」

「我冒犯到你了嗎？咳，總之，石岡，科學時時刻刻在進步，跟不上是不行的，否則我們很快就會被淘汰了。現在這時代，連小學課本裡都提到宇宙中充滿了電磁波、重力可以扭曲空間，時間若踩了煞車，所有的物體就會接受空間的指令開始運動等理論。我們這些老傢伙，已經是養老院裡還在天動說的古人了。所以別再計較了。回到我們剛才的問題吧！

「除了土星有環外，天王星也有環，木星的外圍也有一道薄薄的環。這是我最近才知道的天文情報。」

我總覺得御手洗比較像在吹牛。

「我現在知道你很了解福爾摩斯，也很懂天文學了。那麼，你佩服的人是誰？布朗神父㉟嗎？」

「那是誰？我對教會不太熟悉。」

「菲洛・凡斯㊱？」

「唔？什麼飯斯？」

「馬格雷探長[37]？」

「是目黑區[38]的警察嗎？」

「馬普爾小姐[39]？」

「好像很好吃。」

「赫丘里・白羅[40]？」

「好像是個醉漢的名字。」

「多佛探長[41]？」

「第一次聽說這個名字。」

「搞半天你只知道福爾摩斯啊？那你把他說得那麼不堪，讓我震驚得說不出話。嘖，難道福爾摩斯的一切，都不能讓你感動嗎？」

「誰說的？完全沒有缺點的電腦，能夠讓人感動嗎？福爾摩斯讓我感動的，正因為他是人，而不是機器的這一部分。我喜歡他。這個世界上我最喜歡的人，就是他。」

御手洗的這番話，讓我意外，也讓我有一點點的感動。這個人平常不太誇獎別人，我第一次

[35] 卻斯特頓（G・K Chesterpon）筆下的名探 Father Brown。
[36] 范達因（S・S・Van Dine）筆下的名探 Philo Vance。
[37] 喬治・奚孟農（Georges Simenon）筆下的名探 Jules Maigret。
[38] 目黑讀音為 Meguro，和馬格雷 Maigret 接近。
[39] 阿嘉莎・克莉絲蒂（Agatha Christie）筆下的名探 Jane Marple。
[40] 阿嘉莎・克莉絲蒂（Agatha Christie）筆下的名探 Hercule Poirot。
[41] 喬艾思・波特（Joyce Porter）筆下的名探 Wilfred Dover。

聽到他這樣地稱讚人。

不過，御手洗馬上接著說：

「可是，他有一件事讓我非常反感。福爾摩斯晚年的時候，第一次世界大戰爆發了，而他竟然相信逮捕德國間諜是一種正義，並且參與行動，為英國工作。

「說到間諜，英國人的間諜散佈世界各地。你看過電影《阿拉伯的勞倫斯》[42]吧？英國人對付阿拉伯人，用的是狡猾奸詐的外交政策，基本上英國就是一個奸詐的國家。

「且不說他們如何對阿拉伯，就說對中國吧！鴉片戰爭是怎麼一回事？明顯的是一種惡意的侵犯，一種犯罪的行為嘛。為這種國家所做的行為怎能說是正義呢？福爾摩斯不該和那種事扯在一起，他應該更超然。因為這一點，我對福爾摩斯的喜愛程度減半了。

「或許你要說：那只是一種愛國的表現；因為華生說過福爾摩斯對政治幾乎完全無知。可是，犯罪和政治是沒有關係的。真正的正義意識，是超越國家主義的。所以我認為晚年的福爾摩斯墮落了。不過，也許他是假的福爾摩斯，因為真正的福爾摩斯已在〈最後一案〉（The Adventure of the Final Problem）中，和莫里亞帝掉落激流而死。也或許是英國利用福爾摩斯的名氣，將自己的行為合理化。誰知道呢……咦？」

正在此時，外面卻傳來急促、具有威脅感的敲門聲，而且不待我們回應，就用力推開大門。進來的是一個穿著藏青色西裝，四十多歲的中年男子。

「你是御手洗先生嗎？」大漢向我問道。

「不是！」

於是他轉身面向御手洗走去，然後神氣活現地從裡面的口袋抽出一個黑色證件，晃了一下，然後說：「我叫竹越！」

「真是稀客！原來是警察先生，有人違規停車嗎？」然後又故意靠過去，說：「我還是第一次看到警察的證件，可以讓我仔細瞧瞧嗎？」

「你的口才還不錯嘛！最近的年輕人真是不懂規矩，害我們整天忙得團團轉！」竹越開始打官腔。

「我們的規矩是先敲門，等對方開門才能進去，下次你可要記住。有話快說吧！」御手洗也不甘示弱。

「好傢伙！你對任何人都用這種態度說話嗎？」

「不，只有對你這種偉大的人才如此。閒話少說，如果要占卜，就快告訴我你的生辰。」

那個叫竹越的刑警，沒想到會碰到個軟釘子，似乎有點懊惱，不過還是不願意向御手洗低頭。

「我妹妹來過了吧？美沙子來過這裡吧？」聽他的口氣，好像對這件事感到十分氣憤。

「啊！」御手洗提高嗓門說：「原來她就是你妹妹！怎麼差別那麼大呢？看來環境對人的影響還是很大的。對不對？石岡。」

「美沙子真是瘋了！她一定把爸爸的手稿拿給你了，你可別裝蒜！」

「我又沒說不知道！」

「今天妹婿才告訴我這件事。那篇手稿對警察而言，是很重要的資料，快還給我！」

「我已經看過了，還你也無所謂。不過。令妹是否會諒解呢？」

「我是她哥哥，她不敢反對。話是我說的，快拿出來！」

「看起來你並沒有和她商量過，這就教我為難了，我怎麼知道她是否同意把手稿交給你？最重要的是文次郎先生的意思不是嗎？像你這麼不客氣來拜託別人，還真是了不起啊！」

㊷《阿拉伯的勞倫斯》（一九六二年），原名 Lawrence of Arabia。導演 Sir David Lean。

「我已經夠客氣了，要是你再不識好歹，我也有辦法對付你的！」

「什麼辦法？在下一定要見識一下。原來你也是會思考的啊？真是令人欽佩啊！到底是什麼辦法呀？石岡，你看他是不是要亮出手銬逮捕我們？」

「嘖，真是不知天高地厚的傢伙！現在的年輕人就是這樣。」

御手洗故意打了一個呵欠，說：

「我沒有你想的年輕吧！」

「我不是和你開玩笑的。要是爸爸知道那份手稿落在你們這種三流偵探手裡，一定死不瞑目。偵查一件犯罪案子，可不像你們想像中那麼簡單，必須到現場蒐證，每天來回奔波，那是得磨破鞋底的辛苦工作！」

「你說的犯罪案子，是指梅澤家的占星術殺人案吧？」

「占星術殺人案？這是什麼玩意兒？簡直像漫畫的名字。你們這些外行人，以為靠著一張嘴巴，就可以破案，還任意為重要的刑案下名稱。我說過了，要偵破一個案子，是要流血流汗，兼磨破鞋底的工作。

「總之，那份資料對我們十分重要，這點你總該明白吧！」

「照你這麼說，當警察的人，家裡最好開鞋店。但是，我覺得你說漏了一件事。想破案的條件，除了要流血流汗，兼磨破鞋底外，還需要有腦筋，不是嗎？從你剛才出現到現在的種種表現，我實在很難覺得你是個有腦筋的人。

「既然這份手稿對你們這麼重要，就還給你吧！不過，我敢和你打賭，就算有了它，你還是破不了案！我勸你別白費心機了！不要說手稿，連我都可以跟你去，看看你是如何為這四十年前的血案磨破鞋底。這個案子可是你從來沒遇過，非以這手稿為重心的案件，你要搞清楚，可別自取其辱哦！」

「你胡說什麼？我們當刑警的，都受過嚴格的專業訓練，而且累積了許多搜查的經驗。別小看搜查的動作，那不是你們門外漢想的那麼容易。」

「你一直在強調搜查的行動，我有說過搜查不重要嗎？」

沒有。我很想這麼說，但是，我可沒有御手洗的膽子。剛才那個人亮出警察證時的威勢，還是挺嚇人的，此刻我最好少插嘴。

「比起搜查行動，動腦筋是更重要的事。是你小看了動腦筋這件事。」御手洗繼續說。「踏破鞋底這種事，只要多走路，就行了。」

「要鬥智的話，我絕不會輸給你！」竹越不服氣地說：「像你這種沒有社會地位，只是區區一個占星師，跟那個什麼魯邦三世沒兩樣。靠著一張嘴說東道西的人，竟然也敢自以為是大偵探，真是讓我開了眼界。

「身為警察的我，可和你不一樣，我們有責任讓社會大眾知道案情的真相，不能單靠想像，馬馬虎虎蒙混過關。那麼，我順便問你，莫非你已想出破案的來龍去脈了？」

御手洗一時啞口無言。

我很了解御手洗剛才的態度絕非虛張聲勢，因此被人家這麼一問，內心一定非常懊惱。

「不，還沒有！」

竹越不禁露出勝利的笑容。「哈哈哈！所以我說你們對案子只是抱著玩玩的態度嘛！警方是不會對你們這樣的人有所期待的。你呀，還差得遠呢！」

「你不要得意得太早。像你這樣的資質，即使把手稿拿回去看，也是白費力氣。就像給黑猩猩電子計算機一樣，牠仍然不會用。因為無法從手稿裡看出什麼，所以你一定會很快就拿給局裡的同事看，徵詢他們的意見吧？

「這些同事如果能幫你解決這個案子，那還算好。但是，恐怕他們也和你一樣，腦子裡裝的都是糨糊，這麼一來，不僅案子仍然無法破解，竹越文次郎——也就是你的父親——一生的名譽，很可能因為手稿被公開而毀了。這種結果你可曾想到？令妹一定是考慮到這一點，才如此不安，不敢將手稿交給你。當真演變成這樣，文次郎當日沒有燒掉手稿，就變成錯事了。

「如果能利用這份手稿中的線索破案，就算不把手稿交出去，也不算什麼大錯吧！你不會今天拿回去，明天就向同事公開這份手稿吧？這份手稿關係到你父親的名譽。這樣吧，你總還認識字，就讓你把手稿拿回去看幾天也無所謂，但是你必須答應我絕對不公開手稿的內容。你打算借幾天呢？」

「嗯，三天可以吧！」

「手稿很長喲，三天大概只夠看一遍。」

「那就一星期吧！再久就不行了，因為除了妹婿以外，局裡的同事好像也有人隱隱感到有這份手稿的存在，我無法隱瞞太久。」

「一個禮拜嗎？我知道了！」

「喂，喂，難道你……」我說。

「我會在這份手稿被公開前，設法解決這個案子。」

「諒你也找不到兇手。」

「喂，我沒有說要找兇手唷，我只說要解決這個案子。要我把兇手帶到你面前，是不可能的事。今天是五號，星期四。我就等你到下星期四、十二號吧！」

「那麼，十三號我就在警局裡公開這篇手稿！」

「既然如此，時間所剩不多了，出去的門和你剛才進來的門是一樣的，你可以先請便！對了，你是十一月生的吧？」

「沒錯。我妹妹告訴你的嗎？」

「我自己猜的。順便告訴你，你應該是在晚上八點到九點之間出生的。好了，拿好這份手稿，別弄丟了。下個星期四我要讓這份手稿變成灰，免得被人公開。」

竹越匆匆離開，在聽不見他的腳步聲之後，我才憂心忡忡地說：「你剛才說的話沒問題嗎？」

「什麼？」

「你不是說下星期四之前要找出兇手是誰嗎？」

御手洗故作神祕地笑而不答，更增加我內心的不安。

「我也認為你比那個刑警聰明，可是，你是不是已經有什麼線索了？」

「我第一次聽到你說明這個事件時，心裡就有一個疑點，只是一直無法清楚地說明白那個疑點是什麼。我經常會有這種類似的感覺，凡是有類似的事，我都會記得一清二楚。那並不是像猜謎那樣直接的事……該怎麼說呢……只要想得出來……不過，也許是我完全搞錯了！若是這樣，就太糟糕了。算了，反正還有一個禮拜嘛，值得去闖一闖。對了，你有帶皮包嗎？」

「有。你問這個做什麼？」

「裡面有沒有錢？」

「當然啦！」

「多嗎？夠你一個人用四、五天？要是夠就好了。我現在就要去京都。你要不要去？」

「京都？現在？那麼急？總得先準備一下嘛。工作方面必須先做安排才行吧？說走就走，這樣太突然了！」

「那我們就先分手四、五天吧！不便勉強你。」

御手洗說完就轉過身，從桌子底下拖出一個旅行袋。我不得不慌慌張張地大叫：

「我去！我也去！」

3

御手洗對這件事總算認真起來。這傢伙不做則已，一旦採取行動，疾如脫兔。

兩個人（尤其是我）帶著地圖和必備的《梅澤家占星殺人案》一書，搭新幹線前往目的地。

「竹越刑警怎麼會找到你那裡呢？」我問。

「飯田美沙子連自己的丈夫都保密，卻把筆記給我看，大概因此心有愧疚，終於忍不住將此事洩漏給她先生知道。而她先生飯田刑警是個老實人，想到事態的嚴重性，覺得必須告訴大舅子，所以……」

「看來美沙子女士的先生是個很老實的人。」

「或許是那隻黑猩猩勒住飯田刑警的脖子，逼他說的。」

「那個竹越刑警是個自大狂。」

「那些人都是那樣的，以為把警察的證件亮出來，人家就得都聽他的。大概是武俠電視劇看太多了，把從前水戶黃門㊸那一套，也搬到現實中來，讓人懷疑他們到底知不知道現在是二十世紀。」

「至於手稿的內容，竹越可能早已略知一二，所以一家之恥被一個從未謀面、而且還是個類似魯邦三世的人看到，難怪會那麼氣憤。不過，他的話還是得打點折扣就是了。不管怎麼說，那位先生看來還是不脫戰前警察權威至上的觀念，真是侮辱了民主時代人民保母的美名。」

「問題在於日本人總認為警察就必須威風凜凜。希望外國人不會看到現代日本竟然還有那樣的警察。」

「其實日本現在還有很多竹越那樣的警察，只不過竹越特別囂張。日本應該把他列為國寶，好讓世人記住日本人二次大戰前的醜陋。」

「難怪竹越文次郎、飯田美沙子都不願把手稿給他看，他們的心情我能體會。」

御手洗突然看著我，說：

「我很想知道美沙子心裡的想法。」

「唔？」

「她發現那本手稿時，不知心裡有何想法？」

「這還用問嗎？如果她把手稿交給自以為是的哥哥，可想而知父親的祕密會被暴露。而她來找你談，就是希望能夠暗中解開事情的謎底，洗刷父親的冤情。」

御手洗輕輕地嘆了一口氣。

「你真的這樣認為嗎？那她為什麼要透露給飯田知道呢？她不讓哥哥知道，卻告訴她的先生飯田刑警。她應該想到，憑她先生一人之力，是解決不了事情的。她就是認定不管是從能力、個性來說，她先生除了害怕外，根本不可能把這個驚人的證據藏在心裡，所以才找上我們，她從朋友那聽說我有這方面的癖好，而且人怪朋友少，所以不太可能把她父親的遭遇到處宣揚。如果運氣好，我能解開了謎底，她可能想一個人居功。就算失敗了也沒什麼損失。總之，父親的恥辱不至於公諸於世。而我也不是膽敢這麼做的人。如果我成功，那正中她下懷，可以把功勞推給她先生。因為這是個大事件，或許她那沒啥本事的先生，因此升為東京警視廳的廳長。我覺得她可能在打如意算盤。」

「你不會是想得太多了吧？她不像……」

㊸水戶黃門是以水戶藩第二任藩主德川光圀（一六二八年至一七〇一年）做為主人公的日本民間故事。

「她不像壞人？我並沒有說她是壞人，而且我這樣講，也沒有什麼惡意。女人，尤其是結了婚的女人，大概都會像她那樣。」

「你把女人都看成這樣，不是太瞧不起女人了嗎？」

「有些男人很病態地把女人一味想成極端順從、賢淑的娃娃，這不是更失禮！」

「……」

「這個議題就像討論德川家康和冷氣一樣無意義。」

「這麼說，你覺得女人都像她那樣有心機嘍？」

「倒也不是。大概一千個當中，會有一個比較特殊的吧。」

「一千個！」我驚呆了。

「一千個太誇張了吧？你不覺得應該把比例提高到十個人？」我說。

御手洗哈哈大笑，毫不猶豫地說：

「不覺得。」

話題中斷了一下，我一時不知道還要說些什麼，御手洗倒是先開口。

「關於這個案子，我們真的有把握嗎？已經找到所有解決案子的線索了嗎？」

「應該還有一些地方需要突破吧？」

「我們已經知道梅澤平吉的第二任老婆昌子，是會津若松人。案發時，昌子的父母還健在。有必要進一步地了解她跟兄弟、親戚間的關係嗎？大概沒必要吧！至於平吉的第一任妻子多惠的出身和家族情況，你了解多少？」

「據我所知，多惠的母姓藤枝，是京都嵯峨野的落柿舍一帶的人。」

「那可真巧，這一趟也可以去那裡看看。還有呢？」

「她沒有兄弟姊妹，是獨生女。長大之後，全家搬到上京區的今出川，家裡經營西陣織的布料店。不曉得是運氣太壞，或是父母親不懂做生意，生意一直沒有起色。弄到後來，她母親竟病倒在床，舉目無親，唯一的親人伯父，當時遠在滿洲。不久，母親病逝，店內生意越來越難維持，最後逼得父親上吊，遺言要多惠到滿洲投靠伯父、伯母。可憐的多惠，不知道為何沒有去滿洲卻流浪到東京。我也不太清楚布料店是否有債務？不過，此時的多惠已經二十歲了。」

「放棄遺產了嗎？」

「放棄遺產？」

「嗯，那樣就不用繼承父母留下來的債務了。」

「嗯。二十二或二十三歲那年，多惠在都立大學，也就是當時的府立高等學校附近一家和服店工作，老闆供應吃住。這該說是緣分吧，那家店的老闆和吉男認識，便請吉男介紹相親的對象給多惠。

「老闆一方面可能是同情多惠，另一方面也疼惜多惠實在是個乖巧、勤勞的女孩。這只是我想像啦。總之老闆為二十三歲的多惠拉攏這段婚姻。開始時可能只是說說而已，但後來卻認真起來。吉男可能覺得平吉適合，便介紹他們認識。」

「照理說來，多惠應該因此時來運轉了，但為什麼後來還會離婚呢？」

「唉，命不好嘛。離婚後，已想通的多惠，便決定在保谷的香煙店度過下半輩子。她的星座位置也不好。」

「按星座的配置，人的命運本來就不平等。除了這些外，你還知道些什麼？」

「還有一些，但是可能和這個案子沒有什麼關係。多惠從小喜歡信玄袋——就是布製橢圓底的手提袋、小錢袋之類，袋口可以用繩子縮緊，用來搭配和服的袋子。上了年紀後，她更收集了不少這類的袋子。其實，在她的父親經營西陣織布料店時，她就有自製信玄袋出售的夢想，並且希望小店就開在故鄉嵯峨野的落柿舍一帶。在保谷的鄰居們大都曾聽過多惠提這件事。」

「案發後，尤其是戰後，平吉的畫和出版物的版稅，讓多惠獲得不少遺產吧？」

「那好像沒有太大的意義！多惠的身體不好，每天只是吃飯、睡覺而已。不過有錢可以託人做事，對善意的鄰居表示大方。然而雖然生活優裕，心裡卻仍然是無依無靠的。她好像還表示過，如果阿索德真的存在，要懸賞給發現者。」

「既然有錢了，她不是應該回到嵯峨野，去實現開店的夢想嗎？」

「話是沒錯。但是，一方面因為身體不是很好，另一方面則是已跟左右鄰居處得很好，可以互相照應，不想到了老年才回到已無舊識的嵯峨野做生意。何況也上了年紀，因此下不了離開的決心，結果還是死在保谷。」

「那多惠的遺產呢？」

「很可觀吧。但聽說多惠一死，就不知從哪裡冒出了一個不知該算是她的姪子，還是**姪子的孩子**？總之就是她爸爸的哥哥的兒子的女兒，算是孫女吧。反正就是她老爸自殺前留下遺言，叫他住在滿洲的兄嫂的孫女去投靠多惠。她也掌握在最佳的時機出現，大言不慚地要來繼承遺產，雖然多少也幫忙照護了一陣子。

「不過，多惠似乎留有遺書，也分些錢給鄰居。她死的時候，鄰居都哭了。」

「講了半天，這裡面還是沒有可疑的人物。好，她的事我知道了。那麼，梅迪西的富田安江呢？你對她了不了解？」

「不甚了解。」

「那梅澤吉男的老婆文子呢？」

「文子原姓吉岡，家裡只有兄妹兩人，生於鎌倉。是吉男寫作上的夥伴，不，應該說是吉男的恩人介紹他們認識的。文子的娘家好像是在掌管神社還是寺廟的樣子。家世需要講得更詳細嗎？」

「不用了，她過去有什麼特別值得一提的歷史嗎？」

「沒有，她是個很平凡的女人。」

御手洗沉默了，好長一段時間不再開口。他托著腮，望著窗外，一副若有所思的樣子。由於車子裡面燈光明亮，漆黑的玻璃窗上便反映出車內的景物，窗外向後流逝的夜景，便相對地看不太清楚。臉孔貼向窗戶的御手洗，突然冒出一句話：「月亮出來了。」接著又道：「星星也看得比較清楚了。你看，在月亮這一邊閃亮的，就是木星。你們不懂星座的人，想找水星、金星、火星、木星、土星、天王星、海王星或冥王星等行星，最好是以月亮為準，因為月亮是最明顯的目標。

「今天是四月五號，月亮的位置為巨蟹座，不久後它就會移到獅子座。木星現在是在巨蟹座二十九度角的地方，現在這兩顆都很接近巨蟹座。我跟你說過月亮和行星都會通過同一線上嗎？

「我每天就是這樣追逐著星星的動向。在這星球上，我們微小的行為中，有多少最後只是一場虛空？

「其中最大的，就是那會不斷衍生的競爭，而我對競爭是毫無興趣的，宇宙不停地在緩慢移動，如同一個大鐘的內部，我們所住的星，又是微不足道的小齒輪上微小的一齒而已。我們人類更只是齒頂上的一個小細菌。可是這些傢伙老為一些無聊的事而悲喜，短如瞬間的人生總是要搞得天翻地覆，而且由於自己太渺小，看不見整個時鐘，於是還得意地自以為不受該機制的影響，簡直是滑稽透頂。我每次想到此總不禁失笑。明明是一個小細菌，貪那一點小財到底有什麼用？又不能帶進棺材裡去，為什麼還汲汲營營於這些愚蠢無稽之事呢？」

御手洗一邊說著，一邊不禁笑了起來。

「我看我也是一隻汲汲營營於蠹事的細菌。為了對付竹越那個大細菌，竟然急急忙忙地搭新幹線，打老遠從東京跑到京都來。」

哈哈哈，我一陣大笑。

「壞事做多了，必定會自取滅亡。」御手洗說。

「對了，我們幹嘛跑來京都？」我自己感到訝異，為什麼之前都沒想過這個問題。

「要跟安川民雄見面啊，你不是很想見他嗎？」

「是的，是想見他一面。」

「時間過得真快，如果他還活著的話，現在有七十歲了吧！」

「時代變了。但是，我們來京都的目的只有這個嗎？」

「好啦，別急。反正很久沒來京都，順便來看看朋友，不是很好嗎？剛才通過電話，我的朋友會來接我們，我會介紹你們認識，他在南禪寺附近一家名叫順正的料理店當廚師。今天晚上，我們就住在他的公寓。」

「你常來京都？」

「嗯，有時候我也會住在這裡，京都常引發我一些不可思議的靈感。」

Ⅲ 追蹤阿索德

1

「喂，江本！」

一踏上月台，御手洗突然叫了一聲，嚇了我一跳。

一個靠著柱子的高個子男人聽到叫聲，慢慢地離開柱子，朝我們走來。

「好久不見了。」江本握住御手洗的手寒暄。

「近來好嗎？」御手洗笑著問。

「的確好久沒見面了。近來沒有不好，也沒有什麼好的。」

說完，江本便自我介紹。他是昭和二十八年（一九五三年）出生，今年二十五歲，身高一百八十公分。因為是日本料理店的廚師，所以留著短短的五分頭，看起來很清爽。

「要不要幫忙拿行李？這麼少。」

「因為想到就跑來了。」

聽我這麼說，江本露出原來如此的表情，並問：「來看櫻花嗎？」

「櫻花？」御手洗回答江本說：「我從來沒有想到櫻花的事。」

接著他又說：「不過，或許石岡會想看看櫻花。」

江本住在西京極，若是以平安時期的京城來說，公寓位在棋盤式街道的西南邊。從地圖來看，則位於左下角。江本開車，一路上我看著窗外夜景，希望看到京都古老街道的風貌。然而從窗外消逝的景物，基本上和東京差不多，淨是耀眼的霓虹燈和高樓大廈。我是第一次來京都。

江本公寓的格局是兩房一廳，有一個房間讓我跟御手洗睡。這種經驗對我來說，還是頭一次。臨睡前御手洗告訴我，明天會很忙，要早一點睡。江本隔著紙門告訴我們：如果有必要的話，可以用他的車。但是御手洗回說「不用了」。

第二天早上，我們搭阪急電車向四條河原町出發。根據御手洗的說法，竹越文次郎的手稿裡，安川民雄住的地方是在四條河原町車站附近。

「你會看京都的地址嗎？譬如依照安川民雄的地址『中京區富小路路的六角街』，你知道如何才能找到這個地址嗎？」

「我沒辦法，京都跟東京不一樣嗎？」

「當然是不一樣。京都的馬路是棋盤式的街道，一般來說是可以從街道名稱，找出地址所表示的位置，就像座標一樣。

「譬如說這個富小路路，一開始這條街名的意思，就表示房子都是南北向，而六角街是指最靠近它的東西方向的街道。」

「噢……」

「我們馬上就可以試試看。」

車子抵達終點站，我們踏出月台。

「這一帶叫四條河原，是京都最熱鬧的地方，和車站附近比起來，這一帶更像東京的銀座、八重洲。可是在喜愛京都的多數人眼中，這裡不受歡迎的程度僅次於京都鐵塔。」

「為什麼？」

「因為這裡不像京都。」

果然，走出車站，看不到木造房子，一眼望去淨是水泥建築，感覺彷彿是澀谷，完全沒有古都應有的味道。御手洗快步走在我前面。走過十字路口。看到一條清澈見底的淺溪，溪底白色的石頭間雜著水藻。沿著溪往前走的感覺十分美好。我想這就是京都與東京不同之處。銀座或澀谷不太可能有這麼美的小溪。上午的陽光照射水面，反映出一片亮麗。

「這是高瀨川。」御手洗對我說。

根據他的說明，這條小河原本是商人為運輸貨物而開鑿的。可是可能淤塞的緣故，河道已經變淺，現在已無法行船。

「到了！」御手洗提高聲音叫道。

「什麼？這是哪裡？」

「是中華料理店呀！先把肚子填飽再說。」

我一邊吃飯，一邊想著要和安川民雄見面的事。安川現在已經七十歲，還願意接受打擾嗎？他的脾氣雖然古怪，卻沒犯過什麼罪，必定想過安靜的晚年。不停思索的腦海，浮出了一個日日唯有酒瓶陪伴的流浪漢影子……

說不定帶著《梅澤家占星術殺人案》這本書找上他的我們，是他的第一個訪客呢！而他會把我們當成一般客人嗎？我們又能從他嘴裡挖出多少有關梅澤平吉生平的線索呢？御手洗是否能套出什麼？

我們要尋找的住址，就在店的附近。

「這條是富小路路，那邊即六角街，很快便到了。」御手洗站在大馬路上指指點點。「走，再過三條街就是啦。」說著，御手洗即刻前進。

「不會錯，一定就是這裡。這一帶看起來像公寓的房子，只有這裡了。」

御手洗一邊說，一邊已經踏上金屬做的樓梯。公寓的底樓，是家叫「蝶」的酒吧，這個時候還沒開張。白色木板門映著中午的陽光。

酒吧旁邊是家小酒店。公寓的樓梯窄得可憐，只能夠勉強一個人走。

樓梯盡頭是陽台，一排信箱並排。我跟御手洗迫不及待地尋找「安川」這個名字，結果卻令人失望。御手洗露出可能找錯地方了的表情，但這個表情一閃即逝。他是一個自信心極強的人，隨即敲了身邊一戶人家的門。

沒有回答。裡面的人或許在午睡吧？御手洗又敲了一下，仍舊沒有人應門。

「不是這間吧！」御手洗說。「我們這樣沿路敲門，裡面的人一定以為我們是推銷員所以才不出來應門。我們去另一側試試。」

御手洗不死心地走到走廊的另一頭，敲另外一邊的門。

果然有了反應，被他敲門的那一家，打開小小的縫，出來應門的，是一位胖胖的女人。

「對不起，我們不是要推銷報紙。請問這公寓有一位安川先生嗎？」御手洗問道。

「噢，安川先生嗎？他早就搬家了。」那位女士非常有耐心地告訴我們。御手洗露出「果然如此」的表情，回過頭看了我一眼，又接著問：「這樣呀！那麼，知道搬去哪裡嗎？」

「不知道耶。已經搬走很久了。你去那邊問問看，房東就住在那裡，或許他會知道。啊！不過房東現在可能不在，大概在北白川的店那邊。」

「北白川？店名叫什麼？」

「白蝶。房東通常不是在這裡，就是在那裡。」

道謝之後，御手洗把門關上。然後去敲房東的門，房東果然不在家。

「看來，我們得跑一趟北白川了。房東的名字是……」御手洗看了看門旁的名牌，說：「大川嗎？好，石岡，我們走吧！」

巴士搖搖晃晃。窗外一幢幢房子的屋頂有如寺院建築，而泥土牆連綿不斷。

車子終於來到北白川，我們很快便找到那家店。這次運氣不錯，一個四十多歲的男人來開門。

「請問是大川先生嗎？」

男人聽御手洗這樣問，眼睛立刻露出警覺之色，並且迅速地打量我們。

於是御手洗簡單地說明來意，詢問大川是否知道安川搬到哪裡去了。聽到御手洗那麼說之後，大川就說：

「我也不是很清楚，但是有人說他好像搬回河原町了。你們是警察嗎？」

除了女人之外，所有的日本人大概就屬我們兩個人最不像警察了。大川這樣問，實在讓人覺得他的話裡有刺。

「我們像嗎？」御手洗神情自若，笑著說。

「有名片嗎？可以給我一張嗎？」男人說。

我一聽，心想完了，御手洗跟我一樣，也愣了一下。

「這……抱歉，恐怕不方便給你名片。下次有機會的話……你聽過內閣公安調查室嗎？」

男人聽到公安調查室這個名稱，立刻臉色大變，說：「我只是想知道一下兩位的大名……」

「噢，沒關係……」

御手洗頓了頓，才又接著說：

「算了，今天就這樣吧！但是，你什麼時候可以探聽到安川民雄的新住處呢？」

男人一副誠惶誠恐的樣子。又說：「今天晚上……這樣，五點，下午五點好了。我現在有急事，必須去高槻。但是我會盡快趕回來，回答你們的問話。你們可以打電話給我嗎？」

大川留下電話號碼後，我們就走了。現在才中午，還有五個鐘頭。總之，要立刻得到線索，本來就是不大可能的事。

我跟御手洗沿著鴨川走時，故意挖苦地對御手洗說：「你還真是扮什麼像什麼。」

「我最在行的是騙子。」御手洗哈哈大笑，一點也沒有反省的意思，並說：「不過，他也太狡猾了。」想用一句話替自己開脫。

向河原町走去的時候，我一路思索和安川民雄見面的可能情形。今天六號，星期五。像這樣進行調查，一個禮拜將很快就會過去。

「你想會順利進行嗎？」我不安地徵求御手洗的意見。

「別急。」御手洗回答。

兩個人默不吭聲，走了很久，看到前面有一座橋，橋上車水馬龍。附近的建築物似乎在哪裡看過。想了半天，原來跟早上在四條河原町看到的很像。兩個人走得口乾舌燥，腿也痠了，便進入茶館，喝點冷飲止渴。此時御手洗說：

「該想到的應該都想到了，但到底還忽略了什麼？一定是大家都沒有注意到，非常微小的事情。」

御手洗低著頭，皺著眉思索。

「這個案件好像一件由許許多多奇形怪狀的鐵屑所組合成的前衛作品，只是其中有一小塊鐵屑**掉了**，就怎麼樣也組合不出該有的形狀。只要能找到遺漏的那一小塊**關鍵**，一切就迎刃而解，案情的真相就可以大白了。但是那個被遺漏、忽略的一小塊，到底在哪裡呢？

「一開始就必須認真過濾的，一定是開始的時候漏掉了什麼。對，一定是開始的時候就忽略掉了，因為後半段非常認真地檢視過了。

「如果不是漏看了某一個根本的部分，這麼不可能的犯罪就無法成立。一定是還有沒發現的關鍵，否則這個案件就不會至今無解。四十多年來，多少日本名偵探苦思不著，被困在那裡，現在，我也像其中的一人一樣百思不得其解……」

2

我們在四條河原町的日式茶館坐下來，慢慢地喝著juice。到快五點時，御手洗才去打電話。電話講沒兩句，只聽他說「知道了」，便掛掉電話，然後回到桌子旁邊，對我說：「休息結束了。快，上路！」

走到馬路上，這時已是下班時間，交通出現了壅塞。御手洗穿過人群，但卻沒去搭早上坐過的阪急電車，而是過了橋朝著京阪電車的車站走去。

「去哪裡？」我急著發問。

「大阪府寢屋川市木屋町四之十六，石原莊。從那裡的京阪四條站，搭京阪電車，在香里園下。」御手洗一邊走過鴨川，一邊指著前面的車站說。

「那一站就叫做香里園嗎？」

「沒錯。」

「那個名字很美嘛！」

京阪四條車站就在鴨川畔。我們在等電車時，腳下的鴨川已被夕陽染紅。抵達香里園時，天色已近黃昏。但是這地方並不如它的名字那麼引人綺思，眼前所見的，是燈火處處的餐飲店。而現在正是那些燈開始發揮功能的時候了。路旁開始出現步履踉蹌的醉漢，會在這樣的夜色裡出沒的女子，則踩著穩健的步伐，快速地從那些醉漢身旁跑過。

好不容易找到石原莊時，天已暗了。敲管理員的房門，並沒有人應聲。爬到二樓，就近敲一戶人家的門，一個中年女子探頭出來，問過之後，她說這裡並沒有安川先生這個人，讓我們十分意外。我們不死心，再敲別家的門。得到的回答是：安川？好像搬家了，不知道搬到哪裡去……去問問管理員吧！管理員或許知道。御手洗開始表現出失望的樣子，折騰一天，仍是一無所獲。到了樓下，這回運氣不錯，管理員人在。問他安川民雄是不是住在這裡？他說安川已經不住在這裡。又接著問他搬到哪裡去了？

「沒有問，也沒有辦法問。因為那位老先生已經死了。」

「死了？」我跟御手洗不約而同地叫了出來。

「你是說安川民雄死了嗎？」

「沒錯啊，安川民雄。」

聽說安川民雄已死在寢屋川這個地方，我差點昏倒。雖然無法想像安川離開柿木坂後，過的是什麼樣的生活，更想不到眼前這座破落的灰泥舊公寓，竟是安川一生的終點站。更令人意外的是，管理員告訴我們，安川並非獨居，他有一個三十多歲的女兒，那女兒嫁給木匠，生有兩個孩子，一個讀小學，一個才一、兩歲左右。安川便和女兒一家住在一起。

管理員室前的螢光燈似乎已經非常老舊了，不時地閃一下。每當那種時候，管理員就生氣地抬頭看天花板。離開公寓前，我又再度回頭看了一眼那公寓。有種百感交集的感覺，也令我想起兒時苦澀的回憶。突然覺得一直追逐著一個人的一生，這種行為是一種對人的褻瀆。

告辭管理員前御手洗又問了安川女兒現在的住處，管理員說：

「沒有問過他們要搬去哪裡。不過，搬家公司或許會知道。他們是上個月才搬的，搬家公司是寢屋川車站前面的寢屋川貨運公司。」

「現在幾點？」御手洗看我手上的錶問。

「八點十分。」

「還早……走吧，到寢屋川貨運公司去。」

回到香里園站，我們搭電車向寢屋川出發。一下車，很快就找到貨運公司。但是這個時間來，已經下班了，大概不會有什麼收穫吧？御手洗站在店前抄寫這家公司的電話號碼時，發現店裡有些微的燈光，便上前敲門。如我們所預料的，貨運公司的老闆自己也不知道，但是他告訴我們，明天早上再來問年輕的搬運工人，或許還記得他們搬去的地方，另外還提到：本屋町的話，有可能是佐藤或是仲井之類的話。我們只好說了聲謝謝，就走了。

電車又把我們載回西京極。我暗忖，耗費這麼大氣力，應該也夠了吧！六號星期五這一天，就這樣白耗了。御手洗的想法應該跟我一樣，覺得很無奈吧！

3

第二天早上，打電話的聲音把我吵醒。習慣早起的江本已經出門了。我很快地坐起來，離開被窩，進廚房沖泡即溶咖啡。回到房間時，御手洗剛剛放下電話。我把咖啡遞到他面前，他說：已經有收穫。

「正確的住址雖然不知道，但大概是搬到大阪的東淀川區，就在豐里町站牌附近，豐里町站好像就是個終點站，巴士會在那裡轉彎之後，照著原路回程。那邊有家名叫大道屋，兼賣糖果餅乾的小吃店，從這家店旁的小路走進去，就可以看見一棟公寓。

「他們家的姓名牌已經改成『加藤』。新搬去的地方好像很靠近淀川的堤防，前往豐里町的巴士，好像是從梅田開出去的，所以或許我們可以在阪急電車的上新莊站換車。你要去嗎？」

我們先從西京極搭電車到上新莊，然後改搭巴士，在終點站豐里町下車，遠眺架在淀川上的鐵橋。這一帶還很偏僻，空地到處長滿雜草，舊輪胎東一個西一個，我們搭的巴士所走的路，一直下去就會爬上堤防的坡道，往鐵橋那裡去。路看起來很新，馬路邊緣的水泥磚好像也才剛鋪上去的。四周有些蓋了一半就被放棄的舊房子，那些房子並不是沿著新路而建的。大道屋就在其中。我們朝著大道屋走去。

這些建築物跟那些廢輪胎一樣舊。從店旁小路進去，我回頭一看，那店的背面竟是鐵皮搭的。有幾棟並排在一起的公寓，信箱牆上，有一個信箱上面寫著「加藤」這個姓氏。爬上老舊的木板梯，二樓走廊上掛滿晾晒的衣服。加藤家的門上有一個小玻璃窗。玻璃窗打開了一點點，傳出裡面洗衣服和小孩子的哭聲。

御手洗敲門之後，裡面便有了回應，但並沒有馬上出來開門，我可以想像裡面的人忙著收東西的景象。門開了。是一個頭髮散亂、不施脂粉的女人。可是門一開，她立刻露出後悔的神情。御手洗搶進一步，阻止她關門，並問她可不可以談談她的父親安川民雄。

「沒什麼好談的。」女人斷然地拒絕。「我跟父親毫無關係，你們為什麼一再找上我？請回去吧。」說完，砰一聲，用力把門關上，留在門外的是她背上小孩的哭聲。

御手洗吃了閉門羹，雖然心有不甘，也只能對我說：走吧。

女人說得一口標準東京腔，完全沒有關西腔的口音，讓我印象深刻。因為來到這裡之後，我的耳朵聽到的淨是關西口音的日本話，沒有想到竟然會在這裡聽到標準的東京腔。

「沒有什麼好期待的了。」御手洗很不甘心似的說：「我想，安川這條線索不用追了。即使安川還活著，大概也不會吐露什麼，更何況他那女兒。我會來到這裡，只是因為竹越文次郎沒有完成訪問安川這件事，所以我想代替他走一趟。」

「接下來我們要怎麼辦？」

「讓我想想。」

不知道御手洗會想出什麼新點子，我們再搭上阪急電車。

「你好像說過，你只在參加學校旅行時，來過一次京都。」在電車上，御手洗說：

「你可以在桂站下車，然後換車到嵐山。嵐山和嵯峨野是京都的觀光勝地，現在正是櫻花盛開季節。我們就在這裡分手，你去看看風景，我現在想一個人行動。你知道回到西京極的公寓的路吧？」

我在嵐山的車站下車，隨著賞花的人潮前進，到處可見漂亮的櫻花。

這裡有名的河流桂川，河面相當寬廣，架在河上的木橋相形之下也顯得相當長。我過橋的時候，和一位舞妓擦身而過，她和一個脖子上掛著照相機的金髮青年在一起。這個舞妓的腳上穿著像是漆木屐一樣的鞋子，走路的時候會發出叩叩的聲音。其他過橋的人的鞋子，都不會發出聲音。

過了橋，從橋頭的介紹看板上，知道原來這條橋就是「渡月橋」。想像夜晚的時候，月亮倒映河面的美景，這條橋的名字確實非常恰當。橋的盡頭，有座像是小小地藏庵的木頭小屋，卻是一座公共電話亭。很想在這裡打一通電話，但是，不知道可以打給誰，因為我在京都並沒有朋友。

離落柿舍還有點距離，所以就在嵐山簡單吃了午飯，才去搭京福電車。這種路面電車，在東京已經很少見了。我想起一部我喜歡的推理小說，裡面就有這種電車的場景。當年東京的路面電車要絕跡時，我還感傷地覺得：優良的推理小說，恐怕也要絕跡了。不知道這條電車會通到哪裡，我就一直坐到像是終點站的地方下車。站名叫做「四條大宮」，一出站，就是一條熱鬧的馬路。我在這裡漫無目的逛著，漸漸覺得這裡有點面熟。這裡就是四條河原町，原來在京都這裡，無論行程怎麼走，最後都會回到這裡來。

我還去了清水寺，並從「三年坂」附近，循著石板路走下來。這裡有非常濃烈的京都氣息。兩旁有許多土產店，我進去一家茶屋，點了一杯甜酒。穿著和服、送甜酒來的女孩，之後就站在店門前，對著石板路灑水，並且非常小心地不讓水濺到對面的土產店。離開清水寺一帶，我又回到「四條河原町」，直到好像已經無處可逛了，才筋疲力盡地回西京極。

4

公寓裡，只有江本在。

「京都怎麼樣？」

「好極了。」

「你從哪裡回來？」

「嵐山，清水寺。」

「御手洗呢？」

「他在電車上就放我鴿子。」

聽我這麼說，江本露出同情的表情。

我和江本正準備炸天婦羅做晚餐時，御手洗像夢遊病人似的回來了。於是三個人圍著小餐桌說話。

「喂，你穿的上衣，不是江本的嗎？天氣這麼熱，脫掉吧，我看你這麼穿都覺得熱。」

御手洗好像完全沒有聽到我說的話，自顧自盯著牆壁。

「喂，御手洗，把上衣脫掉。」

我再一次用比較強調的口氣說，御手洗才慢吞吞地站起來，然後去換上自己的衣服。

天婦羅的味道非常好，江本不愧是一流的廚師，可惜御手洗只顧想心事，似乎沒有感受到美食。

江本向御手洗建議：「明天星期天，我也不用上班，可以載石岡去洛北玩。你呢？」

我心裡大喜。

江本接著說：「我已經聽石岡說你們這次來的目的了。反正是用腦的事情，不是嗎？如果你還沒有計畫要去哪裡，那麼坐在車子也一樣可以動腦筋，就和我們同行如何？」

御手洗難得贊成地點頭說：

「如果我就坐在後座不用講話也可以的話。」

江本開車向大原三千院馳去。途中，御手洗果然一言不發，像老僧入定似的，表情木然。我們在大原吃懷石料理，江本很熱心地介紹各種菜色，御手洗仍然沉默。

江本人很和氣，跟我很投緣。一整天，他帶我們從同志社大學逛到京都大學、二條城、平安神宮、京都御苑、太秦電影村等，凡京都的名勝差不多走遍了。最後又要帶我們去河原町，我因為昨日已去過，就謝絕了。我們還吃了壽司，並到高瀨川的古典茶藝館飲茶。

快樂的一天，在享受咖啡中結束。今天是八號星期天，眼看這一天又過去了。

翌日我醒來時，旁邊的御手洗的被褥已經冷了，江本也已出去了。

我一個人餓著肚皮，到西京極的街上找東西吃，經過車站前的小書店時，也順便進去逛逛。西京極有座運動公園，以球場為主，幾堆人馬正在嘶喊。我走離他們，開始思考整個事件。我自己的思考在和御手洗採取個別行動之後，完全沒有任何進展。但是我的腦子裡卻也時時刻刻都揮不掉這件事。這個案件，很明顯的有股魔力。我看過《梅澤家占星術殺人案》，想起一個頗有資產的人，因為熱中解開這個案件的謎底竟把財產花光，並且受到幻影中女人的魅惑，終至投身日本海。我相信如幻的阿索德，真能令人如此熱中。

想到這裡，我又走到車站。西京極的街道已經被我走完了，乾脆再去四條河原町逛逛。昨天那家古典茶藝館不錯，還有那邊有家丸善書店，去看看有沒有美國插畫年鑑之類的書也好。我坐在西京極的月台椅子上，等待開往河原町的列車。現在已過通勤的時間，月台上沒有幾個人，有一位老婆婆坐在陽光很好的椅子上，鈴聲響起的時候，她就抬起頭來看，但那是一列快速車，只是從我們的眼前開過去，並沒有停下來。列車像一陣風般地過去，被丟棄在月台上的舊報紙雜誌，便在陽光下隨風起舞。我突然想起豐里町的那個巴士站。

淀川堤防的附近還有很多空地，被丟棄在空地上的舊輪胎……這又讓我聯想到那個一口標準東京腔的女人——安川民雄的女兒。御手洗果真放棄了安川民雄的女兒這條線索了嗎？他現在一個人進行得如何了？……忽然一種莫名的憤怒，使我不假思索地往月台的反方向跑。我決定現在就去上新莊，所以要改搭往梅田的電車。

抵達上新莊，月台上的鐘指著快四點。我心裡猶豫著要不要搭巴士，但轉念又覺得在這個陌生之地散散步也不錯。上新莊這裡只有車站附近還算熱鬧，其他地方就顯得蕭條了。有很多賣章魚燒、大阪燒的店，令人恍如身在大阪。舊地重遊，見過的景物又一一出現，淀川上的鐵橋，就在遠處。很快就到了巴士站，大道屋就在眼前了。我沒把握一個人去找安川的女兒會見得到她。然而，她應該會關心與父親有關的梅澤事件吧？或許把竹越文次郎手稿的內容告訴她，可以引起她的興趣也說不定。

我準備向她撒謊，說我雖然不是警察，但是是竹越文次郎女兒美沙子的老朋友，所以看過那本手稿。如果跟她提竹越的名字，大概不會惹麻煩。她說過她父親的事已經給她帶來不少麻煩，因此，我認為她應該也有權知道竹越手稿的一些內容。不管怎樣，我想多多掌握與平吉生死有關的線索。還有，案件發生後，安川民雄過著什麼樣的生活呢？他和梅澤平吉是否有不為人知的接觸呢？

站在門前，我慎重地敲了一下門，這回沒有聽到洗衣服的聲音了。一種緊張的氣氛，隨著開門聲散發。探頭出來的女人表情，倏地沉重下來。

「啊……我，」一時手足無措的我，終於鼓足勇氣，把喉嚨裡的話吐出來：「今天只有我一個人來。關於戰前的那個事件，我得到了一些別人所不知道的資料，我是來告訴妳那些資料的內容的……」

可能因為我的樣子太認真了，她忍不住笑出來，下定決心似的，走出門外，然後說：「孩子跑出去玩了，我得去找。你可以和我一起去。」

她講的是標準的東京腔。

今天，她的背後仍背著小孩。她說，小孩大都跑來這裡。說著，我們登上淀川的河堤，視野頓時開闊，極目望去，除了寬廣的河流，並沒有看到半個小孩。她的步伐很小，我把準備好的一番話，一股腦地說出來。還好，她滿有興趣的樣子，默默聽我講完後，終於輪到她開口了。

「我在東京長大，住在蒲田附近的蓮沼。從蒲田到蓮沼，只有一個站牌。為了省錢，我的母親都是由蒲田走路回家的。」說到這裡，她現出一絲苦笑。「關於我父親的事，因為那時我尚未出生，所以知道的不多，不知是否幫得上忙……

「那個案件發生時，父親應該是在服役吧，他的右手就是當兵時受傷的。戰爭後，他回來跟母親住在一起，那時他是個溫柔體貼的男人。但後來他卻漸漸變了，原來生活不錯的家，因為他涉足賽船、賽馬，迫使母親必須工作，掙錢補貼家用。日子一久，母親開始厭煩這種無止境的辛苦。一家人生活在六蓆榻榻米的空間，父親一喝醉，全家人就都束手無策，後來他的腦筋已經不太對勁，還會莫名其妙地說什麼：應該已經不在的人，卻還來找他……」

「誰？誰來找他？是梅澤平吉嗎？」我不禁激動起來。

「我想他是這樣說的。而且確實也聽過這個名字。不過，父親提到梅澤時，已經神志不清。他可能是使用了嗎啡或麻醉劑之類的東西，讓人覺得他像是產生幻覺，在說夢話。」

「如果平吉還活著，就有可能是平吉來找他。關於梅澤家的事件，如果平吉真的死了，就有很多事情無法得到合理的解釋。」

我乘勢迫不及待地把我的想法告訴她。這個事件我已經反覆地和御手洗討論過好幾次，所以說明起來非常流暢。我的結論是：第一具死亡的屍體上沒有鬍子，而平吉原本是有鬍子的；而一枝之死，是為了讓竹越文次郎依兇手的指示行事；還有，只有平吉有製造阿索德命案的動機。儘管我講得口沫橫飛，她卻不是很熱中。不時搖動背後的小孩，好像在聽我說話，又好像沒有在聽。從河面上吹過來的風，吹動了她散落在額和頰上的髮。

「民雄先生沒提過阿索德的事嗎？或是看過……」

「好像聽他說過。可是我那時候還太小，所以……不過，梅澤平吉的名字，我倒是從小聽到大，但是，我根本不關心他；對於這個事件，我始終不感興趣，甚至感到厭惡，因為這個名字會勾起我不愉快的回憶。那個事件最轟動時，我父親隨時都要應付那些來路不明的人。有一陣子，我從學校回來，經常發現家裡坐滿等候父親的人。我家那麼小，卻被搞得烏煙瘴氣，實在很討厭。因此，我們才會搬來京都。」

「是嗎……原來妳家也遭遇了很多麻煩的事……那些事都是我無法理解的。我今天來，是不是打擾到妳了？」

「哎呀，我不是這個意思，真對不起。」

「妳母親去世了？」

「她還沒有去世之前，就和我父親離婚了。晚期父親的性情讓母親很受不了。雖然母親要我跟她在一起，可是父親捨不得我，我也覺得父親很可憐，就陪在他身邊。

「父親是個溫和的人，從來不打我。卻因為一直找不到滿意的工作，心情不好，所以我們過得很慘。這個家……」

「你們沒有親戚、朋友嗎？」

「沒有。就算有，也只是一些喝酒、賭博的朋友。不過有一個叫吉田秀彩的人，和父親相當投緣。其實應該說，我父親非常崇拜這個人。」

「他是做什麼的？」

「好像是專門以四柱推命來幫人算命、占卜的命理專家。比父親小十歲，以前好像住東京，他們在小酒館認識的。」

「住東京？」

「是的。」

「民雄先生喜歡算命嗎？」

「或許……但也沒有特別喜歡。他之所以對吉田先生產生興趣，是因為他喜歡做人偶。」

「做人偶？」

「是啊，他們就是因為這個才談得來。後來吉田先生不知道為什麼搬到京都，父親可能是因為他的緣故，才想來京都。」

吉田秀彩……又出現一條線索。

「妳跟警察談過這件事嗎？」

「警察？我不和警察談我父親的事。」

「那麼警察一定不知道吉田這個人吧？對了，妳和那位吉田談過話嗎？妳覺得那人怎麼樣？」

「從來也沒有，今天還是我第一次對人提起這件事呢！」

我們並肩走在河堤，太陽漸漸西斜，她臉上的表情讓人猜不透。我想我該直接進入話題了。

「妳自己有什麼想法？妳認為梅澤平吉真的死了嗎？真的有阿索德嗎？妳父親對於這點有什麼看法？」

「我根本不了解這件事情的來龍去脈，應該說根本不想了解。至於父親，他已經酒精中毒得很嚴重、頭腦不清了，還能想什麼呢？不過，他確實曾經數次提到梅澤這個人。如果你要相信父親的醉話，我也沒辦法。或許，你看到我父親當時的樣子，就會了解我講的話。總之，我不會把父親的醉言醉語當真。不過，他倒是對吉田先生說了不少。」

「吉田的名字怎麼寫？」

「優秀的『秀』，色彩的『彩』。」

「住在哪裡？」

「我不知道正確的住址、電話，因為我只見過他一次面。如果我爸爸的話沒錯，吉田住在京都北區的烏丸車庫附近。京都沒有人不曉得烏丸車庫，就在烏丸路的盡頭，他家便靠近車庫圍牆。」

謝過她之後，我們在河堤上分手。走了幾步後，我回頭看她，她卻只顧哄小孩，頭也不回，整個人融入暮色。我走下河堤，想走進河邊的蘆葦叢。走近才知蘆葦比想像得要高，高過了我的個頭，大約有兩公尺吧。有一條小路將蘆葦分成兩側。我向前奮進，但在草叢中，這條路宛如成了一條隧道。地面逐漸變得泥濘，四周充滿枯枝的味道。突然間我已到了水邊。河水在黑硬的黏土上淙淙流過。左手邊，可在夕陽餘暈中，看到鐵橋的影子，還有往來車輛的燈光。我開始思考整件事。我想我掌握到一條警察和御手洗都不知道的大線索。

這個吉田秀彩和安川民雄到底說過什麼話？能夠從他們的談話中，找到平吉還活著的線索嗎？或許可以，這點誰也不能否定。剛才，她一直向我強調她父親說的是醉話，但不管怎麼說，安川一定認為平吉還活著！而且，我怎麼也無法接受那是酒後亂說的話。看看手上的錶，已經七點五分。今天是九號星期一，而且已經過了。離約定的星期四，還有三天。事情不能再拖，否則就無法在星期五之前，阻止竹越刑警將竹越文次郎之恥公諸於世。我粗魯地踩進蘆葦裡，大步跑回來時路。

我決定跑一趟烏丸車庫。因此回程沒有在西京極下車，直接坐到終點站四條河原町，然後換巴士到目的地。到達烏丸車庫這一站時，已經快十點了。路上幾乎沒有行人，想問路也沒有機會。怎麼辦？只好有氣無力地繞著站牌旁的圍牆走，希望吉田就住在圍牆的後面。但是繞了一圈後，當然沒有在圍牆上看到「吉田」的門牌。最後不得已，只好走到警察局去問。

站在吉田家門口，四周一片黑暗，裡面的人都睡了，沒有電話號碼，只有明天再來。其實我並非今晚就要和吉田秀彩見面，只是怕明早醒來後期待會落了空，如此總難免內心的失落。所以還是先找到地址，明天再趕早過來，就算對方有外出的打算，也可能會在路上碰見吧。巴士、電車終於把我載回西京極的公寓。江本和御手洗已經夢周公了。不想打擾他們，我悄悄地鑽進被窩。

5

第二天醒來，御手洗和江本又都出去，早已不見人影。真糟糕，這樣一來，我就沒辦法把找到的新線索，跟御手洗說明了。都是昨天晚上太興奮一直睡不著害的。不過也無妨。那約定又沒說不能由我來解決，只要我和御手洗是一組的就行了。

盥洗完畢，我馬上到西京極車站，搭往四條烏丸的車子。由於昨天晚上已經摸清門路，抵達吉田秀彩家時，才十點多。玄關的玻璃門開了之後，一個穿和服的太太走出來。我急忙打招呼，問道：「妳好，這裡是秀彩先生的家嗎？是安川民雄的女兒告訴我的。」

那太太很客氣地回答：我先生昨天就出去了。

「去哪裡……」

「去名古屋，他說中午回來，但也可能傍晚才會到家。」

我向她要了電話號碼，並且留話：再來之前，會先打電話。

事情就是急不得。在等人的時間裡，我一邊沿著賀蘇川往下走，一邊想案件。

這條河流叫做賀茂川，下游和東邊流過來的高野川，呈Y字形匯流在一起後，就叫做鴨川。兩河交集的地方，稱今出川。梅澤平吉前任太太多惠的父母，就是在這裡經營西陣織失敗。

御手洗向竹越刑警誇下海口，說一個禮拜內可以解決這個案子，但是何謂解決呢？首先是必須說明兇手犯案的過程（如果有的話），並且說出兇手是誰吧？照現在的情形看來，要完成這兩點就不容易，更何況那位竹越刑警的要求，恐怕不止於此。要證明某一個人是兇手，基本上就是一件困難的事。只要是兇手還沒死，就得查出兇手現在的住所、甚至確認兇手現在也在該地生活，若不如此就不算找到。

今天是十號星期二。連今天也算進去，我們只有三天時間。如果今天夜裡還不能找到兇手，應該就沒希望了。兇手在日本國內，不，他不一定在日本。他在哪裡我們都不知道。即使他在國內，可能在稚內，也可能在琉球。到後天的兩天之內，一定要找出他的蹤跡。兩天時間實在是太趕了，極有可能需要花上兩天以上的時間，更何況這事件發生在四十年前。

如果我們真的能在未來的兩天內解決案子，趕在星期四回東京，當天就向竹越、飯田說明案由，就可以把竹越文次郎的手稿燒掉了！明天就是星期三。最好能搭星期三晚上的車回東京，所以今天不能有所收穫的話，恐怕在期限前解決事件的希望，就渺茫了。

現在我要辦的，就是向吉田秀彩追出平吉活著的證據，而且證明平吉就是兇手。至於他藏匿的地方，就不容易著手，但少說也要探聽出平吉最後現身的場所，然後明天再去那個場所做進一步調查。

時間似乎過得很慢。捱到兩點，打電話去吉田家，秀彩的老婆很客氣地說：對不起，人還沒回來。我只好決定繼續耗到五點。為了打發時間，我就近在公園旁邊的一家茶館休息。時間慢慢消逝，五點十分，我再度撥了通電話。謝天謝地，電話那頭說，秀彩剛剛到家。我馬上接口就說：請讓他等我，我馬上就到。話一講完，我就扔下話筒，飛奔出茶館。

吉田秀彩在玄關迎接我。按照民雄女兒的說法，吉田應該是六十歲左右的人。可是看他滿頭白髮，看起來像七十幾歲的人。等不及進入客廳，在玄關我便開始說明來意。他請我在沙發坐好後，我的話匣子打開，說明因為朋友的父親去世，整理書房時，找到一本手稿，上面有竹越的名字，內容則三言兩語帶過。然後，我說：這件事純粹是幫朋友的忙，關於梅澤平吉的生死問題，我相信他仍活著，否則案件就無法成立等等，一股腦兒地對吉田說了一遍。

「我見過安川民雄的女兒，安川先生似乎認為梅澤平吉沒有死，而他似乎告訴過您他的想法，所以我才來找您，希望聽聽您對這件事的看法。另外，您認為真的有人能做阿索德嗎？」

吉田秀彩整個身子幾乎埋進暗色調的沙發裡，聽我敘述完畢，他說：「你的話很有趣。」我重新打量吉田，銀髮下的五官，鼻子細而高，兩頰瘦削，眼光時而銳利，時而溫和，是張富有魅力的臉。因為他身材精瘦，個子又高，所以不認識的人可能會認為他很孤傲，其實這種想法未必切合實際。

「我曾經占卜過這件事。關於平吉的生死，答案是五比五。不過，現在我認為死的成分是四比六。「可是，對於阿索德的看法，因為我是以創作人偶為興趣的人，所以認為其中的哲理講不完。如果因為做那個而犯下了殺人罪，那我還是會把它做出來的。我這麼說好像有點前後矛盾。」

這個時候，吉田太太端著茶、點心，來到客廳。我覺得很不好意思，匆匆跑來，也沒有帶見面禮。

「對不起，太急的緣故，以致空手……」

秀彩笑笑，說不必客氣。

這時候我才首次環顧吉田家的客廳。剛進來的時候，整個人就像是鬥牛場的牛一樣，根本沒時間注意這些。客廳裡占卜之類的書很多。而大大小小的人偶，有木製的，或合成樹脂做的，這些作品的風格都相當寫實。

由於我的讚美，話題自然轉向人偶。

「這是合成樹脂嗎？」

「那個，是ＦＲＰ。」

「噢……」

我十分驚訝，老人家洋文居然朗朗上口。

「怎麼會想到製造人偶呢？」

「嗯，說來話長。我對人本身感到興趣。樂於製作人偶，箇中道理，不是門外漢可以了解的。」

「剛剛您說自己也可能去製造阿索德，製作人偶真的那麼有魅力嗎？」

「說是魔力也無妨。人偶即是人的**化身**。當我製作人偶時，聚精會神，手指接觸模型，魂魄彷彿就慢慢地進入人偶之中；另一方面，人偶的製作，又好像是在製造屍體，有點恐怖，這種經驗，單是魅力二字是不足以形容的。

「從歷史看來，日本是不會製作人偶的民族。雖然日本也有土俑或陶俑之類的東西，但是這些都是**真人的替代**，是象徵性的，與雕刻或雕塑人偶的概念，截然不同。

「日本人的歷史裡，很少有肖像之類的東西，更別說雕像了。西方的希臘或羅馬，每一個時代的執政者或英雄，幾乎都留下了肖像畫、雕像、浮雕等等肖像，供後人景仰。日本卻只見佛像的雕刻作品。

「並不是日本人在這一方面的技術不行，而是害怕魂魄會因此而被攝走，所以即便是人像畫，也不多見。

「因此，在日本製作人偶時，通常是要躲著別人製作的；而且製作者也總是秉持著神聖、嚴肅、全神貫注的態度，來創作一件作品。這種創作的過程，有如與生命的搏鬥。我從昭和開始，便沉迷在這種創作的魔力當中。」

「那麼，你認為創作阿索德是……」

「創作阿索德的想法是邪門歪道，做人偶一定要用人體之外的材料，才叫人偶，不可以用人體本身來做。

「剛才我說過，人偶的製作，從歷史來看，是種陰暗、悲慘的精神世界。所以我也能理解為什麼會產生那種狂想，畢竟是日本人嘛。

「不，應該說在我的時代，只要是一度著迷於製作人偶的人，就能了解那種心理。然而自己是否也會去做這件事，又是另一個問題。談不上道德，根本上那種做人偶的出發點和創作的態度就與我不同。」

「我了解你的意思。不過剛剛你提到你也有可能做出阿索德，及平吉或許死了。那是什麼意思？」

「事情是這樣的。因為認識平吉的安川跟我很熟，而我也對案件中的那個人偶，感到很大的興趣，但是我對整個案件的情節，實在沒多大興趣，所以一直到現在，我都沒有深入去想那個案件。因此你來追問我對這件事情的看法，我就得再好好想一想。我向來不善與人說理，尤其是對你這種年輕人做說明。

「關於平吉生死的問題：如果他還活著，就不可能不跟別人來往。一個人獨自住在深山裡頭，這並不是像嘴巴上說的那麼容易，吃就是個大問題，除非可以過著不吃不喝的神仙生活。若說他還活在人間，太太也不在身邊，應該很不方便吧，為了不引人注目，也不能不隨著社會的脈動生活。而且太太的娘家也會調查吧。日本這麼小，現實問題就不可能解決啦。我想平吉多半死了。

「但是，如果說他製作了阿索德之後，自殺死了，就應該會留下屍體，被世人發現；當然，如果他死的時候有辦法讓自己的屍體消失又另當別論。若是如此，一個人恐怕不行，一定要有人幫他處理，若不燒了還是埋了，就一定會被人發現。也說不定他就死在阿索德旁邊。我的想法就是這樣。」

「您說得是……安川民雄也談過這件事嗎？」

「是的。」

「他怎麼說？」

「不，他的話我完全不相信。他是平吉的狂信者，他對平吉還活著這事深信不疑。」

「那麼那個阿索德……」

「他說，阿索德已經做好了，一定藏在日本的某個地方。」

「安川有沒有說在哪裡？」

「哈，說過了。」

「哪裡？」

「明治村。你知不知道？」

「名字聽過。」

「那是名古屋鐵路局在名古屋犬山營建的村子。湊巧，我剛從明治村回來。」

「噢？在明治村的哪裡？埋在某一個地方嗎？」

「沒有埋。明治村裡有個宇治山田郵局，內部就是個博物館，展出郵票、郵政發展的歷史，裡面還有江戶時代信差的假人、明治時代的郵筒以及大正時代的郵差人偶。不知為何那角落還有一個女人偶。安川認為那就是阿索德。」

「哦，那樣的展覽品中，怎麼會出現一個女性人偶呢？而且應該知道是誰把它搬進去的啊？」

「這個嘛……這一直是個謎。因為那些人偶老實說是我做的。」

「由於那些展覽人偶是委託我和名古屋的尾張人偶社製作的，所以我時常在名古屋、京都來回跑，名古屋的同好也經常到我京都的工作室，互相研究製造，完成以後再一個個運到明治村展覽。但是開幕那天，我們去看，都嚇了一跳，怎麼多出一個人偶，問尾張人偶社的人也說不知道。」

「大家都不記得有做那個女人偶，郵局的歷史展覽館也並不需要那樣的女人偶。我們想可能是明治村裡的有關人員，覺得原本的展覽內容太單調了，就放了一個女人偶進去。老實說，那個人偶雖然做得不錯，可是跟展覽館不配合。因為這個女人偶的來路不明，顯得非常詭異，所以安川民雄就說那個女人偶是阿索德。」

「原來如此。您這次去明治村，就是為了人偶的事去的嗎？」

「不，我有朋友在明治村，他跟我一樣，從前也是喜愛製造人偶的同好。另外，我喜歡明治村的踏實氣氛。所以到了這個年紀了，沒事就會搭巴士和電車去那裡。一到那裡心情就特別平靜。」

「我小時候在東京住過，非常懷念過去東京車站的派出所、新橋鐵工場，還有隅田川的橋、帝國大飯店。避開假日的時間，那個地方人就不會太多，在那裡散步，優游自在。但是像我這種年紀，已經不適合住在現在的東京，最好是住在京都，尤其是明治村，還有那個時代的氣氛。」

「明治村真的這麼好？」

「或許是我的偏好，你們年輕人覺得如何，我就不知道。」

「我想再回到剛剛的問題，您跟安川對梅澤的想法，有什麼感想？」

「至少我們不當一回事，那是狂人的妄想。」

「你搬到京都後，安川還來找你嗎？」

吉田秀彩現出苦笑。

「這……有吧。」

「你們來往密切嗎？」

「他常常來，這裡也算是工作室。我不是在說死人的壞話，但他在死以前，人已經變得很奇怪……」

「自從他迷上梅澤家的占星術命案後，就變成那個案子的犧牲者。在日本，像他這種人或許很多。那些人相信他們負有上天的使命，必須破解那個案子。這簡直是病態。安川的口袋經常放著小瓶的威士忌。我好幾次告訴他，這種年紀了，不要那樣喝酒。還好，他不抽煙。不過，每當他拿起小瓶威士忌喝一點喝一點的時候，到我這裡的朋友都勸他，不要喝了。到了後來安川一來，大家便說要回家。」

「有一段期間，因為我不給他好臉色看，他就比較少來。如果來的話，不外是他前天晚上作了什麼奇怪的夢，跑來把夢中的情景，一五一十地告訴我。總之，他人已經活在夢和現實混淆不清的日子裡。最後，不知道他是不是得到什麼啟示。有一次他說我的一個朋友就是梅澤平吉，他言之鑿鑿地說，那個人來的時候，老是客氣地跪下行禮，而且還一直說好久不見什麼的。而且他眉彎處有火燒的疤痕，說那就是他是平吉最好的證據。」

「他為什麼說火燒的疤痕，可以證明是平吉呢？」

「我也不知道，那道理只有他本人自己才知道。」

「那個人和您還有聯絡嗎？」

「有啊，他是我最好的朋友。就是前面我提到，去明治村找的那個友人。」

「他叫什麼名字？」

「梅田八郎。」

「梅田?!」

「對呀，安川也說，他的名字和梅澤平吉都有一個『梅』字。可這沒什麼道理，大阪車站附近一帶就叫梅田，這在關西並不稀奇啊。」

我忽然靈光一現。我想的不是「梅田」，而是八郎二字，因為死於梅澤家占星術殺人事件中的人，前後加起來不是正好**八個**嗎？「梅田沒有在東京住過，小我幾歲。如果他是平吉的話，又太年輕了。」吉田秀彩又說。

「他在明治村做什麼工作？」

「明治村有個京都七條派出所，是明治時代的建築物。梅田八郎留著英國式的鬍子、掛著佩刀，在那裡做明治時代的警察。」

一個念頭跑上來，我應該跑一趟明治村。

吉田秀彩似乎看穿我的心事。

「你到明治村走走也好。梅田絕不是平吉。一方面年齡不符，我猜安川是把他自己年輕時在東京看到的平吉，想成了梅田，全然忘了時間已經過了那麼久。而且平吉個性內向、陰鬱，梅田則笑口常開，充滿活力。梅澤平吉是左撇子，梅田恰好相反。」

告別時，我一再謝謝吉田秀彩，他太太也出來殷殷致意。

吉田秀彩送我到大路上。他告訴我，現在是夏令時間，明治村營業到五點。早上十點開始讓人參觀，花兩個鐘頭就可以全部看完。

此行大有收穫。我在暮色中，走向回程的公車站。今天已經十號了，還有最後的兩天。

回到西京極的公寓時，江本已經回來了，他一個人無聊地在聽唱片。我也坐下來，隨便跟他聊起來。

「御手洗人呢？知道他去哪裡了嗎？」

「我剛才在門口看到他了。」江本說。

「他還好吧？」

「那傢伙……一副拚命的樣子，說絕對要找出線索，就跑出去了。」

我的心情一下子沉悶起來。看來，我也必須更加振作才行。我把這幾天的情形，大致向江本說明後，請他明天務必把車子借給我。他告訴我，必須走名神高速公路，然後在小牧交流道北上，便可以到明治村，用不著多少時間。

我決定明天六點出發。今天很累，要早一點休息。京都的道路我不太熟悉，在東京，早上過了七點就塞車，京都大概也一樣。反正要早點出門。御手洗忙他的，想跟他談話的機會都沒有。明天早上不可能等他起床，只好回來再說。我為自己鋪好床後，也為御手洗鋪好床，就鑽進被窩裡睡覺。

6

大概是情緒緊張的關係吧？天才剛剛亮，我就自然地張開眼睛。眼前的拉門上泛著旭日的黃色光芒。夜裡應該是作夢了，但是卻不記得夢的內容，只記得確實作夢了。

至於是好夢還是壞夢，也說不清楚，因為並沒有很不舒服的感覺。雖然有一點點悲傷的情緒，卻也不是很深刻。總之，只留下作過夢的感覺。身旁的御手洗還在睡。我要起來時，他發出睡得不太安穩的呻吟聲。

我走下樓梯，將身體投入早晨的空氣中。從我嘴巴裡呼出像 陣白煙的氣體。儘管身子和腦筋還沒有完全從睡眠中清醒，但這樣的感覺卻很舒服。昨天應該睡了將近八個小時，這樣的睡眠時間很充足了。

車子在名神高速公路上奔馳。走了兩個小時左右後，我看到左手邊的田地裡，豎立著一個大看板，那是一個冰箱的廣告，廣告內有一個笑吟吟的女人，一頭秀髮在風中飄揚。霎時，我想起了早上的夢。那好像是在海底，一個全身赤裸的長頭髮女孩，在昏暗中晃呀晃。她的皮膚白皙，乳房的下面及腹部、膝蓋等處，都好像有被繩子緊緊綁住的**皺紋**。她張著眼睛看我，但下個瞬間，她的臉上卻沒了表情，沒有開口，彷彿在向我招手，而且往深邃的海底沉下去。現在回想起來，清清楚楚，一種說不出的美和恐怖。

這難道是我此行的預兆？想到這裡，我忍不住打個冷顫。我想起了安川民雄，還有投身日本海的狂熱份子。現在我也要去那些人所在的地方了嗎？我不由得全身起了雞皮疙瘩。

早上明明很早就出門，但抵達明治村時已經十一點了。從京都開到這裡，因為途中有點塞車，總共花了五個小時。停好車，才知道這裡並非明治村的入口。要去明治村，還得搭專門到那個村子的巴士才行。巴士沿著坡路爬行。路很窄，旁邊的樹枝不時和車身摩擦，發出沙沙的聲響。從車窗看出去，可以看到一潭碧綠的湖水。

但嚴格說來，那只能說是大的水池。走在明治村裡，不管人在哪一個角落，好像都可以看到這個「入鹿池」。整個明治村就像沒有頂蓋的博物館。因為時間還早，我便信步遊覽。

走在百年前的日本明治街道，覺得很像走在現在的美國鄉間，讓人有種不可思議的感覺。歐美人建造房屋，仍以百年前的樣式為基礎，但日本人的房屋建造百年前和百年後，卻會有一百八十度的轉變。現在住在貝克街的英國人，應該還住在和福爾摩斯時代一樣的房屋裡，使用著相同款式的家具，可是日本人卻不同。日本的房舍樣式，自明治時代改變以來，幾乎已失去了延續傳統的空間。

日本人的選擇到底是對的，還是錯的呢？從現在摩登的日本建築看來，日本人似乎想把自己的生活封鎖在灰泥的圍牆中。明治時代的人們直接模仿歐美的話，也會有問題吧！在高溫多濕的日本，是不可能建造歐美那種重視隱私的建築物。但是現在空調普及，日本人的房屋看來又將漸漸回到當時的風格。我覺得日本人的房屋建築、市鎮建築好像都繞了遠路。在這裡散步最舒服，而且讓人感覺和日本街道完全不同的最大原因是，它沒有圍牆。日本現在富裕了。如果有一天所有家庭都有了空調設備，房屋都回到明治時代的設計，那麼圍牆就該全都拆除了——走在明治村時，我一邊思忖著。

我走過大井牛肉店和聖約翰教堂，站在日本大文豪森鷗外、夏目漱石的日本式故居前發呆。這房子的名牌上寫的是夏目漱石的大作《我是貓》，讓人不禁莞爾。走在我前面的四、五個人，像是結伴來玩的。其中一人正好坐在外廊上，朝著房子裡面大聲喊著：「小貓，小貓。」此時能夠開玩笑的，多半是這樣的內容吧。我不禁想到，如果御手洗現在和我在一起的話，應該也像這樣妙語如珠吧！若我一整天都在那房中打盹，大概經過的人都玩這種相同的把戲。

然而我現在心裡所想的並不是他開玩笑的事，而是他所寫的《草枕》中的一段：

依智而動者與人相衝，依情而行者隨波逐流。總之，人生在世難也。

依智而動便是典型的御手洗型吧。整個地球上，大概再沒有人比他更適合這句話了。相反的，依情而行，隨潮流漂流的，不就是我嗎！而且我們兄弟倆，一天到晚叫窮，生活拮据。所以可以肯定對我們這兩種人而言，人生在世真的很難。

而那個竹越文次郎，應該是和我一樣依情而行，我無法淡然看待他寫的手稿。如果我是他，大概也會像他一樣，絲毫不差地對自己的人生作那樣的決定吧！對他而言，人生並不是一句簡單的人世難所能道盡的。走過漱石的房子，下了石梯，真的就有一隻白色的貓躺在眼前。原來那並不是個玩笑。但是，這種沒有車子往來的寧靜之地，也正是貓兒們喜愛的居所。原來如此，這就是明治村。

走下石梯就來到廣場。可以看到代表時代的市區電車噗噗地來回跑著。聽到一群小女孩的歡呼聲，因而將眼光朝角落望去，原來是一個中年阿伯，穿著側邊鑲有金邊的黑褲子、嘴上還用膠水黏了英國式的鬍子，看起來神氣十足。年輕女孩們圍著他搶著要合照。他的腰間還垂著一把長刀哩。

一時我還沒有會意過來，原來他是明治的警察。這麼說有點抱歉，不過我真覺得他有點像街頭廣告藝人。拿相機的人小跑步地又輪流換了兩三個，不知何故又湧起了歡呼聲。但是穿金邊黑褲的男人還是忍耐著不動。他可能就是梅田八郎。他的裝扮就算在一公里之外也不會看錯。反正拍照大概還要花點時間，所以我決定先去繞一圈。頭一個就要去看宇治山田郵局。

明治村雖然是觀光勝地，但是知道這裡的人好像不多，因此沒有夏日的輕井澤的熱鬧。在這裡的服務人員，都是老人家，不但態度親切，而且精神奕奕。剛才我搭舊式的京都市立電車時，司機就是個老先生。他替我剪票時，特別把明治村的印戳重重蓋下去，還叫我拿回去當作紀念品。我很驚訝。在東京，電車人員給我的印象都是冷漠無情的。而說到對於站務員的印象，曾在電車客滿時，看到他們為了能讓車門順利關上，甚至還會用腳踹乘客的後背，這讓我非常吃驚！

京都電車上的車掌也是老人，他精神飽滿，認真地向乘客介紹左右兩旁的景物，喑啞蒼勁的聲音響徹電車：看，右邊是品川燈塔，左邊是名作家幸田露伴的房子……他是車掌，但也一路擔當導遊的工作。這個人對自己的喉嚨極有自信，可能以前是個講師吧！

可惜的是，不久之後，一群不太禮貌的中年婦人團體上了車。她們配合著老人的解說，像水牛群一般在車裡到處亂撞，弄得這台珍貴的老電車像火柴盒一樣搖晃起來。我對老司機最感驚訝的，倒還不是他的嗓門。當電車到達折返點時，原本老態龍鍾的老人，突然宛如脫兔一般跳下了電車。我好奇地把頭伸出車窗外，用目光追隨著他的去向。

電車導電支架那裡垂著一根繩子。只見瘦小的老司機跳起來抓住那繩，用全身之力往下扯。而導電支架因老人的體重而被硬拉了下來。老司機手拿著支架沿電車側啪啪地邊跑邊畫了一個弧，然後再把支架拉往電車前放開。總之，他是在改變導電支架的方向。然後再次跳上電車。隨後，電車便在他的手勢下，再度以與老司機的賣力完全不搭調的溫吞速度，開始前進。

他並不是東京周邊路線密度過高的電車司機（根本沒有路線可言），而且就算慢一點也沒有人會抱怨，但是他所展現的賣力態度、那種認真，令人根本不認為他是個老人。我真是從心底感到佩服。不過，我還是為他感到擔憂。若是他的家人看到了，恐怕也跟我有同感吧。像那樣的工作方式，或許神經痛可以不藥而癒，天天晚上沾枕就睡。但萬一在工作中咕咚一聲倒下去死了，那可怎麼辦？他其實可以不用那麼賣命的呀。

換另一個角度想，那豈不也是一件了不起的事呢！只要工作，人生就是美好的。比起孤獨隱居，死了還讓子孫傷透腦筋的老人，像這老司機拚老命抓住集電支架地工作，萬一死了也死得有價值呀。我懂了，那時吉田秀彩說他羨慕這種人生的意思，我終於悟透了。

下了電車後，我徒步繞了一圈鐵道寮新橋工場、工部省品川玻璃工廠。我看到了立在路旁的黑色箱子。就是這個——郵筒！我心裡面叫了出來，找到了！宇治山田郵局，太好了！跑上小小的階梯，踏上黑褐色、油污滲透的地板，我的心臟怦怦跳。

奇怪，一個人也沒有，剛過中午的陽光，照在地板上，光束中，淨塵清晰可見。

我的目光移動，先是江戶時代的信差人偶進入眼簾，接著是明治時代的郵筒，那是紅色的圓柱形筒子。站在筒子旁邊的，即是明治時期起的郵差，從大正到昭和，一個個……阿索德呢？我焦急的眼光投向它。在那裡！在陽光照射不到的屋子一角有一具女性人偶。她穿著和服，直髮覆到額前，靜靜地立在那裡。

這就是阿索德嗎？我小心翼翼地一步步朝那人偶走去。

她穿著紅色和服，兩手垂直，姿勢呆板。髮長及肩，可以看到身上有薄薄一層灰塵。這人偶大概有四十年歷史了，令人有種陰森之感。頭髮下方張大的玻璃眼珠，空洞地瞪視我，跟我夢境中看到的女孩不一樣。我想起小時候，曾經看過跟海洋有關的電影，深海的幽暗中，突然出現鯊魚眼睛的亮光會嚇我一跳。

大白天，我一個人在這明治村的郵局博物館裡，靜靜地面對人偶，腦海裡產生一連串想像。

我有一種預感，這無邊的寂靜將會轉變成一股巨大的恐懼。

我鼓足勇氣繼續探索，靜止的人偶卻蠢蠢欲動似的駭人。

我慢慢地把臉湊近，隔著欄杆，我們的距離，大概相當於我的身高。奇怪，是室內光線的關係嗎？我竟然看到她眼睛附近的皮膚有皺紋，但她的眼珠子明明是玻璃做的呀！至於她的手，和真人不一樣。雖然不是看得很清楚，但那確實不像真人的手。

只是……她的臉……太不可思議，為什麼有微妙的皺紋？

應該看個究竟。我走到門口向周遭張望，沒有人，就這麼辦吧！我決定跳過欄杆，仔細觀察。正卯足腳力想要跳時，忽然聽到「砰」一聲，我的心臟險些麻痺。一個女清潔員拿著長柄掃把進來，鐵製的箱形簸箕，砰、砰地製造出好大的噪音。

她開始清掃地板，把香煙頭、小石子集成一堆，胡亂地掃進簸箕。

這種情況下，我只好乾脆先出去，回頭再進來看。

郵局左手邊有間類似茶館的店，我忽然覺得肚子很餓。明治村中並沒有餐廳或茶館。但正門前有一家，但一出去便不能進來了，所以我買瓶牛奶和麵包果腹。然後根據吉田秀彩說的，坐在隅田川新大橋旁的長凳上吃麵包，看著帝國大飯店的玄關。

這裡是明治村的盡頭，遊客到此參觀後，必定折回。我一邊吃東西，一邊欣賞前面的水池，池上有座橋，叫「天龍眼鏡」，水上天鵝優游，池水潺潺流下到入鹿池，是一個靜謐的所在。廣闊的空地上，空無一人。樹叢頂上冒出陣陣白煙，應該是蒸氣火車吧。在遠方高處搭建的鐵橋上，突然出現三輛火車的蹤影。

從常識判斷，那個人偶不可能是阿索德。四十年前的人體，被擺在這裡當裝飾，應該是在眾目睽睽下，經過檢查後搬進來的。這麼多人怎會容許這種事發生呢，這一想就知道根本不合常理。

但是，那個人偶是從哪裡搬來的？是誰做的？怎麼搬來的？如果這一連串的流程都沒問題，那麼這條線索就該放棄，一直把焦點放在這尊人偶上只是浪費時間。

再回到郵局時，清潔工已走了，可是卻有幾個遊客陸陸續續進來，我只好對著人偶乾著急。在這樣的時間裡，我一直覺得那人偶的眼光，越過遊人的肩膀，直直看著我。既然不斷有遊客進來，我只好打消跳過欄杆觀察的主意，然後毫不猶疑地離開郵局，趕到京都七條派出所。剛走到派出所前廣場，就看到梅田正拿著掃把在石板上掃。有一群女孩子走過，向他說再見，他也回答說：再見！並且稍稍做出敬禮的姿勢，那樣子就像個警察（其實我並沒有看過真正的警察敬禮的樣子）。

我走近一看，發現他是個眉目慈祥的人，好像很容易攀談。所以我很輕鬆地向前問道：

「您是梅田八郎嗎？」

「是的。」

我直呼他的姓名，他一點也不驚訝，想必他在這裡相當有名。

「是吉田秀彩先生介紹我來的，我叫石岡，住在東京。」

聽到吉田秀彩的名字，梅田八郎略顯詫異。我已經習慣自我推銷，就像業務員似的，快快地把安川的女兒加藤和吉田秀彩的話，敘述一遍。他兩手握住掃把，傾聽我講完一段，便邀請我進入派出所坐。他請我坐下，自己推了張有滾輪的公務椅過來坐下，然後開始說道：

「你剛才說的安川那個人，我想起來了，他已經死了，生前也來過這裡，他就是愛喝酒，不然，可以活得更久。不過，我也好不到哪裡去。小時候，我想成為樂隊中的一員。結果，幹過司機、車掌，最後竟然在這裡當警察。」

聽他說話，我失望透了。因為他跟我想像中的梅田八郎相差太遠。他一派認真，完全不像在演戲。如此純真、善良的人，怎會是計畫一連串血腥事件，並且行動冷靜的殺人者？而且，他看起來才六十出頭。不過，或許是這裡的生活太好了，讓他看起來年輕。

我只好試著向他提起梅澤平吉的事。

「梅澤平吉？噢……那個酒鬼準是發酒瘋，竟然把我跟梅澤平吉扯在一起。不要聽他的。可能是長得真有點像吧！不過，那人那麼壞，像他也沒什麼值得高興的。若是說我像乃木大將或是明治天皇，那我會很高興的！哈……」

「昭和十一年左右，大約是四十年前，那時你住在哪裡呢？」

「你問我？這叫什麼……不在……不在……？」

「什麼？」

「我是說那個叫什麼不在的證明的啦！」

「喔！你是說不在場證明啊！我沒有那個意思啦！只是隨便問問。」

「四十年前我才二十歲。戰前……那時我還住在四國的高松，在一家酒屋當學徒。」

「噢……」

為了追蹤線索，我竟然像警察似的偵訊嫌犯的不在場證明，若是再問下去就太不禮貌了。

「你是高松人？」

「是的。」

「但是你說話的聲音有大阪腔。」

「因為我在大阪待了很久。我從軍隊退伍後，就留在大阪謀生，在很多家酒屋工作過，也換了很多工作，甚至擺過麵攤，也做過櫥窗模特兒工人。」

「你和吉田先生是在那裡認識的？」

「不，不，跟他認識，是後來的事，大概在十年……二十年前吧。我在難波的一棟大樓當警衛的時候，那棟大樓有雕刻人偶的藝術家工作室，因此經常有藝術家出入。我因為曾經在製作櫥窗人偶的地方工作過，很懷念做人偶的那種感覺，所以也很想嘗試那些藝術家們的工作，便透過京都愛好此道的朋友，寫了一封介紹信，讓我去那樣的工作室碰碰運氣，而那個工作室的主持人，就是秀彩先生。

「於是我轉到京都的大樓當警衛，同時兼秀彩先生的助手。雖然秀彩總是說自己只是因為興趣才做人偶，並不是專業的人偶師，但是事實上他製作人偶的境界很高。這可不是我說的，而是有名的大師給他的評語；尤其是他做的西式臉孔的人偶，全日本無人能出其右。

「我就是這個時候認識吉田的。當時他也是剛從東京搬來。多少我也可以幫他一點忙。但是我和他特別親近的原因，是一起合作萬國博覽會的工作，那時我們兩個人幾乎天天熬夜地工作了一年。」

安川民雄也是這個時候，因為仰慕吉田秀彩，和梅田八郎一樣，遷移到京都。昨天我也跟吉田秀彩談過話，他確實很有個人風格、魅力。

梅田八郎有沒有太太呢？他看起來生活得挺逍遙自在的。

「我有太太，不過那已經是很久以前的事了，提起來是很遙遠、也很感傷。由於戰爭的關係，她死於空襲。當時我去南方，後來雖然活著回來，卻看不到太太了。從此，我一個人生活，現在我已經習慣這種無拘無束的日子。而且如果不是單身，也不會到明治村工作，可能早就在四國當祖父了。」

梅田八郎的人生理論到底對不對，不是我這一輩的人可以批評的。

「吉田秀彩昨天才來過嗎？」

「對，他每個月都會來一次。他喜歡這裡，所以常常來，而我若一個月沒看到他，也會覺得怪怪的。」

吉田秀彩的魅力，到底從何而來的呢？雖然他的職業是命理師，但好像也是個藝術家。而他製作人偶的本事，又是從哪裡學來的呢？從梅田八郎的談話看來，他們並不是老早就認識的朋友。

「我不是很清楚秀彩先生的事，我想其他會員們也不清楚。只聽說他是有錢人家的子弟，很年輕就擁有個人工作室，他的確是東京人。但是這些都不算什麼，秀彩先生最讓人服氣的地方，是他有一代教祖的氣派，是個了不起的人，我每次見到他之後，就有一種放心的感覺。這一點其他的會員們也頗有同感。他無所不知，經驗豐富，對於很多尚未發生的事，他也經常預測得很準確，可以說是未卜先知。」

未卜先知……一個靈感突然湧上來。我真是後知後覺，事情早就很明顯，我卻懷疑到梅田八郎身上。擁有像神一樣的魅力，又見識豐富，做事果斷，精於製作人偶、占卜等……這個吉田秀彩到底是何方神聖？事情越想越有可能。雖然是六十左右的人，看起來卻像八十出頭。而且秀彩說過：「**平吉是左撇子**，梅田剛好相反。」

我所熟讀的《梅澤家占星術殺人案》這一本書上，並沒有寫到平吉是左撇子的事，吉田秀彩怎麼會知道平吉是左撇子呢？他預測平吉死了，但是又表示平吉可能還平靜地活著。這是否是他的親身體驗呢？和他談話時，他還稍微地把人偶製造和日本歷史扯在一起。但平吉的手記裡，卻沒有寫到這一點，為什麼呢？還有，安川民雄為什麼要老遠從東京搬到京都追隨秀彩？除了秀彩的個人魅力外，沒有其他原因嗎？這樣一想，我忍不住興奮起來，胃也因此起了一陣翻騰，並且心臟收縮加快，喉頭也緊了起來。

梅田八郎並沒發現我的情緒激動，還不斷地讚美秀彩。現在我已經知道梅田八郎絕不是兇手，但是我還想弄清楚宇治山田郵局裡那個人偶，是怎麼來的。於是，等梅田八郎講到一個段落，我立刻插嘴，提起那個人偶的事。

「宇治山田郵局的人偶？那些都是秀彩先生和尾張人偶社的人……唔？這些你都知道了？什

麼？你說那裡有一個來路不明的人偶？這我就不清楚了，我也是第一次聽說有這一回事。秀彩先生也不知道那個人偶是從哪裡來的嗎？

「或許你可以去入口的辦事處問問看。我們館長就在那裡，他叫室岡，他應該最清楚。」

我十分感謝梅田八郎，他比我想像的還善良、淳樸。向他告別時，我竟然心生依依不捨的感情。或許我們再也不會碰頭了。看他的樣子，未來的日子他都會在明治村當警員，無怨無悔地度過餘生。

來到了事務所，我說要見室岡館長，有人去通報。館長一定覺得很納悶，我既不遞上名片，又不是來訪問，也不是對製造人偶有興趣的人，找他有什麼事？

我試著把從秀彩那邊聽來的，跟室岡大談人偶的神祕性。

館長聽了哈哈大笑，說，你就是為這個來的？接著解釋道：「因為展覽品太單調，陪我巡視的人就說，他的百貨店裡有多餘的人偶，需要的話，可以送我一個當擺設。我接受他的好意，第二天，人偶便放在那裡，直到今天。」我問他那個人的名字。在哪裡可以找到那個人？答案是在名古屋車站附近可找到，不過今天可能碰不到。

離開明治村時，剛好是明治村打烊的時間。

車子往名神高速公路的方向奔馳。我一路盤算，明天見得到室岡館長所說的，叫杉下的人嗎？明天是最後一天，也就是十二號星期四，如果再不能和御手洗碰頭，事情就比較麻煩了。

自從四月七日星期五，在阪急電車分手後，我和御手洗雖然同房共眠，卻沒有通消息，甚至連一句話也沒有說上。無論如何，我們還是應該把掌握到的線索互相交換一下。明天是緊要關頭了，還是由我一個人在名古屋奔走的話，恐怕辦不了什麼大事。

或許應該放棄找杉下，這個人身上應該沒有什麼有趣的線索了。應該是和室岡館長差不多的人物。倒是吉田秀彩值得再去探訪。看來他是個不簡單的人，具有一種說不出的神祕力量。

緩緩爬上了高速公路後，一輛卡車跑在我前面，陷入思考的我無暇超車，專心想問題。我一直在想一件事，那就是如何找出一個方法，逼他不小心說出只有兇手才曉得的事。只要他一洩底，不但能證明他本人就是兇手，而且之後他無論怎麼辯解，也無法開脫。但這個方法在哪兒呢？

平吉之死，可以說是自我消失的詭計。假如秀彩是平吉的話，相信他的確有辦法使用這個詭計。他的詭計一定完美而吸引人。如果御手洗此刻仍無進展的話，我就可以邀請他一起想辦法，引誘秀彩露出馬腳。御手洗也是演戲的一流人才。對付秀彩，說不定他有更好的點子。

不過，萬一御手洗不能配合，只好我自己一個人幹了。假如明天能確定吉田秀彩是兇手，調查宇治山田郵局人偶來歷之事，就可以不必太急了。

如此看來，今天的明治村之行，就可以說是沒有意義的事了。如果我昨天晚上就想到這一點，今天的行程一定就是再去找吉田秀彩，那就可以省一天的時間了。不過事情往往這樣，當初把希望都放在安川民雄身上，結果還不是落空。

話又說回來，當初是因為找安川民雄，才會找到吉田秀彩，並從秀彩口中，得知安川說阿索德在明治村。因此才懷疑到梅田八郎身上，以為梅田可能就是平吉。等見到梅田，和梅田說過話了，才更清楚地感覺到吉田秀彩是一個不簡單的人物。所以說這趟明治村之行，並沒有徒勞往返，總比不來卻後悔好。

梅田八郎的話，讓我有一個靈感，也許秀彩就是平吉。秀彩的出身，沒有人知道。如果有人能證明案發當時，吉田秀彩有不在場證明，那麼我的猜想就不成立。可是若不能確定他周遭的親友都不知道昭和十一年左右秀彩的情形，也就不能將他列為嫌疑者。但我從今天梅田八郎的口中證實了這件事，所以這趟明治村之行也不算白搭。

高速公路上擠滿下班的車子。為了避開塞車，我到路邊的休息站吃點東西。星期三的太陽就要下山了。要從吉田秀彩的嘴裡套出話來，絕對是困難的事，他似乎是個難纏的人物。和他談話時，可不能像今天對待梅田八郎時一樣，一定得更謹慎才行。如果我要當面拆穿他說的話是只有兇手本人才知道的話，就必須先去證明某些事是除了兇手之外沒有人知道。不過，安川是他的朋友，而安川也認識平吉，如果到時候他說他所知道的一切，都是安川告訴他的，那我也無可奈何。不管怎麼說，對吉田秀彩來說，安川民雄確實像一個擋箭牌。

回到西京極的公寓時，十點已過。御手洗還沒回來，江本一個人在看電視。我拿出從明治村買回來的土產，當作借車子的謝禮。兩個人談了一下明治村，我就被睡魔擊倒，鋪好我和御手洗兩個人的床後，就進被窩裡夢周公去了。

7

因為前一天六點起床，所以第二天早上六點一到，我的眼睛就自然睜開，腦子裡浮現昨天的決定——再度拜訪吉田秀彩。待會兒御手洗起來，應該好好檢討彼此的發展。可是下一秒鐘我完全清醒了，因為，御手洗的棉被下空空的。

他一早就出去行動了嗎？正覺得他了不起的時候，卻又發現棉被的樣子，好像和我昨天晚上剛鋪好的時候一樣。很顯然的，他昨晚沒有回來。

他該不會在緊追兇手的時候，遭遇不測了？或是被人監禁？所以不能回來嗎？可是我不相信在我的世界中，會有像電影那樣的情節。

我想他的行動很可能已進展到某種程度，如果毫無所獲，一定會回來。今天已經是最後期限了，他必須分秒掌握。說不定，他現在人不在京都，所以無法回來。這樣一想，安心了不少。但是另一方面，卻又希望能夠盡早向他報告我的情形。累積在心裡的話，恨不得一股腦兒丟進他耳朵裡。我認為昨天的行動應該不會沒有用，就算御手洗調查的內容和我不同，應該也和我調查的事實有些關聯。若是他今天還沒有得到任何結論，只要和我的調查結果核對一下，說不定答案就會出現在眼前了。不管怎樣，這傢伙總該打個電話回來才對。暫且等等看吧。於是我躺在床上不動，但也睡不著。左思右想，還是坐了起來。

江本還在睡，再一個鐘頭，他才會起床。為了不吵醒他，我輕手輕腳地起來，出門去散步。我現在對西京極的街道已經摸熟了，便一個人散步到運動公園。衡量時間，在江本大概起床了的時間，才悠哉游哉地走回公寓。進門時江本正在刷牙，御手洗並沒有打電話回來。萬一御手洗這個時間內打電話回來，江本應該可以支援。

快八點時，江本將要出門，跑來問我：

「要不要一起出去？」

「不，我想等御手洗的電話，他應該會打電話回來。」

「好吧。那我先出去了。」

門開了又關，江本下樓梯的腳步聲剛消失，電話鈴聲突然大作。我有種不安的感覺，趕緊拿起電話筒。

「石岡……」

不像御手洗平常的聲音。平常的他，一定會說個冷笑話當開場的。他的聲音有點沙啞、微弱、沉重，幾乎聽不清楚他在講什麼。不知他到底發生了什麼事，我非常緊張。

「怎麼了？你在哪裡？有危險嗎？什麼事呢？不要緊吧？」

電話中的聲音突然高起來。

「啊⋯⋯痛苦死了⋯⋯」

御手洗說到這裡後，突然短暫地沒有聲音了。

「我快死了，快，你來⋯⋯」

情況好像相當嚴重，御洗手一定是身處困境了。

「你在哪裡？發生什麼事了？」

可是這問題問得真遜。他的聲音逐漸轉弱到幾乎聽不見，倒是聽到車子的聲音，還有小孩子的嚷嚷聲。這個電話可能在孩子上學的路上打的，而不是在室內打的。

「我的狀況⋯⋯現在不能詳細說明⋯⋯」

「我懂，我懂！快告訴我你在哪裡，我馬上趕去。」

「在哲學之道⋯⋯入口，不是銀閣寺這邊，是另一頭的⋯⋯入口⋯⋯」

哲學之道在哪裡？聽都沒聽過，會不會是他一時混亂，說錯地方。

「哲學之道是路的名字嗎？確定？計程車司機知道嗎？」

「知道。來的時候，幫我買⋯⋯麵包和牛奶。」

「麵包、牛奶？沒問題，要這些做什麼？」

「麵包、牛奶⋯⋯我要吃，其他的⋯⋯還有什麼？」

御手洗就是這副德行，在這個節骨眼還反問我。

「你受傷了嗎？」

「沒⋯⋯有⋯⋯」

「好，我現在就去，等我。」

放下電話筒，我奔出公寓，趕到車站。御手洗到底發生了什麼事？難道他真的面臨生死關頭嗎？他是個無藥可救的人，但他只有我這個朋友。但是他還會說些氣死人的話，表示情況不致太惡劣。御手洗這個人，就算是死到臨頭也沒一句好話。

我在四條河原町買好牛奶、麵包後，便招呼計程車，告訴司機目的地。不久，車子抵達一塊刻有「哲學之道」字樣的大石頭前。我下了車，環顧四周，發現那裡有一座小公園，卻沒有看到任何人。穿過公園，沿著小河，才是哲學之道。走沒多久，看到凳子上躺著一個流浪漢，旁邊有條黑狗對著他猛搖尾巴。這不可能是御手洗。

可是剛要走過去，流浪漢卻勉強坐起來，叫聲「石岡」。竟然是御手洗，他顯得有氣無力的，虧我將他扶好。坐在凳子上，我端詳御手洗的臉，嚇了一跳。他睡眼惺忪，才四、五天沒見面，怎麼變得這樣？無精打采，頭髮凌亂，雙眼通紅，眼眶下陷，兩頰瘦削，臉色蒼白，好像一個染病的遊民。

「有沒有買麵包？」

御手洗大概餓壞了，第一句話先問吃的。

「能不吃多好。做人真麻煩，要吃、要睡，其實都是浪費時間。如果把這些時間節省起來，人類一定可以有更大的成就。」

說歸說，他仍舊打開紙袋，拿出麵包，狼吞虎嚥起來。

從御手洗現在的樣子看來，一定是被逼到了絕路，因為當他順利地做好事的時候，總是能表現得一派輕鬆。一種不好的預感在我心中掠過，好不容易才打消這念頭。沒有這回事！相信他絕對是餓壞了，所以才猛啃麵包。

看他好像逃難兒童般啃著麵包，我突然同情起他來。

「你這幾天都沒吃東西嗎？」

「嗯，我忘了吃。從前天開始……不，是大前天開始……唉，總之，我是暫時忘了人生還有吃東西這件事。」

看來御手洗只是餓過頭，我之前的擔心，算是白擔心了。但是，像他這樣沒有生活常識的人，若身旁沒有一個人隨時提醒他該吃飯了、該睡覺了，恐怕不會活得太長久。

本來我急著想告訴他我的發展情形，現在看來似乎得先聽他的。但是要發問，也得等他吃完東西（其間好幾次叫他慢慢吃），才好問他進展得如何。為了不刺激他，我顯得十分小心。御手洗不作答，一個人喃喃自語，然後突然大叫：

「早晨就是昨天的垃圾！」

御手洗的怒吼讓我嚇了一大跳。

「根本是騙子！」御手洗繼續怒吼：

「我像個病蝗蟲一樣跑遍了東海道，還幾天沒睡，為什麼大家可以在說早安的時候，把昨天的事全部拋到腦後？」

御手洗滿眼血絲，完全失去了理性。

「幾夜沒睡也沒什麼關係，雖然抵抗力差了，可是該看的我也看到了。那是一大片菜花田啊！啊，那條路就像是鋪滿了書。是煞車的聲音！到處都是！你聽到了沒？為什麼？你怎麼受得了！

「不對！那是大波斯菊園……對，是波斯菊田。那個拿木刀砍去花莖的混蛋，我把刀子丟了。現在一點危險都沒有了。沒有刺、沒有爪也沒有牙。我連木刀在哪兒都不知道了。

「是苔蘚，苔蘚黏在我身上，好像長了黴……風景很棒吧！要不要拍一張留念？

「快，鼬鼠……鼬鼠！趕快抓！你要幫忙我。不快點挖洞，就再也抓不到了！」

完全不知道他在嚷嚷什麼。大概只有「瘋了」兩個字，可以形容御手洗現在的樣子。

我直覺地覺得「完了」。我站起來制止御手洗，不斷向御手洗說，你太疲倦了。事實上，他也確實是筋疲力盡了。我想辦法讓他慢慢躺在冷硬的凳子上。

絕望自腳邊升起，我感到眼前是一片黑暗。不只是他所說的話，而是實際上發生的事，我可以斷言，御手洗一定是毫無進展了。

御手洗的憂鬱症或許又發作了。他實在不應該跟竹越賭氣，發下那樣的豪語，結果變成要和竹越競爭（事實上，這是一場不公平的競爭）。眼前的情況看來，御手洗是要輸了。

其實，從一開始，這就是一場沒有勝算的競爭。因為對方什麼都不用做，而御手洗卻必須挑戰經歷了四十年，卻仍然無人能解開謎底的命案。而且，就算最後御手洗能解開謎底，知道兇手是誰，也不可能在短短的幾天內，找到兇手，將這個兇手送到竹越的面前。他可能在日本的……不，也許是在世界上的某個地方。御手洗輸定了。

目前唯一的希望，便是看我調查的結果了。如果我能證明吉田秀彩就是梅澤平吉，那麼這場比賽未必是輸。只是，雖然我對自己的調查有信心，吉田秀彩那老人一定隱藏著什麼。但我擔心時間不夠用。照現在的情形，我就算是得扔下他不管，也必須去調查吉田秀彩。還有，如果我現在把我調查的成果告訴他，恐怕也會刺激到他，加重他的「病情」。昨晚，他大概就是睡在這冷板凳上的吧！真是的，即使自責，也不用這樣處罰自己呀！若是下雨的話，怎麼辦呢？

看看手錶，已經九點多了。不能再拖了，看來，我還是得一個人去找秀彩。御手洗可以打電話請江本照顧。正作如此考慮時，御手洗卻講話了，這回總算說得還像人話。

「以前我批評福爾摩斯的時候，你說我一定會受報應，果然說中了。我真的是個不自量力的人。原本我以為謎底很快能揭曉，事實上，也正在解開當中。但是，就差那麼一點點，明明覺得已經快摸到邊了，卻老是摸不到。結果，太認真地去追根究柢，卻發現根本什麼都沒解開，好像有個重點沒抓到，我想了又想，就是想不透那一點。」

御手洗抱著頭，又說：

「哎呀，好痛呀！果然被你說中了，我的嘴巴腫起來了，一講話就痛，我真的是受到報應了。我不行了，但是你好像進展得不錯。你能告訴我你的進展嗎？」

此刻御手洗講話不像平常那樣拐彎抹角了。可見人有時候還是應該要遇到些挫折，受點教訓才行。但是我認為他這回的挫折所付出的代價太大了，竟然得向竹越刑警那種人承認失敗。還好有我，他可以暫時迴避，讓我一個人去和那個刑警對決。

於是，我把再訪安川民雄的女兒，找到吉田秀彩，再去找梅田八郎的經過，和我心中的想法，一字不漏地說給他聽。但是他頭枕在右胳臂上，目光茫然，顯然對我的話不感興趣。看來他的心思都還放在別處。看御手洗興味索然的樣子，令我打從心底感到失望。

御手洗的情緒似乎比較平穩了，讓他獨自一個人應該也沒關係了。我決定還是要一個人去找吉田秀彩，不管結果如何，總要放手一搏。今天已經是最後一天，不去也不行了。

「若王子應該開了吧……」御手洗突然從長椅上坐起來不清不楚地說。

「什麼若王子？是廟嗎？」

「唔，是神社……啊，不是啦，是那個！」

隨著御手洗指的方向看去，在小徑的下方，有一棟西式洋房般的小鐘塔，塔尖凸出於叢樹中。我們所在的哲學之道，其實是沿著小河的堤防小徑。御手洗指的房子，位於小徑下方四、五公尺處。

「是間茶館嘛！」

「嗯，我想喝點熱的東西。」

御手洗身體虛弱，想喝點熱的東西，我當然不能反對。走進入口，下幾層石階，才踏入室內。茶館老闆是位名藝人，把自宅庭院的一部分，拿來開店。陽光照到了我們的桌子。除了我跟御手洗，沒有其他客人，這地方感覺不錯。庭院擺設了雕刻作品，還有一口西班牙式的石井，庭院和玻璃的日光屋相通。

「這裡很不錯。」我的心情一下子覺得輕鬆不少。

「嗯。」御手洗仍然表情茫然。

「我想去找剛才提到的，叫吉田秀彩的人，你有什麼意見？要不要一起去？」

「好，不過……」御手洗沉默思考了很久才說道。

「沒有時間了，無論如何，今天必須弄個水落石出。」

我喝完杯中的咖啡，便抓起帳單，迫不及待地站起來。就在我站起來時，原本透過大玻璃窗照射進來的陽光，卻突然被雲層遮住。恐怕是要變天了吧！

御手洗也站起來，搖搖晃晃地走出去。我拿出錢包準備付錢。因為小鈔用完了，只好拿出一張一萬圓大鈔。因為時間還早，剛開店而已，店裡沒有足夠的零錢找給我，店裡的人只好拿著鈔票去換小鈔。御手洗就站在外面多等了一會兒。

我一把抓著找回的九千圓鈔票，按我的習慣，一邊將每一張錢的正反面與方向都擺成一致，一邊和御手洗踏上通往哲學之道的石階。九張鈔票，有一張中間用膠帶黏接。膠帶剛好貼到鈔票上伊藤博文的半邊臉。

御手洗又坐回原來的凳子，那隻黑狗也跟著跑來。御手洗好像很有狗緣似的，大概是同類相吸吧。我心裡急得不得了，只想早點去找吉田秀彩。於是便催他一起去烏丸倉庫。我心中的鬥志又再度點燃，決定為這最後的賭注放手一搏。

當我要把九張鈔票放進錢包的時候，對御手洗說：「看，還找了一張用膠帶黏起來的鈔票。」並把那一張貼著膠帶的鈔票，給御手洗看。

「嘿，不會是不透明的膠帶吧？」御手洗說。「嗯，是用透明膠帶呀，那就沒有問題了。」

「什麼沒有問題？」

「啊，我是說萬圓大鈔用不透明膠帶貼的話，就有是假鈔票的可能性。一千圓的話，就沒有問題了。」

「為什麼用不透明膠帶貼，就可能是假鈔票？」

「哎呀，告訴你你也聽不懂……說明起來很麻煩的，總之是……用假鈔來形容也不正確啦。總之是一種詐欺……那是……哎呀……」

御手洗好像根本就**不想**說明，他越說越小聲，根本不知道在講什麼了。又來了，大概是憂鬱症又要發作了。御手洗變得全身緊繃，眼睛瞇得很小，身上的血管微凸，嘴巴無力地鬆開，一副瘋病即將爆發的樣子。我被他這個樣子嚇住了，不知如何是好。我所害怕的事終於發生了，心裡一片混亂，只能等待著他下一秒絕望的瞬間。

「噢噢噢……」御手洗突然大叫出聲，握緊拳頭，向前揮出。

一對男女與我們擦肩而過，還回頭看，一旁的黑狗也看傻了眼。

雖然以前我對他有種種數不盡的怨言，可是我從未懷疑過他的聰明過人，也很佩服他的思慮精密。然而這項長處，反而也害他陷入崩潰的邊緣。我頓時陷入絕望的悲悽中，彷彿已看到他即將步向瘋狂，也意謂著他的腦死。

「怎麼了？御手洗，冷靜一點！」

我不能袖手旁觀，於是抓住他的肩膀，拚命搖他，大聲說著一些笨拙的問題，避免他喪失理智。（除此之外我還能做什麼?!）但是當我注視他的臉，很奇怪，我被他的人感動了。雖然他雙頰凹陷，身體瘦弱，卻使盡全力大聲叫喊，彷彿一隻自尊心強烈、張嘴怒吼的瘦獅，為了捍衛食物而咆哮。

忽然，他不再做獅子吼，卻開始跑起來。

人一旦瘋狂起來，誰也抵擋不住。他在前面跑，我則是虛弱地在後面追。我一面追，一面想，是不是他看到小孩子快要掉進河裡打算去救他，所以才狂奔起來呢？一定是的。不，非得是這樣不可。我一面跑一面轉頭張望。想起來還真奇妙，因為自己用眼睛看就知道，根本沒有人跌落河裡。

他跑了三十公尺，卻猛然停下來，轉過頭又往反方向跑，差點就和我相撞。剛才就站定的那對男女正用全速躲開他，我則拚命地再追下去。突然間他又停下來，抱著頭蹲下來。那隻黑狗很聰明，早就不知跑哪兒避難去了。

我氣喘吁吁地跑近他，問道：這是怎麼回事？嚇壞的男女用責備的眼光交互望向我和危險的御手洗。御手洗蹲下的地方就是他剛才狂喊之處。早知道我就在這裡等他就行了。

我走近他。御手洗抬起頭，一臉惡作劇的表情，就像他平常一派優閒的樣子。

「石岡，你跑去哪裡了？」

看御手洗的樣子，似乎一切恢復了正常了。但是我不敢大意，擔心還會有其他的事發生。

我正想說「你跑得真快」時（雖然瘋子的確跑得很快），他卻很快地又開口：「我真笨啊！」

對呀，我也有同感。

「實在太愚蠢了！我就像把眼鏡架在自己的頭上，卻還拚命在房間裡找眼鏡的人一樣。不過，雖然浪費了很多力氣，從現在開始我要從頭一步步認真檢視。雖然開始迷了路，但沒有造成犧牲，真是太好了。」

「到底是什麼事太好了？是因為有我在嗎？要是只有剛才那對情侶在的話，或許早就聽見救護車飛馳而來的笛音了！」

「我想通了，就是那一點，石岡，我終於想通了！完全就是我所想的。等著瞧吧，兇手就要現身了。

「這個兇手真的太厲害了，我甘拜下風。不過，我也實在太糊塗了，竟然一直沒有想到這一點。其實早在你對我說明這個案子的時候，我就應該注意到的。這根本是件簡單不過的兇殺案。我們在搞什麼！明明打算要偷蘿蔔，卻竟然從地球的另一邊開始挖洞。石岡，你應該笑我，大家應該都來嘲笑我，我太可笑了，簡直是個小丑。這才是本事件中最令人驚訝的事。這種謎題，小孩子都猜得到。既然如此，我們得趕快，現在幾點？」

「嗯？」

「不要嗯啊，你沒戴錶嗎？」

「十一點。」

「十一點！不得了了，快沒時間了。快，告訴我，往東京的新幹線最晚一班列車是幾點的？」

「晚上八點二十九分……」

「好，我們就坐這一班回東京。你現在回西京極去等我的電話。沒時間多說，再見！」

「等一下，你要去哪裡？」御手洗早跑遠了，我只好大聲吼。

「這還用問嗎？當然是去兇嫌那裡！」

「什麼？你的毛病不會又發作吧？你沒事吧？還有力氣嗎？先告訴我，兇嫌在哪裡……」

呢？不去找他了嗎？」

「我現在就是要去找。放心，傍晚前一定可以找到。」

「傍晚！你知道你要找的是什麼嗎？可不是雨傘之類的東西喲。還有，吉田秀彩的事怎麼辦

「吉田？哪一個吉田？哦哦！是你剛剛提到的吉田秀彩嗎？不必去找他了。」

「為什麼？」

「他不是兇手。」

「你憑什麼這麼說？」

「因為我知道兇手是誰。」

「你知道……兇手是……」

我話還沒講完，御手洗已經消失在右轉角的地方。

我是前輩子造了什麼孽，有這種朋友！才兩、三個鐘頭，就快把我累死。

現在他走了，我又是自己一個人了，吉田秀彩的事到底要怎麼辦呢？御手洗說不用去找吉田秀彩了，可是，我能相信他的話嗎？他還宣稱這個案件**再簡單不過**。真有這麼簡單嗎？到底哪裡簡單了？天底下有簡單又複雜的案件嗎？他還說，這個謎底連小孩子都可以猜出來。如果他瘋了，那倒是連小孩子都看得出來。

他到底發現了什麼？是**真的**發現破案的關鍵了嗎？從他的表現看來，我只能覺得他是瘋病又發作了。會不會是他的一時妄想，以為自己破解那個命案了？

還有，就算他是真的發現了命案的重要關鍵，也不可能在黃昏以前找到兇手吧！四十多年來，多少人將心血投注在這件事上，至今沒有一個人能明確地指出兇手是誰，他卻說可以在幾個小時內找到兇手。如果他能像把雨傘忘在公共電話亭，突然想起來了，又返回去拿一樣地把兇手找出來，要我在

京都倒著走都可以。關於這一句話，我可以肯定地斷言，這絕對是瘋子的瘋話，而且瘋的程度已經很重了。我這麼說，十個人聽了應該都會點頭稱是。

首先，御手洗所得知的情報應該和我相同。不對，吉田秀彩、梅田八郎的事他不知道，所以知道的比我還少。這樣竟然還要在本日內找出兇手？

他叫我回去公寓，等他的電話。如果我那麼做，就代表我有那麼一絲絲的相信，一個嚴重的病人要在今天內找出兇手的白日夢。

這事的可能性，以常識來說，根本絕對是信不過的。但是將錯就錯吧，反正那個末期症狀的病人已經「跑」了。我非幫他這次不可，而且也有必要回去交代。這，這什麼跟什麼嘛！

約定的時間就在今天。如果御手洗那邊失敗的話怎麼辦？我是不是該先做點什麼呢？

總之，時間已經來不及了，所以御手洗才會什麼都沒說就走了。而我再怎麼煩惱也沒有用，如果我能稍微了解一點他那混亂的思考，那麼我便能乖乖地回去房子裡，等待他的電話。可是照這樣子下去……唉，想到這裡，我只能仰天長嘆了。抬頭一看，天空是一片厚厚的雲層，和我的心裡一樣。

對了，剛才他是看到貼膠帶的鈔票之後，好像想通了什麼事情，才突然發飆，認定自己有答案了。鈔票上的膠帶和這個案件有關係嗎？我急忙拿出錢包，把貼著膠帶的那張鈔票抽出來看，但是看不出什麼所以然。就是膠帶貼在鈔票上而已，能從這個想到什麼呢？我還把鈔票翻過來看，背面也同樣貼著膠帶。御手洗並沒有看背面。鈔票上寫了什麼字嗎？仔細看，什麼也沒有。色彩呢？和一般的鈔票一樣，並沒有任何異狀。那麼是鈔票上伊藤博文的簽名有什麼機關嗎？還是「千」這個數字有什麼特別的意思？我什麼都看不出來。

鈔票，就是**錢**。這個事件和錢有什麼關聯嗎？但是，這是以前就討論過的問題了。

假鈔！他說過假鈔這兩個字，這個事件和假鈔有關嗎？平吉是個藝術家，會和製造假鈔的犯罪行為有關嗎？可是，截至目前為止，我們所知道的線索裡，都和假鈔的犯罪行為扯不上任何關係呀！

那麼，這和至今的所有線索有什麼關聯呢？我現在想到的，就只是它有假鈔犯罪的嫌疑，或者完全沒有，可是御手洗那種誇張的表現應該和假鈔脫離不了關係，可見假鈔這個字眼，隱藏了破案的關鍵。這麼說，它到底是怎麼樣的一回事？

除了假鈔之外，他還提到了用**不透明**膠帶貼的話，就有是假鈔票的可能性。又說一千圓的不可能，一萬圓的才可以……為什麼？是不是一萬圓的紙質比較好？

我明白了，製造一千圓的假鈔票，利潤不大，而製作一萬圓的假鈔，可以獲利十倍。一定是這樣。

可是，為什麼必須用不透明膠帶，不能用透明膠帶？假鈔票都是新印好的紙幣，沒有必要貼膠帶啊。他說的話莫名其妙。

一路想這些問題，終於回到西京極公寓。他說傍晚跟我聯絡。萬一他失敗了，我也來不及去找吉田秀彩談了。天才與白痴，不過隔著一層紙，現在我就賭那層紙，看著辦。

挑戰讀者

我的這封挑戰信或許來得有點遲，因為我期待這是一場完美的公平競爭，總之，我是希望有更多的讀者能揭開謎底。

現在，我鼓起勇氣，想在這裡寫下一句名言：

〈我要向讀者挑戰〉

不必多說，讀者諸君所獲得的資料已經超乎完美。所以還請各位別忘了一件事，那就是：解謎的關鍵，已經赤裸裸地擺在你的眼前。

島田莊司

Ⅳ 春雷

1

我的思考活動處於停止的狀態了。事實上我並不認為案件現在已經進入**結束**的階段，如果我的思考還在活動的話，我一定會不顧一切地去找吉田秀彩。

眼睛只能盯著電話，我的心情當然不會輕鬆。不過，原本像洩了氣的氣球的御手洗，現在已經恢復活力，這點身為朋友的我是很為他高興。

在傍晚以前，御手洗還沒有打電話回來之前，我可以做什麼事呢？我不知道，我只能在電話前來回走動吧！為了打發時間，我還提前吃午飯。這樣窮擔心，其實無濟於事。回到房間裡，我在電話旁躺下，不到二十分鐘，鈴聲便大作。因為電話來得比想像中的早，所以我認為不會是御手洗。我拿起電話說：

「這裡是江本。」

「你是石岡吧？」

是御手洗那嘲弄的口氣。

「這麼早就打來，是不是忘了東西？」

「我現在在嵐山。」

「好啊，那地方不錯，你討厭的櫻花正開放。情況怎麼樣？」

「從我出生以來，從沒有像現在這樣快樂過。你知不知道渡月橋？嵐山的渡月橋。過了橋，有個地藏庵似的電話亭，你知道嗎？」

我記得很清楚。

「你現在過來。電話亭的另外一頭，有一家『琴聽茶館』，我在那裡等你。那兒賣的櫻花餅好吃極了，快來嚐嚐，順便我想讓你見一個人。」

「好。誰？」

「見了就知道。」御手洗絕對不會現在就告訴我對方是誰。

「你一定也很想見見那個人。讓我一個人獨佔這個碰面的機會，你會遺憾終生的。要快，那個人很有名、很忙，你不快來的話，對方就回去了。」

「明星嗎？」

「哎呀，快來就是。天氣怪怪的，正在颳風，可能會下雨，記得帶傘。玄關有一把是江本的傘，另外一把便宜貨是上次下雨時我買的，把那兩支傘帶來，快！」

匆匆穿好上衣，又在玄關的鞋櫃下找到一白一黑兩把傘，然後連走帶跑趕至車站。還好自己體力還不錯，可以這樣隨傳隨到。不過，御手洗搞啥把戲，這種時候要我去見什麼明星？難道這個大明星和案件有關？

走出嵐山車站時，雖然還是下午的時刻，但是天上有雲在飄動，因此天空蒙著一層淺灰色，天色也就有點像夕陽要西下時的時間。一陣陣的強風吹動樹梢，我小跑步經過渡月橋時，以為要閃電了，抬頭看，卻不見閃光，是春雷嗎？

「琴聽茶館」的客人不多，御手洗坐在掛著紅色布簾的靠窗的位子上。一看到我，御手洗略略舉手，要我過去。他面前坐著一位穿著和服的女人，那個女人背對著我。

拿著兩把傘，我在御手洗旁邊的位置坐下，從御手洗的位置看出去，正好是渡月橋。「請問要點什麼？」女侍跟在我身邊，輕聲問道。「櫻花餅。」御手洗熟練地說，並拿了幾枚百圓硬幣給女侍，替我先付帳。

隔著桌子，我可以很清楚地看著對面的和服女人。她眼瞼低垂，給人的感覺、氣質都十分出眾，且面貌姣好，年輕時候，想必是個美人。她的年紀介於四、五十歲間。如果以五十歲來算，發生案件的當時，她應是十歲。這麼大的孩子，能提供什麼意見？御手洗可以從她口中問出什麼呢？

婦人完全沒有去動擺在面前的餅和茶，茶恐怕已經冷掉了。我很奇怪她為什麼老是低著頭？我對這女人一點印象也沒有。不管在電視或電影裡，我都沒有見過這個女人。

按照常理，御手洗應該會替我們介紹彼此，可是氣氛出乎意外地沉悶，大家都沒有說話。雖然我曾暗示御手洗為我們做介紹，但他仍然不為所動，只說：等你的餅來了再說。然後又陷入沉默。

果然，待女侍拿著托盤，端來小碟子和茶，擺在我面前後，御手洗終於開口：

「他是和我一起來的朋友，叫做石岡和己。」

婦人總算抬起頭來看我，並且微微一笑。那是一種難以形容的微笑，令人一時難忘。一個五十歲的女人，臉上會有這種笑顏，我還是第一次看到。她的微笑，羞怯中帶點幽怨。

御手洗面向我，以夢中人物即將出場的口氣說道：

「石岡，這位須藤妙子，就是梅澤家占星術殺人事件中，我們所敬佩的**兇手**。」

霎時，我覺得頭昏目眩，好長一段時間說不出話來，只是三人面面相覷。或者這才是足以與四十年匹敵的東西。時間不知道是怎麼過去的，突然之間春雷轟隆轟隆地響，電光閃過時，微暗的室內便乍放光明，房裡傳來一個女子的驚叫聲夾在轟隆的雷鳴聲中。

那個驚叫聲好像是信號般，人雨開始落下，河和橋都籠罩在一片煙霧中，雨打在屋頂上發出很大的聲響，若不大聲說話，根本聽不見，所以我們都沉默不語。雨勢漸猛，打在玻璃窗上，彷彿成了一幅潑墨山水，遊人落荒而逃。有幾個慌亂地打開店門，衝了進來，大聲交談。我好像聽到來自遙遠世界的聲音。我開始想：是不是御手洗又在開玩笑了？偷看御手洗一眼，發現他並沒有開玩笑的樣子。再看看那位女性，她仍然正襟危坐，一副很正經的樣子。

為什麼她就是兇手呢？我左猜右想，心裡漸漸產生一種莫名的興奮。

須藤妙子，這名字是第一次聽說，但是，她真的是我們全然不知道的人物嗎？

看她的樣子，大概是五十歲左右，那麼昭和十一年時，她才十歲。就算她現在已經五十五歲了，當時也不過十五歲，也還是一個小孩子，能做出什麼呢？

謀殺了平吉、殺死了一枝和阿索德，幹下一連串命案的，不僅是個女的，竟然還是一個只有十歲的小女孩嗎？還有，寫信去威脅竹越文次郎的，也是這個女人嗎？當年的她，能夠一口氣切割六個女體，完成阿索德嗎？兇手不是吉男、安川，也不是文子、平吉，真是這個女人嗎？那麼她的動機何在？跟梅澤家又有什麼關係呢？

在我們手中現有的資料裡，出現的人物中並沒有小孩子呀！當時她隱藏在哪裡了？難道說我們，甚至所有關心這個案子的人，都疏忽了這個線索？但是一個小孩子為何要殺害六個大人？她是在哪裡下毒手的？她所使用的毒劑，是從哪裡來的？

除了以上這些疑問外，我還有一個更大的問題。那就是：如果眼前的這個女人真的就是兇手，御手洗是怎麼、從哪裡把她找出來的？這個女人能夠像一陣煙一樣地躲藏了四十年而不被發現，御手洗是怎麼發現她？並且在這個時候找到她？我和御手洗在哲學之道分手到現在，不過是一頓飯的時間呀！

我跑到哲學之道見御手洗時，謎仍然是謎，和昭和十一年命案剛剛發生時，沒有什麼兩樣；為何一從「若王子」出來後，御手洗就靈光一閃，謎就不再是謎了？我實在不懂。

外面雨勢仍然強勁，不時閃電打雷，屋子裡充滿午後雷雨特有的燠悶。我們像化石般坐著不動。雨勢漸趨平穩、緩和，狂風驟雨慢慢停歇。

「我一直在想，不知道誰會發現這件事。」

婦人突然冒出這句話，害我比先前更緊張。可是，隨即，婦人沙啞的聲音令我感到意外，那聲音很難跟這張臉孔聯想在一起，聲音給人的感覺比臉孔的年紀大得多。

「我自己也沒想到，這個謎底竟然在四十年後才被解開。不過我卻想過，能找得到我的，一定是像你這樣的年輕人。」

「我想請問一件事。」御手洗說：「妳為什麼要待在很容易就會被發現的地方？其實妳可以住到別的地方。以妳的聰明和流利的外語，住在外國也不是很困難的事。」

窗外的天空依舊灰雲覆蓋，雨靜靜地下著，閃電時而劃破天空。

「這……我很難詳細說明，簡單說明的話……或許是……我心裡一直在等待別人找到我吧！我是個孤獨的人，就算有人懷疑，可能也找不到我身上。我認為能夠找到的人，想必是跟我同類。像我這樣的人，絕對不多……啊，我所說的同類，並不是說像我一樣的壞人。」

「當然，我了解。」御手洗認真地點點頭，表示頗有同感。

「我很高興和你見面。」那婦人說。

「我更高興。」

「你能力很強，將來一定可以擔當大任。」

「過獎了。大概很難遇到比這件事更大的考驗了。」

「我的事算不了什麼。你還年輕，人生才要開始，一定會遇到很多事。你有很了不起的才華，不過，不要因為能解決我這個案件而自滿。」

此時我對她這句帶有訓誡意味的話語特別在意。

「哈，這一點妳大可放心。妳都沒看到我們狼狽的樣子呢！雖然我也會因為成功而自我陶醉，但是，這樣的心情絕對不會在我的心裡停留太久的，該清醒的時候，就應該醒來。今天晚上，我就要回東京，明天就必須把妳的事情告訴警察。妳知道竹越刑警吧，他是竹越文次郎的兒子，長得虎背熊腰，一週前我因為某個理由而和他約定，必須在明天以前，解決這個案子，並把謎底告訴他。我如果告訴妳那理由，妳應該不會反對才是。如果妳不同意，我在此別過回去東京之後，也就只是從頭把我擱下的工作繼續做下去，至於今天與妳會面的事，在這事件就當作不曾發生過。總之，明天我去找竹越刑警，他大概會在明天傍晚的時候，就帶著同事來這裡找妳，在那個時間之前，妳可以做任何妳想做的事，一切悉聽尊便。」

「你這話的含意，有點想幫我逃亡的意思唷。」

御手洗聞言，轉過臉笑了笑，說：

「哈哈哈！我的人生雖然也有許多經驗，不過就是還沒有進過拘留所，不知道那裡面的情形。因此，每當遇到可能會進入那種地方的人來問我問題時，我總是很為難。」

「你還很年輕，所以一無所懼。雖然我是女流之輩，但是我年輕的時候，也是和你一樣，不懂得什麼叫害怕。」

「本以為是陣雨，一下子就會過去了，但是看情形可能一時還不會停。請帶著這把傘，不要淋濕了。」御手洗拿出那把白傘。

「但是，這把傘可能沒辦法還給你了。」

「沒關係，反正是便宜貨。」

我們三個人同時從椅子裡站起來。

須藤妙子打開手上的皮包，左手伸進去皮包裡。我心裡有許多話準備問她，但話到喉嚨，卻因為氣氛不對，講不出來。此刻的我，就像小學都沒有畢業，卻被迫在大學裡聽課的人，完全不懂別人說的是什麼。

「沒有什麼答謝的，請收下這個。」

說著，須藤妙子從皮包裡拿出一個袋子，放到御手洗手上。那個布袋子非常華麗，有紅白絲線纏繞。御手洗說聲謝謝，便很自然地把小袋子放到左手掌上瞧。步出茶館後，我和御手洗同撐黑傘，向橋走去。婦人則撐著白傘，往相反的方向走。分手時，婦人一再向御手洗和我致意，我也只好連忙欠身。兩個人擠在同一把傘下，勉強走到橋上。我下意識地回過頭，那婦人正好也朝這邊看。她離去時，仍不時向我們表示謝意。我和御手洗一齊答禮。

包括我在內的日本人，大概都萬萬想不到，那個逐漸遠去、變小的纖弱影子，就是轟動一時的案件的首謀。她看起來是那麼平凡，和她錯身而過的人，誰也不會特別注意到她。打雷、閃電都停了，戲劇性的時刻已經過去。在走向嵐山車站的途中，我向御手洗提出問題。

「你會好好地說給我聽吧？」

「當然。只要你想聽。」

「你認為我會不想聽嗎？」

「不，不，我只是認為你可能不願意承認腦筋不如我。」

我無話可說了。

2

回到西京極的公寓。御手洗打長途電話到東京，好像是跟飯田美沙子說話。

「嗯……解決了……沒問題。還活著，我們今天才碰面。妳想知道是誰嗎？噢……要知道的話，請明天下午到我的占星教室一趟。對了，妳哥哥叫什麼名字……文彥？是文彥嗎？咦，原來如此，很不錯的名字。那麼請他也一起來。還有，請他千萬記住，把令尊的手稿帶來。沒有看到那份手稿的話，我什麼也不會說的。是的，我明天整天都在，隨時候教。不過，來之前，還是請先打個電話。就這樣了……」

掛斷這通電話後，御手洗又撥了另一通電話。這次好像是撥給江本的。我在廚房找出掃把，開始打掃這間住了一個星期的房間。打完電話的御手洗回到房間後，就坐在房間的中間，氣定神閒地動也不動，變成了我清掃工作的障礙物。

窗外的雨已經變小，小得像在下霧一樣，即使打開窗戶，也不怕雨水會打進來。我們提著簡單行李，到達京都車站的月台。江本已經在等我們了，他還為我們準備了兩個便當。雨已經完全停了。

「這是土產，歡迎再來。」江本對我們說。

「打攪了，謝謝你這幾天來的照顧，我們過得很愉快。下次請你一定要來東京玩。」

「不要客氣，沒什麼，住得慣就好，隨時歡迎再來。事情能夠解決，再好不過。」

「託福、託福。其實還沒有完全解決，真相只有我們這位不剃鬍子的先生才知道。」

「哈，他還沒告訴你？」

「是啊。」

「這位先生向來如此。他自己房子裡有什麼東西，自己都不清楚。大掃除的時候，才發現一屋子破銅爛鐵。」

我嘆了一口氣，說：「唉，反正……他與眾不同就是了。或許他也已經忘了要向我說明案情的事。」

「可能是還沒時間說吧？而且，這位先生一向喜歡故弄玄虛。」

「為什麼幫人算命的人都有這麼多毛病？」

「因為做算命的，通常都是些彆扭老頭子的工作嘛。」

「他還年輕，就這麼彆扭……」

「真是辛苦你了……」

「兩位，送別的話說完了嗎？讓我們長久別離、開往五百年後的夜快車，已經進站。我們此刻不就正像是穿著浪漫的盔甲，騎著白驢回程一樣嗎！」

「他就是這副德行。」

「和這樣一個人交往，真的很累。」

「清楚事情的全盤後，我會寫封長信告訴你的。」

「祝你快樂。近期內請你一定要再來，京都夏天的大文字祭晚上很熱鬧。」

新幹線駛出月台，不斷搖手的江本已經看不到了。傍晚的原野，暮色未暗，我逼向御手洗。

「喂，無論如何都不能提示一點嗎？好心有好報噢。」

解決完事情後，因為御手洗一時睡不著，他說要盡快回到自己家裡的被窩睡，所以我們搭了比預定還早的車。

「提示嗎？……就是透明膠帶啦。」

「鈔票上的透明膠帶嗎？你不是開玩笑的吧？」

「當然不是開玩笑。那透明膠帶豈止是提示，它簡直可以說就是本案的全部。」

「……」

真拿他沒辦法。

「那麼，大阪的加藤、安川民雄，還有吉田秀彩、梅田八郎，都跟這件事毫無關係嗎？」

「這，說沒關係也沒關係，說有關係也有關係。」

「破解命案的所有資料，我們已經都得到了嗎？」

「已經不缺什麼資料了。」

「但是，但是……你說兇手是那位須藤女士嗎？你怎麼知道她住哪裡？」

「我當然知道。」

「只靠我們之前得到的那一點點資料，你就知道了？」

「不錯，就靠那一點點資料。」

「你是不是掌握了什麼我不知道的線索？我去大阪、名古屋之間，你忙些什麼？」

「我沒有做什麼呀，我過得很輕鬆，這段期間我都在鴨川的岸邊睡覺和思考。事實上，我們來京都之前，就已經掌握所有的線索了。而且，我一踏上京都的月台，就知道須藤妙子的住處。只是有點不相信而已。」

「那個須藤妙子到底是誰？她的本名是什麼？」

「當然是假名啦！」

「那，她是我之前就知道的人嗎？可能嗎？她到底是誰？案件發生時，她的名字是什麼？御手洗兄，請告訴我！阿索德是怎麼回事？真的有人完成了阿索德嗎？」

御手洗不耐煩地說：

「阿索德……嗯……確實存在，她是活的還會動呢，而且就是她完成的。」

我大吃一驚。

「真的？那麼那個阿索德是有生命的？是活著的？」

「那是一種魔法。」

「真有這回事！不是開玩笑吧。我不懂……但今天的那位女士又是誰？她到底是誰啊？」

御手洗閉目，自顧自發笑。

「告訴我！你真的搞清楚了？我受不了，我痛苦死了，我的胸口就要爆炸了。你快點告訴我吧！」

「讓我睡一下嘛！別擔心，你好好想一想。」

御手洗把頭靠在玻璃窗，認真地說著。

「御手洗……」我嘆了一口氣，說：「或許你覺得無所謂，可是這種情況下卻讓我覺得很痛苦。我覺得你有義務透露一點案情給你的忠實朋友，畢竟我們一直一起追查這個事件，不是嗎？看來，我們的友誼到此為止。」

「夠了！你胡說些什麼？不要威脅我。我不是不願意告訴你，而是千頭萬緒，一時不知從何說起。等我整理出脈絡，自然會詳細解釋給你聽。

「再說，我累得要死，身、心俱疲，你卻一下子問這個，一下子問那個，非要我回答不可，難道這就是友情的表現？而且我要告訴你的，跟明天向竹越文彥說明的內容一樣，我何必重複？何況這裡沒有黑板可以畫圖，明天你來我住的地方，再聽我解說，不是也很好嗎？休息一下吧，今天真的夠辛苦了。」

「可是我睡不著呀。」

「睡眠這個東西真是奇怪。我啊，三天沒睡了，應該非常想睡覺才是，但是一看到車窗上面滿臉鬍碴的自己時，竟然讓我睡不著。我真的想早點刮掉我臉上的鬍子。男人呀！為什麼會長鬍子呢？……好吧，既然你那麼渴望知道，我現在就告訴你一點。你覺得須藤妙子幾歲了？」

「五十歲左右吧？」

「那是靠化妝的！她才剛過完生日，都六十六歲了！」

「六十六！那麼四十年前是二十六歲……」

「是四十三年前。」

「四十三年前的話……就是二十三歲。我懂了。她是六個女兒的其中之一。她故意把屍體埋得很深，令其腐敗，實際上屍體並不是她，對嗎？」

御手洗打了個大呵欠。

「今天的預演到此為止吧！那些跳芭蕾的少女的年齡都相當，她們的屍體可以做很好的安排。」

「什麼？不會吧！騙人……真的會那樣嗎……以前我也想過……嘖。今天晚上我肯定睡不著了。」

「你不過一晚睡不著而已，小意思。明天你就可以聽到答案了。一個晚上不睡陪陪我不也挺好的嗎？就當作是你我友情的證明吧！」御手洗心情愉快，說完即閉目養神。

「你很快樂吧？」

「沒有，只想睡覺。」

御手洗雖然這麼說，卻又睜開眼睛，悄悄拿出須藤妙子給他的小袋子，放在手掌上，仔細端詳。望向窗外，難以相信幾個小時前還下著大雷雨。在緩緩移動的地平線四周，無意間湧現的晚霞宛如一條紅橙色的裂縫，橫縱在夜幕之中。我回想自己這一個禮拜來在京都的遭遇。先是去大阪找安川民雄的女兒加藤，和她在淀川岸邊談話；然後到烏丸車庫拜訪吉田秀彩，又趕到明治村尋找梅田八郎，那七天的日子過得緊湊又匆忙。

但是最後卻在嵐山與須藤妙子碰面，一切的發展都超乎想像。那個春雷鳴奏的幽暗午後，毋寧像是個遙遠未來般的錯覺，無法消散。

「我去大阪和明治村的行動，簡直是白跑了。」

我有一種難以言喻的挫折感，但御手洗一邊把玩小袋子，一邊輕輕地說：

「不見得……」

莫非我的調查，對御手洗的判斷，有參考價值或幫助嗎？我問他道：

「怎麼說？」

「這……好歹你也參觀了明治村。」

御手洗把袋子翻轉過來，有兩粒小骰子掉入他左手掌裡。他用右手指玩弄骰子。

「她認為像我們這樣的年輕人，才找得到她？」他自言自語地說著，我點了點頭，然後又自問自答道：「不錯，就是要像我們這樣的年輕人。」

「什麼意思？」

「沒有什麼特別的意思。」

御手洗一直在玩那兩粒骰子。夕陽下山了。

「戲法落幕了。」御手洗說。

第二封挑戰書

御手洗所說的話，一點也不誇張。在他們兩人到達京都車站的月台時，我就寫好了第一封給讀者的挑戰信。但是，我認為還是有太多疑點了，所以一直等到那個重大的提示出現後，才把那封挑戰信，呈現到讀者面前。

提示如果太露骨了，等於是讓兇手提前出場，那樣的話，恐怕還是有很多讀者無法解釋案情的經過。（不管怎麼說，這可是歷經了四十餘年，全日本無人能解的重大謎題呀！）現在，且讓我大膽地向讀者提出第二封挑戰信。

須藤妙子是誰？她當然是讀者諸君們所知道的人物。還有她的犯罪手法是什麼？相信讀者諸君中，已經有人知道答案了吧……

島田莊司

V 時空迷霧中的魔術

1

須藤妙子將會有什麼下場呢？我缺乏法律常識，所以不太了解這一點。但根據御手洗的說法，公訴時效為十五年，也就是說，她不可能被判死刑。但英國和美國對於謀殺罪（有計畫的殺人行為），並沒有規定追訴時效。另外，奧斯威辛㊹的納粹黨徒的追訴時效，則是永遠有效。她是個日本人。但不管怎麼說，今後她的日子一定難望安寧。

第二天是十三日。星期五。我在綱島車站下車，穿過街道，因為還早，所以旅館街仍靜悄悄。昨晚，正如我所預料的一夜睡不著。一整個晚上都在想這件事，對於突然冒出來的須藤妙子，到底是怎樣的女人，我的疑問實在太多。比以前讀《梅澤家占星術殺人案》時，更是如墜五里霧中，而且還覺得那時候比現在更了解事件的真相。我深深體會到自己的頭腦的確是平庸得可以。前面的茶館老闆正走出來，把營業中的牌子掛在入口處。我進去吃早餐，為待會兒的緊張時刻養精蓄銳。

到達御手洗的事務所時，他還在睡。我坐在沙發上等，無聊的時間讓我坐立難安。今天應該至少會來兩個客人，所以我便先將咖啡杯洗好，準備給客人用。因為御手洗尚未起床，我便放了張唱片，躺在長沙發上一邊聽音樂一邊等待。好不容易，終於聽到了御手洗打開臥室房門的聲音。他站在門口，邊打呵欠邊搖頭。鬍子已經刮得清潔溜溜。昨天晚上他一定洗了澡，整個人看起來格外清爽。

「還累不累？」我問。

「幹嘛這麼早，你昨晚沒睡嗎？」御手洗答非所問地說。

「因為今天有好戲看啊。」

「好戲？什麼好戲？」

「四十年的謎底就要揭曉了，不是嗎？我馬上就可以欣賞到你的得意演講了。」

「對付那隻黑猩猩用不著準備。對我來說，緊張刺激的時刻已經過去了。今天就好像節慶結束第二天的大掃除。我覺得必須向你說明經過，這也算相當有意義的事。」

「但是，今天也算是一種正式的作業吧？」

「正式的大整理。」

「隨便你怎麼說。反正，今天就算只來兩個人，這兩個人就是你的麥克風，他們會將你說的話，傳出去給一億個人聽。」

「說得也是，他們還真是麥克風。我得去刷牙了。」

御手洗一副興趣缺缺的樣子。他洗完臉後，就悠哉游哉地坐在沙發上，完全看不出即將面對歷史時刻的緊張。或許因為兇手是一位女性，又曾經和他見過面，所以他有一種不願讓警方知道兇手的矛盾心情吧！

「御手洗，今天你是英雄喔。」我說。

「什麼英雄？我沒興趣。我有興趣的只是解謎。既然我已經解開謎底了，照理說我的工作就

㊹亦即奧斯威辛集中營，納粹德國時期建立最主要的集中營和滅絕營，位於波蘭距克拉科夫西南六十公里的小城。有「死亡工廠」之稱。

做完了，如果兇手是個冷酷非常的殺人狂，未來還有可能再殺人，那倒還另當別論。可是這案子跟剛才所說的根本不同。

「例如你畫出自己滿意的作品之後，下一步會怎麼樣？一個好畫家只要畫出一幅好畫，他的工作就完了。至於如何定價錢，如何跟愛畫的有錢人討價還價，那是畫商的責任。

「我不稀罕獎章，太重的話，戴在身上也麻煩。就好像一幅好畫，不必配太花稍的畫框。如果沒有這件事，我根本不想幫那隻黑猩猩的忙。只是答應人家了，不得不盡力而為。」

十二點剛過，飯田美沙子打電話來，御手洗回答她「沒有關係」後，就把電話掛斷了。在等待客人到達的一個小時裡，御手洗埋頭在一張紙上畫東西，也不知道在畫什麼。

終於聽到有人敲門的聲音了。

「歡迎，歡迎，請進！」

御手洗愉快地招呼飯田美沙子，並且親切地招呼她入座。然後才一臉訝異地問：

「咦？文彥兄怎麼了？」

和飯田美沙子一起來的，並不是大塊頭的竹越文彥，而是一位和竹越刑警比起來顯得瘦小的男子。

「抱歉，抱歉，家兄就是那種個性，對不起的地方，請多多包涵……今天他臨時有事，走不開，所以由我先生代替他來，他也是一位刑警，應該足以代替家兄。」

我對眼前這位飯田刑警的印象不壞，但從他的外貌看來，與其說他是刑警，不如說他像個和服店的老闆。

御手洗略表遺憾地打起精神說道：

「是、是。我如果失敗了，或許也會臨時有事而走不開。總之，大人物總是非常忙碌的，不能要求太多。對了，石岡，你不是要泡咖啡嗎？」

我立刻站起來。

「今天各位來的目的，主要是⋯⋯」

御手洗把我趕去廚房後說：

「梅澤家占星術殺人事件，雖然這已是四十三年前的老案子了，但現在要向各位報告的，就是這件案子的兇手究竟是誰。噢，差點忘了，令尊的手稿帶來了嗎？好極了，請給我吧。」

御手洗嘴巴說得毫不在乎似的，其實腦海裡天天想著那本手稿。看他緊緊握住手稿的手青筋浮現，唯恐被人搶走的樣子。為了這本手記，御手洗可說絞盡腦汁，成了拚命三郎。

「現在我先簡單介紹一下兇手。兇手的名字叫須藤妙子，在京都經營一家小小的皮包店。地址是新丸太町路清瀧街道上，靠近嵯峨野的清涼寺。店名為『惠屋』，據目前了解，嵯峨野並沒有其他同名同號的店，店東即須藤妙子。

「以上我所說的，各位有沒有什麼問題？接下來我還會大致說明的，請各位稍安勿躁。什麼？不行嗎？好吧，那麼我的說明可能會變得長一點，請你要有耐性聽。等石岡的咖啡泡好以後，我們就正式進入主題吧！」

御手洗抬頭挺胸，滔滔不絕地說明，好像面對千人聽眾的大型演講。這間小教室是教授占星術用的，小黑板、凳子一應俱全，可惜現在包括我在內，僅有三名聽眾。端起咖啡，我一邊啜飲，一邊注意聽。

「案件再單純不過。聽了之後大概都會大感意外。兇嫌須藤妙子雖然是名女性，卻陸陸續續地殺了梅澤一家人。奇怪的是，如此單純的命案，為什麼四十年來都破不了？這是因為須藤妙子這個女人就像是隱形人，大家都沒看到。不過就像石岡曾用過的一個形容，她使用了某種戲法，使得這個案子歷經四十年而無人能破。她的戲法不是使梅澤平吉自我消失，而是使須藤妙子這個女人消失。如石岡所說，這一連串兇案找不到兇嫌，不只是他，全日本都被她騙了四十年。這並不無道理，兇嫌所使用的隱形戲法，即西洋占星術中的魔術！

「關於這個魔術的機關，也就是整個案件的關鍵所在，我會在下面慢慢說明。首先我們要了解的，是平吉在密室被謀殺的這一條，然後再一路說明下去。現場的天窗以及所有窗戶都裝了鐵條、框架，血肉之軀無法穿越。至於門戶是否嚴緊，那就更不用說了，因為連門栓也都上鎖了。而戶外又有三十年僅見的大雪，來訪者不可能不留下足跡。被害者平吉在被殺之前，吃過安眠藥，並且用剪刀剪短鬍子。為什麼要剪掉鬍子呢？工作室裡好像沒有剪刀呀！

「另外，外邊的雪地上留下的兩個鞋印，一男一女，先出現女鞋印，再出現男的。雪是在夜間十一點半左右停止的，而平吉的死亡時間推測為零時左右。因此平吉被殺的時間帶，大約其間前後的一個鐘頭內。當時平吉所畫的模特兒，直到四十年後的今天，仍然沒有人知道那個人是誰。由於雪上男鞋、女鞋來時的足跡已經不見了，由此可以猜測那兩個人來的時間相當久，並且可能在平吉的工作室見過面。

「平吉這個命案，如果將腳印的因素也考慮進去，會出現什麼樣的推測呢？第一種，平吉死亡的推測時間是從十一點開始的，十一點一分兇手得逞以後，匆匆逃走。十一點一分到十一點三十分之間，下了將近二十九分鐘的大雪，或許已經足夠將兇手來去的腳印全部覆蓋住了。第二種，兇手可能是穿女鞋的模特兒，可能是穿男鞋的人。或者，兇案是以上兩人共同犯下的。還有另一種推測，鞋印只是一種詭計，事實上只有一個人去過平吉的工作室，那個人故佈疑陣，在離去時，同時留下男鞋與女鞋的腳印。是模特兒的女鞋主人留下男女兩種鞋印的？還是模特兒離開之後，後來的男鞋主人留下兩種腳印的？

「後面還有吊床說，但這並非一般常識所以先排除。那麼，以上，就出現了六種推測。神祕的腳印確實很有趣，但並不是按理論去推測就可以得到解答的猜謎遊戲。原因有好幾個。但這六種推測卻讓日本的名偵探就像走入迷宮般，四十多年來，都解不開兇嫌的障眼法。這是因為兇手在引導人走進迷宮的地方設了一個機關。但相反的，它卻也成為指示出答案的線索。現在我們就來一一檢視。

「第一種是兇手於十一點一分殺人。這個推測應該不成立，但有些微妙之處。為什麼呢？就表示兇手是在現場，也就是在平吉陳屍的地方除了兇手之外，還有在雪地上留下腳印的男鞋與女鞋或是只有一個人看到這件事。但是卻沒有這種目擊者出現的事實。這個人為什麼一直沒有現身呢？他或許有難言之隱，無法出面證明自己的清白，但他（或她）可以投書或採取別的行為，來證明鞋印的主人沒有殺人呀！由此可證這第一種推測很難成立。

「第二種推測，即女鞋腳印的主人模特兒，就是兇手。這種推測也幾乎是完全不可能的。因為從雪停的時間判斷，男鞋和女鞋的主人應該曾經在平吉的工作室見過面。如此一來這個命案就存在著所謂的目擊者。但是命案發生至今，並沒有任何目擊者出面指認兇手。所以，這個推測可以說是在缺乏人證的情況下，而被視為不可能。

「第三種推測的結論和第二種一樣，如果男鞋印的主人是兇手，那麼女鞋印的主人就應該是所謂的目擊者。但是和前面推測一樣，這個推測也會因為缺少目擊者的指認，而無法繼續討論，因此也被視為不可能。

「第四種推測，即是兩人共謀的說法。這個推測的可能性一般認為比前兩種更高一點。但是問題是：平吉生前曾經吃了安眠藥。不論兇手是男是女，在他們兩人在場的情況下，平吉到底是因為來者是熟人，他是在自然的情況下，吃下安眠藥呢？還是被強迫吃下安眠藥的呢？若是如此，兇手為什麼要讓死者吃下安眠藥？安眠藥正好是床被吊起來的說法的根據。

「但是若是如此，一枝的死或阿索德命案，似乎兇手人數是兩個人以上的可能性極強。若是兩個人以上露出馬腳的機會也大。這不是無情冷酷的人所犯下的案子，一個人犯案的嫌疑很大。如果兇案是兩個人所為，一枝和阿索德的殺人方式也應不同。也不用拖竹越文次郎下水。

「第五種推測，是女鞋印的主人故佈疑陣。但是這個推測有說不通之處。那就是女鞋印應該是在二十五日午後二時開始下雪之前，就已經進入工作室的。當天東京下的雪，是三十年難得一見的大雪，她如何能事先預測會下大雪，並準備了男鞋，去故佈疑陣呢？

「雖然也有可能利用平吉的鞋子，來製造男鞋的腳印；但是平吉的鞋子只有兩雙，那兩雙鞋都放得好好的。而且不管怎麼設計，都不可能把平吉的鞋子再放回原處。也就是說，雖然可以從畫室的入口穿自己的鞋子，走到後面的柵門，然後再以用腳尖走的方式折返，然後換上平吉的鞋子走路，蓋掉用腳尖走的痕跡，雖然這樣當下男鞋的腳印，掩蓋掉用腳尖走的痕跡，可是男鞋怎麼放回去呢？

「還有一點也很頭痛，為什麼要故意留下兩種腳印呢？何不留下男鞋的鞋印就好了呢？實在讓人想不透。唯一能想到的理由，只有：兇手故意擾亂調查的方向。兇手擾亂警方調查方向的做法，除了把床吊起來的說法，還有殺害一枝的兇手被誤判兇手為男人的部分。警方根據死者身上留有精液這一點，推測殺害一枝的兇手是男性。那麼就該與這個想法呼應之。可是兇手不應該用男，女兩鞋印來誤導，只要用一雙男鞋就夠了。

「第六種推測則是認為男鞋的主人是兇手，而女鞋的腳印是他故意留下來的；而且，他是雪已經開始下了以後，才來到平吉的工作室。因此，他確實可以事先準備好女鞋，然後在雪地留下女鞋的腳印。但是，如果想要嫁禍，兇手大可留下女鞋的腳印就好了呀，這種方法比第五種推測更有可能，留下女鞋就會讓人想到模特兒。留下男鞋的腳印，不是更讓人懷疑男鞋是兇手嗎？還有，並沒有哪一位男性，可以讓平吉在他的視線下，毫不掩飾地吃下安眠藥，這個事實讓這個推測也遇到了阻礙。

「就這樣，這六種推測都有不可能之處。但是，若再進一步研究，會發現只有第五種推測才是答案。剛才所列舉的六種推測若是同時思考則有以下六個步驟：第一種推測不成立的話，結論是事實上那兩種腳印中，至少有一個一定是兇嫌的。各位覺得呢？第四種推測，男鞋女鞋共謀說不成立的話，則表示兇嫌即單獨行兇。這個條件是一大加分。第二、第三種推測，兩人在畫室碰頭並不成立的話，因此兩種腳印中，必定有一種是**為了故佈疑陣，而特地加上去的**。因此很自然地會有第五、第六種推測的想法。

「在說明第六種推測時，如果女鞋是故佈疑陣的話，兇手還留下男鞋的鞋印的做法，就顯得太奇怪了。因此，我認為第五種推測比較有可能。剛才否定五種推測的理由是：平吉的鞋子不可能放回去，和雪地上還留下女鞋的痕跡的問題。而反過來說，這些都是解開謎底的關鍵所在。第五種推測認為行兇者是穿女鞋的人，鞋印只是一種障眼法。這種看法基本上正確，只是這時會有一個問題，就是女鞋印的主人，是平吉畫作中的模特兒嗎？這個模特兒迄今仍未現身，她到底是誰呢？有人猜測可能是梅迪西的富田安江，但是她有不在場證明，並且沒有動機殺人。除了富田這一點之外，把模特兒和女鞋聯想在一起，確實並無不妥。

「平吉如果會當著模特兒的面吃安眠藥，表示這個模特兒必定跟他極熟，就是因為很熟悉平吉的一切，所以這位模特兒才能故佈疑陣，利用平吉的鞋子再折回工作室，這是很重要的有限條件。沒錯，這位模特兒，就是須藤妙子。當她擺著姿勢讓平吉畫時，沒想到外面開始下雪了，而且雪下得意外地大。她雖然懊惱，卻臨時起意，決定借用平吉的鞋子。不管如何，她有足夠時間去計畫。而嫁禍於昌子及少女們的詭計，也是事先籌劃的預謀，為了達到目的，她故意割破工作室上面天窗的玻璃，換上新的，做好了完善的準備。由於突然下雪是在預計之外，她難免心生恐慌，不過，她卻仍然一邊擺著姿勢，一邊冷靜思考著：將床吊上去之後，那些女人們接下來的行動是什麼呢？不可能讓她們的腳印都留在雪地上吧？於是……

「因為兇手早就計畫好殺害一枝的事，並且決定要讓人誤以為兇手是男子，所以就乾脆利用男鞋製造平吉命案的障眼法。對兇嫌來說，雖然缺乏一貫性，但只要讓人家不知道她的底細就可以了。另外，為了製造平吉頭撞擊到地板而死的假象，她應該事先便準備了平板狀的兇器，這點並沒有因下雪而改變。至於為什麼要用剪刀剪平吉的鬍子，就不得而知了。如果要勉強推測，是否因為她知道弟弟吉男和平吉長相極相似，所以故意使用這種障眼法？不過，可能讓眾人推測平吉仍存活的說法，也在兇手的預謀之中，所以才有此行動。不過這想法也暴露出兇手似乎是很年輕。

「由於兇手思慮周密，並且十分冷靜地完成，才讓此案如同迷宮一般。一般人或許會這麼想，但其實並非如此。其中仍然有不夠周詳的小瑕疵。例如一枝命案，看起來似乎是男犯**粗心大意的**暴行，但仔細思考之後，從一枝陳屍時，身上的衣服並沒有特別凌亂的情形看來，就可以發現那是年輕女犯的敗筆。而故意製造鞋印之舉，老實說，更是敗筆之最。很明顯的兇手是第一次殺人，一時慌亂，想得太多了，反而做出的錯誤的行為。例如腳印之事，其實根本無須製造男、女兩種腳印，只要製造男性的腳印，就可以把調查引入男性兇手的方向了。這還不如吊床的障眼法比較高明。因為這會讓人聯想到一定是模特兒走了之後床才吊上去，而非模特兒還在時。很具說服力。

「雪停的時候，平吉或許已經睡著了，所以模特兒在雪仍下的時候就離開的。人們會這樣想是很自然的。不過，由於鞋印的事，讓我很大膽地推翻床被吊起來的說法。然而，兇嫌還是沒有想到一件事，那就是平吉竟然會在她面前吃安眠藥。這件事或許曾經干擾了兇手的情緒，但她仍然照計畫採取行動。至於剛才提到的鞋子如何放回去，以及密室如何佈置等問題，當然也是這個案子裡的大疑問。但與其現在浪費太多時間來說明，不如讓我們進一步了解兇手的進展。其實這裡的密室問題並不難，從窗戶外的鞋印看來，一根繩子就可以解決，事後再將繩子抽回，非常地簡單。

「關於殺害一枝後的移屍，也不是一件難事。對兇手來說，所有罪行都輕而易舉，但我卻拉拉雜雜地講了一大堆，實在很抱歉。對我來說，繁瑣的部分也須一一交代，也的確麻煩，但唯有這樣，才有辦法作結論。文次郎在七點半到一枝家，八點五十分以前出去。而推測一枝死亡時間，是七點到九點，這似乎不可思議，但其實，文次郎在一枝家時，一枝已死在隔壁房間。如果文次郎曾經打開隔扇門，將可看到和警察驗屍時完全一樣的現場。兇手先殺害一枝，再引誘文次郎，然後把兩件事串連在一起。

「其實，和文次郎做愛的人，並不是一枝，而是須藤妙子。她殺死一枝的目的，就是脅迫文次郎，要文次郎將那幾具屍體運至全國。而她和文次郎做愛的理由，就是為了取得文次郎的精液，製造殺害一枝的兇嫌是男性的假象。因為平吉受害時，雪地上留有男鞋痕跡，為了呼應這一點，最好之後的命案，也都是男性兇手所做，這樣就更能保護自己了。」

我最初是在想這精液是從哪裡運來的，但是應該是將射入自己體內的再移到隔壁的屍體上，所以精液才會是新鮮的。恐怕這是為了看起來像「姦屍」所做的安排。這正好可以用來說明女人的怨恨之深。竹越文次郎明明和活女人做愛，卻被判定為姦屍，其分歧的理由就在此。

「既然她的用意只是讓人誤以為兇手是男人，那麼不要製造成路過者劫財殺人的情況，不是比較好嗎？」我提出質疑。

「不對，如果不是路過者的劫財案，警察就會考慮到可能與平吉的命案有關，而仔細地搜索一枝家。這麼一來，放在倉庫的屍體，恐怕就會被發現了。兇手連這一點都計算進去了。而且，她之所以要設計成都是男性兇手所為，是為了萬一昌子能證明自己清白時，警方不至於懷疑到兇手的身上。只是，就算是佈局成路過者的劫財行為，這個案子畢竟牽涉到人命，難道警方就不會深入調查陳屍的現場嗎？這一點倒是值得懷疑。而且她拚命把竹越先生誘入房子，這一步棋還是滿冒險的。可能是當時上野毛是偏僻的鄉下，她認為當地的警察比較馬虎，所以冒險一試吧！

「話說回來，如果用現在的檢調方法，恐怕是騙不過的。光是報紙的印刷，現在就清晰得多，看到報紙上一枝的照片，文次郎應會發現不對，但是，即使是現在，報上的照片通常會用年輕時候，或加以修整過的。新聞照片現在仍是這樣處理的。這樣想過之後，命案中的許多疑點，便豁然開朗了。而擦去玻璃花瓶的血液，應該為了讓文次郎看到沒有沾血的狀態；反正後來可以再把血塗上去，但最重要的是之前讓文次郎看到有這個花瓶，其目的就是為了讓他產生恐懼感。總之就是不能讓文次郎產生一枝是在**他來之前**，就已經被殺死的想法。

「另外，從一枝是在鏡子前被殺這件事來看，一枝和須藤妙子一定相當熟。但是為了隱瞞這個事實，妙子神經質地擦掉鏡子上的血，並且試圖將屍體搬離鏡前。這也是一個大漏洞。在選擇殺人地點的這件事上，她做得不算好。事實上，她在其他地方下手的話，就不會產生疑點。只是，一般說來，女人在照鏡子的時候，對周遭環境的注意力就會減弱。須藤妙子自己也是女人，一定知道這一點。所以她才會選擇那樣的殺人地點。至於殺害一枝的理由，除了前面所說的之外，還有兩點補充。一者是對一枝的懷恨，這一點可以說是一連串殺人的動機，後面我會再說明。另外一個原因就是為阿索德命案做伏筆。

「一枝的家，應該就是殺害那些少女的現場，總之，這個毒殺少女的地點，提供了聚集少女的理由，進而成為暫時藏匿少女們屍體的最佳場所，也是分屍的最佳場所，其場所所具備的條件，和前述的種種理由，都是這次殺人計畫所要兼顧的。好了……」

御手洗停下來，吸了一口氣。我們則屏息，等待他繼續說下去。

「接下來要講的，就是阿索德命案。這案子從一開始就是兇手拿著一條白手帕正反不斷翻弄，把大家弄得頭昏腦脹的魔術。我剛剛聽說這件事的時候，心裡就有一種直覺，覺得其中必定有詐。但又想不出到底詐在何處，真的是百思不得其解。所幸在眼看要衝不過去的時候，我仍然要求自己要在最快時間內衝過去。我不斷地奮鬥、掙扎。直到昨天，我才衝破難關，終於解開謎題。這完全是因為我解出了和它相似的一個問題之故。一旦想通後，就一切順利。所以我只花了兩個鐘頭，便出現在兇嫌面前。老實說，兇嫌的詭計其實很單純。各位或許不同意我這樣的說法，但事實的確如此，我說話可是非常謙虛謹慎的。

「在說明阿索德以前，我想先說剛才那個類似的問題，或許大家就可以很快了解何謂阿索德命案的詭計所在。大概在三、四年前，關西附近，曾經流行過萬圓鈔票的詐欺事件。聽說這件事時，我正好在一家館子一邊吃飯，一邊看電視。現在我就記憶所及，把電視上播報員說過的話，簡單複述一下。

「播報員是這麼說的：『本日，在某區某町，發現中間部分被裁割過的萬圓大鈔。由於中間部分被割掉了，所以長度略短於完好的鈔票。而裁切的部位，則用透明膠帶黏起來。』然後畫面上就出現完整的鈔票與被裁割過的鈔票的照片，被裁割過的鈔票和普通鈔票一比較，自然短了一點。播報員接著說：『**歹徒利用被取走的部分**，再做一張新的。這種詐欺事件起源於關西一帶，現在關東也發現同樣的騙案。這種鈔票的特點是，左右的號碼不一樣。』這樣的報導，讓人有點似懂非懂。當時，坐在我鄰桌的學生，聽完新聞就說：『把切割下來的部分接在一起，變成一張新鈔票嗎？一張像手風琴一樣，用透明膠帶連接起來的鈔票，能用嗎？』

他們的疑問非常有道理，因為萬圓鈔票的詐騙手法，當然不是那樣。電視上的報導，實在很難讓人了解歹徒的詐騙手法，可能是怕會有人模仿。其目的只是要告訴觀眾如何分辨真假而已。但我考慮的是左右號碼的不同，這與那位學生所思考的內容便不一樣。但我一時也想不通，那到底是怎麼樣的手法，回到住處後才慢慢想通那是怎麼一回事。要用嘴巴來說明這種手法，實在很困難，用圖來解說的話，就容易多了。這個手法飯田先生應該清楚，但石岡和美沙子小姐或許就不了解了。讓我來說明一下。」

御手洗說著，便走到黑板旁，在黑板上面畫了很多像鈔票一樣的長方形。

「這裡是二十張並排的鈔票。雖然用十張鈔票也可以製作，但是缺損的面積太大，很容易被發現；用三十張來製作的話，很安全但利潤太少；十五張到二十張最恰當。

「如黑板所畫，按照上面的線割開後。切線共有二十條，所以就是將鈔票平均分成二十一段，每一段畫一條切割線。這樣二十張的切線便會由左至右移動。懂了嗎？總之二十張紙鈔都切成兩半變成四十張。然後把這分成小張的四十張，再按照所標示數字，２和２、３和３、４和４……用不透明膠帶拼起來。當然也可以用透明膠帶，但這樣就必須把兩半密合在一起，於是左右長短就會變短。但用**不透明**膠帶的話，兩半鈔票可以稍微放開一點，恰好可以彌補缺點。

「現在各位懂了嗎？經過這樣變造，１仍是１，但２與２連，３與３連，結果多出了第二十一張。如何？難以想像吧？原本二十張鈔票，用剪刀和膠帶，僅僅三十分鐘，就可以賺到一萬圓，好玩吧！１和２１的鈔票雖然短了一邊，可是摺起來使用時，並不容易被發現。我小時候，常常可以看到用和紙貼上的破紙鈔哩！好了，回到主題，這些鈔票使用的時候是二十一張，但**其實只有二十張**。講了半天，各位懂了嗎？這個鈔票的詐騙手法，只是讓我想通此案本質的一個啟示。本質上它和阿索德命案的手法，有異曲同工之處。也就是說，阿索德的殺人方法和鈔票的分割重組是一樣的，我們所看到的六具屍體，實際上是由五具屍體組成的！」

圖 6

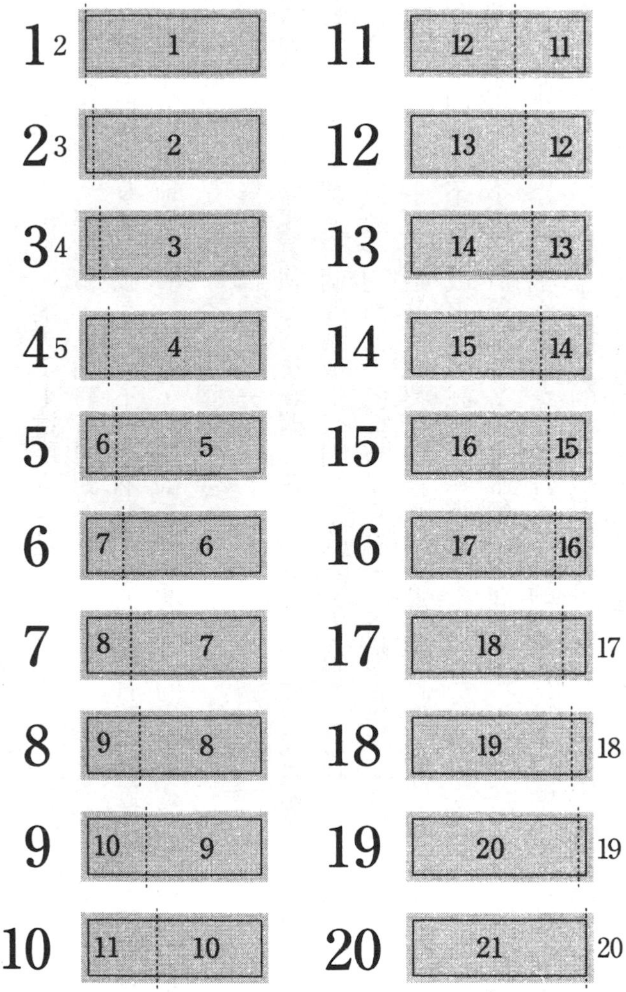
1 2 1
2 3 2
3 4 3
4 5 4
5 6 5
6 7 6
7 8 7
8 9 8
9 10 9
10 11 10
11 12 11
12 13 12
13 14 13
14 15 14
15 16 15
16 17 16
17 18 17
18 19 18
19 20 19
20 21 20

2

「啊！」我不禁輕叫了出來。消失了！這簡直就是個幻景一樣。

不只是我，飯田夫婦也很興奮，真相終告明朗。

簡直就是**陸上的海市蜃樓**！我在心中不停地吶喊。面前就像有著一盞探照燈，照得我頭暈目眩，不敢相信我還能平穩地站立著。此刻，我對御手洗有著無比的崇敬。後頸不斷地打起冷顫。

「可是，屍體畢竟不是鈔票，不能用膠帶接合。」

御手洗不理會我們的驚訝，繼續講下去。

「要接合屍體，當然需要更強力的**接合劑**。在這種情況下，能取代**不透明膠帶功能**的，無疑的就是人們對阿索德的幻想。這個理論或幻想因為太強烈、太詭異，就越會忽略現實的情況。我們一直深信那六具屍體各自缺少的部位，已經被兇手拿去組合阿索德了。其實呢？沒錯！根本就沒有什麼阿索德，因為兇手一開始就沒有製作阿索德的計畫。我說到這裡，想必在場的各位，都已經明白是怎麼一回事，不需要我再多作說明了。那就……」

「這樣就說完了嗎？不再說清楚點嗎？」我不禁脫口問道。

我們三人個個張著嘴巴，充滿期待地看著御手洗。我們的心臟好像要從喉嚨跳出來般地緊張、激動，迫不及待地想要聽下去。而御手洗臉上的表情卻似笑非笑，還有一點點嫌麻煩的樣子。

這時，我的腦裡居然浮現出遠近法這三個字。並且，這三個字就如同平交道的紅燈一般，閃個不停，又忽高忽低，忽遠忽近。我太陽穴上的血管也隨之鼓動著。

這幅像文藝復興時代大師作品的阿索德大畫，竟然是一幅並不存在的「假畫」。可笑的是，人們竟被這幅不存在的畫作上的微笑迷惑了四十年。

遠近法之所謂的「一點透視」宛如是一個諷刺。阿索德以這種方法繪成，而我們眼睛被強迫注視的地方，正是那畫中所有線條凝聚成的「消失點」。

阿索德的消失點。此時，我看見各種與阿索德相關的偽造風景，正以眩目的氣勢，快速遠去，直到縮小成一個小小針頭，然後消失。

可是，我心裡還有很多疑問。我像站在疑問森林之中，從我耳邊飛逝的風，都是問號。

那麼兇手——

為什麼有的屍體埋得深？有的埋得淺？

將屍體運至全國埋葬，不是基於占星術的理論嗎？

是根據什麼理由，將屍體埋藏或放置於青森附近，或是奈良等地方？

東經一百三十八度四十八分又是怎麼一回事？

早發現的屍體跟晚發現的屍體，有何意義上的差別？

那麼動機又是什麼呢？

兇手消失之後，又躲在哪裡？

還有，平吉的手稿是怎麼一回事？那不是平吉寫的嗎？否則又是誰寫的？

「你好像很感興趣嘛。」御手洗打趣我：

「平常我說的話，比現在說的有價值多了，你卻都當成耳邊風。

「不過，今天我比較像是讚揚兇手的演講會。我一直在想，這件事由兇嫌來說明會更好。如果我是須藤妙子，絕對不希望由別人來解開自己設下的謎底。你們真的想聽我說嗎？」

飯田刑警點頭，我更不用說，美沙子更是睜大眼睛，點頭不止。

御手洗不知是認真，還是開玩笑，嘆口氣說：「好吧！那我就服務到家，繼續說囉。」

「這是按照發現屍體的先後次序，所畫下的圖。」說著，御手洗把那張圖遞給我們。（圖7）

「不過，這圖很難懂。我們不如說，這是兇手特意設計的順序，為的就是讓人摸不著頭緒。為了讓你們容易了解，我想從支解屍體部位的順序，由頭、胸部、腹部等，一個個講下來。也就是說它的順序為：牡羊座的時子、巨蟹座的雪子、處女座的禮子。」

御手洗一邊說，一邊把剛才畫在黑板上的鈔票擦掉，再依序畫出人體。（圖8）

「那些少女的屍體被找到之後，是如何辨認身分的呢？四號、五號、六號的屍體依次為雪子、信代、禮子。三人的屍體因為將近一年才被發現，屍體腐爛，臉部已經無法辨認。其他屍體在二到三個月就被發現，還可以從臉、頭部和衣服來辨認，像禮子這樣幾乎已經變成一堆白骨的屍體，只能靠手記裡所描述的，來確認身分了。現在我在屍體的上半部跟下半部標上名字（圖9），並且用斜線箭頭表示，其各部分各別所屬的屍體。只要和剛才鈔票的切割法聯想在一起，就是用這種方式切割了五具屍體，然後再加以分開並列。（圖10）

「這裡也有個盲點，各位知道兇手是一名女性時，都覺得非常訝異吧？這是為什麼呢？因為我們一直認為兇手必須處理六具屍體，要在其中的四具屍體上做出**兩個切口**，兩具屍體做出一個切口，總共是**十個切口**；而且，還要把被切割下來的六個部位，運到某個地方去組合。這些都是費時、費力氣的工作，恐怕如果不是男性，就很難辦到吧？但是，現在回想起來，真正需要兇手用到力氣的地方並不多，將屍體運送到各地掩埋的人，並不是兇手本人；而且事實上處理的屍體只有**五具**，每一具屍體上也只有**一個切口**；比較費事的工作，只是將屍塊組合替換，以及替它們換衣服而已。不過，一個女人做這類事，應該還應付得來。

「就這樣，五個死人，被組合成六組屍體了。可是，如果這六組屍體被找到，並且被並排

圖 7

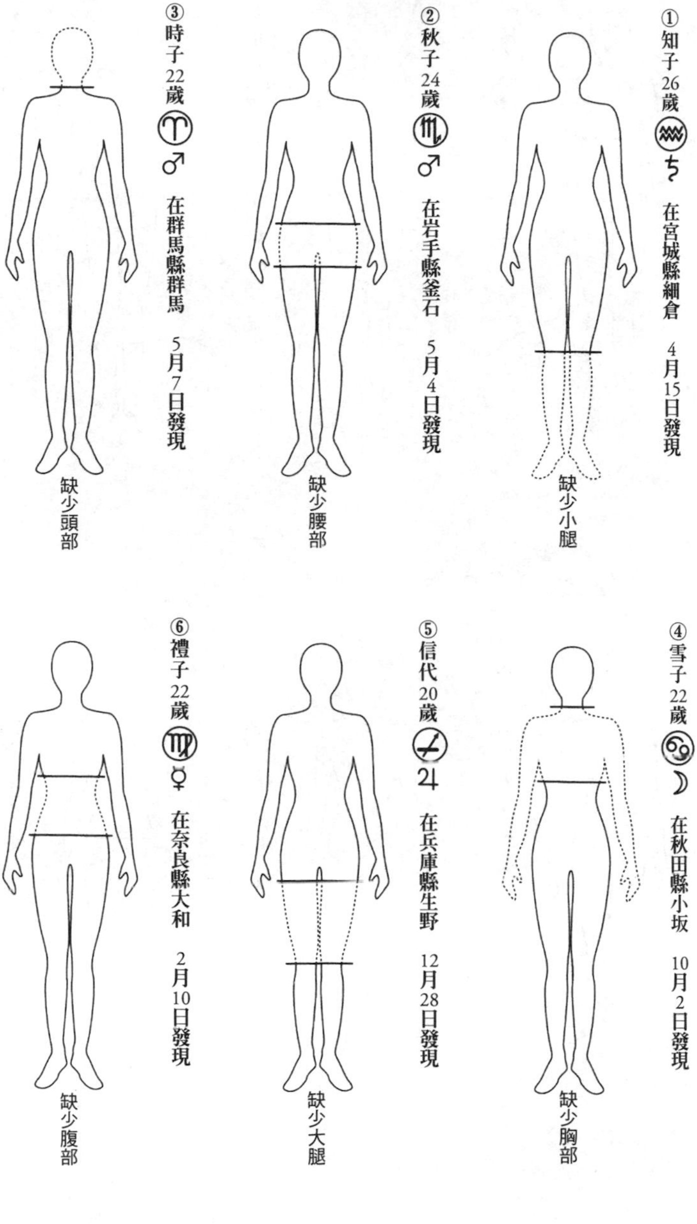
①知子26歲 ♒ ♄ 在宮城縣細倉 4月15日發現
缺少小腿
②秋子24歲 ♏ ♂ 在岩手縣釜石 5月4日發現
缺少腰部
③時子22歲 ♈ ♂ 在群馬縣群馬 5月7日發現
缺少頭部
④雪子22歲 ♋ ☽ 在秋田縣小坂 10月2日發現
缺少胸部
⑤信代20歲 ♐ ♃ 在兵庫縣生野 12月28日發現
缺少大腿
⑥禮子22歲 ♍ ☿ 在奈良縣大和 2月10日發現
缺少腹部

圖8

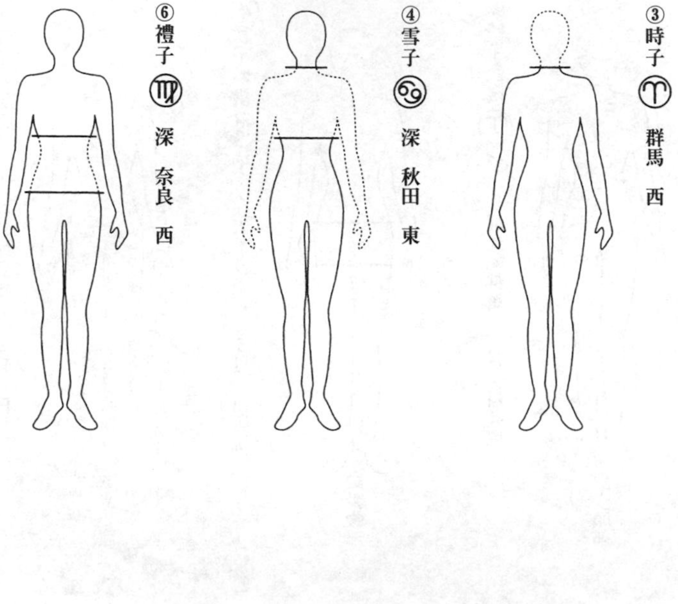

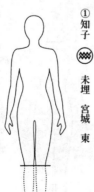

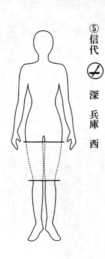

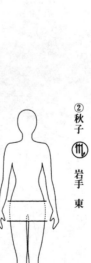

圖 9

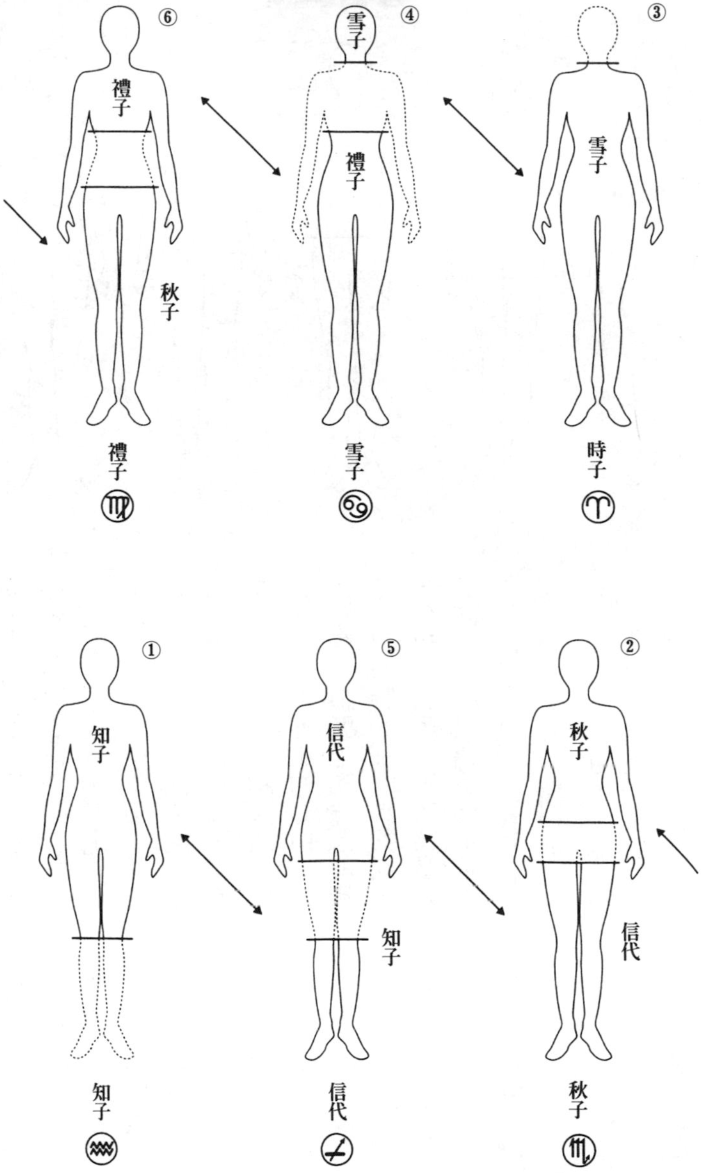

圖10

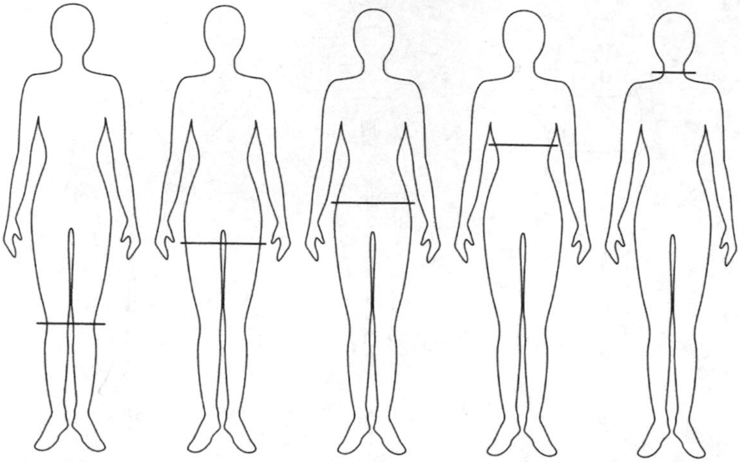

在一起時，就算有阿索德的傳說，還是有可能被發現其實只是五個人吧。這就是兇手為什麼要將這些屍體分散棄置的真正原因。

「基本上兇手在配置這些屍體的位置時，完全沒有考慮什麼星象、咒術的問題，我想她根本就不相信這些東西。她考量的只有如何避免這幾組屍體被集中在一起，尤其是相鄰替換的屍塊一定要分埋在關東和關西。而說到犯人，那當然就是這六名女性中的其中一人。身體部位還多少可以蒙騙，但頭部和臉部就無法偽造了。因此沒有頭、沒有臉的那一具女屍，便是兇嫌本人。剛才各位也看到了，被認為是時子的那具屍體是沒有頭部的。所以兇手就是時子。」

御手洗講到這裡，我們三人都不作聲。隔了一會兒，我才開口問：

「那麼，那位須藤妙子是……」

「她就是時子。」

我們三個人又沉默了，頭腦好像也都有點混亂。隔了一會兒，御手洗問：「還有沒有其他問題？」

除我之外，另外兩個人和御手洗都不熟，飯田刑警和御手洗更是初次見面，當然多所顧慮。所以此時只好由我來應付御手洗的質問。

「四號到六號雪子、信子、禮子的屍體，是案發後隔了半年才發現，為什麼這三具屍體要埋深？」

「那是因為，就黑板上相連的屍體來看，例如知子和信代，因為每具屍體都要和旁邊的屍體做組合，所以必須避免不同的屍體在接近的時間內被發現。而且不論屍體分埋得有多遠，若太早就被挖了出來，便有可能同時被運回東京或在其他地方並列，只要一並列，那就危險了。因為切口一旦符合，相鄰替換的把戲就會被拆穿。不過她們都穿著衣服，所以很難往這邊想。

「互相借用肢體的屍體，在不同的時間帶被發現時，早被發現的屍體可能已經火化了，這一點非常高明。最早被發現的三具屍體，都是在春天被發現的，一旦到了夏天，屍體會腐爛得更快，因此到了夏天，就先火化。若是在時興土葬的歐洲，可能就很危險了。知子的屍體是故意讓人最先發現的，因為她的屍體沒有借用別人肢體，無論解剖或血液檢驗，都不會出紕漏。而被認為是時子的屍體，同樣也沒有借用別人的肢體，但是這具屍體沒有頭，實際上也不是時子，所以兇手不敢讓她最先被發現。

「按照兇手原先計畫，屍體被發現的前後順序為知子，然後是秋子、雪子，這是第一組屍體；信代、禮子、時子等第二組的屍體，則越晚被發現越好，最好是已經腐化成白骨的階段了，才被發現，那樣一來，就沒有比對刀口，而露出破綻的可能性。這樣前半組發現後被並列時，也不用擔心會被發現有組合替換的情形。為了這個理由，所以後半組都要埋得比較深。

「現在大致清楚了吧。不過時子被發現時，埋得並不深，而雪子卻埋得比較深，這是為什麼呢？應該是時子對代替自己的屍體，有潛在的不安感吧！雖然從腳和趾甲的變形可以知道她是芭蕾舞者，但是還是不夠充分。畢竟是沒有頭的屍體，比較容易引人懷疑是否為替身。就算沒有這層顧慮，也由於她**沒有臉**，可能也會被追查下去。

「要辨認是否是時子的屍體，還有一個依據，那就是平吉手記裡曾經提到過的『痣』。手記裡說：時子的腹側有顆痣。被認為是時子屍體的，實際上是雪子的身體，但時子卻在偶然中得知雪子身上有痣，便利用了這一點。如果屍體埋得太深、太晚被發現，屍體完全腐化了，這個可以當作辨識線索的『痣』，恐怕也會消失了，所以這具被用來代替時子的屍體，就不能太晚被發現。

「儘管兇手如此防範，但仍然暴露若干危險。第一，時子可能和雪子被同時起出並列。雖然群馬和秋田兩地相距甚遠，但也不能過分樂觀，萬一兩個屍體被發現後，湊巧被放在一起，雪子的頭被移到時子身上，雪子的屍體便完整出現了。其實，從痣來判斷的話，**雪子的身上**就必須得有痣。因為雪子是昌子的親生女兒，母親當然知道女兒的腰上有沒有痣。因此必須安排不讓昌子去認時子的屍體，而去認雪子腐爛後的屍體。而時子的屍體則是由多惠來確認。所以時子必須讓多惠看到自己腰上有顆**後天的**痣。

「這樣一來，問題點一一出現了，但是時子也都想到了。對時子來說，可以避免前述的危險點的方法，就是**將雪子深埋**。還有為了要讓人知道自己的腰上有痣，因此掉換了雪子和時子掩埋時的深度與組別。但掉換了雪子和時子的組別後，又產生新的危險。萬一前半組的三具屍體發現後，被擺放在一起時，相鄰的屍體便有可能出現。

「但是最高明的地方是，這問題只出現在後半組之中。秋子和時子就不是相鄰組。但後半組的屍體被發現時，早就已經腐化，因此就沒有這個問題了。兇手有意讓後半組的信代、禮子、雪子的屍體在腐爛後才被發現，還有一個作用，那就是以嫌疑犯名義被捕的昌子，在精神狀態異常下，更難從屍體上發現有何不對，就算她發現有異，但說的話已不足為警方所採信。還有，因為屍體已經腐化到至親難以確認的程度，警察可能不會帶案發即拘留的嫌犯前去指認。所以雪子很可能在母親尚未指認前，就先行火化了。

「至於梅澤吉男的老婆文子又另當別論。她毫無涉案嫌疑，女兒的屍體一被發現，便會被要求立即前往指認。由於指認者是死者母親，就算有疏忽的地方，警察也會認真考慮。因此有必要讓她的女兒相當腐爛，甚至化成一堆白骨。基於上述種種理由，時子便將屍體分為深埋組和淺埋組。」

聽完御手洗的這段解說，我不禁咋舌。沒有想到這個案子的真相竟然是這樣。

「原來如此……實在太令人訝異了。可是，若是如此，雖然把時子和雪子的組別對調也沒什麼不對，但是為什麼不讓被當作時子的雪子屍體那一整組放在淺埋組也就是前半組呢？如果這樣的話……」

「哎呀，我不是說過了嗎？時子也怕警察看到第一個後大感驚駭，然後就再往下追查呀。比如說若是她故意將時子藉由淺埋而被第二或第三個發現，那麼信代或禮子中，有一個一定得當第一個。但這兩人屍體的上下兩部分，都分別為兩個人的，不論是誰當第一個，當她被像知子那樣丟棄不埋的話，肯定做母親的文子一定會發現異狀。我敢跟你打賭，做母親的在這方面可是非常敏感的。時子在計畫時最警戒的並非警察，而是她們的母親。

「再說，如果發現送來的屍體是由新鮮的屍塊組合而成的，再單純的警察也會察覺得有異，至少會盡全力動腦筋去想。好，那如果是把**無頭屍**當作第一號呢？這屍體雖然只缺一部分。可是兇手會很不安，這我剛才說過了。所以，要拿來當作第一號任意棄置的，再怎麼想，都只有知子最合適。」

「那麼，如果一律……」

「你是說一律深埋是嗎？若是如此，就失去了與阿索德相關連的契機。警察可能花上十年時間才起出所有的屍體，於是就不會和平吉的手記聯想在一起。而且那些屍體上，別說看不到痣，恐怕連芭蕾舞者的特徵——腳骨和趾甲變形都看不到了。與其這樣，還不如都被發現。萬一弄不好，可能六具屍體都永遠找不到，或是剛好沒找到**無頭的那具**。這種事不能說絕對不可能。而且這種『巧合』便會很烏龍地成為指出兇手的證據。這樣一來，辛辛苦苦預備自己屍體，以及其他所有的事不都白做了？以時子來說，這六具屍體一旦被發現，自己就安全了。而且這期間不能太久。不只是為了看到芭蕾舞者的特徵，而且因為她已設計成找不到兇手的懸案，所以找不到屍體的人被認為是兇手的風險就很高了。而且在六具屍體被找齊之前，她必須隱身躲藏，若是時間太長，對時子來說也不是愉快的事。」

「唉……原來如此……」

我嘆了一口氣，然後又想到了一個問題。

「我還有一個問題。死者幾乎都不是全屍，難道警察沒有從血型找出疑點嗎？」

「很湊巧，她們的血型都是A型，這方面飯田先生算是行家。據我所知，現在血型不只ABO，還有MN型、Q型、Rh型。最主要是抗體的不同，但要排列分類，那麼人類的血液型又可細分為一千多種。不僅血型，上下分割的屍體，如果詳細做染色體、骨骼組織分析，這件命案還是騙不了警方。」

「是不是鄉下警察的關係，疏忽了這方面？」

「撇開鄉下警察不說，即使是現在的日本，一條街有大醫院的，也幾乎少之又少。命案發生之時，血液方面的檢驗，大概只有ABO三種血型吧，這一方面我不清楚。不過我知道MN型、Q型的發現，是戰後的事。飯田先生應該知道這些吧？那就沒錯，昭和十一年的時候，一般人只知道ABO血型。」

「染色體是從血液中抽離的嗎？」

「可以從血液、唾液、精液、皮膚以及骨頭抽離。但是這宗命案發生在昭和十一年，屍體現在已經變成一堆殘骸、粉末，早已不可能利用血液、染色體、骨骼組織等判案方法。現在都是用顯微鏡在辦案，就此點來看，現代對犯罪者來說已經不再是個天堂了。」

「你現在所講的我都明白了，難怪你那天會發狂大叫哩。不過，光憑這些資料，你怎麼知道須藤妙子，不，時子住的地方？」

「哈！這還不簡單嗎？只要從動機這一點去想，就能夠明白了。」

「對了，說起動機，她殺人的動機到底是什麼？」

「你那本《梅澤家占星術殺人案》借一下。唔……你看看這張家譜圖表，時子的母親多惠可說是這家人中最悲劇的人物。時子殺人的動機，應該就是為了替母報仇。如果我的想像沒錯，平吉並不是個意志堅強的人，所以當昌子介入他的婚姻時，他就隨隨便便拋棄了溫順的多惠。跟後母及異母姊妹生活的時子，內心一定十分痛苦。對時子來說，禮子、信代、雪子，雖然都是自己的姊妹，但這層關係卻是因為讓母親受苦而形成的。這六個人，不，再加上昌子、時子，總共八個人生活在一起，時子介入她們中間，自然會有一種無法打成一片的感覺。但她殺人的直接動機又是什麼呢？

「關於這點我之前一直想不透，後來我當面問她原因，她花了幾十分鐘告訴我。其實一點都不單純。總之，時子對她們雖積怨已久，但最主要的還是為苦命的母親出一口氣。多惠是個苦命的女人，父母經商失敗，好不容易嫁個有錢先生，卻因為昌子的奪愛，落得一無所有。像她那種消極、保守的女性，遇到這種事情，又無能為自己爭取權益，非常可憐。所以時子覺得無論如何也要幫母親爭取到一筆錢吧。這就是犯罪的動機。

「我還可以補充一點，說明時子殺人的動機，是基於對母親強烈的同情與愛。多惠在京都嵯峨野開過皮包店，嵯峨野是她最懷念的地方，結果卻死在保谷。時子那個時候或許有完成母親夢想的念頭。果然四十年後的今天，時子便隱居在那個地方。我猜店名她可能會用母親的名字來命名，於是便到派出所打聽這一帶有沒有叫妙屋或惠屋的皮包店。真的就找到一家惠屋，而且時子連自己的名字都改成了**妙子**。」

「這麼說，梅澤平吉的手稿不是平吉本人寫的？」

「當然是時子寫的。」

「二月二十五號下雪那一天，平吉的模特兒就是時子嗎？」

「沒錯。」

「原來平吉以自己的女兒做模特兒……關於密室的問題，你能說明一下嗎？」

「那其實沒有什麼。這個問題和平吉鞋子的問題一樣，我不覺得有說明的必要，但是你既然問了，我就說吧！我前面就已經說過，時子在充當父親的模特兒時，外面開始下雪了，於是她便思考出腳印的障眼法。平吉平日最信賴的人，就是時子，因此當然可能當著她的面吃下安眠藥。那時，時子正打算要回去。

「之後，時子冷不防殺害了父親，並且把床挪斜，讓床看起來好像被吊起來一樣，又讓平吉的一隻腳垂到床外，還剪短了平吉的鬍子，才離開工作室，從有凌亂足跡的窗戶邊拉動繩子，把門閂帶上。這個時候，門上的皮包鎖還沒有掛上去。接著，她穿著女鞋，走到柵門，再利用芭蕾舞者的踮腳尖走法回到工作室的入口，換上平吉的男鞋，故意在窗戶的下面弄出混亂的腳印，然後踩過剛才踮腳尖走路的痕跡，把腳尖的印子除掉，來到外面的馬路上。

「至於接下來她去了哪裡？就不清楚了。她可以去保谷找她的母親，但是時間已經晚了，沒有巴士，也沒有電車，叫計程車的話，可能會被發現，所以她大概就隨便找個地方躲到天亮才回去，兇器應該也在那個時候處理掉了。第二天早上她回到梅澤家時，身上一定有包包之類的東西。

因為包包裡放著平吉的鞋子。

「然後，她做了早餐，前往平吉的工作室，先假裝在窗口探視裡面的情形，並且乘機把平吉的鞋子從窗戶丟入室內的地上。那樣丟進去的鞋子，當然是有點亂的，但是沒有關係，因為待會兒一家人會破門進去，一定會把地上的鞋子弄亂的，所以誰也不會起疑。接下來她把大家叫來，眾人破門而入，時子便利用一陣亂的時候，獨自把門扶好，掛下皮包鎖。就這樣，皮包鎖和鞋子的問題，都解決了。在撞門進入之前，如果大家先到窗口去看看裡面的情形，或許會有人注意到門上沒有掛皮包鎖。但是時子一定會以不要弄亂腳印，影響破案為由，說服大家不要靠近窗戶。」

「那……警察問起皮包鎖的問題時，時子只要回答說『有』就好啊，因為第一個發現的就是時子啊。」

「正是如此。」

「保谷的多惠為時子做的不在場證明，是騙人的嗎？」

「對。」

「殺一枝和陷害竹越文次郎的也是時子嗎？」

「梅澤家一連串的命案都是她做的，文次郎完全是無辜的受害者。這是這件案子裡最令人討厭的一點。他因為被捲入命案，後半輩子都很難過。案情現在才真相大白，對他而言是有點晚了，但總算還他清白了，相信他死後有知，應該安心了。石岡，請你去把房子裡冬天用剩的煤油拿來好嗎？」

我拿著只剩下一點點的煤油桶來時，御手洗已站在磁磚的流理台前等我。水槽裡放著文次郎的手稿，御手洗將一點點煤油澆在手稿上。

「美沙子小姐，有沒有火柴或打火機？有嗎！太好了，借我一下。咦？石岡你也有啊。我看你還是收著別拿出來，就借用一下飯田先生的好了。」

御手洗點著火，澆上煤油的手稿很快燒起來。

四個人圍著流理台，看著流理台裡燃燒的手稿，好像圍著小小的營火。御手洗不時用小棍子撥弄，燒成黑灰的紙，一片、兩片、三片，飛舞到空中。

我聽見飯田美沙子喃喃自語地說道：這樣太好了。

3

案件到此已告偵破，但是我卻還有許多疑問。御手洗的講解太讓人驚奇了，使人來不及提出問題。現在一個人冷靜下來，逐漸清明的混濁頭腦，便浮現出若干疑問。

最大的疑點是，當時一個二十二歲的女孩，到哪裡去收集砒霜、氧化鉛以及氫氧化鐵等毒品？水銀的話，打破幾支溫度計，就可以得到，並不困難，但是硝酸銀或錫之類的東西，若不是從藥科大學裡取得，一般是很難拿到的。

還有，她自我消失後，藏匿在何處？雖然四十年後，御手洗在嵯峨野找到她，但是案發後，如果她隨即改名，並且開始在嵯峨野過新的生活，難道不會引起任何人的懷疑？就像吉田秀彩對我說過的話：人死了，誰也不會注意，但想一個人偷偷過日子，卻不是容易的事。

還有，時子擔任父親的模特兒，說不定那些姊妹們會突然跑來探視。她不擔心自己下手時，被別人發現嗎？不過，這個問題或許因為平吉個性的關係，讓時子沒有這一層憂慮。平吉以自己的女兒為模特兒，應該是瞞著所有人的行為；而且，他平日作風神祕，作畫時也都拉下窗簾，此時被發現的可能性，可以說是微乎其微。

整個計畫是多惠與時子母女兩人的共謀？或是多惠授意的結果？如果是這樣，那麼多惠為時子做不在場證明的偽證，和見到被指為是時子的雪子屍體時，毫無異議的情形，就很容易被理解了。還有，平吉被殺之夜，時子明明有地方可以去，何必要忍著低溫在外面等到天明？

此外，吉田秀彩為什麼知道平吉是左撇子？我對這件事一直不能釋懷，最後終於忍不住打電話問吉田。結果就如同我的預期，他是聽安川講的。這真是太沒意思了……

飯田夫婦走出御手洗的教室，準備將這樁驚世駭俗的命案真相，告訴世人。而御手洗則像什麼事也沒有發生過一樣，立即恢復到平日的神情和態度。我則回到自己的住處後，腦子裡還拚命想著和這樁命案有關的事，一時之間心情實在無法平靜下來。

這件從昭和十一年開始，中間經過戰爭，一直到昭和五十四年才被破解的案子，還差最後的一幕，才算真正的完結。聽完御手洗解說的第二天早上，我帶著緊張的心情，打開報紙看，結果卻讓我相當失望。歷經四十餘年才被解決的「梅澤家占星術殺人事件」，並沒有如我所預期的攻佔報紙的版面，還讓我受到了深刻的痛擊。

因為報紙第四版的某一個角落，報導了須藤妙子自殺的事。不知道御手洗知道這消息後，會有什麼感想？雖然我的內心深處，似乎早已知道會出現這種結局；但是，真正面對這樣的結局時，我還是覺得深受刺激。

那一行的內容大致是：接到飯田刑警的聯絡後，當地的警方在十三日星期五的晚上，發現須藤妙子陳屍於「惠屋」之中。死因與阿索德殺人事件一樣，她吞下砒霜，中毒死亡。這個報導很短，只簡單提到可能與所謂的梅澤家占星術殺人事件有關。報導中還提到，死者留有遺書，主要的內容是向在她那邊工作的兩個女孩致歉，害她們沒有工作了，因此有一筆錢要給她們。我捲起報紙，拿在手上，決定去找御手洗。

剛剛看報紙的時候，我想到一件事：那些砒霜或許是從前毒害那些少女時所剩下來的東西。四十年來，她一直把那樣的東西放在身邊嗎？我多少有些了解須藤妙子的孤獨感了。

只是，她為什麼不作任何表白，就自殺了呢？

走出車站，我才知道，我所買的報紙大概是世界上最打混的報社。因為商店前寫一些「占星術殺人命案偵破」、「兇嫌竟是女性」等等之類的偌大的文字。報紙十分暢銷，趕在賣完之前，我買了一份。

這一份報紙的報導裡，也沒有加入圖片來說明兇手分屍的方法，只是把昭和十一年發生的案件，再次概要地敘述一下，結論時說道，這是警察四十年來鍥而不捨的辛苦收穫，御手洗的名字完全被抹煞了。

御手洗還是老樣子，還在睡。我直闖他的臥室，告訴他須藤妙子死了。「是嗎？」他立刻睜開眼睛，只說了這麼一句話。然後手臂放在枕頭上，似乎要我暫時別說話。我已經不知道該講什麼，內心的衝擊實在太大了。御手洗又開口了：「來杯咖啡好嗎？」

他一邊喝咖啡，一邊認真地讀我買來的報紙。讀完，往桌上一放，微笑著說：「看到了嗎？警方穩健踏實的辦案精神，終於獲得最後勝利……」

「憑竹越那傢伙，就算再穩健踏實個一百年也不會有收穫！不過，我看他去賣鞋可能會賺點錢。」

乘這個機會，我向他提出心中的疑問，也就是那些毒品的來源。

「那個呀！她到底是怎麼拿到手的呢？我也不知道。」

「在我去嵐山和你們見面時，你不是有時間和她說話嗎？」

「嗯，是有時間，但是沒有多說話。」

「為什麼？兇手好不容易出現在眼前了，你為什麼不問她？」

「問了幾句之後，就覺得她親切起來。而且，我又不是一步一步追查才好不容易找到她的。那天須藤妙子出現在我面前時，我也沒有什麼辛苦的感慨。」

「騙人！」我心裡這麼想著。當時苦思不解破案的關鍵，而陷入半瘋狂狀態模樣的人，是誰呀？御手洗這個人，明明苦得要命，累得要死，在別人面前卻要擺出氣定神閒，一副「我是天才，什麼也難不倒我」的樣子。

「對我而言，那件案子已經沒有什麼非明白不可的重要部分；而一些小細節，知不知道都一樣，沒有什麼意義。」

「那你就告訴我，那些藥從哪裡來的？」

「你好像非打破砂鍋問到底不行的樣子。不管是毒藥，還是什麼東經一百三十八度四十八分，都像是裝飾在柱子上的浮雕，她的本領真是了得，所以那些裝飾品，才做得那麼精巧，充滿生命力，讓人看不到建築物的整體。但是，任何華美的建築物，最重要的都是結構，這才是我最感興趣的部分；只在意那些裝飾，專心分析那些裝飾的結果，往往無法把握建築物的結構。知道那些藥品是怎麼來的，有那麼重要嗎？她只要隨便去哪個醫藥大學，做清潔婦的工作，就可以偷到那些藥品了吧？」

「那……命案可能不是時子一人的計畫。她的母親多惠會不會是同謀？或者更大膽地說，是多惠唆使她去做的。你認為呢？」

「不可能。」

「全部是時子一個人的計謀？」

「當然。」

「你憑什麼這麼肯定？」

「你的這個問題不能用理性來分析，我是從她們的感情來推測的。時子在四十年後的今天，以妙子的名字在嵯峨野經營『惠屋』皮包店時，已經有必死的心情。她難道會不知道開店就是公開自己的行蹤？她毫不隱瞞地讓自己出現，懷抱的就是一種『殉情』的情結。我之所以肯定她們並非共謀，還有一個原因，這個原因和錢有關。如果是多惠和時子共謀，當多惠獲得遺產時，時子必定也會分到一些，甚至一半吧？若是沒有，至少多惠也應該會隨心所欲地使用那筆錢吧。但實際上，嗯……雖然我也沒有詳細調查過不敢打包票，但我覺得剛才我所說的情況並沒有發生。

「還有，如果她們是共謀，計畫成功，拿到錢後，時子也回到多惠身邊了，多惠應該會立刻搬到京都的嵯峨野，開一家店，實現她多年來的夢想。可是，孤獨的多惠即使拿到錢，仍然守在原地，過她孤獨的一生。這樣的結果，一定讓時子感到遺憾，所以時子才會在明瞭危險的狀況下，去實現母親的夢想。這就是我所說的『殉情』。」

「是這樣的嗎……」

「當然，我這兩個沒有證據的論調，你也可以完全推翻，但是兇手既然死了，你的懷疑永遠無法求證。」

「太可惜了。失去千載難逢向她求證的機會。」

「是嗎？我倒覺得這樣很好。」

「那……這兩、三天內，你沒有接到她寫給你的，類似遺書之類的東西嗎？」

「怎麼可能呢？第一，她不知道我的住址；而且，她也不知道我的姓名。我不覺得我的名字適合在那樣的時候說出來，而且也不是什麼好聽的名字。」

「唔……還有，案發後，須藤妙子，不，應該說時子，她究竟躲在哪裡？」

「關於這一點，我倒是稍微問過她了。」

「在哪裡？」

「好像是中國大陸。」

「滿洲嗎？很有可能，就像英國的犯人大都喜歡往美國逃一樣。」

「她說她回到日本時，從火車看到窗外的群山，好像湧進了自己的懷裡一般，日本雖然小，但是充滿詩意，這話讓我印象深刻。」

「嗯……」

「那段時間一定很美好吧。現在的日本人恐怕有不少連地平線都沒看過就死了。」

「她膽大心細，是很難得一見的犯人。一個二十二歲的女孩，竟做得出這樣的案子。」

御手洗的表情似乎在看很遙遠的地方。說：

「是啊！她實在是很了不起，一個弱女子就犯下四十年來日本所有人都破不了的案子，史無前例，甘拜下風啊！」

「還有……我想知道你為什麼，我了解是那張鈔票刺激你，但只是這樣而已嗎？你是怎麼發現這麼龐大的過程的？再怎麼說，你也不可能只從我的說明，就突然聯想到屍體騙局的關鍵吧！」

「這個答案就要從阿索德說起。因為無論我怎麼想，都找不出製作阿索德的時間和地點。不過那也不打緊，最重要的是平吉的手記。當初我在研判案情時，就發現平吉的手記疑點很多，可能是別人偽造的。」

「請舉例說明。」我說。

「疑點真的很多。那……就從最根本的說起吧！手記裡先說：手記可視為阿索德的附屬品，應該放在日本的中心點，不想被任何人看到；卻又說如果有錢的話，就要給多惠。所以很明顯的，這本手記是有意寫給人家看的。

「而且，兇手應該要拿走手稿，但卻沒有，反而還留在平吉的屍體旁邊。所以這一定是兇手自己寫的，所以才不需要一直閱讀，便能完成手記中指示的那些繁瑣又細微的埋屍行為。若是別人或平吉所寫，不帶一份拷貝一定會忘記其中的細節。而且那手記並不是在殺平吉的時候才第一次看見，必定是之前就已經反覆閱讀過好幾次。但就算如此，把那手記帶在身上還是比較妥當。所以這擺明是要給別人看的東西，可見手記不是平吉所寫的可能性大增。

「手記的開頭就有這樣一段話：在我死後，我的創作可以和梵谷的遺作一樣帶來可觀的**財富**……這段話也很奇怪，為什麼為了拯救大日本帝國的阿索德畫作，會帶來財富？這絕對是籌畫整個計畫的人才會說的話。而且還說這些財富要給多惠。不過，從這一點，正好可以看出兇手的企圖。還有，手記裡曾經說過『我不喜歡煙霧迷濛的地方……很少涉足酒店』，但你也曾說過平吉是個老煙槍之類的話。手記裡的那一段話，其實是時子在說自己。

「總之，疑點真的太多了，還有……對了，音樂。手記裡平吉說喜歡〈卡布里島〉和〈日光小夜曲〉。這些都是昭和九年到十年流行的曲子。我以前曾經研究過那個時期的音樂，知道那兩首都是很好的曲子，但我認為卡洛斯・葛戴爾㊺的那首〈YIRA YIRA〉才算是名曲……好像離題了。總之對平吉來說，那段時期他一直在自己的工作室裡，過著類似隱居般的生活，工作室並沒有收音機之類的音響，他怎麼會知道那些曲子呢？而時子的話，當然聽過那些曲子吧。昌子喜歡音樂，梅澤家的主屋裡，應該隨時可以聽到音樂。」

「說得有理……」

御手洗這麼一說，確實為我解開不少疑問。不過，他始終沒有談起須藤妙子自殺的事。

「須藤妙子的自殺……」我還是忍不住開口提起：「她為什麼不願對自己的死做一些說明？

她一手完成的梅澤家命案如此轟動，身為兇手的她應該或多或少地做一點說明吧。」

「要她做什麼說明呢？她要怎麼說明，你才會覺得滿意呢？」

御手洗接著又說：「你看看報紙怎麼說的！說她是畏罪自殺。這麼簡單地下定論了。考生自殺是受不了考試的痛苦，不管這個自殺的考生原本的成績是好的，還是壞的，或是中等的，一律冠以同樣的原因。真的那麼單純嗎？真是狗屁不通！把所有事都壓擠成大眾可以接受的層次。根本就是想藉由大眾的這種暴力的行為，來解除自己平庸愚蠢的劣等感和危機感！一個人活了幾十年後，一旦決心棄世，一定有很多原因，多說明又有何用？世界上沒沒無聞死去的人太多了，或許你例外，對於死有獨特見解。懂了嗎？」

「……」

4

御手洗始終避談自己對須藤妙子之死的想法。但是，我認為他一定在發現真相時，了解到什麼絕對不能說的事。那到底是什麼事呢？我怎麼猜也猜不到。雖然我有機會問他，但他總是推諉地笑說：那就像擲骰子一樣。他不肯吐露出來。

我想他所謂的骰子是：梅澤家占星術殺人事件，就像小孩子在過年時玩的雙六㊻一樣，會贏也會

㊺卡洛斯．葛戴爾（Carlos Gardel，一八九〇年至一九三五年），法國的一位歌手、歌曲作家、演員，也是探戈史上的翹楚。
㊻雙六（Sugoroku），或稱雙陸，是一種桌上遊戲。棋盤似象棋，但左、右各分六路。原自天竺（印度），三國時期傳入中國，到了隋、唐開始流行，後再傳入日本。

輪，有好也有壞。不管是床吊起來的障眼法，還是東經一百三十八度四十八分，還是四・六・三的中心，或是什麼阿索德及其他種種，都是兇手分散人們注意力的陷阱。我和御手洗就像擲骰子的人，一擲下去，一喜一憂，有贏有輸，有調查方向正確的時候，也有錯誤的時候。總之，這一件事，讓我們都有收穫，雖然我的調查方向偏差了，但也獨闖了名古屋與明治村，見到了一些人。

但這件事當中我們毫無不快的回憶，我們見了很多人，去了很多地方，唯一令人討厭的就是竹越刑警那樣的人。諷刺的是：命案的兇手，竟是讓我們印象最好的人。我很難形容這個事件帶給我的教訓。若要說有什麼不愉快，就是最後所體驗到的種種情緒，可以就這麼封存在心中，不去理會嗎？

這案子果然不出所料，引起世人的騷動，街頭巷尾仍然在傳說著命案的種種。原本只有小幅報導的報紙，立即做了連續一個禮拜的相關報導，雜誌也競相出專輯，電視台還做了特別節目。謹慎的飯田刑警上了電視，連竹越都在螢光幕上猛搶鏡頭，讓人很不舒服。以前出版過這個事件與人吃人的人種有關，或與UFO有關的出版社，現在更是搶搭列車，緊急出版了相關書籍，撈最後一筆。不過，不管是哪一家媒體的報導，都把破案的功勞放在飯田刑警頭上，於是美沙子小姐寄來了一張有寫和沒寫都一樣的感謝明信片。

由於沒有任何媒體提到御手洗的名字，我的心裡很不平衡，覺得自己的朋友被忽視，因此有一種被背叛的感覺。然而這樣也有好處。那就是只要御手洗的名字沒有出現，這個案子就是穩健、踏實的警方所破的，竹越文次郎名字和文次郎的手稿，也就不會出現在世人的面前了。

這件事能有這樣的結果，讓我很滿意，覺得總算沒有白費力氣了，我想御手洗一定和我一樣高興。不，他一定比我高興。因為我心裡有世人忽視了我的朋友的不愉快感覺，所以喜悅程度大大地減半了。

但御手洗卻安然自若，對於大眾的騷動，他似乎視而不見。

「你一點都不介意嗎？」

「介意什麼？」御手洗天真地回問。

「這件案子明明是你破的，卻好像與你無關似的。事實上，上電視的人應該是你，這樣你或許可以一舉成名，財源滾滾了。啊，我知道你不是會有這種想法的人，可是世人就是這樣呀！只要出了名，做什麼事都容易了，對你的工作也會有幫助的。有了錢，你就可以搬到更好的建築物裡，並且在室內擺上舒服的沙發，來找你的客人當然也會越來越多。不是嗎？」

「不必了，我不希望我住的地方一天到晚擠滿沒頭腦的人，而每當我回到家，你就必須大聲呼叫才找得到我。或許你無法想像，現在這種日子最適合我。我才不想讓那些把腦袋忘在別處的傢伙破壞我的生活步調。逍遙自在，想睡就睡，想好好研究就做研究，碰到有趣味的事才出門，還可以想討厭誰就討厭誰。白就說白，黑就說黑，不用看誰臉色。這些都是我的財富啊，都是我用被某警員奚落成魯邦三世換來的呀。我可不想失掉它。何況，覺得寂寞的時候，還有你來作伴，這樣就夠了。」

聽到御手洗這一番話，我的心頭一熱。實在太感動了，沒想到他竟然這麼重視我。既然他這麼重視我們的友情，我更應該好好表現。於是我壓抑著內心的笑意，說道：

「那麼，御手洗兄，如果我把我們辦案的經過，源源本本寫給出版社，你反對嗎？」

「得了，別開這種令人心臟麻痺的玩笑。哎呀，石岡，已經這麼晚了。」

御手洗像是遇到鬼、害怕似的對我說。

「我不知道它有沒有機會變成印刷品，但你不覺得有讓世人了解的價值嗎？」

「別的都好說，這件事免談。」

御手洗這回的態度非常認真了。

「為什麼這樣堅持拒絕呢？說個理由吧。」

「我剛才說的話，你好像沒聽懂。除了我剛才說的理由外，當然還有別的理由。」

「願聞其詳。」

「我不想說。」

我是畫插畫的，跟出版界很熟，只要寫成，一定可以出版，而且我想，這樣也可以給在京都照顧我們的江本最完整的情節。到時候御手洗恐怕會成為最後一個讀者。

「你大概很難想像，當我報上姓名時，對方問我名字怎麼寫的那種恐怖。」

御手洗像個老頭子一樣，沉坐在沙發裡虛弱地說道：「你的作品裡非寫我不可嗎？」

「當然，像你這種與眾不同的人物，我的作品裡如果沒有你，就無法成為偉大的作品。」

「那你幫我取個酷一點的名字吧！像月影星之介什麼的。」

「當然。只要你同意讓我玩個小把戲。」

「占星術師的……魔法嗎？」

事情並非如此就全部結束，最後還有一件意外的發展等著我們。

須藤妙子還是留下相當於遺書的東西給御手洗。案子結束之後約半年，遺書的複本終於被送到御手洗的手中，而送這份遺書來的人，竟然就是那位竹越刑警。

十月的某個午後，有人敲了御手洗事務所的門。從敲門聲聽來，敲門的人似乎很謹慎。御手洗應了一聲「請進」，但是可能是離門的位置太遠了，對方沒有聽到，所以沒有立即推門進來。隔了一會兒，又傳來像女人敲門的聲音。

「請進！」這回御手洗大聲說了。

門輕輕地被推開了，出現在我們面前的，是一位我們曾經見過的大個子男人——竹越刑警。

「哎呀、哎呀！看看是誰來了。」

御手洗像是看到十年不見的老朋友，很高興地起身相迎。「稀客，稀客。石岡，快倒茶來。」

「不打擾，很快就走。」說著，竹越從公事包裡拿出一疊影印的紙。

「這是要給你的。對不起，這是影印的東西……」竹越又說：「對我們來說，這是很重要的資料，而且……因為沒有寫收信人的姓名，一時也不知道要送給誰，需要時間推測，所以……」

我們不知道他在講什麼。

「好了。這個東西現在已經確實交給你了。」竹越說完掉頭就走。

「哎呀，好不容易來，聊聊再走嘛。」

御手洗的口氣有故意調侃的意思，竹越當然沒有留步。但是，走出門外時，他又轉身，像在喃喃自語一樣地說道：「這些話我如果沒有說出口，我就不是個男人。」

然後，他垂著眼睛，視線盯住我們的鞋子，為難地繼續說下去：「這次非常謝謝你們，我父親在的話，也一樣會感謝你們。在此深深向您致謝！謝謝！過去失禮的地方，還請原諒……那麼，告辭了。」

說完，竹越迅速又小心地把門關上。不過，他始終沒有看著我們的臉。

洗手御歪了歪嘴，靜靜地笑了。

「他人還不錯嘛。」

「是不壞。」我說：「起碼這次他從你那裡學到不少事情。」

「哈，是嗎？」御手洗說：「學會了敲門的方法吧！」

竹越刑警留下來的，就是須藤妙子給御手洗的遺書。遺書的內容詳細地交代了那個事件的細節。我決定把遺書的全文公開出來，做為這篇漫長故事的結束。

阿索德之聲

給在嵐山見面的年輕朋友：

我一直在等你。我這樣講，你一定覺得奇怪吧？但以我的心情而言，我真的只能這麼說。我很清楚自己已經變得很奇怪了。做了那麼大壞事的人，因為內心經常處在不安當中，人自然而然就變得奇怪了。

當我在母親喜愛的地方苟且偷生時，好幾次夢見非常可怕的男人突然出現在面前，兇狠地斥責我，並且硬把我拉入牢房。夢裡的我，是年輕時命案發生當時的我。我每日惶恐不安，幾乎到了雙腿都會發抖的地步。我知道夢境終有一天會出現在現實中，而我也一直在等待這一天的到來。

然而出現在我面前的，竟然是年輕、優雅、也不盤問我任何事情的你，所以我很感謝你。我做了如此驚世駭俗、十惡不赦的事，而你卻和顏以待。為了感謝你的善良，我才提筆寫下這封信。

想起來，這事件轟動了整個社會，可是因為你的善意，命案裡的某些細節一直沒有解開。因此，現在我想做的，就是儘可能地說明命案的來龍去脈，並且寫出我內心的懺悔。

跟後母昌子和她那群女兒的生活，簡直像在地獄裡度日一樣。即使我的罪孽深重，但是講這些話的時候，我仍然一點都不後悔。後來我雖然經歷了很多事情，也遭遇到種種痛苦，但是一想到那一段日子，我就能一一忍受下來。

我母親被父親拋棄時，我才一歲。母親抵死要把我帶走，父親卻以她身體虛弱為理由，加以拒絕。但卻讓她一個柔弱女子從此孤獨地在香煙攤度其餘生。

後母撫養我長大，她給我的是一個痛苦的童年。現在再來說故人的是非，似乎有些不知感恩，或是過於為自己脫罪。在我小的時候，她從來沒有給我零用錢，別說零用錢，連洋娃娃都沒買過一個給我。我從來沒穿過新衣服，都是撿知子或秋子不要的。

我跟雪子上同一個學校，我雖然比她大一年級，但我們是同年的姊妹，她每天穿新衣，我穿的卻是舊的衣服，真是讓我難過到了極點。我唯一不輸給她的，就是優越的成績；但是她們母女卻會聯合起來，不讓我好好讀書。

直到今天，我仍不明白，昌子為什麼不把我送回到保谷我母親那裡？大概是畏懼鄰居的流言，和這麼大的一個房子需要有人幫忙吧！我從小就很會做家事，對她而言，我是很好的傭人，所以每當我想去保谷，和我的親生母親生活時，她就有許多理由不讓我走。我的這些遭遇，不管是親戚朋友、鄰居或同學都不知道。因為梅澤家的大圍牆，把我們從世界孤立起來。

每次我去保谷探望母親，回來之後，昌子母女就故意造謠，說我不知跟母親訴苦什麼。但是不管她們怎麼說，我還是非去母親那裡不可。

雖然外人總以為我常常回去看母親，其實不是，是在工作。這有幾點原因。第一，母親賣香煙，收入有限，我必須給她一點生活費，再加上母親身體虛弱，不知道什麼時候會生病，因此，我得存錢，以防萬一。

另外一點，以我的情形，沒有錢的話，在梅澤家的生活就會有更多的困難。昌子是絕對不會給我錢的，但是卻讓她自己的女兒在金錢上過得很自由，讓世人以為梅澤家的女兒都是那樣的。

總之，為了自謀財路，我不得不出外工作。

母親非常了解我的情形，所以梅澤家的人打電話到她那裡去的時候，她就替我說謊，說我在她那裡。如果昌子她們知道我在工作的話，不知道又會說些什麼。

那時候的我，身體還算結實。那時代，一個女孩子是不可能到酒吧裡工作的。透過一位熟人的幫助和介紹，我每個星期去一家大學的醫院工作一天。為了不給介紹我去那裡工作的人增加麻煩，請容許我不說出那所大學的名字。我之所以了解人體的解剖，就是在那個大學醫院學來的。

可是這件事讓我變得虛無。我開始想，人的生命是沒什麼價值的東西。生命不過是寄居在肉體，死了以後就離開。而這些都和好運、壞運和周圍人的想法有關聯。曾經一度，我想自殺。現在想起來，雖然沒什麼道理，可是在我那個時代，對死的想法單純，甚至有種嚮往，感覺它像是一種誘惑。

在那所大學的同一棟大樓，同時還有藥學系和理科的學生上課。我站在砒霜的藥瓶前，下定求死的決心。我偷了一點點砒霜，放在化妝品的小瓶子裡，來到保谷的母親住處。母親蹲在火盆前，身影看起來是那麼的小。

那一天，我是帶著告別的心情，去看母親的。母親看著我，從腋下拿出今川燒紅豆餅的紙袋子給我看。她知道我今天要去，特地買回來給我吃的。

我們母女吃著今川燒紅豆餅時，我突然想到我不能就這樣獨自死去。我仔細地想著：自己在這世上活下去的理由是什麼呢？活著雖然不快樂，也找不到任何意義，但是，如果我現在就死了，我的母親該怎麼辦？

不管我何時來看母親，母親都像一團被遺忘的廢紙般，無精打采地坐在香煙攤的攤子前，好像除了那個姿勢外，她沒有別的姿勢了。我想母親的一生，大概就一直坐在這個小香煙攤的榻榻米上，到死為止了。她的人生是多麼無趣呀！這個念頭一起，我就更加不能原諒梅澤家的那些人。其實，我也不是一開始就想殺死那一家人，也沒有什麼特別的事件，讓我勃然產生殺機，而是經年累月堆積下來的不滿，終於讓我下手殺人。後母喜歡熱鬧，梅澤家經常洋溢音樂和笑聲，對照之下，保谷的母親家則死氣沉沉，完全不同。這種人間的差別待遇，寒透了我的背，我一輩子不會忘記。

對了，如果硬要找出是什麼事，種下我殺人的動機，或許是這一件事：記得有一次，一枝跑到梅澤家的餐廳，發現只有一張壞椅子可以坐，便大發牢騷（這個人原本就很愛發牢騷）。後母不知從哪裡找出一個小袋子說：把它套在椅子的一隻腳上，再坐看看。那是母親用心的收集，離開梅澤家時，忘記帶走的小布袋。當時我真是忍無可忍，真想和她們拚命。我想到：反正我已決心一死，不如利用我的死，讓母親得到幸福。

想起我的殺人計畫，我自己都覺得難為情。雖然我覺得自己長得還可以，卻對自己的身材沒信心。可是那份自卑感，卻是讓我想到這計畫的原因。請勿見笑。

在實行計畫之前，我不斷地演練，仔細地觀察周圍的環境，因此注意到竹越先生這個人。我很後悔自己對竹越先生所做的，好幾次都想走到他面前，向他認罪。但是，要我自首的話，我寧願自殺，所以直到他死了，我都沒有機會當面向他道歉。

利用工作上的方便，我花了一年時間蒐集毒藥。昭和十年的歲暮，我不動聲色地辭去工作。之前我去工作時所留下的身分與地址，都是假的，所以並不擔心會被找到；而且，我偷的藥劑份量非常少，應該也不會有人注意到藥劑失竊的事。還有，每回我去工作的時候，因為擔心被昌子她們發現，所以工作時都戴著眼鏡，髮型也和平時不一樣。很幸運的，果然沒有人發現到這一件事。

老實說，我並沒有強烈地怨恨父親，只覺得他是個任性的人。殺害父親的兇器，是醫學院常常丟掉的一種裝藥物瓶的木箱子。那種箱子沒有空隙，非常牢固，我把從醫學院偷出來的石膏混上稻草，這是因我以前聽說，加了稻草就會變得更牢固。然後在箱子上加上木棍，做成堅固的把手。這支把手雖然很牢靠，但在殺害父親時，還是弄壞了。

要下手的那一刻，真的是很困難的。雖說父親是一個任性的人，但是從來沒有對我不好過。殺人那天的前幾天，我告訴父親，願意當他的模特兒，但是不能讓其他人知道，這是我們兩人的祕密。父親很高興地同意了，他就是那種孩子氣的人。

那一天，我在當父親的模特兒，讓父親作畫時，雪也開始下了。雪很大，那是我從沒有見過的大雪，現在想起那場大雪，我還會心有餘悸。是不是神叫我不能動手殺人，才下這樣的大雪，來警惕我呢？我很猶豫，心想：今天就算了吧。又看到父親在我面前服用安眠藥，我更想：那就明天再動手好了。可是，明天也不行呀！父親已在畫布上用炭筆打上線條和基本的輪廓，明天就要勾出我的五官，再不下手，人家就會認出模特兒是誰。而且，明天二十六日是星期三，我答應後母昌子要上芭蕾舞課。這個行動不能延到明天，不能拖了！

下定決心，我終於把父親殺了。但關於結果，我想各位或許並不了解。我失敗了。女人的力量終究不足，父親不過被我擊昏，並沒有死去。他的表情非常痛苦，我用沾濕了的和紙摀住了他的口鼻，再用手死死地按住，最後父親便窒息而死。警方沒有發現他真正的死因，這讓我覺得有點不可思議。並且用剪刀剪他的鬍子，別人一定想不透這是為什麼，其實我本來是想用刮鬍刀的。但是在使用刮鬍刀時，父親的鼻子、嘴巴突然流血了，讓我十分害怕，不得不停手。後來我使用剪刀時，雖然我留心不讓剪下來的鬍碴掉在地上，但還是掉了。

然後我走出工作室，利用繩子從旁邊的窗戶拉上門閂，穿著自己的鞋子，走到柵門。因為怕被別人發現，當時有一種想退回工作室的衝動。但是，就在這個時候，我想到一件恐怖的事。能想到這一點，算是我的幸運吧！

到了外面的馬路，我先試著用腳尖走，再嘗試用腳跟踏，果然如我所想，鞋印中間有一點凹陷。如果沒有注意到這一點，我的計謀一定很快就會被發現了。

這個時候，我手上沒有任何東西，便慌忙地盡量抓了滿手的雪，再踮著腳尖，走回畫室的門口。我把雪裝進皮包裡，不夠，我又在門檻附近，盡量不留痕跡地再拿一些雪，放進皮包。這些雪是用來滅跡的。先抓一把雪放在剛才踮著腳尖的印子上，再用爸爸的鞋子踏上去，踮著腳尖走的印子，就消失了。除去印子完畢，我走到馬路，扔掉皮包內剩下的雪，再把爸爸的鞋子放進皮包裡。要不是清晨又再度下了一點雪，可能會留下畫室旁我掏雪的痕跡。

為了怕撞到人，我跑到離家不太遠的駒澤森林。因為夜深了，一路上雖然偶爾有車子從我旁邊經過，卻沒有碰到任何人。我很幸運。駒澤有一條極小的河流，我喜歡那裡的河邊，長滿一望無際的雜草，藏身其中的話，很難被發現。假使我想死，一定選擇這個地方。我之前便在岸邊一處挖好洞，然後用木板和草蓋起來。於是，我把自己做的兇器、刮鬍刀、父親的鬍碴等等東西，一起埋進洞裡。

直到天亮，我都待在森林裡，不敢隨意走動，因為輕舉妄動的話，只會為我製造出目擊者。除了躲在這裡外，我什麼地方也不能去。很冷，我覺得自己快被冷死了，無限的後悔與不安浮現腦海。下雪的時候，我考慮著要不要回去，但又怕一走到外面的馬路，就會被人看到。

父親是個粗心的人，連叮嚀我該早點回主屋，要不然會被鎖在門外的話都不會說。我之前已向昌子說會去母親那裡，如果她打電話去問，母親也會依慣例騙她們吧。

我把自己創作的手稿，留在父親的工作室裡。它的內容，如今想起來，真令我感到不安，雖然那是經過仔細思考，才寫下的東西，但是我的思考或許也有不周的地方。我也想過：如果我的計畫不那麼大，或許比較好；或許我只要把他們毒死就好了……

然而最讓我擔憂的，卻是：萬一警察抓到我時，我該如何面對母親？她一定會遭受比現在更大的痛苦。我真的寧願自己死掉，也不願意看見她痛苦。至於後母，我覺得一下子就讓她死了，未免太便宜了她。

我一點都不擔心筆跡的問題。因為父親從二十歲開始，幾乎就不動筆寫字，跟朋友之間更無書信往來，所以應該很難找到父親寫過的字，來和我寫的手記做筆跡比較。而且，我曾經在父親留學歐洲時的素描簿上，看過他寫的幾個字，覺得跟我的字很像；當時我的心裡還想著：我們不愧是父女呀！

但是，因為別人很容易看到我寫的東西，所以也不能完全用我自己的筆跡，去寫那一份手記。於是我找到一封中年男子寫的信，並且模仿上面的筆跡……

拉拉雜雜想了很多。每次一想起父親曾經對我好，我就覺得自己罪惡深重。回想起來，在幾個女兒當中，父親最信賴我，最常和我說話，所以我才有本事寫了那樣的手記。我跟梅迪西的富田女士，似乎是他少數談得來的人。然而，被他深深信任的我，竟然對他下了毒手。

從深夜到黎明的時間，長得超乎我的想像。冬夜實在漫長呀！

天色終於泛白，但是新的恐懼又爬上我的心頭。萬一梅澤家中的其他女兒們，有人在我之前發現父親受害，那我就無法把鞋子放回去了。工作室裡有兩雙鞋子，這一點後母她們都知道，其中一雙不見，並且被發現，我就大大不妙。可是我若是太早回去，又顯得奇怪。而且，在送飯去之前去畫室的話，會留下腳印。我的心七上八下的。

關於鞋子的問題，因為是匆匆忙忙間想到的方法，所以設想得並不周全，才會有這麼多的擔憂。我越來越憂心我把鞋子放回去是好主意嗎？鞋子有一點濕，但這不是大問題，因為誰也不敢斷言父親不會在下雪時走出工作室。但是警察看到被我丟在工作室門口的鞋子時，難道不會想到要對照腳印是不是父親的鞋子？雖然這是一雙非常常見的鞋子，萬一斷定的結果和鞋印是一樣的，總是一件麻煩的事。不過，如果鞋子不見了，麻煩會更大吧？想來想去的結果，我還是把鞋子拿回去了。很幸運，並沒有斷定那個鞋印與父親的鞋子有關，我大大地鬆了一口氣。早上又下了點雪，鞋印變得不吻合了，或是警察根本沒想到要拿父親的鞋子來對照腳印嗎？

警察來我家調查父親的死時，態度非常嚴厲。我是早有準備的，當然不會被盤問出什麼問題。看到其他姊妹哭泣時，我一點也不同情，內心反而有一種痛快的感覺。只是昨天晚上在雪中站立一晚，可能感冒了，覺得非常不舒服，顯得有氣無力的，看起來反而更像遭遇喪父之痛的女兒。

母親知道命案當時我不在梅澤家，也沒有去她那裡時，便以為我是巧合因為工作的關係，而留在工作的地方過夜了。為了不讓梅澤家的人知道我在工作，所以她便堅稱我在她那裡。

母親就是這樣單純的人。

現在我想談談一枝的命案。

殺害一枝當天，我是第二次獨自去一枝家。前一次是去了解地形，兩次之間的間隔時間並不長。間隔的時間如果長了，難免讓一枝有機會和昌子閒聊，說起我去她家的事。那就容易被懷疑了。我本來準備穿上和她身上一樣的和服，但是時間不充裕，不得不把死去的一枝衣服脫下來穿。

我照原先計畫在等竹越時，發現衣領上有血跡，便緊張地往暗的地方走。一想到這個計畫，我就心跳加速，十分害怕。任誰也想不到一個年輕的少女，會幹出這種事。殺父親是如此，殺一枝時也一樣。

我在黑暗的路上，一邊慢慢徘徊，一邊擔心：萬一那個人正好今天不像平日一樣地在這個時候經過這裡，那可怎麼辦？為了配合這個時間，我已經殺死一枝了。萬一他今天比平日早，已經離開這裡了……想到這裡，我竟然雙腳無力，整個人就要暈倒。

所幸，他就在這個時候出現在我眼前。當我和竹越先生一起進入一枝家時，一股說不出來的血腥味也幾乎讓我喘不過氣，全身無力。但是，竹越先生好像沒有感覺到。因為擔心衣領上的血跡被發現，我慌慌張張地請他關掉電燈。後來我才知道一枝死亡的時間，警方推測是七點到九點，我實在太幸運了。實際時間是七點多一點。警方可能是因為這案子是偷竊導致殺人，所以才將時間帶拉得這麼長吧！

竹越並不是我的第一個男人。

一枝的葬禮之後，我故意弄髒幾張坐墊。清洗坐墊的工作當然是我的，洗好了的坐墊，就晾在屋裡風乾。我這麼做，是做為彌彥旅行回來時邀那些姊妹們來一枝家的理由。

這時的我，似乎已經對殺人這事漸漸習慣，把這種事當作一個遊戲了。並且對即將來到的旅行，充滿了期待。殺害父親和一枝時，充滿了變數，我的心情也很不安。但是這趟旅行幾乎一切都在我的計畫當中。我提起父親在手記裡說過的事（我們都有被告知一點點手記的內容），醞釀去彌彥旅行的氣氛，結果後母她們都同意了。當我和雪子她們請求後母在岩室溫泉多停留一天時，沒想到後母竟然說她要獨自回會津若松。一切都如我所願。

我早就想過：非常在意世人眼光的後母，一定不會帶女兒們一起回娘家，因為這幾個女兒早因父親的命案而出名了；而回到娘家後，她應該也會一直待在屋子裡，不會外出。我唯一擔心的事，就是她會叫我和文子嬸嬸的兩個女兒先回去。還好她沒有。那一段時間裡，我特別注意和她們相處，避免不愉快的情形。回家的列車上，為了不引起別人的注意，我們很自然地分成了兩組，分別是知子、秋子、雪子以及信代、禮子、我。

我在火車裡提到今天要回一枝家收拾坐墊的事，知子和秋子立刻反對，並說：要去妳自己去就好了，我們已經很累了。這種話是很無情的，怎麼說一枝和她們都是親姊妹，和我則是一點血緣關係也沒有的人。她們就是這樣欺負人，類似的事情太多了，數也數不完。例如說跳芭蕾舞的事，知子和雪子非常遲鈍，老是跳不好，而我卻表現得很好，於是後母就趁我去保谷的母親家時，給她們特別指導，到時候再來奚落我。因為她們不想去，我便努力示好，表示會弄果汁給她們喝，並且說我一個人會害怕，請求她們一定要陪我去。好不容易她們才答應。

我們是在三月三十一日下午四點左右到達一枝家。抵達後，我立刻到廚房弄果汁，殺了五個人。當時太陽還沒有下山，天色還亮，用不著開燈。雖然是獨立的房子，但是有燈光露出的話，遠處還是會注意到這房子裡有人，那樣就有危險了。

我知道砒霜的解毒劑。但是，我並沒有拿到。不過因為廚房的事向來都是我在做，所以我一個人在廚房，她們也不疑有詐，我也不必多費手腳。

我就把她們的屍體搬到浴室，然後獨自回到目黑的梅澤家。

回到梅澤家的原因，除了是要把亞砷酸的瓶子和附了鑰匙的繩子偷偷地放在後母的房間外，也是因為當晚我無處可睡。至於晾在家裡的衣物，就讓它繼續晾著，或許永遠不會有人來收拾了。

第二天晚上，屍體已經僵硬了，我就在窗下就著月光，進行切割屍體的工作。

將屍體放在浴室裡一整晚，讓我感到很不安。可是，浴室是切割屍體最理想的場所，而且，如果先把五具屍體都放在儲物櫃裡，隔天再搬到浴室處理，這樣沉重的工作，恐怕不是我一個女子所能負荷的。我也想過，萬一因為放在浴室裡被發現了，我就立刻在那房子的附近，服下同樣的毒劑，假裝成被同一人所殺。這樣做當然是為了母親，免得她背負兇手母親的惡名。而這麼一來，就可營造出虛構的兇手為了完成「阿索德」，殺害我們六名少女，但是還沒有分解就被發現等云云。

不知是幸還是不幸，屍體並沒有被發現。我處理完五具屍體，分配成六組後，再用事先準備好的油紙包好，搬到儲藏室，用布蓋起來。這個儲藏室已經在處理一枝喪禮的時候，被我打掃乾淨了。這是為了防止屍體上有可能沾到稻草或關東土壤等一切可能成為證據的東西。

恰好我們六人血型都是A型。這是有一次我們一同去捐血，我無意中知道的。

如何處理六個人的旅行袋，倒是我分屍結束的一大難題。旅行袋雖然小，但是有六個之多，又不能和屍體一起埋掉。沒有辦法中的辦法，只好每個旅行袋內都放入秤錘，讓它們沉入多摩川。切割屍體時所使用的鋸子，也如法炮製，沉入河裡。

寫給竹越先生的信，我早就寫好。在目黑的梅澤家休息一個晚上後，第二天——也就是四月一日，就立刻投寄了，接著我才到一枝家處理屍體。這樣做，是為了讓屍體在還沒有開始腐爛以前，就能夠把所有的事情都做完，而且也讓竹越沒有思考的時間。

我的身上沒有痣，這點母親多惠很清楚。但為了利用痣做為辨認我的證物，我行兇相當久以前，就用鐵棒打自己的腹部，讓腹部出現瘀青的現象，再告訴母親：這顆痣不知道什麼時候出現的。母親驚訝的程度超出我的想像，她一再地用手撫摸那顆痣。我不禁慶幸還好沒用化妝品來畫。

結束了一連串的罪行之後，我暫且投宿在川崎或淺草一帶的小旅館。我改變髮型和服裝，假裝成在找工作的樣子，心裡卻十分掛念母親，想必她一定哀傷得不得了。

由於我工作過很長一段時間，手邊有點積蓄，所以暫時並無生活上的問題，但是，繼續留在日本的話，絕對比較危險。幸好當時日本已經有海外的殖民地，所以早在計畫之初，我就想過：如果計畫能順利進行，我就逃到中國大陸去躲起來。雖然我很掛念母親，可是我卻不能讓母親知道我沒有死的事情，因為她是個不會說謊的女人。我連母親都得隱瞞，總覺有點殘忍。但是萬一母親暴露真相，她所受到的痛苦，相信大於以為我已經死了。因此，我忍受著椎心刺骨的哀痛，離開了日本。

說來幸運，我投宿在某個旅館時，認識了一個女服務生，她正好要舉家加入一個滿洲移民開墾團。在我百般央求之下，她願意讓我加入他們家，一起到中國大陸。可是大陸並不是別人口中的天堂，土地雖然廣大，但是冬天氣溫卻常在零下四十度。

做了一陣子的田裡工作後，我便去北安服務。當時實在不是一個女人單獨出來打天下的時代。不用說，日子極其艱辛，我不想浪費筆墨描述那些事情，只覺得那些是神對我的懲罰。我終於能夠體會母親當年所以沒有來滿洲的難處。

敗戰後，我回到日本，一直住在九州。經過昭和二十年代，到了昭和三十年代，梅澤家的事件更加被吵得沸沸揚揚，我間接聽說保谷的母親由於命案的發生，獲得大筆遺產，這讓我非常滿足。昭和三十年左右，我理所當然地猜想母親一定會搬到京都，經營她夢想的皮包店。

昭和三十八年的夏天，我終於忍耐不住，來到京都的嵯峨野，想見母親一面。孰料，從落柿舍到嵐山以及大覺寺、大澤池附近，我整整打聽兩天，都找不到母親的店。找不到母親，讓我非常氣餒，當時的心情真不是筆墨可以形容的。

無可奈何之下，我便前往東京。但是東京完全變了，車輛數倍於過去，高速道路縱橫，到處可見和奧運有關的標語。到了東京，我最想看的地方是目黑。我從遠處眺望梅澤家的舊址，從建築基地的樹林縫隙，看到了一棟新起的大廈。

第二個想去看看的地方，是駒澤的森林。之前我就聽說過，駒澤已經變成高爾夫球場了。想去駒澤的原因，是想再看看我喜歡的小河、原野，還有殺害父親時掩埋兇器的地方。但是，當我站在駒澤的土地上時，我非常地震驚。眼前淨是推土機、大卡車，根本看不到森林或小河。

我沿著路走，在原本是小河的位置處，看到了許多大大的水泥管。該不會那些水泥管已經取代了小河，河水是從水泥管的中間流出去的吧？我當年埋兇器的地方，已經完全消失不見了。我問路人，才知道這裡是明年奧運的競技場或運動公園的預定地。太陽很大，我雖然拿著洋傘，仍然覺得汗水直流。赤裸著上半身工作的男人們，在太陽底下奮鬥著。這和當日埋兇器的下雪夜晚，差別是何其大……

離開駒澤，我去保谷。此時我已經想到，母親應該是不會離開保谷的。仔細想想，她現在的確實年齡，已有七十五了；昭和三十年左右，我以為她會在京都開店時，她也六十好幾，不可能在那個年紀還獨自開新店。認為她在京都開店，只是我一廂情願、自我滿足的想法。我實在太愚蠢了。

到了保谷一帶，往母親的店走去時，我的雙腳顫抖。前面轉個彎，就可以看見母親的店了，我所思念的母親，今天也像往日一樣，坐在她的店門口吧？轉彎了，但是沒有看見母親的身影。母親的房子髒亂又老舊，周圍的房子則是全變了。其他面對馬路的店家，店面都已換成鋁製的玻璃門，只有母親的房子，仍舊是黑黑髒髒木框玻璃門，顯得特別醒目。店前沒有擺香煙，母親好像已經不做生意了。我打開玻璃門，詢問：有人在嗎？一個中年女人走出來，我上前自我介紹，說是多惠的親戚，從大陸回來，想探望多惠。

母親在裡面的房間睡著。她畢竟老了，完全像個病人。我坐在她旁邊。母女倆終於見面了。母親的眼睛差不多失明了，看不到我是誰，卻一直向我說謝謝。我淚流不止。

此時，我的心裡開始有了後悔的念頭，後悔自己犯下那麼重的罪。我想：我到底做了什麼呀？母親並沒有變得比較幸福呀！我錯了。一連幾天，我強忍悲情，向母親解釋，我就是時子。過了四、五天，母親總算弄清楚我是時子，喜極而泣，高興地叫著時子。不過母親已經不能了解我到底做了什麼事。我還能要求什麼？她能知道我是時子，我便心滿意足。

第二年，東京舉行奧運，我為母親買了一架當時剛上市的彩色電視，其實母親視力幾乎等於零，什麼也看不見了。當時彩色電視相當稀罕，附近的人都來看。奧運開幕典禮那天，電視機播放五架噴射機在天空畫出奧運標誌的五個圓圈的鏡頭時，母親去世了。

我想替母親做的事很多。到嵯峨野開店，是我為母親實現夢想，也是我活下去的理由。

我固然說過我有後悔的心情，但不是一般世俗的懺悔。既然自己做的事是再三思考過的事，就不必後悔，否則一開始就不該做。我的心情，希望你會了解。

在京都開店的日子裡，我認真回顧我的一生，覺得自己還不如一條蟲。和三個年輕的女孩子一起經營生意的日子，雖然平淡，但也有一些小小的樂趣。

因此我下了一個賭注。對研究西洋占星術的你來說，我的一生或許可以從星座看出端倪。我於大正二年，三月二十一日，早上九點四十一分，在東京出生。

象徵轉世、不吉、死的冥王星（♇），就在我的第一宮裡。我怪異，喜歡異常事物的個性，跟冥王星有關係。但是這裡又有金星（♀）、木星（♃）及月亮（☽）形成幸運的大三角，表示我的運勢很強。我的計畫能夠順利完成，也許得助於這個幸運三角。

而象徵子女及戀愛的第五宮，與表示交友、願望的第十一宮，都很不好，所以我這一輩子，可以說是一個朋友也沒有，當然也沒有子女。

若說我對人生有什麼願望的話，那並不是擁有金錢、房子、名聲，而是擁有一個真心相愛的男人。如果有這樣一個男人出現在我的生命中，我一定會全心全意地為他過活，對別的事物不屑一顧。

我一直住在嵯峨野，一心等待能夠破解那個命案的人出現在我眼前。我把自己的未來全部賭在他身上。現在想來，我的這個念頭實在可笑，但是到了中年以後，我就對我那個被命運封鎖的戀愛運死心，期待的並不是一個愛我的男人，而是能「找到我」的人。不管這個人是怎麼樣的人，能夠破解那個命案，一定是個聰明絕頂的人，一定可以讓我愛上他，就算對方是個有妻室的人，也沒有關係。而且，因為他握有我的把柄，我也只能給他絕對的自由，不會約束他。我相信這就是我的命運。

時間過去，我一天天老了，或許真有那麼一個人出現在我面前，但是一定是一個比我年輕很多的人。我那個殺人計畫太完美了，使得我的賭注落空，這真是我人生的諷刺，我所期待的男人遲遲不能出現，這應該就是上蒼給我的最大懲罰。

不過，我一點也不怨你，遇見你，至少顯示我下的賭注，並沒有完全落空，只是丟的骰子沒有贏而已。我早已決定一件事，那就是當我被找到的時候，就是我死的時候。我的星座命盤上，掌管死亡、遺產繼承的第八宮裡，有象徵幸運的木星（♃），所以我想我的死，並不會給我帶來痛苦，我可以死得乾淨俐落。

最後祝你身體健康，這是我今世末了的執筆。我會在看不到的世界裡，永遠，永遠，默默地祝福你今後的活躍與發展。

四月十三日　星期五　時子

しまだそうじ 島田莊司

斜屋犯罪

改訂完全版

在北海道宗谷岬的懸崖上，有座造型奇特的建築「流冰館」，因為其怪異的斜傾結構，被當地人稱為「斜屋」。歲末之際，館主濱本幸三郎邀請了眾多賓客前來參加耶誕派對。幸三郎並在派對上出了一道謎題，只要誰能夠先解開花壇中神秘圖騰的意義，就有資格與幸三郎的女兒英子結婚，並繼承龐人的遺產！

然而謎題還沒來得及解開，館內就接連發生了密室殺人案件！第一名死者遭利刃刺入心臟，扭曲的屍體旁還留下了以血畫成的死前訊息；第二名死者則在重重反鎖的房間中，被人從背後襲擊斃命！但更讓眾人不寒而慄的是，兇手竟被懷疑是一具臉上漾著詭異笑容的人偶——葛雷姆！

離奇的案情令當地警方束手無策，只好向東京求援，而被派來協助辦案的，正是那位沒有常識卻極具正義感的「占星師偵探」御手洗潔……

在《斜屋犯罪》出現之前的密室推理作品，多是正常建築物中隱藏的機關詭計，但本書卻首度以非現實的怪奇建築做為犯罪舞台，徹底顛覆以往的窠臼，也為後來的推理作家帶來深遠的影響，不僅啟發了綾辻行人最負盛名的《殺人館》系列，更成為日後「新本格運動」的起點！

謎人俱樂部

歡迎加入**謎人俱樂部**！為了感謝您對皇冠出版的推理、驚悚小說的支持，我們特別規劃推出讀者回饋活動，您只要按照規定數量蒐集每本書書封後摺口上的印花（影印無效），貼在書內所附的專用兌換回函卡上，並詳填個人資料後寄回，便可免費兌換謎人俱樂部的專屬贈品！詳細辦法請參見詳細辦法請參見【謎人俱樂部】活動官網。

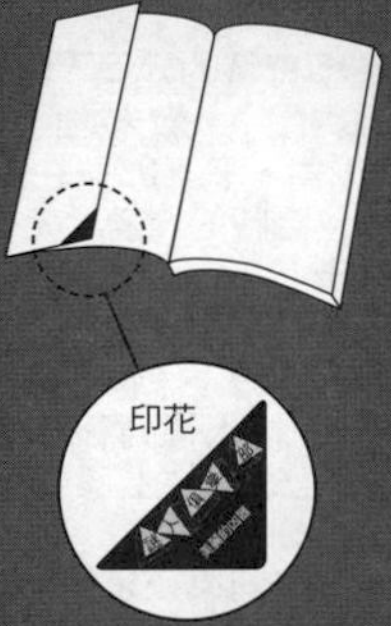

【謎人俱樂部】臉書粉絲團
www.facebook.com/mimibearclub

□集滿4個印花贈品（二款任選其一）：

A：【推理謎】LOGO皮質燙銀典藏書套一個
（黑色，25開本適用，限量1000個）

B：【推理謎】吉祥物『獨角獸』圖案皮質燙金典藏書套一個
（咖啡色，25開本適用，限量1000個）

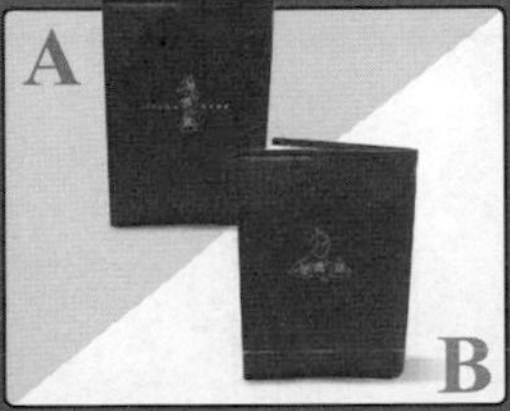

□集滿8個印花贈品（二款任選其一）：

C：【推理謎】LOGO皮質燙金證件名片夾一個
（紅色，11.5cm x 8.6cm，限量500個）

D：【推理謎】吉祥物『獨角獸』圖案環保購物袋一個
（米色，不織布材質，41.5cm x 38.6cm，限量1000個）

□集滿12個印花贈品（三款任選其一）：

E：【推理謎】LOGO不鏽鋼繩鑰匙圈一個
（限量500個）

F：【推理謎】吉祥物『獨角獸』圖案馬克杯一個
（白色，320cc容量，限量500個）

謎人俱樂部會不定期推出最新限量贈品提供兌換，請密切注意活動官網和粉絲專頁。

【注意事項】
◎本活動僅限台灣地區讀者參加。
◎贈品兌換期限自即日起至2019年12月31日止（以郵戳為憑）。
◎贈品圖片僅供參考，所有贈品應以實物為準。
◎所有贈品數量有限，送完為止。如讀者欲兌換的贈品已送完，皇冠文化集團有權直接改換其他贈品，不另徵求同意和通知。贈品存量將定期在【謎人俱樂部】活動官網上公佈，請讀者在兌換前先行查閱或直接致電：（02）27168888分機114、303讀者服務部確認。
◎皇冠文化集團保留修改或取消謎人俱樂部活動辦法的權利。辦法如有更動，將隨時在【謎人俱樂部】活動官網上公佈。

國家圖書館出版品預行編目資料

占星術殺人事件 改訂完全版 / 島田莊司作；陳明鈺．郭清華譯．-- 初版．-- 臺北市：皇冠，2013.12
面；公分．--（皇冠叢書；第 4358 種）（島田莊司推理傑作選；01）

譯自：占星術殺人事件　改訂完全版
ISBN 978-957-33-3042-4（平裝）

861.57　　　　102025052

皇冠叢書第 4358 種
島田莊司推理傑作選 01

占星術殺人事件 改訂完全版

作　　者—島田莊司
譯　　者—陳明鈺．郭清華
發 行 人—平雲
出版發行—皇冠文化出版有限公司
台北市敦化北路 120 巷 50 號
電話◎ 02-27168888
郵撥帳號◎ 15261516 號
皇冠出版社（香港）有限公司
香港上環文咸東街 50 號寶恒商業中心
23 樓 2301-3 室
電話◎ 2529-1778　傳真◎ 2527-0904
責任編輯—蔡維鋼
美術設計—王瓊瑤
著作完成日期— 2013 年
初版一刷日期— 2013 年 12 月
初版三刷日期— 2019 年 10 月
法律顧問—王惠光律師

讀者服務傳真專線◎ 02-27150507
電腦編號◎ 432101
ISBN ◎ 978-957-33-3042-4
Printed in Taiwan
本書定價◎新台幣 280 元 / 港幣 93 元

謎人俱樂部贈品兌換卡

我要選擇以下贈品(須符合印花數量)：□A □B □C □D □E □F

1	2	3	4
5	6	7	8
9	10	11	12

【個人資料蒐集、利用及處理同意條款】

您所填寫的個人資料，依個人資料保護法之規定，皇冠文化集團將對您的個人資料予以保密，並採取必要之安全措施以免資料外洩。您對於您的個人資料可隨時查詢、補充、更正，並得要求將您的個人資料刪除或停止使用。

本人同意皇冠文化集團得使用以下本人之個人資料建立該集團旗下各事業單位之讀者資料庫，做為寄送出版或活動相關資訊、相關廣告，以及與本人連繫之用。本人並同意皇冠文化集團可依據本人之個人資料做成讀者統計資料，在不涉及揭露本人之個人資料下，皇冠文化集團可就該統計資料進行合法地使用以及公布。

□同意　□不同意

我的基本資料

姓名：＿＿＿＿＿＿＿＿

出生：＿＿＿＿年＿＿＿＿月＿＿＿＿日　性別：□男 □女

職業：□學生 □軍公教 □工 □商 □服務業

□家管 □自由業 □其他＿＿＿＿＿＿＿＿

地址：□□□□□＿＿＿＿＿＿＿＿

電話：(家)＿＿＿＿＿＿＿＿　(公司)＿＿＿＿＿＿＿＿

手機：＿＿＿＿＿＿＿＿

e-mail：＿＿＿＿＿＿＿＿

我對【島田莊司推理傑作選】系列的建議：

寄件人：

地址：□□□□□

北區郵政管理局登
記證北台字1648號
免 貼 郵 票

〔限國內讀者使用〕

10547

台北市敦化北路120巷50號

皇冠文化出版有限公司　收